ELLA SIMON

Das Leuchten einer Sommernacht

GOLDMANN
Lesen erleben

Ella Simon

Das Leuchten einer Sommernacht

Roman

GOLDMANN

Der Verlag weist ausdrücklich darauf hin, dass im Text enthaltene externe Links vom Verlag nur bis zum Zeitpunkt der Buchveröffentlichung eingesehen werden konnten. Auf spätere Veränderungen hat der Verlag keinerlei Einfluss. Eine Haftung des Verlags ist daher ausgeschlossen.

Dieses Buch ist auch als E-Book erhältlich.

MIX
Papier aus verantwortungsvollen Quellen
FSC® C014496
FSC www.fsc.org

Verlagsgruppe Random House FSC® N001967

1. Auflage
Originalausgabe August 2017

Die Veröffentlichung dieses Werkes erfolgt auf Vermittlung der literarischen Agentur Peter Molden, Köln.
Umschlaggestaltung: UNO Werbeagentur, München
Umschlagmotiv: FinePic®, München
MR · Herstellung: kw
Satz: KompetenzCenter, Mönchengladbach
Druck und Bindung: GGP Media GmbH, Pößneck
Printed in Germany
ISBN: 978-3-442-48591-8
www.goldmann-verlag.de

Besuchen Sie den Goldmann Verlag im Netz

Für Papa und Grazyna

»Your love was made for movie screens«

Prolog

Lynne starrte auf die Uhr. Sie beobachtete den Sekundenzeiger und tippte im Takt mit dem Stift auf ihren Notizblock. Ticktack, ticktack, ticktack … Wie aus weiter Ferne vernahm sie die Stimmen der anderen Schüler. Sie zupfte an einem losen Faden ihrer Schuluniform und rutschte auf ihrem Stuhl hin und her. Alles in ihr kribbelte, gleich würde sie aus der Haut fahren. Ticktack, ticktack, ticktack … Sie reckte ihren Hals, versuchte aus dem Fenster in den Hof zu sehen. Bestimmt wartete er schon auf sie! Er hatte eine Stunde vor ihr ausgehabt, und es war immer schwer vorauszuahnen, was er tat, ob er hielt, was er versprochen hatte, oder ob ihm spontan etwas anderes einfiel. Die ersten beiden Stunden hatten sie gemeinsam gehabt, aber danach war bei ihm Sport dran gewesen. Sein Lieblingsfach, denn im Rugby war er anders als in akademischen Disziplinen unschlagbar.

Wahrscheinlich war er längst zu Hause, sie sollte nicht so aufgeregt sein. Ticktack, ticktack, ticktack …

Im Grunde war es ja nichts Besonderes, Reed zu sehen, das tat sie, seit sie denken konnte – schließlich war er ihr Nachbar. Aber seit einem halben Jahr war alles anders. Seit dem Valentinstag kletterten sie nicht mehr auf den Heuboden und spielten Fangen oder Verstecken. Sie waren zusammen. Nicht mehr nur beste Freunde. Ob sie sich je daran gewöhnen würde?

Das schrille Läuten der Schulglocke durchbrach ihre Ge-

danken. Wie von der Tarantel gestochen, sprang sie auf, und ihr Stuhl fiel mit einem lauten Krachen um. Die Lehrerin zuckte zusammen, ein paar Mitschüler warfen ihr sonderbare Blicke zu, aber Lynne beachtete sie gar nicht. Sie warf ihre Schulsachen und das Zeugnis in den Rucksack, schwang ihn sich über die Schultern und rannte mit einem »Schöne Ferien!« aus der Klasse.

Überall im lichtdurchfluteten Gang öffneten sich Türen, und freudestrahlende Jugendliche strömten heraus. Es war schwer voranzukommen, die anderen blieben immer wieder in Grüppchen stehen, fielen sich in die Arme, verabschiedeten sich, als stünde ihnen eine endgültige Trennung bevor. Dabei waren es doch nur die Sommerferien. Wenn sie wollten, konnten sie weiterhin jeden Tag miteinander verbringen.

Ungeduldig hielt Lynne nach ihm Ausschau, aber eigentlich erwartete sie nicht, Reed unter den anderen zu sehen. Vermutlich hatte er die übrigen Stunden sowieso geschwänzt. Nicht nur, weil es der letzte Schultag war und sie keinen Stoff mehr durchnahmen, sondern weil Reed »regelmäßig dem Unterricht fernblieb«, wie es in den Mahnschreiben an seine Eltern hieß.

Die Sonne brannte auf den Schulhof, einen besseren Ferienstart konnte es gar nicht geben, und Lynne sprang gut gelaunt die Treppe hinunter. Ihr Blick wanderte die Zufahrtsstraße entlang zu den Parkplätzen, wo bereits der Bus wartete, genauso wie Eltern, die ihre Kinder an diesem besonderen Tag ausnahmsweise abholten. Und ganz rechts, lässig an eine Mauer gelehnt, stand Reed.

Ihr Herz machte einen Satz, und sie blieb stehen. Er sah ihr unverwandt entgegen, sein großer, schlanker Körper scheinbar völlig entspannt. Reed war noch nicht mal fünfzehn, aber er war vor einem halben Jahr in die Höhe geschossen, das königs-

blaue Poloshirt seiner Schuluniform spannte über seiner Brust. Er hob die Hand und winkte, und Lynne setzte sich lächelnd wieder in Bewegung. Der vom Meer kommende Wind fuhr ihm durchs blonde Haar, das mal wieder einen Schnitt vertragen könnte, obwohl die lange, unordentliche Frisur ihm etwas Verwegenes verlieh, das Lynne insgeheim besser gefiel. Es war perfekt, um ihre Hände darin zu vergraben, wenn er sie zu einem leidenschaftlichen Kuss an sich zog.

Lynne rückte ihren Rucksack zurecht, als jemand ihren Arm umschloss.

»Wo willst du hin?« Sie schloss frustriert die Augen, atmete tief durch und drehte sich zu ihrem Bruder um, der mit düsterer Miene zwischen ihr und Reed hin- und hersah. »Zum Bus geht's da lang.« Er deutete die Straße hinunter, aber Lynne zog ihren Arm an sich.

»Dann beeil dich, Rhys, bevor er ohne dich losfährt.«

»Lynne …«

»Ich bin mit dem Fahrrad hier, oder hast du das heute Morgen nicht mitbekommen? Mum weiß, dass ich später nach Hause komme.«

»Fährst du mit ihm zu den Klippen?«

Lynne verengte die Augen, sie hasste den Tonfall in Rhys' Stimme, die Verachtung und Überlegenheit. Ihr Bruder war nur ein Jahr älter, aber er glaubte, sie ständig beschützen zu müssen. Mit seiner in Falten gezogenen Stirn sah er auch weniger wie ein Schüler als ein mürrischer Lehrer aus. Das braune Haar war wie immer penibel kurzgeschnitten, was das sonnengebräunte, strenge Gesicht betonte.

»Bis später.« Sie wollte an ihm vorbei, doch er stellte sich ihr in den Weg. Er war nur wenig größer als sie, aber er arbeitete jede freie Minute auf der Pferdefarm von Reeds Eltern und

war stark wie ein Bär. Wenn er wollte, könnte er sie sich ohne Mühe über die Schulter werfen und sie in den Bus verfrachten.

»Was macht ihr ganz allein bei den Klippen?«

Lynne lächelte liebenswürdig. »Mit Feuer und scharfen Messern spielen, mit einer Schere in der Hand balancieren …«

»Ich mache mir einfach nur Sorgen, okay? Alis kommt nicht mehr mit, du bist ganz allein mit ihm da draußen und …«

»Gott, Rhys, was soll denn passieren? Wir hängen einfach nur so rum!« Und küssen uns, bis uns die Luft ausgeht, und dann küssen wir uns weiter, weil wir seit dem ersten Mal vor einem halben Jahr einfach nicht aufhören können. Kein Wunder, dass Reeds Schwester Alis nicht mehr mitkam und sich allmählich von ihrem Trio entfernt hatte.

»Lynne …« Rhys legte eine Hand auf ihre Schulter, Schüler zogen fröhlich plaudernd an ihnen vorüber, aber an ihrem Bruder war nichts fröhlich. »Er ist unberechenbar, gefährlich, das weißt du, du kannst nicht …«

»Bist du so weit?« Ein Schatten fiel auf sie, Reeds Stimme war eisig, seine Finger schlossen sich wie Schraubstöcke um ihren Arm, ganz anders als die von Rhys vorhin.

Sie sah zu ihm auf, seine grünen Augen funkelten unter der Julisonne, schleuderten ihrem Bruder Blitze entgegen. Beruhigend legte sie ihre Hand auf seine, sein Blick fiel auf ihre Finger und sofort lockerte sich sein Griff. Anders als alle anderen wusste Lynne mit Reeds ADHS, das die meisten einfach nicht verstanden und als gefährlich abtaten, umzugehen.

»Lynne fährt mit mir nach Hause.« Rhys nahm ihre Hand, zog von der anderen Seite, als fühlte sie sich nicht schon ohne das tatsächliche Gezerre entzweit genug.

»Das entscheidet sie immer noch selbst.«

»Ach bitte, als würdest du sie irgendetwas entscheiden lassen!«

»Ich zwinge sie zu gar nichts!«

»Das heißt, meine kleine Schwester steht drauf, wie ein wandelnder Autounfall herumzulaufen?« Er wies in Lynnes Gesicht, auf ihr aufgeschürftes, lila leuchtendes Jochbein, das mit einem Stein in Kontakt getreten war. Ein dummer Unfall! Reed hatte sie übermütig umgeworfen, in die Wiese, wohlgemerkt, er hatte nicht wissen können, dass sie mit ihrem Gesicht genau den einen Stein traf, der da wie aus dem Nichts aus dem Gras aufgetaucht war. Es war nicht seine Schuld gewesen, aber das schien er selbst nicht zu wissen, denn ihm wich bei diesen Worten alle Farbe aus dem Gesicht, seine Hand glitt von ihr, als hätte er sich an ihr verbrannt.

Lynne riss sich von ihrem Bruder los und ballte die Hand zur Faust. Am liebsten hätte sie ihn damit geboxt. »Hör auf, Rhys! Das ist unfair! Reed konnte überhaupt nichts dafür!«

»Genauso wenig wie für die letzten fünfundzwanzig Prügeleien, die er angestiftet hat, oder was?«

Reeds Körper spannte sich an, wie eine Raubkatze vor dem Sprung, und Lynnes Herz begann zu rasen. Schnell schob sie sich zwischen ihn und ihren Bruder. »Fahr heim!«, zischte sie und durchbohrte ihn mit ihrem Blick. »Lass uns in Ruhe.« Sie sah ihn noch einen Moment lang warnend an, dann machte sie auf dem Absatz kehrt, schnappte sich Reed am Ärmel und zog ihn mit sich zu den Fahrrädern. Sie wollte gerade aufatmen, als sie Rhys rufen hörte: »Genießt die Zeit, die ihr noch habt! Für sein nicht vorhandenes Zeugnis landet er jetzt ohnehin im Heim!«

Lynne keuchte auf, es kam ihr so vor, als hätte ihr jemand mit einem Baseballschläger in den Bauch geschlagen. Ein

Rauschen tönte in ihren Ohren, in ihrem Kopf wirbelte alles durcheinander, und ehe sie darüber nachdenken konnte, ließ sie Reed los, drehte um und lief zurück zu Rhys. Dabei hörte sie bei jedem Schritt Reeds Eltern mit ihren ständigen Drohungen, ihn wegzugeben, sich endlich von ihm zu befreien, als wäre er Gerümpel, das man loswerden wollte.

Ein zorniger Schrei entfuhr ihr, die anderen Schüler verwandelten sich zu schemenhaften Schatten mit verzerrten Grimassen, die sie alle anstarrten. Aber das hielt sie nicht davon ab, sich auf ihren Bruder zu stürzen und mit den Fäusten auf ihn einzutrommeln.

»Sag das nie wieder! Du hast ja überhaupt keine Ahnung, du weißt nicht, wie es ist! Halt einfach einmal deine Klappe, ein einziges Mal nur, wenn du gar nicht weißt, wovon du redest und …«

Ein Arm schlang sich um ihre Taille, zog sie von Rhys weg, sie strampelte und versuchte sich zu befreien, aber der Griff war unnachgiebig, entfernte sie immer weiter von ihrem entsetzt aussehenden Bruder.

»Siehst du, Rivers, du bist Gift! Du bist ansteckend!«, rief Rhys, rot im Gesicht und die Hände zu Fäusten geballt. Er war wütend, aber lange nicht so wie sie bei diesen Worten. Erneut keuchte sie zornig auf, versuchte sich loszureißen, streckte ihre Arme aus, als könnte sie ihrem hirnlosen Bruder aus der Entfernung die Augen auskratzen. Ihr Atem ging schnell, aber über ihr entrüstetes Japsen hörte sie plötzlich Reeds leises Lachen an ihrem Ohr. Er trug sie bis zu den Fahrrädern und stellte sie zurück auf die Füße. Dann gab er ihr einen unbekümmerten Kuss auf die Stirn und sagte immer noch lachend: »Du bist die Beste!« Er winkte noch den herbeigeeilten Lehrern zu und rief: »Wir sind schon weg. Netten Sommer, wir

sehen uns in ein paar Wochen – oder auch nicht!« Und mit diesen Worten radelte er los, und Lynne stand wie vom Donner gerührt da, ehe sie sich beeilte, ihm hinterherzukommen.

Lachend rasten sie die Zufahrtsstraße hinunter, durchs geöffnete Tor und auf den Weg Richtung Westen. Die Sonne stand hoch über ihnen, ein paar Wohnwägen kamen ihnen entgegen, die Sommersaison war bereits in vollem Gange. Da waren Mietautos in allen Größen und Formen, manche Wagen mit englischen Kennzeichen und auch eines vom europäischen Festland, wo der Fahrer auf der falschen Seite saß. Alle kamen an die herrliche Südküste von Wales, um ihren Urlaub zu genießen, nur Lynne hatte für die Idylle rundherum kaum ein Auge. Sie radelte einfach nur, bis ihr die Beine brannten und ihr die braunen Locken ins Gesicht fielen. Bis nach Hause dauerte es mit dem Rad für gewöhnlich eine halbe Stunde, aber ihre Lieblingsklippen lagen auf halber Strecke, und mit der Geschwindigkeit, mit der sie zwischen den von Efeu überwucherten Mauern hindurchpreschten, dauerte es nicht lange, bis sie die Straße verließen und unendliche Wiesenflächen vor sich hatten. Im Schatten unter blühenden Weißdornbäumen und Eschen radelten sie das letzte Stück bis zur Küste. Kühler Wind fegte ihnen entgegen, er roch salzig, nach Sommer und Freiheit. Möwen kreischten, übertonten das immer lauter werdende Rauschen der Schaumberge, die sich gegen die Felsen warfen.

Reed sprang vom Fahrrad, ließ es fallen und zog sie von ihrem herunter, ehe sie überhaupt die Chance hatte, richtig stehen zu bleiben. Er presste sie stürmisch an sich und küsste sie beinahe grob, als wäre er die ganze Fahrt über eine tickende Zeitbombe gewesen, die jetzt hochging.

Ihr ganzer Körper wurde weich, jeder angespannte Muskel

schien sich aufzulösen. Sie ließ sich an seine Brust sinken und erwiderte den Kuss genauso hitzig. Es war ihr egal, was die anderen sagten. Sie wollte ihn. Für immer.

»Es tut mir leid.« Sie schob ihn ein wenig von sich und legte ihre Hand auf seine Wange. »Rhys ist einfach ein Idiot.«

Reed verstärkte seinen Griff in ihrem Nacken. »Glaub mir, ich habe gerade nicht eine Sekunde mehr an Rhys gedacht.« Er küsste sie noch einmal, dann ließ er sie los, zog sich sein Poloshirt über den Kopf und kramte ein T-Shirt aus seinem Rucksack, das besser zu diesen Temperaturen passte. Lynne tat so, als wäre es ganz normal, dass er halbnackt vor ihr stand, schließlich hatte sie ihn schon tausendmal gesehen. Beim Schwimmen zum Beispiel. Aber sie konnte es sich nicht verkneifen, seinen Oberkörper näher zu betrachten, den vom Rugby gestählten Waschbrettbauch und auch die vorstehenden Rippen – er war einfach zu schnell gewachsen. Am liebsten wollte sie ihre Hände ausstrecken, die warme Haut berühren, ihre Wange an ihn schmiegen, aber dieses Sehnen war so ungewohnt und fremd, dass sie lieber die Zähne zusammenbiss und den Blick abwandte.

Auch sie hatte Sachen für ihren Tag bei den Klippen eingepackt, und sie wollte gerade ihre Hose aufknöpfen, als Reed sich zu ihr umdrehte.

Verlegen hielt sie inne, biss sich auf die Lippe und sah zwischen ihrem Rucksack und ihm hin und her. »Ähm … ich ziehe mich um.«

»Okay.« Er sah sie abwartend an, und Lynne glaubte zu ersticken. Früher war das alles sehr viel einfacher gewesen.

»Kannst du dich bitte umdrehen?«

Seine Augenbrauen hoben sich ungläubig. Natürlich, letztes Jahr hatte sie noch kein Problem damit gehabt, neben ihm ihre

Klamotten zu wechseln, schließlich war sie auch schon oft genug im Bikini vor ihm rumgerannt. Aber das hier war irgendwie anders, die Luft kam ihr wie elektrisch geladen vor, und Reeds Blick, der über sie wanderte, bescherte ihr eine Gänsehaut. Er räusperte sich, strich sich die wild im Wind tanzenden Strähnen aus dem Gesicht und nickte.

»Klar.« Er schob seine Hände in die Hosentaschen und ging ein paar Schritte von ihr weg. Auf dem leicht abfallenden Grashang zum Abgrund ließ er sich nieder und schaute zum glitzernden Horizont hinaus.

Lynne atmete tief durch. Sie glaubte, noch nie so schnell in ein anderes Outfit geschlüpft zu sein, aber mit ihren weißen Shorts und dem babyblauen Tanktop fühlte sie sich gleich viel besser. Es war einer der ersten wirklich heißen Tage nach einer langen Regenperiode, und allein schon die Aussicht auf die Ferien, auf all die Freizeit mit Reed zauberte ein Lächeln in ihr Gesicht.

Zufrieden mit der ganzen Welt ließ sie sich neben ihm nieder und streckte die Beine aus. Das Gras kitzelte, es war kühl und immer noch ein wenig feucht, aber das machte ihr nichts aus.

Reed legte seine Hand auf ihren Oberschenkel, ohne den Blick vom Meer abzuwenden, und Lynne starrte auf ihre Beine – auf die vereinzelt in der Sonne leuchtenden feinen blonden Härchen auf ihren Oberschenkeln. Sie sah grinsend zu Reed und seufzte zufrieden.

»Lynnie …«

»Hm?«

»Wir beide gehören zusammen. Für immer.« Etwas Drängendes lag in seiner Stimme, der Humor, der sonst seine Worte begleitete, war komplett verschwunden, und Lynne überkam

eine Welle der Zärtlichkeit, wie so oft gefolgt von Mitleid und Zorn. Am liebsten würde sie nicht nur auf ihren Bruder, sondern auch auf Reeds Eltern losgehen, die ihn sich so einsam fühlen ließen.

»Für immer.« Sie küsste ihn und ließ sich mit ihm zurück ins Gras sinken, wo sie einfach nur so dalagen, in den Himmel sahen, sich langsam und zärtlich küssten und in die Sonne blinzelten, als gäbe es nichts anderes auf der Welt. Sie wusste nicht, wie lange sie so dalagen, aber das strahlende Blau wurde immer dunkler, tiefer, erste Sterne gingen auf und brachten diese perfekte Sommernacht zum Leuchten.

»Ist dir kalt?« Reed erhob sich und holte die beiden Schuluniformen, und Lynne schlang ihre Arme um ihre Knie. Sie hatte Angst, dass er heimfahren, diesen wunderbaren Tag beenden wollte, aber er zog sich nur an, reichte ihr ihre Sachen und legte sich zurück ins Gras. Sie hatten den ganzen Tag kaum etwas gegessen, aber sie war nicht hungrig. Wenn sie bei Reed war, spürte sie nichts anderes als dieses einnehmende Glücksgefühl.

Lynne schlüpfte zurück in die Uniform, ließ sich auf seine Brust sinken und lauschte seinem Herzschlag. Es wurde immer dunkler, hier draußen gab es nicht mal ferne Lichter aus Häusern oder von Straßenlaternen, es herrschte vollkommene Finsternis. Aber gerade das war das Schöne. Sie schwebte direkt über dem Meer, dessen Rauschen sich mit dem regelmäßigen Pochen in Reeds Brust vermischte. Es kam ihr vor, als könnte sie fliegen, in einer Unendlichkeit, die überhaupt nicht dunkel, sondern strahlend hell war. Ein entspannendes Gefühl, das sie langsam in den Schlaf entließ.

Kapitel 1

Lynne glaubte nicht an Zeichen. Ein Fehler, sonst wäre sie beim Prasseln des Regens im Bett geblieben. Und sie wäre beim Anblick des riesigen weißen Flecks auf ihrer Windschutzscheibe nicht nur umgedreht, um Putzmittel und Papiertücher zu holen, sondern eher, um sich in ihrer Wohnung vor der Welt zu verstecken. Es war schwer zu glauben, dass es nur ein Vogel gewesen war, der sein Geschäft auf ihrem knalligen kleinen Flitzer erledigt hatte. Es sah eher nach einem Flugsaurier aus, und obwohl es wie aus Kübeln goss, ließ sich der Schmutz davon nicht beeindrucken. Mit dem Regenschirm in der einen Hand, dem Glasreiniger in der anderen und einer Küchenrolle unterm Arm versuchte sie fluchend, ihren Wagen sauber zu bekommen.

Schlimmer kann es nicht mehr werden, dachte sie, und in genau diesem Moment raste ein schwarzes Monstrum von Auto durch eine Pfütze vor dem Haus. Lynne riss den Schirm herum, wollte sich noch schützen, die Küchenrolle fiel zu Boden, mitten in eine Pfütze, und im nächsten Moment war sie schon nass bis auf die Knochen.

»Ist das dein Ernst?!«, rief sie mit ausgebreiteten Armen und erhobenem Schirm, dabei wusste sie gar nicht, an wen sie ihre Worte richtete. An den davonbrausenden Autofahrer? Eine höhere Macht? Wenn es eine solche gab, dann hatte sie diesen Tag zum »Quält-Lynne-Feiertag« erklärt.

»Verdammt, verdammt, verdammt«, murmelte sie und sah hinab auf ihre schlammbespritzten Strümpfe, ihren knielangen Rock und ihren Blazer. Da war nichts mehr zu retten, sie musste sich umziehen. Sie war ohnehin schon nervös, jetzt würde sie auch noch zu spät kommen. Was für ein perfekter erster Eindruck, was für eine grandiose Schlagzeile: »Neue Leiterin der Wunschagentur *Gute Fee* lässt nicht nur ruhmreiches Rugbyteam, sondern auch schwerkrankes Kind warten.«

Fluchend und in den nassen Kleidern zitternd hob sie die Küchenrolle auf und rannte zurück in ihre Wohnung, wo sie in ein fast identisches Outfit schlüpfte. Zum Glück hatte sie ein gutes Dutzend davon in ihrem Schrank.

Zumindest die Verkehrsgötter waren ihr hold, denn auf der Fahrt durch Cardiff hatte sich der Morgenstau längst aufgelöst, und Lynne konnte alles aus ihren fünfundfünfzig PS rausholen, was ging. Sie starrte konzentriert in die graue vom Gewitter verschleierte Düsternis hinaus, die Scheibenwischer hatten Mühe mit dem Regen mitzuhalten, als ihr Handy zu vibrieren begann.

Lynne warf einen Blick auf den Bordcomputer und verdrehte die Augen, als sie den Namen las. Mit einem Knopfdruck am Lenkrad nahm sie das Gespräch an. »Ich bin gleich da, ich bin gleich da!«

»Eigentlich wollte ich dir nur Glück wünschen, Darling.«

»Weil du glaubst, dass ich es brauche?«

Das Lachen der warmen Frauenstimme drang durch die Lautsprecher des Wagens. »Weil *du* glaubst, es zu brauchen! *Ich* weiß, dass ein paar Muskelprotze und blitzende Kameras dir nichts anhaben können.«

Da bin ich mir nicht so sicher, dachte Lynne bang, immer

weniger sogar. Ein Rugbyplakat auf einer Werbetafel zog an ihr vorbei, aber sie wandte den Blick ab. Sie vermied alles, was mit diesem Sport zusammenhing wie die Pest, was sie als Waliserin wohl zu einer Art Ketzerin machte. Dabei war die Person, wegen der sie all das von sich fernhielt, weit weg in Neuseeland. Schon seit zwölf Jahren. Sie war in keiner Gefahr, sein Gesicht von einem Plakat herunterlächeln zu sehen oder ihm über den Weg zu laufen. Für gewöhnlich verschwendete sie auch gar keinen Gedanken mehr an ihn, das alles war Vergangenheit. Aber dass ihr erster Einsatz als neue Leiterin der *Guten Fee* sie ausgerechnet zu dem Sport brachte, den Reed Rivers so geliebt hatte und in dem er so unwirklich erfolgreich geworden war, verstärkte ihre ohnehin schon unerträglich schwelende Nervosität und das Gefühl nahenden Unheils. Das lag bestimmt nur an diesem unglückseligen Morgen. Zumindest der Regen ließ allmählich nach.

»… und vergiss nicht, die Presse an die Wichtigkeit von Spenden zu erinnern, damit sie das auch abdrucken.« Rosemaries Stimme drang zurück an ihr Ohr. Sie hatte die Wunschagentur vor vierzig Jahren gegründet. Jetzt war sie Mitte siebzig und wollte kürzertreten, das Tagesgeschäft Lynne überlassen. »Es schadet auch bestimmt nicht, den kommenden Charity-Event für dein Projekt zu erwähnen.«

Der große Charity-Event am Wochenende … Lynne wollte lieber nicht daran denken, sonst wurde ihr vor Aufregung noch ganz schlecht. Erst musste sie mal die verhältnismäßig einfache Wunscherfüllung hinter sich bringen.

»Ich rufe dich an, wenn es vorbei ist, Rosemarie, ich bin schon fast da. Mach dir bitte keine Sorgen, ich schaffe das schon. Bis später!« Sie legte auf und stellte das Tempo des

Scheibenwischers herunter, als plötzlich ein Auto in irrsinniger Geschwindigkeit rechts an ihr vorbeiraste. Was für ein Idiot! Sie selbst hatte das Gaspedal durchgedrückt, nie ging es den Leuten schnell genug!

Lynne wollte dem Fahrer gerade eine unfeine Geste hinterherschicken, als ein rotierendes Blaulicht auf dem Autodach auftauchte, sowie ein aus dem Beifahrerfenster gestrecktes Schild. Ihr blieb überrascht der Mund offen stehen. Was war heute nur los?!

Fluchend bremste sie, fuhr an den linken Straßenrand und legte dann resigniert und mit einem leisen Stöhnen den Kopf auf das Lenkrad. Erst als es an ihre Scheibe klopfte, wagte sie einen Blick nach oben und ließ zögernd das Fenster hinunter. Sie blickte zwei Polizisten entgegen, die sie mit triefenden Haaren missgelaunt ansahen. Es regnete immer noch genug, um in wenigen Schritten durchnässt zu sein.

Der eine Polizist hatte leuchtend rotes Haar, das in diesem tristen Wetter genauso grell herausstach wie die quietschgelbe Warnweste, die er über der dunkelblauen, fast schwarzen Uniform trug. Der andere war ein eher dunkler Typ, der noch grimmiger aussah.

Überleg dir was, überleg dir was. Komm schon, Lynne. Du bist schwerkrank und musst ins Krankenhaus! Deine Katze ist gestorben, dein Fuß hatte einen Krampf …

»Miss.« Die beiden traten näher ans Fenster, und Lynne biss sich auf die Lippe. Das Herz schlug ihr bis zum Hals, der Puls pochte ihr in den Ohren. Sie wusste nicht wieso, aber seit ihrer Kindheit verwandelten Polizisten sie in ein nervöses Etwas. Dabei hatte sie nie auch nur einen Kaugummi geklaut. Vielleicht lag es daran, dass ihr ehemaliger bester

Freund so oft in Schwierigkeiten geraten war und sie immer Angst um ihn gehabt hatte.

»Führerschein und Fahrzeugpapiere.«

Lynne versuchte, einen teils zerknirschten, teils unschuldigen Blick aufzusetzen, und war sich ziemlich sicher, dass das Resultat ein eher irrer Gesichtsausdruck war. »Ich bin etwas zu schnell gefahren, oder?« Sie kramte nervös nach ihren Papieren. »Ich weiß, ich habe das Tempolimit leicht überschritten, aber ich muss dring…«

»Sie waren fünfzehn Meilen pro Stunde zu schnell!«

»Oh, das habe ich gar nicht gemerkt! Tut mir wirklich leid! Ich war so in Eile! Ich treffe mich gleich im Trainingscenter mit den Cardiff Greens, um einem schwerkranken Mädchen einen Wunsch zu erfüllen. Sie ist ein so großer Rugbyfan…« Lynne merkte selbst, dass ihr Geplapper sie nicht unschuldiger wirken ließ. »Wissen Sie, ich leite die ›Gute Fee‹, eine Agentur, die kranken Kindern ihre großen Wünsche erfüllt, und bitte, ich kann heute nicht zu spät kommen!« Lynne rang ihre Hände und sah die Polizisten flehend an. Doch sie blickte nach wie vor in völlig ausdruckslose, triefend nasse Gesichter.

»Miss, das nächste Mal sollten Sie einfach etwas früher losfahren, dann…«

Lynne schüttelte nachdrücklich den Kopf. »Oh, aber ich bin früh genug losgefahren! Wenn Sie mich kennen würden – ich bin wirklich sehr verantwortungsbewusst und außerdem ein Perfektionist, aber dann war da dieser Vogel und dieses dumme Auto, und Sie wissen ja bestimmt, wie es ist, wenn sich die ganze Welt gegen einen verschwört.« Die Polizisten starrten sie ausdruckslos an, und Lynne seufzte resigniert. »Na gut, dann wissen Sie eben nicht, wie das ist, aber können Sie nicht ein Auge zudrücken? Die Cardiff Greens haben nur begrenzt Zeit, und Winnie wartet bestimmt schon …«

Der Mundwinkel des Rothaarigen hob sich zu einem süffisanten Grinsen. »Ich muss schon sagen, die Geschichte ist ziemlich gut. So eine originelle Ausrede haben wir lange nicht mehr gehört, hab ich recht, Paul?« Gespielt beeindruckt sah er zu seinem Kollegen, aber der ließ sich vom Spott des anderen nicht anstecken.

»Führerschein und Fahrzeugpapiere, Miss. Bitte.«

Lynne ballte die Hände zu Fäusten, langsam machte sich Wut in ihr breit. Sie funkelte den dunkelhaarigen Polizisten zornig an und händigte ihm schließlich widerwillig die Papiere aus. »Dann machen Sie schnell«, brummte sie. »Denn ob Sie's glauben oder nicht, von mir hängt tatsächlich der größte Wunsch dieses Mädchens ab, und wenn ich nicht bald im Trainingscenter bin, wird es Tränen geben.« Sie dachte an die Mannschaft, die Presse, das Kind, daran, wie alle warteten, wie niemand wusste, was los war, und sich alle fragten, wo die Leiterin der Agentur blieb, die doch all das organisiert hatte. Oh Gott, was würde Rosemarie nur dazu sagen?

Lynne drängte die aufsteigende Panik zurück, strich sich ihre unbändigen Locken aus dem Gesicht und murmelte wütend: »Ich hätte Ihnen ein Autogramm von Gavin Quinn besorgen können. Er ist mit meiner besten Freundin verheiratet. Aber das glauben Sie mir wohl auch nicht …« Vorsichtig sah sie durch ihre Wimpern hindurch zu den beiden hoch, insgeheim hoffend, sie doch gnädig gestimmt zu haben. Dem düsteren Blick aus verengten Augen nach zu schließen fanden sie Bestechung der Staatsgewalt aber nicht komisch. Großartig! Sie konnte sich gerade noch davon abhalten, ihren Kopf gegen das Lenkrad zu schlagen. Es war ihr einfach nicht möglich, klar zu denken, während eine Knarre vor ihrem Gesicht baumelte und sie so vorwurfsvoll angestarrt wurde. Aber mit diesen beiden Polizisten stimmte ja auch etwas nicht! Welche Männer ließen sich nicht von Rugby erweichen, und wer blieb bei schwerkranken Kindern so hart?

Doch da fiel der Blick des Rothaarigen an ihr vorbei zum Beifahrersitz, wo ihre *Gute Fee*-Mappe lag. Das Lächeln kehrte zurück. »Gavin Quinn, hm?«

Lynne nickte langsam. »Auch bekannt als der beste Flügelstürmer des Landes.«

»Hey, Paul, ist dein Junge nicht ein riesiger Quinn-Fan?«

Der Dunkelhaarige sah sie immer noch finster an, nickte aber, dann stemmte er eine Hand gegen das Autodach und lehnte sich ein wenig zu ihr hinunter.

»Hören Sie, Miss, wir können Sie nicht wie eine Verrückte über die Straße fliegen lassen, Sie gefährden sich selbst und andere gleich mit.« Seine Stimme nahm einen noch tieferen Ton an, sein Ausdruck hätte nicht ernster sein können. »Und außerdem ist es keine gute Idee, ausgerechnet einem Polizisten eine solche Lüge auftischen zu wollen, nur um einem Strafzettel zu entgehen. Es ist zwar keine Straftat … aber wir sind schließlich darin geschult, Menschen zu durchschauen.«

Mit diesen Worten und einem hochmütigen Blick händigte er ihr ihre Papiere wieder aus – mit einer saftigen Bußgeldforderung obendrauf. Lynne starrte den Polizisten sprachlos an! Er glaubte ihr nicht! »Hören Sie, … Mister äh Officer, wer denkt sich bitte eine solche Geschichte aus?! Ich kann es Ihnen beweisen, wenn …«

»Miss, bringen Sie sich nicht in Schwierigkeiten …«

»Paul, jetzt sei nicht so streng!«, unterbrach der Rothaarige seinen Kollegen. »Ich persönlich würde diesen Beweis gerne sehen. Ich sage Ihnen was, Miss – wir begleiten Sie jetzt zum Trainingscenter. Sollten Sie tatsächlich die Wahrheit sagen, lade ich Sie als Entschädigung auf einen Kaffee ein.« Er zwinkerte ihr zu, was Lynne zusammenzucken ließ. Flirtete er mit ihr? Sie wollte gerade protestieren, da klopfte Officer Rotschopf dem missmutigen Paul bestimmt auf die Schulter. »Lasst uns keine Zeit mehr verlieren!« Er machte auf dem Absatz kehrt, während der Dunkelhaarige zurückblieb und sie musterte, als wartete er darauf, sie nun mit einem Geständnis zusammenbrechen zu sehen. »Diese Suppe haben Sie sich selbst eingebrockt. Überlegen Sie sich gleich eine neue Ausrede für später, wenn wir vor dem Trainingscenter stehen.« Mit diesen Worten eilte er seinem Kollegen hinterher durch den nachlassenden Regen zurück zum Wagen.

Lynne schnappte nach Luft. Das alles war einfach nicht zu fassen! Aber sie konnte sich keine weiteren Gedanken machen, denn der dunkle Audi A3, der auf den ersten Blick nicht als Polizeiauto zu erkennen war, startete bereits und fuhr zurück auf die Straße – mit Blaulicht!

Lynne folgte den beiden Polizisten mit einer Mischung aus Erleichterung und Panik, die aber ob ihres Unglaubens über die Situation zum Glück nicht an die Oberfläche sprudelte. All das kam ihr wie ein seltsamer Traum vor, vor allem, als jeder einzelne Wagen, der vor ihnen auftauchte, mit Sirenen zur Seite gescheucht wurde. Und als wäre das alles nicht schon peinlich genug, tauchte plötzlich noch ein zweites Polizeiauto hinter ihr auf! – Diesmal ein richtiges, weiß, mit gelb-blau karierten Flanken. Langsam fühlte sie sich wie ein Sträfling, dem man den Fluchtweg abschnitt, und ihr Blick zuckte zwischen der Straße und dem Rückspiegel hin und her.

Zugegeben, sich nicht um den Verkehr kümmern zu müssen hatte seine Vorteile, sie erreichte den Vorort, in dem das Trainingscenter der Cardiff Greens lag, in einer fast unmöglichen Zeit. Aber als der Audi zur Seite fuhr, um sie vorbeizulassen und sie auf der Suche nach einem Parkplatz der riesigen Sportanlage näher kam, wuchs das mulmige Gefühl in ihrem Bauch.

Es war kurz vor elf, und um Punkt sollte Winnie mit ihrer Mutter ankommen. Zuvor musste Lynne aber noch mit dem Team und der Presse sprechen. Und Autogramme besorgen! Vertreter der Zeitungen und des Fernsehens kamen nicht zu jedem Wunsch, den ihre Agentur einem schwerkranken Kind erfüllte, aber der heutige war etwas ganz Besonderes. Nicht nur wurde die Cardiffer Rugbymannschaft wegen ihres Pro12-Gewinns im Mai gefeiert und startete bald in eine neue Saison. Auch die Weltmeisterschaft, die neben England in Wales als Gastgeberland ausgerichtet wurde, stand kurz bevor – *das* Sportereignis in diesem Land. Wirklich begeistert hatte die Medien aber, dass es ein neunjähriges Mädchen war, das das Team kennenlernen wollte, kein Junge. Und die Agentur konnte solche Aufmerksamkeit gut gebrauchen, war sie doch auf Spenden angewiesen, um den Kleinen ihre Wünsche zu erfüllen. Aber was würde die Presse wohl zu dieser Situation sagen?

Lynne fuhr an vollen Parkplatzreihen vorbei nach vorne zum Haupthaus. Sie stutzte und verengte die Augen, als sie ein monströses schwarzes Auto dort stehen sah – ein Geländewagen, der Funktionalität ausstrahlen sollte, stattdessen glänzte er wie ein Schmuckstück. Lynne hatte keine Probleme, sich einen Rapper darin vorzustellen, aber Sportler standen wohl auch auf protzige Wagen. Ob es dieses Auto gewesen war, das sie heute durchnässt hatte? Schwer zu glauben, da Lynne keine Schlammspritzer darauf erkennen konnte. Aber vermutlich war dieses Ding mit irgendeinem schmutzabweisenden Mittel versehen. Der Platz daneben war frei, was sie überraschte, aber dann erkannte sie Ava, die hinter dem riesigen Wagen hervortrat. Ihre beste Freundin hatte den Platz für sie freigehalten, und Lynne wusste nicht, ob sie lachen oder ob ihrer nun bezeugten Entourage im Erdboden versinken sollte. Die rotierenden Blaulichter folgten ihr in nur geringem Abstand.

Ava hatte die Hände in die schmale Taille gestemmt, ihr Blick aus schräg stehenden Katzenaugen war finster – bis sie die Lichtershow hinter Lynne bemerkte. Ihre Arme sanken schlaff an die Seite. Ihr auffällig geschwungener Mund klappte auf. Kurz sah es sogar so aus, als schwankte sie in ihren High Heels, während ihre Lippen die Worte »Was zur Hölle« formten.

Lynne manövrierte den Wagen in die Lücke. Sie wollte all das nur hinter sich bringen, und das Schlimmste war ja jetzt überstanden. Erleichtert schnappte sie sich ihre Handtasche und wollte gerade die Wagentür aufmachen, als ihr Blick auf den gläsernen Eingangsflügel des Trainingszentrums fiel. Eine große Männergruppe stand davor. Manche waren Anzugsträger, andere hatten normale Straßenkleidung an, und wieder andere leuchteten in den Trikots der Cardiff Greens und zeigten in den dazu passenden Shorts ihre typisch kräftigen Rugby-Muskelprotz-Oberschenkel. Viele hatten Zigaretten in der Hand, um die letzten Momente noch für eine Rauchpause zu nutzen. Und ausnahmslos alle starrten zu ihr und den Polizisten herüber, die ihre Wagen einfach hinter ihr stehen ließen, mit eingeschaltetem Blaulicht. Verwirrung zeichnete sich in ihren Gesichtern ab, Sorge, manche wirkten auch belustigt, besonders die Spieler, die sich gegenseitig anstießen und auf sie deuteten.

Lynne konnte nicht länger hinsehen. Wo blieb das verdammte Loch, in dem sie versinken konnte? Ihr kam der Gedanke, einfach den Rückwärtsgang einzulegen und abzuhauen, aber die Polizei hatte ihr ja den Weg versperrt.

»Lynne!« Avas Stimme war sogar durchs geschlossene Auto zu hören. »Was ist denn hier los?«

Lynne blickte hoch und sah ihre Freundin an, die mit wallend blonder Mähne im stürmischen Wind draußen stand und nicht schockierter hätte aussehen können. Sie kam aus einer wohlhabenden Familie und war die Besitzerin von Ava's Paradise, einer exklusiven, wahnsinnig schicken Boutique mit weiteren Filialen in Wales und England. Als Freiwillige half sie bei der *Guten Fee* aus.

Für Fragen war jetzt aber keine Zeit, sie musste sich stellen. Also überprüfte sie im Rückspiegel kurz ihr Make-up, strich durch ihre lichtbraunen Locken, die bei solch feuchtem Wetter noch unbändiger wurden, und kletterte aus dem Wagen. Dabei sah sie die Männer ihre Zigaretten austreten und näher kommen. Schnell stakste sie mit einem kaum zitternden Lächeln auf ihren hohen Schuhen zu Ava und packte ihren Arm, ihre Fingernägel gruben sich in ihre Haut. »Sag mir, dass Gavin uns mit seiner Anwesenheit beehrt.«

Ava sah sie an, als wäre sie aus einem Irrenhaus entlaufen. »Natürlich. Alle sind da. Nur du …«

Lynne verstärkte ihren Griff, ihr Lächeln fühlte sich wie eine Grimasse an. »Ich brauche ihn. Jetzt.«

Noch ein deutlich verwirrter Blick, aber ehe ihre Freundin antworten konnte, tauchten die Polizisten hinter ihr auf, und wie befürchtet, hatte sich ihre Zahl verdoppelt. Zumindest der Regen hatte aufgehört. »Miss …« Der Dunkelhaarige von vorhin streckte Ava die Hand hin, plötzlich konnte er freundlich dreinschauen, was wohl entweder an Avas atemberaubendem Äußeren lag oder an der Sportanlage mit den größten Sportstars des Landes darin.

Ava sah zwischen den Uniformierten und ihr hin und her, und Lynne straffte die Schultern. »Ava, das sind Officer … ähm … Paul …«

Der dunkelhaarige Polizist schüttelte Avas Hand. »O' Donnell, Miss, schön Sie kennenzulernen, und das sind Evans, Jenkins und Roberts.«

Ava zog ihre Hand an sich, sie gab sich nicht die Mühe ihr Misstrauen zu verbergen. »Was wollen Sie hier?«

Auch die anderen waren inzwischen näher getreten und sahen neugierig in die Runde.

Paul O' Donnell begann zu lachen und hob beschwichtigend die Hand. »Bitte entschuldigen Sie die Aufregung, wir wollten wirklich niemanden beunruhigen.« Er legte Lynne die Hand auf die Schulter, als wären sie alte Freunde. »Nur sichergehen, dass Miss Padrig hier nicht im Verkehr steckenbleibt – heute ist viel los.« Er drückte ihre Schulter, seine Stimme troff vor Hohn.

Lynne spürte Hitze in ihren Wangen aufsteigen, fiel aber ins Lachen der anderen ein. Was sonst sollte sie tun?

»Ganz uneigennützig«, murmelte sie leise, sodass nur O' Donnell und vielleicht auch der Rothaarige, Evans, sie hören konnten. Lauter fügte sie hinzu. »Die Straßen waren vollgestopft, ich hätte eine Ewigkeit durch die Stadt gebraucht, aber als Officer O'Donnell hörte, was die Cardiff Greens für ein krankes Mädchen ermöglichen, waren er und seine Kollegen sofort bereit zu helfen.«

Einer der durchtrainierten Typen im Trikot kam näher und legte seinen Arm um Avas Schultern. Diese gab ihm einen Kuss auf die glattrasierte Wange, dabei musste sie sich nur zur Seite lehnen, mit ihren eins achtundsiebzig und den mörderisch hohen Absätzen überragte sie ihn fast schon. Er hatte braune, kurzgeschnittene Haare und eine Narbe quer über die Nase. Bei seinem Anblick atmete Lynne erleichtert auf. »Gentlemen, darf ich vorstellen? Gavin Quinn!« Sie funkelte den jetzt so handzahmen Paul an. »Sind wir jetzt hier fertig?«

»Ich glaube, das ist meine erste positive Erfahrung mit Cops.« Gavin schüttelte die Hände von allen vier Polizisten und kniff Lynne in die Wange, was nicht unbedingt half, um sie als seriöse Leiterin einer Wunschagentur dastehen zu lassen. Dann sah er über sie hinweg, als hielte er auf dem Parkplatz bereits Ausschau nach dem Mädchen, aber noch war nichts zu sehen.

»Wollen wir nicht reingehen, anstatt weiterhin in diesem scheußlichen Wetter herumzustehen?« Ava musterte die Polizisten von oben bis unten. »Sie werden dann ja nicht mehr gebraucht. Danke für Ihre Hilfe.«

O'Donnell zuckte zurück und sah fast schon hilfesuchend zu Lynne. Vom knallharten Cop, der ihr so herzlos einen Strafzettel verpasst hatte, war nicht mehr viel übrig.

Fast hätte Lynne gelacht. Aber er stand da wie ein kleiner Junge, und sie spürte, wie sie weich wurde.

»Bevor wir gehen …« Sie lächelte zu Gavin hoch. »Meinst du, mein Freund Paul hier könnte ein Autogramm von dir haben?«

»Und ich glaube, ich schulde Ihnen einen Kaffee, Miss Padrig«, mischte sich Evans ein und lächelte Lynne anzüglich an.

Sie spürte, wie sie rot anlief, während Ava zwischen ihnen hin- und hersah und eine Augenbraue hob.

Zum Glück räusperte O' Donnell sich in diesem Moment. »Das wäre wirklich nett von Ihnen, Mr Quinn, mein Sohn ist ein großer Fan.«

»Na dann kommen Sie mit rein, vielleicht finden wir auch noch ein Trikot oder sowas für Ihren Jungen.«

Gemeinsam traten sie durch die sich selbst öffnenden Flügel ins Gebäude und durch einen hellerleuchteten Korridor mit unzähligen gerahmten Rugbybildern und Teamfahnen an den Wänden.

Lynne konnte nicht glauben, dass sie die Polizisten immer noch nicht losgeworden war und schaute missmutig auf ihre Schuhe. »Keine Sorge, Lynnie, alles ist bereit, die Jungs sind geschniegelt und gestriegelt und haben halbwegs annehmbare Manieren versprochen. Jetzt fehlt nur noch die Kleine.« Gavin beugte sich ein wenig zu ihr hinunter und flüsterte: »Nur vergiss nicht, was du Ava und mir versprochen hast: Du kommst zum Freundschaftsspiel gegen Irland.«

Lynne presste die Lippen aufeinander. Er wusste, wie sehr sie Rugby hasste, nur den Grund kannte er nicht. Fast hätte sie »Nur über meine Leiche!« geantwortet, aber sie erinnerte sich schnell daran, dass sie hier nicht alleine waren. »Na klar, habe ich doch gesagt!« Sie lächelte und fügte in Gedanken hinzu: »Leider werde ich da krank sein.« Denn nichts auf der Welt könnte sie freiwillig zu einem Rugbyspiel bringen – auch wenn es nur ein Aufwärmspiel vor der eigentlichen WM war. Sie hatte als Teenager genug sich rammende Typen gesehen, hatte Reed nicht nur einmal das Blut abgewischt. Sie wollte nicht daran erinnert werden. Aber Gavin hatte ihr Kommen zur Bedingung für seine Unterstützung bei der Wunscherfüllung gestellt. Und obwohl Lynne es bestimmt auch ohne ihn geschafft hätte, war es durch ihn sehr viel komplikationsloser gewesen. Diese Gegenleistung konnte sie ihm nur einfach nicht geben.

Gavin stieß die Tür zu einem riesigen Konferenzraum auf und führte die Polizisten hinein. »Hey, Leute, ich habe ein paar Retter in der Not aufgegabelt, und Lynnie … also Miss Padrig … ist auch schon hier.«

Lynne rückte den Schulterriemen ihrer Handtasche zurecht und trat ein. Fast wäre sie wieder zurückgestolpert, was mit ihren Absätzen zwangsweise mit ihrem Hintern auf dem Boden geendet wäre. Es fühlte sich an, als liefe sie geradewegs in eine Testosteronwand. Mindestens dreißig Männer drehten sich zu ihr um, während hinter ihr noch die Raucher in den Raum drängten. Sie blickten von den Brötchen, Kuchen und Getränken auf, die auf dem langen Konferenztisch in der Mitte vorbereitet waren, wandten sich von Gesprächen in kleineren Gruppen zu ihr um und legten Unterlagen und Fotoausrüstungen nieder. Keine einzige Frau außer Ava war hier, noch nicht einmal eine weibliche Journalistin. Wie sexistisch! Als könnten nur Männer über Sport berichten.

So gelassen wie möglich hob sie die schmucklose, aber zumindest frisch manikürte Hand und winkte in den Raum. »Guten Tag, ich hoffe, Sie haben nicht zu lange gewartet.«

Sie verzichtete darauf, näher auf die Polizisten einzugehen, die Gavin in den hinteren Bereich führte. Dafür hatte sie ohnehin keine Zeit mehr, denn einer der Muskelprotze löste sich aus der Menge und kam auf sie zu. Anders als die meisten trug er nicht das Cardiff-Greens-Trikot, sondern einen Anzug, der sich um seine breiten Schultern spannte. »Schön, Sie kennenzulernen, Miss Padrig, ich bin Daniel Green, der Geschäftsführer der Mannschaft.« Er schüttelte ihre Hand mit festem Griff und wies auf einen weiteren, ebenfalls teils ergrauten Anzugträger an seiner Seite. »Colin Douglas, der Cheftrainer.«

Lynne gab auch diesem Mann die Hand. »Nett, Sie kennenzulernen, und vielen Dank, dass Sie all das hier ermöglichen. Ich denke, wir werden bald strahlende Kinderaugen sehen.«

»Ich gehe auch gleich wieder raus, um die Kleine in Empfang zu nehmen«, ließ Ava sich vernehmen, und Lynne nickte ihr dankbar zu. Ein paar Presseleute kamen durch den Raum näher, Lynne erkannte sie nicht nur an den Ausweisen, die ihnen um den Hals hingen, sondern auch an ihrer gewöhnlichen Straßenkleidung, die hier drinnen Mangelware war. Ein paar Gesichter kamen ihr von draußen bekannt vor, und sie hoffte, dass niemand sie nach ihrer polizeilichen Begleitung fragte. Es ging hier einzig um den Wunsch eines kleinen Mädchens.

Sie setzte ein höfliches Lächeln auf, erinnerte sich an ihre vorbereiteten Worte über die Wichtigkeit von Unterstützern wie diese Rugbymannschaft. Aber ehe die Herren sie erreichten, wandte der Trainer sich ihr noch mal zu. »Das Team ist froh, helfen zu können, und wenn wir mit ein bisschen von unserer Zeit einem Kind Freude bereiten, dann liegt die Freude ganz bei uns.« Er streckte ihr erneut die Hand entgegen, und als Lynne ein wenig verwirrt einschlug, hörte sie das Klicken von Kameras. Natürlich! Sie waren alle schon in Stellung.

»Darf ich Ihnen auch gleich den neuen Kapitän der Mannschaft vorstellen?«, fuhr Mr Douglas fort. »Ein Teufelskerl. Direkt von Auckland zu uns gekommen.«

Ihr Lächeln gefror. Aus *Auckland*?! Neuseelands Auckland?!

»Hey, Reed, wo treibst du dich herum? Jungs! Ist er noch draußen?«

Ein Kribbeln fuhr durch ihren Körper, ihre linke Hand, die einst ein Ring mit einem Delfin geziert hatte, zuckte. Bekam sie jetzt etwa einen Herzinfarkt? Nein, das waren doch Schmerzen im linken Arm, oder? Sie wusste gar nichts mehr, konnte nicht denken, nicht reagieren, sie starrte einfach nur an Mr Douglas vorbei zu den Muskelprotzen, die zur Seite traten und einen von ihnen durchließen – einen blonden Mann mit blondem Bart und viel zu grünen Augen. Grüne Augen, die sich wachsam auf sie richteten und die durch das grüne Trikot noch intensiver leuchteten. Ihr Herz begann zu rasen. Er sah völlig anders aus. Dieser Bär von einem Mann hatte nichts mit dem Teenager von einst gemein, und doch erkannte sie ihn sofort wieder. Er trug das Haar länger als früher, es kräuselte sich in seinem Nacken, und aus einem leichten Flaum war ein richtiger Bart geworden, der am Kinn etwas dichter und länger war.

Sie spürte die Blicke aller, die Kameras, die darauf warteten, dass sie eine weitere Hand schüttelte, und aus dem Gang hörte sie aufgeregte Stimmen näher kommen. Winnie Griffin war hier.

Trotzdem konnte Lynne sich nicht bewegen, sie schien in Zeitlupe gefangen. Das war ein Albtraum. Wie hatte sie nur so dumm sein können? Die Weltmeisterschaft! Reed mochte für eine neuseeländische Mannschaft spielen, aber er gehörte immer noch zum Nationalteam Wales'. Aber was zur Hölle machte er ausgerechnet bei den Cardiff Greens? Seit wann war er ihr Kapitän?! Sie hätte ihn hier nicht treffen dürfen, das war inakzeptabel, das Risiko hatte gar nicht bestanden, sonst wäre sie ja überhaupt nicht hergekommen, sie hätte Rosemarie geschickt, auch wenn die alte Dame sich so langsam lieber im Hintergrund hielt.

Lynne war sich sicher, dass man ihr all diese wirren Gedanken im Gesicht ablesen konnte, und wäre fast in ein hysterisches Lachen ausgebrochen. Doch da blieb Reed plötzlich mit einem höflichen Lächeln vor ihr stehen und sah auf sie hinunter. Er wirkte viel zu real. »Hi.«

Hi? Er sagte einfach »Hi« zu ihr? Mit einer Stimme, die so ungewöhnlich tief und rau war, dass sie zusammenzuckte.

Reiß dich zusammen, Lynne! Er ist nur einer von den Muskelprotzen, Kameras sind auf dich gerichtet, warten auf ein perfektes Foto mit dem Helden der Nation, mit dem Mann, auf dem all die Hoffnungen für die kommende Weltmeisterschaft liegen. Mit deiner Kindheitsliebe.

»Mr Rivers.« Sie streckte ihm die Hand entgegen, eine abrupte, sehr überlegte Bewegung, die enorme Kraft erforderte. Ihre Stimme klang ein wenig hoch, aber in Anbetracht der Umstände konnte sie wohl stolz darauf sein, dass sie sich noch auf den Beinen halten konnte. »Willkommen zurück in der Heimat.« Sie versuchte sich an einem Lächeln, wartete darauf, dass er ihre Hand ergriff, sie berührte, während es in ihrer Brust wild pochte. Aber ehe er dazu kam, lachte der Trainer neben ihm laut auf und ließ sie zusammenzucken.

»Und Gavin hat gesagt, Sie verstünden nichts von Rugby, Miss Padrig. Nachdem Sie wissen, wer Reed ist, wage ich das zu bezweifeln.«

Lynne ließ ihre Hand sinken, wandte sich Mr Douglas zu, dankbar für diese Ablenkung von dem stechenden Blick, der sich in ihr Innerstes bohrte. »Es wäre schwer, nicht von Reed Rivers gehört zu haben, Mr Douglas, auch wenn ich fürchte, dass Gavin ansonsten recht behält. Rugby und ich … das hat leider nie zusammengepasst.«

Ein verächtliches Schnauben erklang, und Lynne wäre beinahe zu Reed herumgefahren, um ihn zornig anzufunkeln. Bevor sie aber dazu kam, ging die Tür hinter ihr auf.

»Leute, seht mal, wen ich hier mitbringe.« Avas fröhliche Stimme drang durch den Raum, die Presseleute konzentrierten sich Gott sei Dank nicht länger auf sie, sondern wandten sich sofort an den Ehrengast. Auch Lynne drehte sich um, ohne Reed noch einmal anzusehen.

Ein dünnes, für ihr Alter kleines Mädchen mit blondem Pferdeschwanz und Trikot stand da und sah mit einer Mischung aus Unsicherheit und Aufregung von einem zum anderen. Ein durchsichtiger Plastikschlauch verlief unter ihrer Nase, sie trug einen Rucksack, in dem der Sauerstoff verwahrt war. Arme Winnie. Sie war erst neun Jahr alt und litt an Mukoviszidose. Die Hand ihrer Mutter lag auf ihrer Schulter, eine ebenso viel zu dünne Frau, die nervös lächelte und genauso wie bei der Besprechung zur Wunscherfüllung neulich sehr müde aussah. Vermutlich war sie eine Schönheit gewesen, ehe das Schicksal ihr so übel mitgespielt hatte. Lynne wusste, sie war dreißig, sah aber derart dünn noch eher wie ein Teenager aus. Schwarze glatte Haare waren zu einem Knoten am Hinterkopf gebunden, sie betonten die blasse Haut und die blauen Augen. Das knielange Kleid und die weiße Sommerjacke waren ein Hingucker, aber an dem abgemagerten Körper kam das Outfit kaum zur Geltung.

Einen schönen Tag, das war alles, was Lynne dieser Familie geben konnte, nur einen Tag – eine Wahrheit, die sie jedes Mal wieder wie ein Fausthieb in den Magen traf. Die Machtlosigkeit in Anbetracht solch unfairer Umstände überlagerte für Lynne immer den Anblick der Aufregung und Freude. Der brennende Wunsch kam in ihr auf, dieses Mädchen zu schnappen und fortzubringen, irgendwohin in Sicherheit, in eine andere Welt, in der sie nicht mit Sauerstoff herumlaufen musste, in der sie gesund war.

Nur jetzt lag alles an ihr, sie musste sich zusammenreißen. Sie wollte gerade näher treten und die beiden willkommen heißen, als eine Stimme an ihrem Ohr flüsterte. »Wo ist dein Ring?« Sein Atem kitzelte an ihrem Hals, sandte ein Zittern durch ihren Körper, seine Worte lähmten sie. Sie suchte nach einer Antwort oder nach der Kraft, ihn einfach zu ignorieren, aber da ging er schon an ihr vorbei und kniete vor dem Mädchen nieder.

»Hi! Winnie, nicht wahr? Was hast du da für einen coolen Rucksack?«

Das Mädchen strahlte, die Presseleute tauschten Blicke, so war das nicht geplant gewesen. Zuerst hätten die offiziellen Vorstellungen kommen sollen, aber die Fotografen brauchten nicht lange, um die Chance zu nutzen und loszuknipsen.

»Den habe ich, damit ich besser atmen kann«, sagte das

Mädchen und sah Reed mit ihren großen blauen Augen an. »Sind Sie Reed Rivers? Der beste Fly-half der ganzen Welt?«

Reed lachte leise, kaum mehr als ein tiefes Vibrieren seiner Stimme. »Darauf kannst du wetten. Aber ob ich lange der Beste bleibe, wage ich zu bezweifeln, wenn ich mir dich so ansehe. Was meinst du, gehen wir raus aufs Feld, um ein wenig Schlamm auf dieses tolle Trikot zu bekommen? Aber nur, wenn keiner dieser Loser hier draufsteht.« Er deutete mit dem Daumen hinter sich zu seinen Teamkollegen und bedeutete dem Mädchen dann, sich umzudrehen. »Los, zeig her, welche Nummer trägst du?«

Winnie wirbelte herum und hob den Rucksack ein wenig auf, um allen die große 10 zu präsentieren, die Nummer des Fly-halfs.

Reed klopfte ihr auf die Schulter. »Braves Mädchen! Na dann, komm mal mit.« Er richtete sich auf, nahm Winnies dargebotene Hand und verschwand mit ihr im Gang. Perplexe Gesichter blieben zurück, und auch Lynne brauchte einen Moment, um wieder richtig zu sich zu kommen. Sie wollte den beiden hinterher, schließlich war es ihre Aufgabe, die Mutter in Anbetracht dieses wilden, gefährlichen Sports zu beruhigen, die Presse zu koordinieren, Fragen zu beantworten und dem Team Honig ums Maul zu schmieren. Aber ehe sie sich bewegen konnte, trat Paul O'Donnell grinsend vor sie hin, ein signiertes Trikot in der Hand. »Lady, wenn Sie mir gesagt hätten, dass ich hier Reed Rivers treffe, wären sie ganz sicher ohne Strafzettel davongekommen.«

Lynne hörte ihn über das Rauschen in ihren Ohren kaum, ihr Blick war seltsam unklar, überlagert von zu vielen Bildern aus der Vergangenheit. »Hätte ich gewusst, dass Reed Rivers hier ist, hätte ich mich von Ihnen einsperren lassen.« Sie wartete auf keine Antwort mehr, sondern ging hinaus, Reed hinterher, der schon wieder das Herz eines Mädchens gewann.

* * *

Reed holte einen Rugbyball aus dem Schrank und führte das unaufhörlich schnatternde Mädchen durch die leicht müffelnde Umkleidekabine, durch den Tunnel und hinaus auf den nasskalten Platz. Hinter sich hörte er die Zeitungs- und Fernsehfuzzis und den Rest seines neuen Teams, das er kaum kannte. Und Lynne.

Sie war wieder da, nach so langer Zeit, es war wirklich passiert. Ihr Name war schon vorher gefallen, er hatte gewusst, wer die Leiterin der Agentur war, und so hatte er sich auch auf das Treffen vorbereiten können. Anders als sie. Trotzdem war es eher wie ein Tritt in die Eingeweide gewesen, in diese bernsteinfarbenen Augen zu sehen. Einen Moment lang war die Zeit weggeschmolzen. Schon als sie mit polizeilicher Begleitung auf so dramatische Weise eingefahren war, hatte er das Gefühl gehabt, in die Vergangenheit gefallen zu sein. Sie war ausgestiegen, stolz, entschlossen, trotzig, mit nur einem Hauch von Unsicherheit. Wie das Mädchen von einst, nur in völlig anderen Klamotten, die nicht zu ihr passten und sie fremd wirken ließen. Er hatte sich im Hintergrund gehalten, nicht ihr zuliebe, um sie nicht noch weiter in Verlegenheit zu bringen, sondern weil er das Gefühl gehabt hatte, nicht mehr atmen zu können. Die wenigen Minuten draußen waren notwendig gewesen, um ihr gegenübertreten zu können, gefasst und nach außen hin unberührt. Vielleicht hatte er es genossen, sie so überrumpelt und hilflos zu sehen. So habe ich mich damals auch gefühlt, hätte er am liebsten gesagt. Fast hätte er sie vor laufenden Kameras bloßgestellt, allen auf die Nase gebunden, dass sie seine Verlobte war. Aber er wollte der kleinen Winnie den Tag nicht ruinieren.

»Bist du schnell?« Reed warf den Ball von einer Hand in die andere und blieb im Malfeld stehen. Winnie sah grübelnd zur anderen Seite des Platzes, als wollte sie sich ausrechnen, in welcher Zeit sie die Entfernung schaffte. Dabei wusste er natürlich, dass sie alles andere als schnell war, schließlich war ihre Lunge im Eimer. Aber er war schon immer der Meinung gewesen, dass es wenig Sinn machte, ein krankes Kind wie ein krankes Kind zu behandeln. Jeder sah ihre Nasenbrille und den Sauerstoff, das wusste sie selbst – also sollten sie betreten zu Boden schauen oder sie so nehmen, wie sie war?

»Wie sieht's aus mit Werfen und Fangen?«, fragte er weiter, da sie weiterhin nachdenklich das Feld betrachtete.

»Ich kann kicken«, erklärte Winnie und sah ihn etwas unsicher an.

Reed lächelte. »Natürlich kannst du das, du trägst schließlich die Nummer zehn.« Er legte den Ball ab und trat einen Schritt zurück. »Na, dann zeig mal, was du drauf hast.«

Winnie grub ihre Hände ins Trikot und knetete es. Sie warf einen Blick zurück zu den anderen, die sich bei der Tribüne herumdrückten, und sah dann wieder zu ihm hoch.

»Ich wette, du kickst besser als jeder einzelne dieser Presseheinis dort drüben«, flüsterte er und zwinkerte ihr zu.

Winnie biss sich auf die Lippe und trat an den Ball heran. Sie sah noch einmal zurück, und als Reed ihrem Blick folgte, sah er Winnies schattenhafte Mutter und die ungewohnt elegante Lynne, die beisammenstanden und sich unterhielten. Ein paar Fotos wurden geschossen und Videokameras liefen.

Verschwindet doch alle, wollte er am liebsten rufen, auch zu seinem Team. Nicht dass er etwas gegen die Jungs hatte, sie waren im Moment nur einfach noch Fremde. Sie schienen sowieso nicht wirklich zu wissen, was sie machen sollten, und Reed konnte sich besser auf die Kleine konzentrieren, wenn sie nicht um ihn herumscharwenzelten. »Bereit?«

Winnie nickte, atmete sichtbar ein, trat ein paar Schritte zurück, nahm Anlauf, holte mit dem rechten Bein aus, schwang es nach vorne und verfehlte den Ball. Sie ruderte mit den Armen, rutschte auf der nassen Wiese aus, aber ehe sie hinfiel, hatte Reed sie schon unter den Achseln gepackt und aufgerichtet. »Sag es nicht weiter, aber das ist mir auch schon mal passiert, nur hat es mich voll auf den Hintern geschmissen«, flüsterte er ihr ins Ohr.

Winnie lächelte schüchtern in sich hinein, während ihre Mutter rief: »Alles in Ordnung, Schatz?«

»Mir geht's gut, Mum!«

Reed unterdrückte ein Lachen, sie war neun Jahre alt und klang schon wie ein genervter Teenager.

»Kann ich es noch mal versuchen?« Sie sah mit ihren großen blauen Augen zu ihm auf, so voller Vertrauen, und Reed hätte sie am liebsten in den Arm genommen.

»Natürlich machst du es gleich noch mal! Denkst du etwa, ich lasse dich von diesem Platz, ehe du die anderen so richtig blamiert hast?«

Winnie strahlte und brachte sich wieder in Position.

»Das ist die richtige Einstellung. Versuche jetzt mal, den Ball gar nicht anzusehen, schau zum Tor.«

»Das ist viel zu weit weg und zu hoch oben.«

»Das ist egal, Hauptsache, die Richtung stimmt schon mal.«

»Lloyd Everglade aus meiner Klasse sagt, Mädchen können nicht Rugby spielen.«

»Wenn ich mit dir fertig bin, Darling, wirst du Lloyd Everglade in den Dreck treten.«

Winnie riss die Augen auf, sah zurück zu ihrer Mutter, wieder zu ihm und kaute auf ihrer Unterlippe herum. Das Kichern konnte sie aber nicht unterdrücken, und beim nächsten Versuch traf sie den Ball, der sogar ein gutes Stück weit flog. Mit einem Triumphschrei fuhr sie zu ihm herum, und Reed gab ihr ein High Five. »Das soll Evershade dir mal nachmachen.«

»Everglade.«

»Von jetzt an Evershade, denn er wird immer in deinem Schatten stehen.«

»Sind in Neuseeland alle Poeten?« Gavin Quinn trat zu ihnen heran, und Reed unterdrückte ein Seufzen. Zwar war der Flügelstürmer ein ganz anständiger Kerl, soweit er das beurteilen konnte, aber er wollte sich in Ruhe mit der Kleinen beschäftigen. In Auckland hatte er hin und wieder mit Kindern gearbeitet, Schulklassen besucht und sich als Preis für Meet and Greets hergegeben, was er tausendmal lieber machte, als belanglose Interviews zu führen. Die Kleinen unter den Menschen berührten etwas in ihm, sie waren wie Knete, noch so formbar, und er hasste den Gedanken, dass irgendjemand daherkam und sie zertrampelte. Rugby verlieh ihnen Selbstvertrauen, machte aus weicher Knete Stein, sodass sich Eltern, Lehrer, mobbende Mitschüler oder wer auch immer ihnen das Leben schwermachte die Zähne an ihnen ausbissen. Wenn er nur ein wenig dazu beisteuern konnte, war er bereits zufrieden.

»Hast du schon mal jemanden getacklet?«, fragte Gavin

die Kleine, und Reed bemerkte aus den Augenwinkeln, dass die anderen alle näher kamen. Grandios.

Winnie grinste als Antwort, warf sich herum und stürzte sich mit wildem Gebrüll auf Reed. Sie versuchte ihre dürren Ärmchen um seine Taille zu schlingen, aber ehe sie Halt finden konnte, packte Reed sie und warf sie hoch in die Luft.

Winnie schrie lachend auf, und er fing sie, darauf bedacht, vorsichtig mit ihrem Rucksack umzugehen. Dann warf er sie sich über die Schulter, drehte sich im Kreis, während sie immer weiter kreischte. »Winnie Griffin hat versucht, den Meister zu tacklen! Was hat sie sich nur dabei gedacht?« Er drehte sie herum, sodass sie ihre Hände frei hatte und ihn angreifen konnte. »Wird sie die gegnerische Nummer zehn zu Boden bringen oder im Schlamm enden?«

Winnie presste ihre Hände gegen seine Brust, wand sich und zappelte, und Reed ließ sich abrupt nach hinten auf die nasse Wiese fallen. Winnie schrie auf, landete auf seiner Brust und rollte zur Seite ins Gras. »Nein! Er ist zu Boden gegangen! Winnie Griffin hat es tatsächlich geschafft, sie …«

Ein Schemen trat in sein Blickfeld. Reed sah auf, blinzelte in die zaghaft aus den Wolken greifenden Sonnenstrahlen und verengte die Augen, als er Lynne mit sturmumwölkter Miene über sich stehen sah.

»Bist du verrückt geworden?«, zischte sie leise, sodass nur er und vermutlich auch die Kleine sie hören konnten.

Reed setzte sich auf und sah auf Winnie hinab, die von der Anstrengung schwer atmete, aber immer noch lachte.

»Das ist ein krankes Kind!« Ihre Stimme wurde noch leiser, ihr Gesicht aber sah aus, als würde sie schreien. Hinter ihr kamen die anderen näher, Winnies Mutter lächelte, ging neben ihrer Tochter auf die Knie nieder und ließ einen Wortschwall über sich ergehen, wie toll es hier war. Reed aber sah weiterhin Lynne an, die ihn zornig fixierte, was er mindestens genauso leidenschaftlich erwiderte.

»Wie wär's, wenn wir zusammen das Passspiel üben«, hörte er Gavin sagen, und aus den Augenwinkeln sah er, dass er Winnie und ihre Mutter mitnahm. Die anderen folgten ihnen. Lynne wollte sich ebenso abwenden, aber Reed war noch nicht fertig.

»Du hast wirklich keine Ahnung von Kindern.« Er stand auf und zupfte seine vom Gras durchnässten Shorts zurecht. »Hast also in der Zwischenzeit keine bekommen.«

Lynne erstarrte. Sie hatte ihm den Rücken zugewandt, und ihre dezent lackierten Fingernägel gruben sich in ihre Handflächen. Der Wind ließ ihre Locken tanzen, und als sie sich wütend zu ihm umdrehte, sah sie trotz der Verkleidung aus wie das ungestüme Mädchen von einst.

»Die Kleine hat Mukoviszidose, sie ist ernsthaft krank und …«

»Und Leute wie du lassen sie das auch nicht vergessen.«

»Du hättest sie verletzen können! Sie ist keiner deiner Teamkollegen, du kannst doch nicht einfach so grob mit ihr umgehen!«

»Ich war nicht grob.«

»Du bist immer …« Sie verstummte, Schuld zeichnete sich in ihren allzu vertrauten Augen ab, ihre vollen Lippen, von denen er jahrelang geträumt hatte, pressten sich zusammen.

Reed nickte langsam. Er hatte ihr eine Abreibung verpassen wollen, hatte den kindischen Wunsch gehabt, ihr alles heimzuzahlen, und da verpasste sie ihm so eine Ohrfeige.

»Ich bin nicht mehr derselbe wie früher.« Seine Worte waren kaum mehr als ein Knurren. Nie hätte er erwartet, dass ausgerechnet sie ihm Vorurteile entgegenbrachte, dass sie annahm, seine Probleme von früher kontrollierten ihn auch heute noch. Schließlich war sie einst diejenige gewesen, die sich über die Voreingenommenheit der anderen am meisten aufgeregt hatte. Mit einem Kopfschütteln ging er an ihr vorbei. »Und du bist auch nicht mehr dieselbe.«

»Reed …« Sie ging ihm nach. »Ich habe das nicht so gemeint, es ist nur … Ich habe hier die Verantwortung, und wenn der Kleinen etwas passiert, wenn ich zulasse, dass …«

Er blieb stehen. »Und ich bin natürlich niemand, den man in die Nähe von kleinen Kindern lassen darf. Schnell, holt eure Töchter und Söhne und Haustiere und Wertgegenstände, Reed Rivers ist auf den Straßen.«

»Du benimmst dich kindisch.«

Ja, das tat er wirklich. Aber verdammt, wenn sie hier war, fühlte er sich auch wieder wie fünfzehn. Er spürte erneut all die Missachtung, all das Unverständnis … und den größten Verrat. Er wollte es ihr nicht leicht machen, ein Teil in ihm verlangte danach, sie leiden zu sehen. Vielleicht war er in den zwölf Jahren seit ihrer letzten Begegnung tatsächlich nicht viel erwachsener geworden.

»Nun, ich bin lieber ein Kind als …« Er ließ seinen Blick erneut über sie gleiten, und auch wenn er zugeben musste, dass sie irre heiß aussah, war es doch nicht die Lynne, die er kannte. Die Lynne von einst hatte den ganzen Tag bei ihm zu Hause auf dem Pferdehof verbracht, sie war durchs Heu geklettert, hatte sich ins hohe Gras gelegt und Spinnen aus Schuppen entfernt, indem sie sie auf ihre Hand hatte krabbeln lassen. Die Lynne von heute sah aus, als würde sie beim

Anblick einer Spinne ohnmächtig werden. »Was auch immer du darstellen möchtest … *Lynnie.*«

Ihre Augen verengten sich, ihr Kinn schob sich etwas vor. »Entschuldigen Sie mich, Mr Rivers, ich habe einen Job zu erledigen.« Sie wandte sich ab, hielt aber noch einmal inne und sah über die Schulter zurück zu ihm. »Ich meine, einen richtigen Job – nicht mit einem Ball über ein Feld laufen.«

Reed legte sich gespielt getroffen die Hand auf die Brust, verzichtete aber auf eine Erwiderung, denn in einem hatte sie recht: Sie waren nicht hier, um aufeinander loszugehen, sondern um einem Kind eine Freude zu bereiten. Und er würde einen Teufel tun und zulassen, dass Lynne noch mehr Herzen brach. Auch wenn ihm schon fast schlecht wurde, wenn er sie mit der Presse lachen hörte, so übertrieben und unecht, dass es doch jedem auffallen musste. Aber die anderen schienen alle verzückt. Gut, sie wussten nicht, wie Lynne in Wirklichkeit klang, sie hatten sie nicht gehört, wenn sie vom Pferd gefallen war und, anstatt zu jammern, in einen Lachanfall verfallen war. Das wusste nur er.

Kapitel 2

Jen lief mit Winnie an der Hand über die dicht befahrene Straße. Sie konnten beide nicht aufhören zu kichern. Schon lange hatte Jen ihre Tochter nicht mehr so glücklich gesehen. Es fühlte sich an, als glitte ihr eine enorme Last von den Schultern, und der allgegenwärtige Druck in ihrer Brust schwand. Schwungvoll stieß sie die Tür des Pubs auf, und sofort umhüllte sie der Duft nach gebratenem Speck, Chips und Bier. Dabei war jetzt am Nachmittag gar nicht besonders viel los, an der Bar herrschte tote Hose, und nur ein paar Pärchen und eine Familie besetzten die Tischnischen.

Befreit atmete Jen tief durch, und Winnie tat es ihr gleich, was Jen mit einem Schmunzeln beobachtete – für sie beide war dies der Geruch von zu Hause.

»Du bist zu spät.« Oliver, der Besitzer des Dragon's Lair, sah nicht von der Bestellungsliste auf der dunklen Walnusstheke auf, das musste er auch nicht, sein mürrischer, strenger Ton verfehlte selten seine Wirkung. Nur Jen ließ sich davon nicht beeindrucken.

»Noch bin ich nicht zu spät«, erwiderte sie gutgelaunt und kramte in ihrer Handtasche nach dem Wohnungsschlüssel. Es war schummrig hier drinnen, die Jalousien vor der Glasfront waren halb heruntergezogen, um die brütende Sonne auszusperren. Nur wenige von Staubwirbeln durchzogene Lichtstreifen fanden herein. Für Jen wirkte heute aber alles heller. Sie hatte Winnie völlig losgelöst beim Sport herumtoben sehen, als hätte sie vergessen, dass sie krank war. Ein wertvolles Geschenk. Der Tag hatte mit Regen und grauer Düsternis begonnen, aber es war Jen so vorgekommen, als wären die Wolken mit jedem Lachen ihrer Tochter weiter zurückgewichen, bis die Sonne den Himmel komplett erobert hatte.

»Du wirst zu spät dran sein, wenn du weiter so herumtrödelst.«

»Hey, Oliver, stell dir vor, wir waren beim Rugby«, rief Winnie aufgeregt, kletterte mühsam auf einen Barstuhl, beugte sich vor und gab Oliver einen Kuss auf die stoppelbärtige Wange. »Du pikst!« Obwohl er sich Mühe gab, seinen düsteren Gesichtsausdruck beizubehalten, sah Jen ganz genau, wie sein Mundwinkel leicht zuckte. Dass er sich nicht rasiert hatte, war trotzdem kein gutes Zeichen. Es bedeutete, dass ihm der Stress mal wieder über den Kopf wuchs. Für gewöhnlich legte er großen Wert auf sein Äußeres, er sah nicht gerade aus wie der übliche Pub-Besitzer. Eher akademisch, mit seinen sorgfältig gebügelten Stoffhosen und den perfekt sitzenden Hemden, die seine hochgeschossene, schlanke Gestalt zur Geltung brachten. Seine Hände waren immer gepflegt, und sein Haar, das in diesem düsteren Licht fast schwarz wirkte, war gerade so lang, dass man es mit Gel ein wenig zerzausen konnte. Fremde hielten ihn vermutlich eher für einen Anwalt oder Manager. Und doch wirkte er hier unter den Rugby-Fotos und Fahnen, dem Flachbildfernseher für Sportübertragungen und der walisischen Flagge nicht fehl am Platz. Er hatte sich diesen Laden zu eigen gemacht, und auch sein Anblick hinter den Zapfhähnen bedeutete für Jen zu Hause.

»Komm, Winnie, bevor ich wirklich noch zu spät komme.«

»Hör auf deine Mutter, sonst muss ich sie feuern«, grummelte Oliver abgelenkt und fuhr Winnie dabei ungewöhnlich liebevoll über das Haar.

»Würdest du nie machen!« Winnie rutschte vom Barstuhl und ging hinter die Theke, wo sie die weißen Schwingtüren zur Küche aufstieß und dahinter verschwand.

Jen sah Oliver noch einen Moment lang an. »Ich beeile mich, okay?«

Er nahm einen neuen Bestellschein, ohne in ihre Richtung zu sehen. »Würde ich dir auch raten.«

Jen schüttelte den Kopf, heute konnte nichts ihre Laune verderben. Provozierend gemächlich folgte sie Winnie pfeifend in die verlassene Küche. Harry, ihr begnadeter Koch, war vermutlich im Kühlraum oder Lager. Von dort trat sie durch die nächste Tür in den dahinterliegenden finsteren Flur. Eine schmale, knarzende Treppe führte nach oben, wo sich zwei kleine Zweizimmerwohnungen befanden. In der einen lebte Oliver mit seiner Freundin Sarah, in der anderen hatte Jen mit ihrem Mann und Winnie gewohnt – bevor Jack sich vor über drei Jahren auf und davon gemacht hatte, um seinem Traum als Musiker zu folgen. Ein schwerkrankes Kind hatte sich damit nicht vereinbaren lassen.

Jack und Oliver hatten das Dragon's Lair vor beinahe vierzehn Jahren gemeinsam eröffnet. Sie waren schon seit Schulzeiten die besten Freunde gewesen, dabei waren sie so unterschiedlich. Jack war ein offener, stets zugänglicher und gutgelaunter Mensch. Er war wie geschaffen dafür gewesen, an der Theke zu stehen und die Verantwortung über den Gastraum zu tragen. Er hatte Späße getrieben, immer wieder seine Gitarre hervorgeholt, um seine Gäste zu unterhalten, und leider auch mit ihnen mitgetrunken, während Jen kellnerte. Sie wusste gar nicht mehr, wie oft sie ihn am Ende des Abends halb die Treppe hatte hochtragen müssen. Oliver war für das Betriebswirtschaftliche zuständig gewesen und hatte vorne nur hin und wieder ausgeholfen – bis Jack entschieden hatte, dass er keine Lust mehr hatte, und verschwunden war und Oliver mit dem Pub und Jen mit ihrem Kind hatte sitzen lassen.

Jen konnte von Glück sagen, dass Oliver ihr die Wohnung über dem Pub gelassen hatte, genauso wie ihren Job. Sie bezahlte nicht viel für die beiden Zimmer, und manchmal, wenn ihr die vielen Medikamente für Winnie wieder ein Loch in die Geldtasche brannten und sie die Miete nicht aufbringen konnte, ignorierte er es einfach. So nahm sie ihm seine griesgrämische Art nie übel, denn Jen wusste, dass er im Grunde seines Herzens ein guter Mann war. Und wenn seine Freundin Sarah von ihren Langstreckenflügen zurückkam und die seltenen freien Tage bei Oliver verbrachte, war er sogar manchmal ganz gut drauf.

»Hast du gehört, was Mr Rivers gesagt hat, Mum?« Winnie war ganz außer Atem, hopste aber trotzdem aufgeregt neben ihr her, so voller Energie, als spürte sie ihre Krankheit gar nicht mehr.

»Ich höre gar nichts mehr, bis du dich beruhigst und aufhörst herumzuspringen.« Sie sperrte die Tür auf und trat in den kleinen Vorraum, in dem gerade mal ein Garderobenständer Platz hatte.

»Er schickt mir Karten für das Freundschaftsspiel, und ich darf noch mal zum Training kommen.«

»Das ist wirklich sehr nett von ihm, aber dein Wunsch

wurde schon erfüllt, und Mr Rivers ist bestimmt sehr beschäftigt. Bitte sei nicht enttäuscht, wenn er es vergisst und …«

»Das glaube ich nicht!«

»Okay, Schatz – du hast bestimmt recht.« Jen ging ins Schlafzimmer und zog sich für die Arbeit um, während Winnie ihren Inhalator anmachte und sich vor den Fernseher setzte. Hoffentlich hielt dieser blonde Rugby-Star-Schönling sein Wort und war nicht nur wegen der Kameras so freundlich gewesen. Er hatte Winnie zwar einen großartigen Tag beschert, aber Jen hatte trotzdem Angst, dass er sie am Ende enttäuschte. Zuzutrauen wäre es solchen vom Glück geküssten Menschen ja. Rivers verdiente sein Geld mit etwas, was er gerne machte, was als Hobby begonnen hatte, und er wurde gefeiert und angehimmelt. Jen bezweifelte, dass er es im Leben je besonders schwer gehabt hatte.

Ihr Blick fiel auf ihre Näharbeit auf dem Nachttisch. Es war ein himmelblaues Sommerkleid für Winnie, das am Rock unten Falten schlug und dezente Rüschen an den Trägern hatte. Es würde bald fertig sein, und danach wollte sie ihr noch ein paar T-Shirts nähen und eine dünne Mütze für windige Tage stricken. Kleider selbst anzufertigen war ihr Ausgleich, ihre Entspannung, ihre Leidenschaft. Wenn sie nähte und Entwürfe zeichnete, dachte sie nicht an Krankheiten, Arzttermine oder Medikamente. Früher, als Jack noch hier gewesen war und sie nicht allein für den Unterhalt aufkommen musste, hatte sie ein paar Kurse in Modedesign besucht, obwohl ihr Mann ihren Traum stets belächelt hatte. Für ihn hatte es nur einen Traum gegeben, den es zu verfolgen galt, und das war sein eigener gewesen.

Also kellnerte Jen und flirtete für besseres Trinkgeld, um

vielleicht doch irgendwann mal etwas aus ihrer Leidenschaft zu machen. Bis dahin konnte sie zumindest für sich selbst und Winnie ein paar besondere Einzelstücke herstellen, und sie war immer stolz, wenn Winnie nicht dasselbe anhatte wie zwanzig andere Schüler.

»Hast du Hunger?« Sie ging in die Küche und griff nach dem Karton mit dem Getreidebrei. Winnie antwortete nicht, sie war ganz vertieft in die Zeichentrickserie, aber Jens Frage war ohnehin nur rhetorisch gewesen. Winnie musste essen, so kalorienhaltig wie möglich und mit Nahrungsergänzungsmitteln versetzt. Auch musste sie dreimal täglich inhalieren und Turnübungen machen, um den Schleim in ihrer Lunge zu lösen, was immer eine gute Stunde in Anspruch nahm. Es war der ewig gleiche Trott, der Jen stets daran erinnerte, dass sie ein Damoklesschwert über sich schweben hatte. Den Abend über musste Winnie allein verbringen, denn Jens Schicht begann um vier und endete um ein Uhr morgens. Das war ihr lieber, als von acht Uhr früh bis zum Nachmittag zu arbeiten. Denn so war es ihr möglich, mehr Zeit mit ihrer Tochter zu verbringen. Nach ihrer Schicht konnte sie sich ein wenig hinlegen, ehe Winnie aufstand und sie den Tag wieder mit Turnen und Inhalieren begannen. Wenigstens dauerten ihre Nächte jetzt in den Ferien etwas länger, an Schultagen waren die Morgen härter. Jen brachte Winnie den Getreidebrei mit einem Smiley aus Schokolinsen und küsste sie auf den Kopf. »Bis später, Schatz!«

»Jetzt geh schon, Mum, du bist wirklich viel zu spät.«

»In einer Stunde komme ich nach dem Rechten schauen!«

»Tschüss, Mum!«

Jen zog lachend die Tür hinter sich zu und hastete die Treppe hinunter.

»Hi Harry.« Sie trat in die Küche und winkte dem an den Schläfen leicht ergrauten, gut genährten Koch bei der Fritteuse zu, der sich mit einem strahlenden Lächeln zu ihr umdrehte.

»Hey Jenny, wie ist es heute gelaufen?«

»Winnie ist sich sicher, ein großer Rugbystar zu werden, und hat sich in Reed Rivers verliebt.«

»Donnerwetter! Ihr habt Reed Rivers getroffen?! Wer ist nicht in den neuen Kapitän verliebt!«

Jen grinste. »Stell dich hinten an, Winnie würde es dir nie verzeihen, wenn du ihn ihr ausspannst.«

»Und Winnie hat's echt gefallen?«

»Sie wollte gar nicht mehr weg. Mr Rivers konnte unglaublich mit ihr umgehen, er hat sie nicht mit Samthandschuhen angefasst und ihr nicht das Gefühl gegeben, etwas nicht zu können. Er war wirklich großartig.«

Harry nahm den Korb mit den Pommes aus der Fritteuse und lachte. »Ah, da hat sich noch jemand verliebt.«

»Unsinn.« Sie senkte den Blick. Hitze breitete sich auf ihrem Gesicht aus, und sie band sich schnell die Schürze um, während Harry weiter vor sich hin gluckste. Zugegeben, dieser Reed war schon eine imposante Erscheinung gewesen, nicht nur weil er so umwerfend sexy war, sondern vor allem wegen seiner Art mit Winnie. Aber Jen hatte schon lange nicht mehr auf diese Weise an Männer gedacht. Auch hatte sie nicht vor, je wieder einem Mann zu vertrauen. Sie war einmal verlassen worden, das reichte. Winnie und sie kamen wunderbar alleine zurecht. Dass Harry, einer ihrer wenigen Freunde, glaubte, sie hätte sich wie ein Teenager in den schönen unerreichbaren Star verguckt, war ihr aber schrecklich peinlich.

»Ich bezahl dich nicht zum Herumstehen und Quatschen.«

Jen zuckte erschrocken zusammen. Wie aus dem Nichts stand plötzlich Oliver neben ihr und sah mit seinen düsteren grauen Augen auf sie hinab. Sofort errötete sie noch mehr.

»Und wenn du glaubst, dass dieser Rivers aus reiner Nächstenliebe nett war, kannst du einem leidtun. Der braucht die Publicity. Viele nehmen es ihm schließlich übel, dass er so lange in Neuseeland gespielt hat. Und gerade vor der WM muss er sich gutstellen. Ihr wart nur Mittel zum Zweck – die hübsche junge Mutter und ihr krankes Kind.«

Jen verdrehte die Augen. »Du bist immer so ein Charmeur, Oliver, wie soll ich mich da noch auf die Arbeit konzentrieren?«

Er knurrte irgendetwas Unverständliches und wandte sich ab. Bevor er aber zurück in den Gastraum verschwand, blieb er noch einmal stehen. »Hast du was gegessen?«

»Klar.«

Er warf ihr einen Blick über die Schulter zu und hob die Augenbraue. »Was?«

»Saftiges Hüftsteak mit einer göttlichen Kräutersoße und acht Kartoffelklößen.«

Oliver sah an ihr vorbei zu Harry. »Mach ihr einen Burger.«

»Immer gerne, Boss.«

»Ich brauche nichts.« Jen wollte an Oliver vorbei, aber er verstellte ihr den Weg. Er war kein Reed Rivers, aber mit seinen eins neunzig und seinen gelegentlichen Besuchen im Fitnessstudio stellte er sich doch als unüberwindbares Hindernis heraus.

»Ich habe nichts davon, wenn du vor allen Gästen umkippst oder Bestellungen vergisst, weil du halb verhungert bist. Iss was!«

»Ja, Sir.« Jen salutierte, und Oliver drehte auf dem Absatz um. Harry lachte leise in sich hinein und schnitt das Brot für den Burger auf.

»Es wird höchste Zeit, dass Sarah wieder zurückkommt«, murmelte er und griff nach dem Ketchup. Jen nahm es ihm aus der Hand, sie konnte ihr eigenes Essen machen.

»Wann ist sie denn zurück?«

»Ich glaube, heute Nacht, wenn der Flug sich nicht verspätet.«

»Vielleicht lächelt er dann endlich wieder«, seufzte sie, während ihr Magen vernehmlich knurrte.

Harry nickte. »Er hat Ärger mit einem Lieferanten, Gwen ist im Urlaub, Emily ist krank. Das heißt, Linda schiebt Doppelschichten und …« Er verstummte, wandte sich dem Herd zu und wendete den Hamburger.

Jen strich sich geistesabwesend die Haare aus dem Gesicht. Sie hatte ein schlechtes Gewissen, sie konnte nicht mehr arbeiten als fünf Tage in der Woche für je neun Stunden. Sie schaffte einfach nicht mehr, und Oliver käme auch nie auf die Idee, sie darum zu bitten. Eine weitere Kellnerin einzustellen konnte er sich aber nicht leisten. Das Dragon's Lair lief zwar gut – besonders im Sommer, wenn Touristen Cardiff unsicher machten, aber der zentrale Platz in der Nähe zahlreicher Sehenswürdigkeiten war auch nicht billig. Oliver tat so viel für sie, und Jen konnte es ihm nicht zurückgeben. Aber es graute ihr davor, Winnie noch öfter allein zu lassen. Die Zeit mit ihr war zu kostbar.

»Raus!«

Jen zuckte zusammen, tauschte einen Blick mit Harry

und sah dann zu den Schwingtüren, die die Küche vom Gastraum trennten. Es war Olivers Stimme gewesen, die die Gespräche und dezente Musik übertönt hatte, eine Stimme, die ansonsten nie laut wurde.

Angespannt ging sie hinaus. Sie sah Oliver an der Bar, er hatte ihr den Rücken zugewandt, seine Hände schlossen sich um die Arbeitsplatte der Theke, so fest, dass die Knöchel weiß waren. Linda stand wie erstarrt mit einem Tablett mitten im Raum, die Gäste, die sich bislang eingefunden hatten, sahen sich irritiert an.

»Bist du taub? Verschwinde!«

Jen sah an Oliver vorbei zum Eingang, und ihr Herz blieb stehen. Gerade noch hatte sie an ihn gedacht, und jetzt stand er plötzlich nach drei Jahren da – in seiner Lederjacke, den blonden, mit Gel aufgestellten Haaren, als wäre er noch immer zwanzig, den Gitarrenkoffer in der Hand.

»Hey Jen.«

Die Luft entwich ihr mit einem hohen Laut. »Jack …« Sie sah hoch zur Decke, in einem Anflug von Panik fürchtend, dass Winnie die Anwesenheit ihres Dads spürte und runterkam.

»Letzte Warnung.« Oliver machte einen Schritt zur Seite und versperrte ihr die Sicht auf ihren Exmann, während es so still im Raum wurde, dass sie das Brutzeln hinter sich in der Küche hörte. Sie spürte auch Harry in ihrem Rücken. Er sah bestimmt über die Schwingtüren hinweg, bereit, jederzeit einzuschreiten.

»Ich bin hier, um mit meiner Frau zu sprechen.«

»Exfrau. Sie arbeitet.«

Jack ignorierte seinen Freund und kam auf die Bar zu. »Können wir reden?« Seine stechend blauen Augen, denen sie vor über einem Jahrzehnt verfallen war, schienen sie zu durchbohren. Jetzt sah sie aber nicht den jungen Musiker vor sich, der sie verzaubert hatte, sondern den Mann, der einfach sein Kind im Stich gelassen hatte. »Was willst du?«

Oliver drehte sich abrupt um, würdigte sie keines Blickes und verschwand in die Küche. Linda machte sich schnell wieder an die Arbeit und versuchte, die Gäste vom Geschehen an der Bar abzulenken.

»Ich habe euch in den Nachrichten gesehen … beim Rugby. Da dachte ich mir, ich komme mal vorbei und sehe, wie es euch so geht.«

»Wie es uns so geht? Das hat dich drei Jahre lang nicht interessiert.«

»Das ist nicht wahr. Ich habe dir Geld geschickt. Ich habe angerufen.«

Das stimmte, er zahlte pünktlich Alimente, zwar nicht viel, aber sie konnte ihm nicht vorhalten, dass er seiner finanziellen Pflicht nicht nachkam. Nur welchen Wert hatte dieses Geld? Oder ein Anruf zweimal pro Jahr?

»Ja, du zahlst, und du hast dich auch um die Scheidung gekümmert, du bist ein wahrer Samariter.«

»Jen …«

»Sie hatte gerade mit der Schule angefangen. Es war schwer genug. Und dann war ihr Dad plötzlich ohne ein Wort des Abschieds weg. Und jetzt kommst du einfach hierher?«

»Du weißt, ich konnte nicht … Es war einfach alles … Wie geht es ihr? Im Fernsehen sah sie … sie braucht Sauerstoff?«

»Seit einem halben Jahr regelmäßig.«

Jack sah sie schweigend an, Schmerz flackerte in seinem

Blick auf, was es verdammt schwierig machte, ihn zu hassen. Eigentlich hatte sie ihn nie wirklich gehasst, sie war eher enttäuscht gewesen, vermischt mit einem Funken Verständnis. Die ersten sechs Jahre war er Winnie ein ziemlich guter Vater gewesen, bis ihm die Verantwortung, die Angst, die Rückschläge … alles zu viel geworden waren. In gewisser Weise konnte Jen das nachvollziehen. Sie war nicht nur einmal einem Zusammenbruch nahe gewesen, weil sie es nicht aushielt, ihr Kind leiden zu sehen. Weil sie nächtelang wach blieb, um zu überprüfen, ob Winnie noch atmete, weil sie eine Lungenentzündung nach der anderen durchmachten, eine obstruktive Bronchitis der nächsten folgte, und weil sie schon halb im Krankenhaus lebten. Es war bei Gott nicht leicht – das war es nie gewesen. Aber abhauen? Das wäre für sie nie in Frage gekommen. Dieses zarte Engelsgesicht nicht jede freie Minute sehen? Unvorstellbar.

Jack atmete hörbar ein und wandte sich Linda zu, die hinter die Theke ging. »Bring mir ein Bier, ja?«

Linda sah mit hochgezogener Augenbraue von Jack zu Jen, die ihr zunickte. Linda zuckte mit den Schultern und murmelte etwas, das nicht besonders freundlich klang.

»Die konnte mich noch nie leiden.«

»Woran das wohl liegt …«

Jack sah sie ungeduldig an, und Jen presste die Lippen aufeinander. Sie suchte nach Worten, aber sie hatte ihm beim besten Willen nichts zu sagen. Sie war wütend, sie war traurig, sie war verwirrt, aber nach so langer Zeit waren ihr die Antworten auf die vielen Fragen, die sie nach seinem Verschwinden gehabt hatte, egal. Zu ihrem Glück musste sie aber auch nicht sprechen, denn die Schwingtüren hinter ihr flogen erneut auf. Jens Erleichterung verflog so schnell, wie sie gekommen war, als sie Oliver sah, einen Baseballschläger in der Hand, die Augen zu Schlitzen verengt und den Kiefer so angespannt, dass die Sehnen seines Halses deutlich hervortraten. »Hol dir dein Bier woanders.«

»Verdammt!« Jack ließ den Gitarrenkoffer fallen, taumelte mit hocherhobenen Händen einen Schritt zurück, als Oliver auch schon ausholte und den Schläger auf die Bar sausen ließ, mit einer Kraft, die die gesamte Theke erschütterte. Von einem Manager oder Anwalt war nichts mehr zu sehen, dieser Mann schien sich in einen gutgekleideten Killer verwandelt zu haben.

»Bist du verrückt geworden?!«

»Das nächste Mal trifft er deinen nutzlosen Schädel.« Er holte erneut aus, und Jen wich erschrocken zurück.

»Oliver bitte, hör auf!«

»Letzte Chance abzuhauen. Darin bist du doch Experte.«

Jack sah aus weitaufgerissenen Augen von seinem einstigen Freund zu ihr. »Der hat sie nicht mehr alle!«

»Oliver, ich gehe raus, um mit ihm zu reden.« Jen ging auf ihren Boss zu, den sie kaum wiedererkannte, wollte ihm die Hand auf den Arm legen, aber sie fuhr sofort zurück, als er mit dem Schläger in der Hand und einem seltsam wilden Blick zu ihr herumfuhr. »Du gehst nirgendwohin mit diesem Drecksack!«

»Bist du jetzt ihr Bodyguard, oder was?« Jack kam wieder näher, mutig, das musste man ihm lassen. »Hast du's also endlich geschafft? Lange genug hast du ihr ja nachgeschmachtet.«

Jen musste ob dieser absurden Äußerung beinahe lachen, als der Schläger mit einem dröhnenden Poltern zur Seite flog und Oliver Anstalten machte, um die Bar herumzugehen. Schnell stellte Jen sich ihm in den Weg. Sie wusste zwar nicht, wie sie ihn davon abhalten sollte, mitten im Gastraum eine Schlägerei anzufangen, aber da kam zum Glück Harry aus der Küche und packte Olivers Arm.

»Schaff dieses Arschloch hier raus, Jen«, sagte der Koch und zerrte den lautstark protestierenden Oliver zurück.

»Ja, lass uns draußen reden«, lachte Jack höhnisch, »bevor dieser Wahnsinnige hier noch ganz grün wird und endgültig zum Hulk mutiert.«

Jen zögerte nicht. Sie warf noch einen Blick nach oben, hoffend, dass Winnie nichts von diesem Aufruhr mitbekam, hörte Oliver und Harry streiten, nahm den Gitarrenkoffer, packte Jack mit der freien Hand an der Jacke und zog ihn hinaus auf die geschäftige Straße.

Warme, leicht nach Abgasen riechende Abendluft schlug ihr entgegen, und Jen schloss einen Moment die Augen und atmete tief durch. Dann drehte sie sich abrupt um.

»Was zur Hölle, Jack?« Sie ließ den Koffer äußerst unsanft zu Boden fallen und stemmte die Hände in die Seiten. Er war nicht viel größer als sie, gerade mal eins siebzig, aber wenn er lächelte und seine blauen Augen blitzten, konnte er alle anderen überragen.

»Du solltest dir echt überlegen, woanders zu arbeiten, der da drinnen ist gemeingefährlich.«

Jen boxte ihm gegen die Brust. »Wage es nicht, etwas gegen ihn zu sagen! Er hat Winnie und mich gerettet! Und ich habe keine Zeit auf Jobsuche zu gehen, ich kann es mir nicht leisten, die Versicherung macht wegen der Kosten für Winnies Behandlungen ohnehin schon Schwierigkeiten. Außerdem kannst du Oliver sein Verhalten wohl kaum vorwerfen, so wie du ihn im Stich gelassen hast.«

»Dich habe ich auch im Stich gelassen, und du stehst nicht mit einem Baseballschläger da.«

»Der Abend ist ja auch noch jung!«

Jack hob eine Augenbraue, sein Mundwinkel zuckte, und ehe sie sichs versah, fing er an zu lachen. Als wären sie zwei alte Freunde, die sich zu einem Plausch trafen. »Ein Baseballschläger, echt, dass ich das noch erlebe! Der stille, vor sich hinbrütende Oliver greift zu den Waffen!« Er krümmte sich vor Lachen, und obwohl Jen nichts an dieser Situation lustig fand, musste sie sich auf die Lippe beißen, um nicht darin einzufallen. Wahrscheinlich war es ein Anflug von Hysterie, weil er so plötzlich einfach hier vor ihr stand. Es hatte eine Zeit gegeben, da hatte sie sich das sehnlichst gewünscht, und nun konnte sie sich nicht mal erinnern, wieso.

»Was willst du hier?« Sie lehnte sich zwischen der Eingangstür und der langen Reihe an Glaselementen an die stuckverzierte Mauer und ließ ihren Blick über die Einkaufsläden und Eisdielen mit ihren Außensitzbereichen und bunten Sonnenschirmen schweifen. Es war Mitte August, die Sonne würde noch lange nicht untergehen, und Familien und junge Feiernde bevölkerten die Straßen. Bei ihrem Anblick kam Jen sich mit ihren dreißig Jahren uralt vor. War sie auch mal ein sorgloser Teenager gewesen? Ja, ihre Eltern waren früh gestorben, und sie war als Einzelkind bei ihrer Tante schnell auf sich selbst gestellt gewesen. Aber sie hatte nicht wirklich gewusst, was echte Verantwortung war, bis sie ein krankes Kind bekommen hatte. Mit ihrer vermeintlichen großen Liebe.

»Ich wollte einfach nur vorbeischauen, das ist alles.«

Die Worte rissen sie aus ihren Gedanken, stumm sah sie

ihn an, die Hände locker an ihren Seiten, sie wollte ihm nicht zeigen, wie sehr allein dieser Satz sie aufregte.

»Ich dachte mir, ich könnte Winnie … naja … ich könnte sie sehen.«

»Jetzt?« Ihre Stimme war ganz ruhig, auch wenn ihr das fast schon körperliche Schmerzen bereitete.

»Oder morgen?«

Ihr Hals schnürte sich zu, aber sie war gut darin, ihre Gefühle verborgen zu halten. Wer eine tapfere Miene aufrechterhalten und Zuversicht ausstrahlen musste, während sein Kind Angst hatte und litt, konnte auch einem Feigling standhalten. »Morgen würde dir passen, ja?« Sie hob ihre Hand ans Kinn, blickte in den von einzelnen Federwolken bedeckten Himmel hoch. »Oder in einer Woche? In einem Jahr? Naja, weißt du was, wieso hole ich sie nicht gleich runter?« Sie sah ihn wieder an, ruhig und tödlich. »Sie wird sich bestimmt freuen, ihren Dad zu sehen, und überhaupt nicht verwirrt oder verletzt sein.«

»Jenny …«

»Nenn mich nicht Jenny. Ich hatte heute ausnahmsweise einen schönen Tag.« Sie fuhr sich über die Stirn, und ihre Stimme wurde immer leiser, immer freundlicher. »Was glaubst du eigentlich?« Sie stieß sich von der Wand in ihrem Rücken ab, richtete sich auf und zupfte ihre Schürze zurecht. Ein paar Passanten schlenderten an ihnen vorbei, und Jen setzte ein Lächeln auf. Dabei fehlte nicht mehr viel, und sie wäre auf ihn losgegangen, um mit ihren kleinen Fäusten auf ihn einzutrommeln. »Winnie ist nicht dein Spielzeug, das du *alle drei Jahre* rausholen kannst, wenn es dir gerade passt. Du willst sie sehen?« Sie hob auffordernd die Hände. »Dann geh nach Haus – wo auch immer das ist – und überlege dir ernsthaft, was du vorhast. Und wenn du dich dafür entscheiden solltest, von jetzt an ein verlässlicher Bestandteil ihres Lebens zu sein, wenn du sie regelmäßig besuchen und eine Bindung zu ihr aufbauen möchtest, hast du meine volle Zustimmung. Aber wenn dich nur gerade das schlechte Gewissen übermannt, weil die Nachrichten dich an dein krankes Kind erinnert haben, verschwindest du am besten für immer. Wir sind nicht deine Priester, die dir Absolution erteilen. Du willst dich besser fühlen? Das ist nicht unser Problem. Ich lasse dich bestimmt nicht in ihre Nähe, nur damit du sie wieder verlassen und enttäuschen kannst.«

Jack sah sie an, als hätte sie ihm eine Ohrfeige verpasst, was ihr seltsame Genugtuung bereitete. In ihrer Beziehung hatte sie nie gesagt, wo es langging, sie hatte keine Kraft gehabt, mit ihm zu diskutieren. Er wollte abends mit Freunden ausgehen, während sie mit Winnie zu Hause blieb? Kein Problem. Er verschwand für ein Wochenende, um seine Musikkarriere in Schwung zu bringen? Proteste hatte er schnell erstickt, und sie hatte ihn gelassen. Aber jetzt musste sie nicht mehr versuchen, mühsam eine Ehe zu retten, während ihr alles über den Kopf wuchs. Sie war ihm überhaupt nichts schuldig.

»Ich dachte einfach nur …«

»Wenn du nachgedacht hättest, stündest du nicht einfach so hier.«

Er zuckte zusammen, und Jen schloss müde die Augen. Im Grunde war er immer schwach gewesen, seine Gitarre, der Gesang, sein Lachen, die offene Art, mit der er mit allen klarkam … alles nur Fassade. Er war ein Schwächling, und Jen fühlte sich nicht besser, wenn sie ihm wehtat. Gepresst atmete sie aus, nahm einen versöhnlichen Ton an. »Was erwartest du? Du kannst nicht einfach hier reinschneien und glauben, dass wir auf dich gewartet haben.«

»Ich habe euch vermisst.«

Das glaubte sie ihm sogar. Auf der Suche nach was auch immer er finden wollte, dachte er bestimmt hin und wieder an seine Familie. Das gab ihm aber nicht das Recht, ihr Leben auf den Kopf zu stellen.

»Wir kommen klar, Jack, wir … wir brauchen dich nicht.«

»Du willst, dass ich wieder gehe?« Er sah sie aufmerksam an, Schalk blitzte in seinen Augen, der die Verletzlichkeit von vorhin vollständig zur Seite schob. Seine Hand hob sich an ihre Wange. Jen wollte zurückweichen, blieb aber stehen, als bedeutete diese Berührung nichts.

»Ich habe *dich* vermisst.« Er ließ eine Strähne ihres schwarzen Haars, in dem sie vor einer Woche schon ein graues entdeckt hatte, durch die Finger gleiten. »Manchmal denke ich an früher. Du warst gerade achtzehn geworden. Oliver und ich trafen dich in diesem Pub, du sahst so süß aus hinter der Bar, so verloren. Von da an waren wir jeden Tag dort. Ich wusste sofort, dass ich dich wollte.«

»Heute bin ich nicht mehr verloren.«

»Aber noch genauso süß.« Er strich mit einem Finger ihren Wangenknochen entlang. »Nie zuvor hatte ich so etwas Reines und Unschuldiges gesehen. Du gehörtest einfach nicht in dieses verrauchte, stinkende Loch. Und dann diese Augen, dieses stechende Blau, das sich einem Mann ins Innerste bohrt …«

Jen verkniff sich ein böses Lachen. »Übst du gerade einen neuen Songtext?« Sie lehnte sich zu ihm vor, spürte seinen Atem auf ihrem Gesicht, er roch leicht nach Bier – früher hatte sie das gemocht, sie hatte es männlich gefunden, heute wurde ihr übel davon. »Er ist wirklich mies.« Sie trat zurück, seine Hand glitt von ihr, und einen Moment lang sah er ziemlich dumm aus der Wäsche. »Mach's gut, Jack. Das meine ich ernst. Genauso wie ich ernst meine, dass du in Winnies Leben zurückkannst, sofern du dich dafür entscheidest und sie das will. Wenn nicht: Hab ein schönes Leben.« Ohne ihn eines weiteren Blickes zu würdigen, drehte sie sich um und ging gemessenen Schrittes und mit einem kleinen triumphierenden Lächeln zurück ins Dragon's Lair.

Oliver blickte sofort vom Zapfhahn auf, die dunklen Brauen zusammengezogen. Aber da war auch Sorge in seinem Blick, was sie beruhigen sollte, nur dass der Triumph und die Überlegenheit von draußen plötzlich von ihr abfielen. Etwas in ihrem Inneren zitterte. Sie war gerade Jack gegenübergestanden, hatte mit ihm gesprochen, hatte seine Hand auf ihrer Haut gespürt. Zehn gemeinsame Jahre verbanden sie, ein wunderbares Kind. Sie war nicht aus Stein, auch wenn sie abseits von Winnie meist versuchte, zu einem zu werden. Diese Begegnung aus dem Nichts hatte etwas in ihren Grundfesten erschüttert.

»Ich sehe noch schnell nach Winnie«, sagte sie, um eine gleichmütige Stimme bemüht, als sie hinter die Bar trat. »Ich komme morgen früher, um die Zeit aufzuholen.«

Oliver sagte nichts, er kam auch gar nicht dazu, da sie schon an ihm vorbei in die Küche rauschte. Aufatmen konnte sie aber noch nicht, denn Harry sah ihr sorgenvoll entgegen. »Hast du diesem Kretin in den Arsch getreten?«

Jen schmunzelte. »So was in der Art.« Ihr Blick fiel auf die Anrichte, wo ein Burger mit viel Salat und Gemüse stand, so wie sie es mochte. Ein warmes Gefühl breitete sich in ihrer Brust aus, es vertrieb fast die Schwäche wegen dieses überraschenden Auftritts. »Danke, Harry.« Sie lehnte sich zu ihm hinüber und küsste ihn auf die glatte, nach Rasierwasser duftende Wange. Dabei behielt sie für sich, dass sie gerade ganz und gar nicht an Essen denken konnte. »Ich sehe noch schnell nach Winnie, bin gleich wieder da.« Und mit diesen Worten ging sie durch die nächste Tür. Der dunkle, kühle Flur empfing sie mit unerwarteter Intensität, als fiele sie in ein schwarzes Loch. Die Luft entwich ihr mit einem leisen Stöhnen, als hätte sie sie viel zu lange angehalten. Sie wollte gegen die Wand sinken, einen Moment lang die Augen schließen, durchatmen, aber das konnte sie sich nicht leisten. Es gab wenig, wovor sie so viel Angst hatte, wie auseinanderzufallen. Manchmal glaubte sie, an dem Druck, der sich in ihr aufbaute, zu ersticken. Aber sie durfte nie nachgeben, nie auch nur eine Träne vergießen, denn sie fürchtete, nie wieder aufhören zu können, wenn sie einmal damit anfing. Wenn sie einmal schwach wurde, wie sollte sie ihre Stärke dann wiederfinden? Wie sollte sie weiter für Winnie da sein, wenn sie die Teile vielleicht nicht mehr zusammensetzen konnte?

Im Moment hatte sie ohnehin keine Zeit, sie hatte Oliver heute schon genug im Stich gelassen. Sie musste sich beeilen.

»Alles okay?« Als hätte er seinen Namen in ihren Gedanken gehört, kam er plötzlich hinter ihr durch die Tür. Er griff zur Seite und schaltete das Licht an. Jen musste dagegen anblinzeln. Er ragte vor ihr auf, geschniegelt und gestriegelt, nach Seife duftend und perfekt. Nur war er das lediglich auf den ersten Blick. Im grellen Licht der surrenden Neonlampe zeigte sich deutlich, wie müde er war. Die Stoppeln auf seinen Wangen hatten sich ausgebreitet, und dunkle Ringe zeichneten sich unter seinen ungewöhnlichen grauen Augen ab. Auch sah sie immer noch einen Rest des Zorns in seinem Blick. Nie hätte sie gedacht, dass Oliver bedrohlich wirken könnte, aber in diesem Moment war sie froh, dass diese Wut nicht gegen sie gerichtet war.

Jen setzte ein Lächeln auf, wissend, dass sie mindestens genauso erledigt aussah. »Ja, alles okay. Mach dir keine Sorgen, ich bin gleich wieder da.« Sie wollte weiter, sich endlich mit Arbeit ablenken, aber er machte einen weiteren Schritt auf sie zu und ließ sie innehalten.

Fragend sah sie ihn an, wartete auf Worte. Er öffnete den Mund, schloss ihn wieder und fuhr sich unwirsch durch die dichten dunklen Haare, sodass sie zu allen Seiten vom Kopf abstanden. Jen warf einen Blick die Treppe hoch, sah ihn wieder an, und gerade als sie sich abwenden wollte, sagte er: »Du musst morgen nicht früher kommen, wir packen das schon.«

Jen verengte die Augen. »Ist kein Problem.«

Aber Oliver schüttelte den Kopf. »Ein anderes Mal gerne, aber heute hat dich dieses … Jack hat dich bestimmt aus der Bahn geworfen.«

Ein Lächeln entkam ihr. »Mir scheint, er kann mir weniger anhaben als dir.«

»Ist er weg? Sag mir bitte, dass du ihn zum Teufel gejagt hast.« Da war es wieder, etwas Rohes, Gefährliches, das nun seinen Ton vereinnahmte.

Jen zuckte mit den Schultern, versuchte sich nicht anmerken zu lassen, dass ihr dieser neue Oliver hier allein im Flur etwas unheimlich war. Selbst als Jack damals verschwunden war, hatte er nicht so gewütet, sondern still vor sich hin gekocht. Es hatte wohl so kommen müssen, dass er mal überlief. »Denke schon.«

Er nickte, schob die Hände in die Hosentaschen, schaukelte auf den Absätzen vor und zurück, sah über die Schulter zur Küchentür, als wollte er gehen, aber dann wandte er sich ihr noch einmal zu. Er sah sie mit zusammengepressten Lippen an, hob eine große feingliedrige Hand in ihre Richtung, ließ sie einen Moment lang in der Luft hängen und klopfte ihr schließlich zweimal auf die Schulter, was ihr wie eine ungeschickte »Alles wird wieder gut«-Geste vorkam. Dann drehte er sich abrupt um und verschwand in der Küche.

Jen sah ihm verdutzt hinterher und zuckte dann mit den Achseln. Sie versuchte erst gar nicht, diesen Mann zu verstehen, das wäre eine Lebensaufgabe, und ein graues Haar reichte ihr für den Anfang.

Kapitel 3

Lynne warf einen Blick auf die Wanduhr über der Tür und rieb nervös ihre Finger aneinander. Es war fast sechs, sie musste um spätestens halb sieben los, um pünktlich beim Charity-Event zu sein. Eine Veranstaltung, von der so viel abhing, ihr Traum, auf den sie schon so lange hinarbeitete! Heute sollte es beginnen, heute könnte der Schneeball ins Rollen gebracht werden. Sie musste glänzen, so viele wichtige Leute kamen, die Party musste einfach grandios werden und alle von ihrem Projekt überzeugen.

»Hörst du endlich auf zu zappeln?« Ava sah sie im Spiegel an, mit Haarnadeln im Mund, die Augen warnend verengt.

Lynne presste die Lippen aufeinander und hielt ganz still, während Ava ihr die letzten Locken an ihrem Hinterkopf in die Form einer Rose steckte.

»Wieso bist du überhaupt so nervös? Du brauchst da nur hingehen, Champagner trinken und …« Sie zwickte ihr in den Po. »… deinen süßen Hintern vor ein paar alten unanständig reichen Geizhälsen schwingen, während ich eine Modenschau zu schmeißen habe, von der noch unsere Enkel reden!«

Lynne lächelte ihr zu. »Jede deiner Shows ist atemberaubend, das weißt du ganz genau. Deine Enkel werden also ziemlich viel Gesprächsstoff haben.« Sie schlang einen Arm um ihre Freundin und zog sie in eine feste Umarmung.

»Danke, Ava, wirklich. Ohne dich wäre ich aufgeschmissen – angefangen bei meiner Haarfrisur.« Einen Rahmen für ein derartiges Charity-Event für kranke Kinder bieten war nicht gerade eine Kleinigkeit und sprach für Avas Großzügigkeit. Ihre Modenschauen waren berühmt, und dieses Mal sollte der komplette Erlös an die Agentur gehen. Auch hatte Ava sich eine weitere tolle Aktion überlegt, um noch mehr Geld einzubringen.

Ava trat einen Schritt zurück und betrachtete zufrieden ihr Werk. »Ach, papperlapapp! Deine Idee ist grandios, und wenn alles klappt, dann machen wir wirklich einen Unterschied – was ist da schon *eine* Modenschau?« Sie räusperte sich und zupfte ihre marineblaue spektakuläre Robe zurecht. Dann wandte sie sich zum Bett, auf dem ein geschlossener Kleidersack lag. Sie öffnete den Reißverschluss vorsichtig und zog ein blassgoldenes Kleid heraus.

Lynne stockte der Atem. Sie konnte sich nicht erinnern, je etwas so Schönes gesehen zu haben, nicht einmal in einer von Avas Boutiquen, und die waren voll von hinreißenden Stücken. Das Kleid hatte einen herzförmigen Ausschnitt aus Spitze, war um die Taille eng, mit kleinen diamantförmigen Öffnungen an den Seiten, die etwas Haut zeigen würden, und fiel dann seidig glatt zu Boden.

»Und? Was meinst du? Ziemlich Vintage, hm? Ich habe es in den alten Kollektionen meiner Designerin gefunden, die heute auch bei der Show dabei ist. Ich glaube, es passt perfekt zu deinem bronzenen Teint.«

Lynne wusste nicht, was sie sagen sollte. Sie war plötzlich tausendmal glücklicher über ihre Entscheidung, Ava die Garderobe für diesen Abend aussuchen zu lassen. Mit klammen Fingern nahm sie das Kleid entgegen und strich darüber. Es fühlte sich wundervoll an. Wann hatte sie das letzte Mal etwas derart Wertvolles in der Hand gehalten? Wann hatte sie sich das letzte Mal so richtig hübsch gemacht? Ein wenig kam sie sich hier im luxuriösen Badezimmer in Avas Haus vor wie das Mädchen von einst, das noch Prinzessin spielte. »Ava! Es ist atemberaubend!«

»Du wirst der Hingucker des Abends sein.« Ava half ihr in das Kleid und trat dann ein paar Schritte zurück, um sie genauestens zu mustern. »Ja, wirklich perfekt. Und der Rock ist so schön locker, den kann man ohne Schwierigkeiten bis zu den Hüften hochheben, falls du dich dazu entschließen solltest, einen unserer sexy Spieler zu ersteigern und mal etwas Spaß zu haben.«

»Ava!« Sie wandte sich schnell wieder dem Spiegel zu, damit ihre Freundin nicht sah, wie sie rot wurde.

»Was ist? Die Jungs werden gutes Geld einbringen! All diese schwerreichen Säcke nehmen ihre Ehefrauen mit, und die werden nicht nur Kleider aus der Show für unseren guten Zweck kaufen, sondern auch teuer für ihr Vergnügen bezahlen.«

Lynne verdrehte die Augen. »Wissen die Spieler, dass du vorhast, sie zu prostituieren?«

»Ach was, die waren gar nicht schwer zu überreden – ein ganzer Abend mit all den Models! Dass sie dann versteigert werden und ein paar Stunden mit irgendeiner Fremden verbringen müssen, ist ein geringer Preis. Außerdem ist es gute Publicity für das Team, für meine Boutique, für die Designer.« Sie legte Lynne die Hände auf die Schultern, ihre noch ungeschminkten Lippen zu einem frechen Grinsen verzogen. »Ich meine es ernst, Lynnie, du solltest dir einen der Spieler ersteigern! Dass ich mir Gavin hole, ist klar, aber es gibt genügend ungebundenes, heißes Frischfleisch in diesem Team.«

Lynne musste ein Lachen zurückhalten. »Hat dir schon mal jemand gesagt, dass du unglaublich sexistisch bist? Wenn Männer so reden wie du …«

»Männer reden ständig so wie ich, und bei denen ist es okay, es wird ja sogar von ihnen erwartet. Aber wehe eine Frau findet Gefallen an einem knackigen Hintern oder hat – Gott bewahre – Spaß am Sex! Schätzchen, ich habe mir etwas aufgebaut, obwohl mir Männer oft genug gesagt haben, dass ich scheitern werde. Ich wurde oft genug von Männern wegen meiner blonden Haare und meinem zugegeben wahnsinnig heißen Körper zu einem bloßen Lustobjekt degradiert. Sie bekommen einfach nur Jahrzehnte des Auf-die-Titten-Starrens zurück, so einfach ist das. Und lenke nicht ab. Du bist schon so lange single! Wann warst du das letzte Mal aus?«

Lynne griff nach dem Lippenstift, um sich abzulenken. »Ich habe zu viel zu tun.«

»Heute Abend nicht. Heute kannst du dir einen Spieler angeln. Wie wäre es mit Rivers?«

Ihre Hand stockte nur einen winzigen Moment, dann trug sie die dezente Farbe auf, die fast denselben Ton hatte wie ihre Lippen.

»Komm schon, Lynnie, er wäre perfekt! Soviel ich weiß, ist er nicht verheiratet, er ist superheiß, und außerdem habe ich neulich beim Wunsch bemerkt, wie er dich immer wieder angesehen hat.«

Sie fuhr zu ihrer Freundin herum. »Hat er nicht!« Schnell biss sie sich auf die Lippe. Ihr ganzer Körper wurde heiß, sie wusste, sie klang wie ein Kind, aber ihr wurde schwindlig, und sie schnappte anscheinend über, wenn die Sprache auf Reed kam. Dass er plötzlich wieder hier war, hatte sie alles andere als verdaut.

»Klar hat er das. Und du hast ihm auch Blicke zugeworfen, was ich dir nicht verdenken kann. Zwischen euch kann es ordentlich knistern, ihr braucht nur einen kleinen Schubs in die richtige Richtung. Ich habe ein Auge für so was.«

»Du bekommst gleich einen Schubs aus dieser Tür, wenn du nicht sofort aufhörst!« Sie lachte, um ihre Panik zu überspielen, auch wenn sie wusste, dass es ein wenig gezwungen klang. Niemand außer Rosemarie wusste von ihrer gemeinsamen Vergangenheit mit Reed und schon gar nicht, wohin das alles geführt hatte. Und Rosemarie wusste auch nur davon, weil sie sozusagen beteiligt gewesen war. Freiwillig hätte sie niemandem davon erzählt.

»Rivers bringt bestimmt gutes Geld ein«, sagte sie so beiläufig wie möglich und beugte sich zum Spiegel vor, um die Wimperntusche noch etwas aufzufrischen. »Aber nicht von mir. Es würde wohl etwas merkwürdig aussehen, wenn ich um Spenden bettle und dann selbst ein Vermögen rausschmeiße für einen Abend mit einem sexy Rugbyspieler.«

»Also mir ist das egal. Ich zahle so viel, wie ich muss, um Gavin nicht in die Hände einer anderen Frau zu geben. Der Arme käme vermutlich ganz traumatisiert aus der Sache heraus.«

»Immer nur mein Wohlergehen im Sinn.« Unvermittelt trat Gavin durch die Tür, ganz ungewohnt in einem Anzug. »Ihr seid schon angezogen? Mein Timing war wohl schon mal besser.«

Lynne grinste. »Hey Gavin, ihr beide seid wirklich ein Traumpaar! Was sagst du dazu, dass deine Frau sich in eine

›Madame‹ verwandelt hat und ein ganzes Rugbyteam verkauft?«

Gavin schlang einen Arm um seine Frau. »Ich sage, sie ist eine wahnsinnig raffinierte Geschäftsfrau und weiß, wie sich Geld verdienen lässt. Wen interessieren ein paar funkelnde Fetzen auf halbverhungerten Klappergestellen, wenn sie …«, er zeigte an sich hinunter, »… das hier haben können.«

Ava tätschelte sanft seine Wange. »Wo du recht hast, hast du recht, mein Schatz. Aber unterstehe dich, meine Haute Couture noch einmal als Fetzen zu bezeichnen.« Sie lehnte sich vor, um ihn zu küssen, und Lynne wandte den Blick ab. Trautes Liebesglück war ihr zum letzten Mal geheuer gewesen, als sie ein Teenager war. Manchmal bemitleidete sie unwissende Pärchen, die nicht wussten, dass alles irgendwann in die Brüche ging. Manchmal war sie aber auch neidisch.

* * *

Lynne wusste nicht mehr, wie viele Hände sie geschüttelt hatte, nur dass ihre Schuhe sie fast umbrachten und ihr die Wangen vom vielen Lächeln wehtaten. Und das war erst der Anfang! Die Show hatte noch nicht mal begonnen, sie hatte gerade mal die Hälfte der potenziellen Spender für ihr Projekt begrüßt, und nun stand ihr noch die schwierigste Aufgabe bevor – das Eintreffen der Cardiff Greens.

»Es geht los!« Ava griff nach ihrer Hand und zog sie zurück ins Foyer, wo ein Gutteil der Gäste bereits Champagner und kleine Snacks zu sich nahmen. Die meisten kamen aus dem Sportbereich, aber auch ein paar Politiker waren hier, die sich bei einem derartigen Charity-Event gerne blicken ließen.

»Hoffentlich haben die Jungs sich alle rausgeputzt, sie sollen uns schließlich einen Haufen Kohle einbringen«, wisperte ihre beste Freundin neben ihr.

Lynne stolperte hinter Ava her und kämpfte den Drang nieder, in die entgegengesetzte Richtung davonzulaufen. Sie war kein unsicherer Teenager mehr, sondern eine erwachsene, erfolgreiche Frau in einem Traum von einem Kleid. Es wurde Zeit, dass sie sich auch so benahm.

Mitten unter dem Kronleuchter, der den Raum in ein warmes Licht tauchte, blieb Ava stehen, und Lynne straffte die Schultern. Sie zwang das Lächeln auf ihr Gesicht zurück und blickte stoisch zum blumengeschmückten Eingangsbereich. Keine Sekunde zu früh, denn die vergoldeten Flügel schwangen auf, und das Team trat unter Blitzlichtgewitter ein. Zuerst die Geschäftsführung und Trainer und dann die Spieler. Diesmal hatten fast alle von ihnen eine Frau an ihrer Seite. Es war ein beeindruckender Anblick, all diese imposanten, breitschultrigen und hochgewachsenen Männer in eleganten Anzügen mit ihren wunderschönen Begleitungen. War es eigentlich Pflicht, als Sportstar ein Model als Freundin zu haben?

Lynne fixierte einen der Spieler – einen noch sehr jung wirkenden Muskelprotz mit roten Haaren, um nur ja nicht ein sehr viel gefährlicheres Mitglied des Teams anzusehen. Solange sie den Blick auf den Rothaarigen gerichtet hielt, konnte ihr nichts passieren. Sie würde nicht wieder in einen Strudel der Erinnerungen gezogen werden und nur noch das Rauschen ihrer Ohren wahrnehmen. Schlimm genug, dass Reed ihr seit dem Zusammentreffen beim Wunsch nicht mehr aus dem Kopf ging, sie durfte sich auf keinen Fall bei einem so wichtigen Abend ablenken lassen.

Ausgewählte Presse hielt sich dezent im Hintergrund, während die Masse draußen hinter den Türen verschwand. Einer der Reporter, der vorhin noch Lynne interviewt hatte, drängte sich zum Cheftrainer, und Lynne bemerkte zu spät, dass sie den Rothaarigen nicht mehr im Visier hatte. Ganz von selbst, wie durch einen Magneten angezogen, wanderte ihr Blick zur anderen Seite der näherströmenden Traube an Anzugträgern und bunt schimmernden Kleidern, und da war er einfach. Sie wusste nicht, wieso er so herausstach, er war nicht der Größte unter ihnen, auch wirkte sein blondes Haar so zurückgekämmt irgendwie dunkler und strahlte nicht mehr heraus. Trotzdem fand ihr Auge ihn so selbstverständlich inmitten all der Leute, als trüge er eine Leuchtreklame auf dem Kopf.

Lynne hielt den Atem an, versuchte das krampfartige Gefühl in ihrem Magen zu ignorieren. Am liebsten hätte sie sich die Hand gegen den Bauch gepresst, um den Schmerz darin zu betäuben, aber sie stand einfach nur da, immer noch das festgefrorene Lächeln auf den Lippen. Sie hatte ihn nie zuvor in einem Anzug gesehen, und sie wusste, das Bild würde sich in ihren Strudel aus Erinnerungen mischen. Er sah so verdammt gut aus. Fremd und vertraut zugleich. Da war immer noch der Junge von einst in ihm, wenn auch nur noch im Hauch einer Ahnung. In seinen Augen lag jetzt mehr, mehr Erfahrungen und Erlebnisse, die ihn gezeichnet hatten, das Kindliche war kaum noch zu sehen. Seine Züge waren markanter, alles an ihm wirkte härter, unnachgiebiger, weit entfernt. Und trotzdem war er immer noch er. Reed, der mit ihr gemeinsam auf dem Rad davonbrauste.

Ihr Herz raste in ihrer Brust, sie verlor sich trotz der Entfernung und all der Menschen, die sich immer wieder in ihr Blickfeld schoben, im Grün seiner Augen. Und erst da wurde ihr bewusst, dass er sie ebenso unverwandt ansah. Dass er den Raum betreten und sie sofort gefunden hatte. So wie früher. Ihr Herz machte einen Satz, sprang ihr in die Kehle.

»Mr Green!« Sie rannte förmlich zum Geschäftsführer der Mannschaft und strahlte ihn an. »Es freut mich so sehr, dass Sie es einrichten konnten.« Sie wandte sich der eleganten Frau an seiner Seite zu, die die Haare zu einem glatten Seitenscheitel gekämmt und zurückgebunden hatte. »Und Sie müssen Mrs Green sein! Wie schön, Sie kennenzulernen und einmal nicht von reinem Testosteron umringt zu sein.« Sie schielte an der Frau vorbei zu Reed, der sie immer noch ansah – nicht unbedingt sie als Ganzes, nur einen Teil von ihr – die diamantenförmige Öffnung des Kleides an ihrer Taille. Sofort spürte sie Hitze auf ihrer nackten Haut und verdeckte den schmalen Schlitz mit ihrer Hand.

Mrs Green lachte schallend und hängte sich bei ihrem Mann ein. »Ach, ich weiß genau, wovon Sie reden! Männer und Rugby! Da fühlt man sich schnell etwas verloren.«

»Darf ich Ihnen den Mantel abnehmen?« Sie half der Dame aus dem schweren Stoff und schlang ihn sich über den Arm. Zwar hatten sie genügend Personal engagiert, aber sie musste etwas tun, sie musste hier weg, zurück zu den Politikern und anderen Gästen, sogar die Presse war ihr jetzt lieber. Um die Cardiff Greens konnte sich Ava kümmern, ihr Mann gehörte schließlich dazu. Es wäre passend und überhaupt nicht verwunderlich.

So unauffällig wie möglich zog sie sich zurück zur Garderobe, als ihr unangenehm schrilles Lachen in die Ohren drang. Verwundert drehte sie sich um und sah erneut Reed.

Es war zum Verrücktwerden. Er und ein paar Spieler waren von einer Horde Frauen umzingelt. Dabei fiel ihr zum ersten Mal auf, dass er keine Begleitung zu haben schien, was sie einen Moment lang erleichterte – ehe sie sich selbst für dieses Gefühl schalt. Das ging sie ja gar nichts an!

Die aufwendig zurechtgemachten Damen schlossen ihren Kreis, kicherten wie unreife Teenager, und eine von ihnen, eine Matrone in ihren Fünfzigern, strich immer wieder über Reeds Arm. Nun, wer konnte es ihr verdenken? Es war nicht besonders verwunderlich, dass ein aus Neuseeland zurückgekehrter Star, der auf eine raue, unbändige Art und Weise fast gefährlich gut aussah, von Frauen umschwärmt wurde. Vermutlich hatte Reed dort an jedem Finger ein Supermodel gehabt. Jetzt hatte er aber alle Hände voll zu tun mit der Matrone. Hoffentlich war sie reich.

Mit einem Schulterzucken, das sich ein wenig wie eine Befreiung anfühlte, wandte sie sich ab und konzentrierte sich auf ihre Aufgabe. Sie gab weitere Interviews, geleitete Gäste in den wunderbar elegant dekorierten Saal – Ava hatte ihre Lieblingsfarben Gold und Weiß gewählt – und zeigte ihnen ihre Plätze. Passend zum sportlichen Thema war der Zuschauerbereich an den Seiten des Laufstegs wie eine Tribüne angeordnet, was praktisch war, da somit jeder einen guten Blick auf die Show hatte.

Es dauerte nicht mehr lange, bis alles bereit war und die Türen des Saals sich schlossen. Lynne ergriff das Mikrofon und trat auf den Laufsteg, Scheinwerferlicht richtete sich auf sie, und für einen kurzen Moment lang vergaß sie Reeds Anwesenheit und alles, wofür er stand – das größte Glück und Leid ihres Lebens. Jetzt war nur noch eines wichtig, ihr größter Traum.

Sie schluckte die aufkeimende Nervosität hinunter und begrüßte die Anwesenden. Mit all ihrer Leidenschaft erzählte sie von ihrem geplanten Projekt: »Wie Sie wissen, erfüllt die Gute Fee dank Spenden und ehrenamtlichen Mitarbeitern schwerkranken Kindern ihren größten Wunsch – in vielen Fällen leider einen letzten Wunsch. Aber es gibt auch Kinder, die ihrer Krankheit ein Schnippchen schlagen und uns noch Jahre später besuchen.« Sie dachte an einen ihrer ersten Fälle, den kleinen Brian, der von Geburt an mehr Zeit im Krankenhaus als zu Hause verbracht hatte. Er war nur noch ein Schatten seiner selbst gewesen, als Rosemarie und sie ihn einen Tag lang im Tierpark begleitet hatten, wo er den Wärtern hatte über die Schultern sehen können. Lynne sah ihn noch genau vor sich, wie er zwei Jahre später in die Agentur gekommen war. Kräftig, rosig, gesund. Aber er war eine Ausnahme.

Schnell kontrollierte sie ihr Lächeln und fuhr fort: »Nun, ich bin der Meinung, das ist nicht genug. Ein letzter Wunsch? *Einen* Tag, von dem die Kinder wissen, dass sie ihn nur bekommen, weil es schlecht um sie steht? Ich will ihnen mehr bieten! Ich will ihren Eltern mehr geben. Viele Kinder haben noch so viel Zeit, nur nicht das nötige Geld, um noch Großartiges zu erleben. Ein paar Tage auf einem Bauernhof, an der Küste, beim Sport, was auch immer sie sich wünschen. Am besten alles kombiniert in einem großen Zentrum, in dem all das möglich gemacht wird. Raus aus dem Krankenhaus, einfach alle Sorgen vergessen und sich daran erinnern, was es heißt, Kind zu sein. Ich bin überzeugt, dass so eine Auszeit heilend für Kinder und Eltern ist. Ich stelle mir kleine betreute Gruppen vor, in denen sowohl die Kleinen als auch die Eltern für kurze Zeit abschalten können.« Sie ließ ihren Blick zu den möglichen Spendern schweifen und sah ihnen eindringlich in die Augen. »Sie müssen bedenken, die Wünsche, wie sie bisher stattfinden, sind für ein Kind genauso viel Stress wie Freude. Viele der Kinder fühlen sich in den Mittelpunkt gezerrt, sind so aufgeregt, dass sie ihren Wunsch gar nicht richtig genießen können. Aber an einem ruhigen Wochenende ausspannen, einen kleinen Traum leben, das ist etwas anderes, es bringt ihnen so viel mehr. Nur das alles kostet Geld, es braucht viele Unterstützer und …«, sie zwinkerte einem besonders wohlhabenden Sportartikelhersteller zu, »… da kommen Sie ins Spiel.«

Lynne sprach noch ein wenig über den Ablauf der Veranstaltung und verließ schließlich unter tosendem Applaus die Bühne, um sich neben Ava auf der untersten Stufe der Tribüne niederzulassen. Diese drückte kurz begeistert ihre Hand, und Lynne genoss den Moment des Durchatmens nach ihrem Auftritt in vollen Zügen. Kurz vergaß sie, wie viel von diesem Abend abhing und dass Reed nur ein paar Meter hinter ihr saß, als hätten sie sich nicht vor zwölf Jahren mit einem Knall getrennt und seither nichts mehr voneinander gehört.

Ava hielt die Modenschau eher ruhig, elegant, fast schon bescheiden. Die Gäste sollten nicht vergessen, wofür die Veranstaltung eigentlich stattfand. Es gab keine unerträglich blitzenden Lichter über den Laufsteg, keine ohrenbetäubende Musik, sondern die wunderschönen Klänge eines Klavierspielers und Streichquartetts. Das Licht war angenehm gedämpft, und die hoch oben im Saal gekippten Fenster sorgten für einen Hauch von Frischluft. Vielleicht sogar für zu viel, denn Lynne spürte ein Kribbeln in ihrem Nacken, direkt auf ihrer nackten Haut unter ihrem zu einer Rose gesteckten Haar. Aber es kam nicht von einem Zug, denn es fühlte sich heiß an, versengend.

Ihr stockte der Atem, ihre Hände krampften sich in die Falten ihres Kleids. Langsam drehte sie den Kopf zur Seite, die Klaviermusik schwoll an, die Geigen vereinigten sich zu einer mystischen Melodie, und die Luft strömte zwischen ihren kaum geöffneten Lippen hindurch. Alles um sie herum schien sich zu intensivieren. Instinktiv wusste sie, in welche Richtung sie sehen musste, und sie war nicht überrascht, Reed zu erblicken, der sie erneut ansah. Ihm schien es nichts auszumachen, ertappt worden zu sein, er sah nicht weg. Etwas Nachdenkliches lag in seinem Blick, als wäre er weit weg und bemerkte gar nicht, dass sie zurücksah. Was dachte er? Sah er auch all die Momente von einst vor sich, so wie sie? Die wunderbare Zeit, diese leuchtenden warmen Sommernächte oder das fürchterliche Ende mit all seinen Folgen? Lynne wollte es gar nicht wissen, sie hatte so lange gebraucht, um darüber hinwegzukommen, wirklich geschafft hatte sie es wohl nie. Ein Grund mehr, ihn zu ignorieren.

Nach dieser Veranstaltung würde sie ihn nie wiedersehen, die Zusammenarbeit zwischen den Cardiff Greens und der Agentur war vorbei, sie musste nur diesen Abend überstehen. Entschlossen sah sie wieder auf die Bühne und versuchte die Show zu genießen.

Alles lief perfekt, aber das war kein Wunder. Von Ava hatte sie nichts anderes als einen reibungslosen Ablauf erwartet. Schließlich kam es zur Versteigerung der Spieler, die Ava übernahm, um gleich allen zu verkünden, dass Gavin Quinn bereits *reserviert* war. Wie vorausgesehen ersteigerte die Matrone von vorhin Reed für ein fast schon unerhörtes

Vermögen, und Lynne musste sich auf die Lippe beißen, um bei Reeds Märtyrermiene nicht zu lachen. Als schritte er seinem Henker entgegen, ging er auf den Laufsteg. Die Scheinwerfer folgten ihm, warfen Licht und Schatten auf seine ausgeprägten Wangenknochen. Die Lippen zu einem halben Lächeln verzogen übergab er sich selbst als Preis, um sogleich einen dicken Kuss auf die Wange zu bekommen.

Pfiffe und Applaus brandeten auf, und Lynne freute sich über all das viele Geld, das den Kindern zugutekam. Sie konnte es kaum erwarten, im Büro nach einem geeigneten Ort für ihr Kinderzentrum zu recherchieren. Sie stellte sich eine Farm vor, direkt an der Küste, mit unzähligen Sportmöglichkeiten und vielleicht sogar einem Rugbyfeld und ärztlicher Versorgung. Dabei kam ihr immer wieder Reeds einstiges Zuhause in den Sinn, die Pferdefarm, auf der sie so viel Zeit verbracht hatten, aber sie würde nie wieder dorthin zurückkehren. Es gab auch andere geeignete Orte.

Zufrieden mit dem Verlauf des Abends sah sie sich um. Die Gäste machten sich erneut über Champagner und Häppchen her, standen zusammen in angeregten Unterhaltungen, verwickelten die Models in Gespräche, und die Spieler begleiteten ihre Käuferinnen pflichtschuldig zur Tanzfläche. Lynne sprach noch mit dem einen oder anderen potenziellen Spender, denn auch wenn die Versteigerung und Modenshow viel eingebracht hatten, war so ein Kinderzentrum nicht gerade billig. Es brauchte nicht nur eine einmalige hohe Summe, sondern laufend Unterstützer. Schließlich befand sie, dass sie sich eine kurze Pause verdient hatte. Niemand würde sie vermissen.

Zielstrebig durchschritt sie das Foyer und zog sich zurück in die dunkle uneinsichtige Ecke nahe der Tür. Sie schob die

Vorhänge zur Garderobe zur Seite, trat ein und ließ sich gegen die Wand sinken.

»Verdammte Folterinstrumente.« Vorwurfsvoll blickte sie ihre Schuhe an, dann sah sie sich in dem zwielichtigen Raum um und stellte erleichtert fest, dass ihre einzige Gesellschaft unzählige Jacken und Mäntel waren. Was für ein Glück. Ohne weiter zu zögern, schlüpfte sie aus ihren Pumps und gab beinahe so etwas wie ein Schnurren von sich, als sie endlich ihre Zehen bewegen konnte. Sie wollte sich gerade aufrichten, als sich die Vorhänge erneut teilten. Ein riesiger Schatten huschte herein und rammte sie mit voller Wucht.

Lynne fiel zurück, sie sah sich schon zu Boden gehen, aber da schloss sich ein fester Griff um ihre Taille und zog sie wieder auf die Füße.

»Was zum Teufel!« Nach Luft schnappend sah sie auf und taumelte zurück. »Reed!«

»Sch!« Seine Hand presste sich auf ihren Mund, sein Körper drängte sie zwischen die Mäntel und gegen die Wand. Alarmglocken gingen in ihr hoch, ein heißes Rauschen der Panik und des Adrenalins. Sie versuchte sich zu befreien, aber sein Griff war unnachgiebig. Also hielt sie ganz still, lauschte, um herauszufinden, was in ihn gefahren war. Und tatsächlich, unvermittelt hörte sie eine in seltsamem Singsang sprechende Stimme. »Reeheed … Ich habe unseren Champagner! Bist du da drin?«

Reed schlang einen Arm um ihren Körper, presste sie fest an sich, damit sie sich nur ja nicht bewegte. Lynne hörte das Flattern der Vorhänge und hielt den Atem an.

»Mr Rivers? Reed? Bist du hier?« Abwartende Stille.

Reed sah warnend auf sie hinab, das Grün seiner Augen leuchtete in der fast vollständigen Dunkelheit zwischen den dicken Mänteln, sein Atem strich über ihr Gesicht, seine Hand lag immer noch auf ihren Lippen. Seit zwölf Jahren war sie ihm nicht mehr so nahe gewesen, jetzt spürte sie seinen Herzschlag, atmete seinen Duft nach Aftershave, spürte ihn überall an ihrem Körper. Das war zu viel nach einem ohnehin schon nervenzerreißenden Abend. Sie wollte ihn von sich stoßen, als erneut die Vorhänge rauschten und die Stimme der Matrone draußen weiter nach Reed rief. Die Luft war rein.

Mit einem wütenden Laut schüttelte Lynne den Kopf, um seine Hand abzuwehren. »Ich glaub's nicht!« Sie bewegte ihre Schultern hin und her und presste ihre Handflächen gegen seine Brust. »Du lässt dein Date sitzen!«

Reed hob ergeben die Hände. Grinsend trat er einen Schritt zurück. »Wenn du wüsstest …«

»Sie hat einen Haufen Geld bezahlt für ein paar Stunden mit dir, das kann doch wohl nicht so schlimm sein!«

»Das dachte ich anfangs auch.« Er lehnte sich zu ihr nach vorne, bis sein Gesicht knapp vor ihrem war und sie seinen Atem auf ihren Lippen spürte. Dann flüsterte er theatralisch: »Aber sie ist *besessen*.«

Lynne verdrehte die Augen und boxte ihm gegen die Brust. »Sei kein Weichei, Reed!« Sie hielt abrupt inne, starrte ihn entsetzt an, und auch Reed schien ein bisschen perplex. Dieses Gespräch, die ganze Situation … einen Moment lang war es ihr vorgekommen, als wäre sie in der Zeit zurückgefallen. Als hätten die letzten zwölf Jahre nie stattgefunden, und als wären sie immer noch die besten Freunde von einst. Es war ihr so natürlich vorgekommen.

Sie räusperte sich. »Es ist deine Pflicht …«

»Hör zu, ich finde es nicht gerade witzig, hemmungslos angegrapscht zu werden …«

»Bist du das nicht gewöhnt?«

Er hob provozierend eine Augenbraue. »Eifersüchtig? Sie hat mir einen Quicky auf der Toilette vorgeschlagen – quasi vor der Nase ihres Mannes, der zufälligerweise der Geschäftsführer eines der größten Sportartikelhersteller überhaupt ist.«

»Wäre er kein so wichtiger Mann, wärst du dann dafür zu haben?«, fragte sie unschuldig und lehnte sich gegen die Wand.

Reed funkelte sie zornig an. »Du bist die Leiterin der Agentur, die diese Versteigerung organisiert, und ich möchte sexuelle Belästigung melden! Der Deal ist vorbei, gebt ihr von mir aus das Geld zurück.«

Lynne schüttelte vehement den Kopf. »Reed, denk an die Kinder!«

»Dann lass dir eine Ausrede einfallen. Sag, der Lachs wäre schlecht gewesen und ich hätte mir den Magen verstimmt.«

Lynne konnte nicht anders, als zu lachen, auch wenn es ihr sonderbar vorkam, so ungezwungen mit Reed zu sprechen. »Das ist wohl kaum möglich – schlechtes Essen fällt auf uns zurück, und wir wollen keine Panik auslösen.« Sie richtete sich auf und legte den Kopf in den Nacken, um ihn anzusehen. »Du musst dich wohl oder übel stellen.«

Reeds Augen verengten sich, und viel zu heftig wurde sie sich plötzlich seiner Hitze ausstrahlenden Nähe bewusst. Sein Blick fiel auf ihre Lippen, zurück zu ihren Augen, einer seiner Mundwinkel verzog sich zu einem verwegenen Grinsen. »Pass nur auf, dass *dir* niemand ein unmoralisches Angebot macht.« Seine Fingerspitzen strichen über die seitliche Öffnung ihres Goldkleides, ohne den Blick von ihr zu nehmen.

Sie konnte ein Schaudern nicht verhindern.

»Es ist ziemlich gefährlich, so herumzulaufen.«

Die Wände des Raums schienen sich auf Lynne zuzubewegen. Ihr Atem beschleunigte sich. Etwas in ihr erwachte, das sehr, sehr lange im Koma gelegen hatte. Es machte ihr eine Heidenangst.

»Mrs Adams!« Sie sah Reed noch einen Moment lang in die Augen, dann schob sie sich an ihm vorbei und floh durch die Vorhänge. »Mrs Adams, ich habe Reed gefunden!«

Kapitel 4

Lynne klopfte mit ihrem Stift auf den Notizblock und schaukelte mit dem Fuß hin und her. Die nervtötende Wartemelodie am anderen Ende der Leitung erweckte den Wunsch in ihr, aus dem Fenster zu springen – und das Büro der Agentur lag im achten Stock. Sie ließ ihren Blick über all die vertrauten Bilder von Kindern bei ihrer Wunscherfüllung schweifen und fragte sich wie so oft, ob sie sie nicht abhängen sollte. Lynne empfand sie manchmal als eine Art Folter. So viele von den Kindern, die hier beim Reiten, bei Treffen mit Berühmtheiten, bei Konzerten, bei der Feuerwehr oder Polizei von den Fotos lächelten, lebten nicht mehr. Die Bilder waren neben einer schönen Erinnerung auch eine ständige Erinnerung an die Vergänglichkeit jungen Lebens.

»Miss Padrig?«

Lynne zuckte zusammen, fast wäre ihr der Hörer aus der Hand gefallen.

»Ja!« Sie klang wohl etwas zu euphorisch, aber sie hing seit fast zwanzig Minuten in der Warteschleife.

»Miss Padrig, ich habe Rücksprache mit dem Geschäftsführer gehalten und muss Ihnen leider sagen, dass wir bei unserem knappen Budget in diesem Jahr keine Möglichkeit finden, Ihr Projekt weiter zu unterstützen.«

»Ihr knappes Budget?« Lynne musste sich um einen freundlichen Ton bemühen, auch wenn sie am liebsten laut geworden wäre. Sie sprach mit einem der größten Sportartikelhersteller des Landes, von wegen knappes Budget. Bei der Veranstaltung am Wochenende war Mr Adams noch ganz begeistert gewesen, wieso wimmelte er sie jetzt ab? »Ich darf Sie daran erinnern, dass es sich hier um kranke Kinder handelt, deren Eltern am Ende ihrer finanziellen und psychischen Belastbarkeitsgrenze stehen. Wenn das als guter Grund nicht reicht, dann sollten Sie vielleicht an die Publicity denken …«

»Miss Padrig, ich bin mir sicher, Sie werden einen anderen …«

»Daran zweifle ich nicht, *Sie* sind es, die sich hier eine grandiose Chance entgehen lassen. Ich bin mit meinem Angebot als Erstes zu Ihnen gekommen …« Die Tür ging auf, Licht glomm aus dem durch Glaselemente hell erleuchteten Flur in ihr von Jalousien verdunkeltes Büro, und ein großer, breiter, blonder Mann trat ein.

Fast wäre sie vom Stuhl gefallen, und auch Reed schien überrascht, sie hier zu sehen. Er sah sich in dem Raum um, als hoffte er, noch jemand anderes als sie hier anzutreffen, dann richtete er seinen grünen Blick auf sie. Einen Moment lang starrten sie sich aus großen, erschrockenen Augen an, aber schließlich wurde Lynne sich der Stimme an ihrem Ohr bewusst.

»Miss Padrig, zu einer anderen Zeit sind wir gerne bereit, noch einmal darüber zu sprechen und eventuell dann zu einer Zusammenarbeit zu finden.«

»Ich verstehe, aber die Chance, als *der* Sponsor dieses Projekts angesehen zu werden wäre dann vertan.« Lynne hob so gelassen wie möglich die Hand und bedeutete Reed zu warten, als wäre sein Besuch etwas ganz Alltägliches, während sie den Ausflüchten der Sekretärin lauschte. Am liebsten wollte sie gleich auflegen, denn jedes weitere Wort dieser Frau schürte Aggressionen in ihr, die sie zwar nur selten, dafür aber heftig befielen. Die Unwilligkeit des Herstellers war ein Rückschlag, sie hatte gehofft, in ihm einen dauerhaften Sponsor zu finden, aber sie hatte nicht vor, ihr Projekt einfach so aufzugeben, ein Vorhaben, das diesen frustrierenden Job erträglicher machte.

»Miss Padrig, wenn Sie noch einen kurzen Moment dranbleiben wollen, ich werde Ihr Argument noch einmal Mr Adams vortragen und komme gleich wieder zu Ihnen zurück.«

»Vielleicht verbinden Sie mich gleich mit ihm, dann müssen wir nicht über drei Ecken miteinander sprechen.« Aber anstatt einer Antwort erklang wieder die Wartemelodie. Lynne biss die Zähne zusammen. Sie hatte keine Zweifel, dass die Sekretärin gerade ihre Nägel polierte und an ihrem Kaffee schlürfte, anstatt mit ihrem Chef zu reden. Wahrscheinlich hoffte sie, Lynne mit der Warterei zu zermürben, aber da hatte sie sich getäuscht. Sie würde den ganzen Tag hier sitzen, wenn es sein musste.

»Das ist alles deine Schuld, ich hoffe, du weißt das«, flüsterte sie und sah Reed aus verengten Augen an.

Reed legte sich übertrieben betroffen die Hand auf die Brust, er trug ein weißes T-Shirt, das seine breiten Schultern betonte, und enge Jeans. Seine Haare waren windzerzaust, und sein umwerfender Anblick ließ Lynne einen Moment lang den Faden verlieren.

»Was habe ich denn getan?«

»Was du *nicht* getan hast, ist wohl eher das Problem!«, flüsterte sie und lehnte sich frustriert in ihrem Drehstuhl zurück. »Am Wochenende war Mr Adams noch die Großzügigkeit in Person, aber nachdem du seine Frau zurückgewiesen hast, interessiert ihn unser Projekt überhaupt nicht mehr. Dein Versteckspiel ist nicht ohne Folgen geblieben.«

Reed hob eine Augenbraue, sein Wangenmuskel zuckte. »Bist du ernsthaft sauer, weil ich mich nicht für deinen Zweck habe prostituieren lassen? Bist du jetzt meine Zuhälterin?«

»Miss Padrig?«

Lynne fluchte stumm. »Ja? Ich bin immer noch hier.«

»Es tut mir leid …«

»Lassen Sie mich raten. Der Geschäftsführer ist unerreichbar.« Sie sah zu Reed und zurück auf ihren Computerbildschirm, auf dem die Homepage des Sportartikelherstellers leuchtete, und plötzlich kam ihr eine Idee. Sie wusste, sie lehnte sich weit aus dem Fenster, aber die Worte verließen ihren Mund, ohne dass sie etwas dagegen tun konnte.

»Haben Sie Ihrem Geschäftsführer eigentlich gesagt, dass Reed Rivers das Projekt unterstützt?«

Stille, sowohl am Telefon als auch im Raum, wo Reed sie bestimmt aus zornig verengten Augen ansah.

»Reed Rivers?«

»Ja, wie Sie bestimmt schon gehört haben, ist er kürzlich von Neuseeland zurückgekommen und der neue Kapitän der Cardiff Greens.«

»Ähm … ja, ich …«

»Sie können sich der medialen Aufmerksamkeit sicher sein, und Mr Rivers würde bei diesen Veranstaltungen ganz bestimmt gerne Ihre Produkte präsentieren.«

Ein Schemen huschte auf sie zu, im nächsten Moment lehnte Reed sich über ihren Schreibtisch und sah auf den

Bildschirm. Sie hörte ihn scharf einatmen, dann drehte er sie mit ihrem Stuhl zu sich herum und zischte leise: »Ich habe einen Werbevertrag – mit einer *anderen* Firma! Du kannst nicht einfach …«

Sie hob die Hand und hörte zufrieden, wie die Sekretärin ihr versprach, sich noch einmal zu melden. Diesmal vollkommen ernst.

Stolz auf sich selbst legte sie auf. »Die habe ich in der Tasche.« Sie beugte sich über ihren Notizblock, suchte den Firmennamen darauf und hakte ihn ab. Schließlich lehnte sie sich zurück und sah zu Reed auf. Er musste ja nicht wissen, dass ihr der Raum plötzlich winzig klein vorkam und sie Schwierigkeiten hatte zu atmen.

»Hi.« Sie lächelte und breitete die Hände aus. »Was kann ich für dich tun?«

Reed sah sie mit einem Blick an, der wohl nur für gegnerische Rugbyspieler reserviert war, sie sollte sich also geehrt fühlen. »Was war das gerade?«

Sie zuckte mit den Schultern. »Nur mein Job.«

»Was habe *ich* damit zu tun?«

Lynne seufzte. »Mir ist … mir ist auf die Schnelle nichts anderes eingefallen. Du weißt, worum es geht, wie wichtig das alles ist.«

»Ja und ich will auch nicht sagen, dass es mich nicht beeindruckt hätte, was du da auf die Beine stellst, aber es geht einfach nicht.«

Beeindruckt? Ihr Lächeln breitete sich aus, aber sie konzentrierte sich schnell wieder auf das Wichtigste: ihr Projekt. Und je mehr sie darüber nachdachte, desto besser gefiel ihr die Idee, Reed miteinzubeziehen – auch wenn das bedeutete, ihn wiedersehen zu müssen, dabei hätte sie nichts dagegen, ihn vom Erdboden verschluckt zu sehen. Aber sie müsste ja auch nicht viel mit ihm zu tun haben, wofür hatte sie Freiwillige? Wenn es bedeutete, ihrem Vorhaben durch Reed mehr Aufmerksamkeit zu geben, war sie bereit, das Opfer dieser fünf Minuten mit ihm zu bringen.

»Du wärst perfekt als Unterstützer, gerade jetzt zum Start der WM – du warst nie populärer und präsenter in den Medien.« Sie erhob sich und nahm zwei Gläser aus dem Schrank über dem Waschbecken in der Ecke und füllte sie mit Wasser. »Du könntest diese Popularität für einen guten Zweck nutzen.« Sie reichte Reed ein Glas und verbot sich zusammenzuzucken, als ihre Finger seine streiften. Hier war nichts merkwürdig, das war ein reines Geschäftsgespräch. »Kannst du dir vorstellen, was ein derartiges Zentrum für diese Familien bedeuten könnte? Wir könnten ihren Aufenthalt dort immer noch mit einem Wunsch verbinden, Stars könnten die Kinder dort besuchen, aber es wäre in einem Ambiente, das sie bereits kennen, wo sie sich bereits ein wenig akklimatisieren konnten. Es macht einen Unterschied, Reed. Für diese Kinder! Alles ist besser als nichts!«

Reed lehnte gegen ihren Schreibtisch und sah sie an, mit einem Blick, der ihr wie kleine Elektroschocks durch den Körper fuhr. Hätte sie es nicht besser gewusst, hätte sie gesagt, er wäre fasziniert.

Lynne straffte die Schultern. Sie nahm einen Schluck vom Wasser, um ihre Nerven zu beruhigen. Sie konnte von Glück reden, dass sie gerne und oft über dieses Thema sprach, es gab ihr Sicherheit, sie brannte dafür. »Es gibt Unterstützungen für sozial schwache Familien, um Urlaube zu machen, wieso nicht auch für kranke Kinder? Zugegeben, ich stehe noch ziemlich am Anfang, die Spenden vom Wochenende waren ein guter Start, aber es hängt so viel Organisation, Bürokratie und vor allem Geld damit zusammen. Aber ich stelle es mir einfach besser … heilender vor, Kindern einen Weg aus dem Krankenhaus zu bieten. Hätte ich das Geld, würde ich ein Kinderkrankenhaus mit Sportplatz, Zoo, Vergnügungsplatz und allem Drum und Dran bauen.«

Immer noch dieser Blick, und Lynne spürte, wie Hitze in ihr hochstieg. »Was ist?!« Sie stemmte eine Hand in die Seite, aber da schüttelte er den Kopf und räusperte sich.

»Nichts, ich … ich bin dabei. Wenn ich helfen kann, dann rechne mich mit ein. Nur nicht mit einem Vertragsbruch meinerseits.«

Erleichterung durchfuhr sie, in diesem Moment hatte sie sogar das Gefühl, mit seiner Gegenwart umgehen zu können. Sie sah so viele Möglichkeiten vor sich, am liebsten würde sie sich sofort wieder an den Schreibtisch setzen und ihren Plan weiter in die Tat umsetzen. Sie hasste es, die Kinder kommen und gehen zu sehen, ohne wirklich einen Unterschied zu machen – natürlich, die Eltern und auch die Kinder waren dankbar und froh für diese kurzen Momente, aber für Lynne war es einfach nicht genug. Sie wusste nicht, ob es je genug sein konnte, solange sie nicht in der Lage war, all die Kinder dieser Welt gesund werden zu lassen.

»Wie lange arbeitest du schon hier?«

Lynne hob den Kopf, sah ihn an, und auf einmal schwand jegliches Hochgefühl. Sie dachte daran, wie sie diesen Job bekommen hatte, was alles passiert war, und plötzlich hatte sie wieder das Gefühl, es keine Sekunde länger in seiner Nähe aushalten zu können. »Keine Ahnung«, murmelte sie und ging zurück hinter ihren Schreibtisch. »Irgendwie schon immer.«

Reed nickte. »Ist ein beeindruckender Job. Also nicht nur mit einem Ball über ein Feld laufen.«

Lynne zuckte zusammen, sie sah zu ihm auf und presste die Lippen aufeinander. »Ich hätte es schon am Wochenende sagen müssen. Es tut mir leid, ich … keine Ahnung. Dieser Tag … der Wunsch … wir haben vermutlich falsch angefangen. Es war einfach alles ein bisschen viel.«

»Schon klar. Deshalb bin ich eigentlich auch hier.«

Lynne hob die Augenbrauen. »Und ich habe mich schon gefragt, was den Helden der Nation hierherführen mag.«

»Nun, offensichtlich bin ich jetzt Teil des Teams.«

Lynne bereute ihr impulsives Verhalten jetzt schon. Wenn es um ihr Projekt ging, sah sie einfach nicht klar. Und nach ihrem anfänglichen Gefühlsrausch der Freude wusste sie wieder, warum sie zwölf Jahre lang alles gemieden hatte, was mit ihm in Zusammenhang stand. Es tat einfach zu weh.

»Wie kann ich dir helfen?«

»Hast du die Nummer von den Griffins?«

Lynne zog die Augenbrauen zusammen, sie wusste nicht, was sie erwartet hatte, aber etwas so Banales schlug sie irgendwie vor den Kopf. »Die Griffins? Meinst du Winnie?«

»Ja, ich habe ihr neulich beim Wunsch versprochen, dass sie wiederkommen darf, aber inmitten all des Trubels habe ich ganz vergessen, Kontaktdaten auszutauschen. Ich möchte nicht, dass sie glaubt, es waren nur leere Worte, also brauche ich ihre Telefonnummer.«

»Von Winnie Griffin.«

Ein Lachen entfuhr ihm. »Habe ich in den letzten Jahren einen so starken neuseeländischen Akzent angenommen, dass du mich nicht mehr verstehst?«

»Ich wundere mich nur.« Sie musterte ihn ausgiebig, von

den Turnschuhen über die Jeans zu seinem kurzärmligen T-Shirt, das sich über seine breite, muskulöse Brust spannte und nicht weniger muskelbepackte, gebräunte Oberarme zeigte. Sein Hals war kräftiger, sein Gesicht kantiger, vom Leben gezeichnet. Wer war dieser Mann heute überhaupt? Sie hatte immer noch den Fünfzehnjährigen von einst vor sich, aber wer hatte noch etwas mit seinem Teenager-Selbst gemein? Viele würden ihre gemeinsame Vergangenheit vermutlich als lächerlich bezeichnen: eine Jugendliebe, die hatte doch jeder. Aber es war sehr viel mehr gewesen und hatte zu noch mehr geführt. Es war nichts, das sie je vergessen würde, und die Tatsache, dass sie miteinander sprachen, als hätten sie sich erst gestern gesehen, war mehr als verwirrend.

»Die Nummer von Winnie Griffin also.« Lynne nahm ihren Notizblock zur Hand. »Es tut mir leid, Reed, die kann ich nicht einfach so herausgeben, aber du könntest mir deine Nummer dalassen, und ich gebe sie weiter.«

Ein verschmitztes Grinsen verwandelte sein Gesicht in das von früher. Er legte seine Hände auf den Schreibtisch und lehnte sich zu ihr nach vorn. »Ist das deine Masche, um an meine Nummer zu kommen?«

»Was?« Sie fuhr in ihrem Stuhl zurück. »Wofür sollte ich deine Nummer brauchen?«

Reed hob eine Schulter, sein Blick aus vertrauten grünen Augen ruhte auf ihr, und wenn er sie so ansah, schienen all die Jahre hinwegzuschmelzen. »Schon merkwürdig.« Er schüttelte langsam, kaum merklich den Kopf. »Da stehen wir nach all den Jahren.«

Lynne schluckte. »Eigentlich sitze ich«, flüsterte sie.

Reed lächelte, und sie wusste nicht wieso, aber sie sah ihn

vor sich, wie er außerhalb des Schulhofs auf sie wartete, um sie abzuholen.

»Also? Deine Nummer.« Lynne zückte erneut den Stift, aber Reed richtete sich auf und sah sich in dem Büro um.

»Ich würde ja eigentlich damit anfangen, dich zu fragen, wie es dir so geht, was du so gemacht hast, aber das haben wir wohl übersprungen. Außerdem sehe ich, dass bei dir alles ausgezeichnet läuft.« Sein Blick wanderte zu ihren Händen, als überprüfte er, ob sie einen Ring trug, und dann über den Schreibtisch, als wollte er sehen, ob sie Bilder von eigenen Kindern aufgestellt hatte.

Dass er keinen Ring trug, wusste sie bereits.

»Ich überlege, ob ich dich zum Essen einladen sollte – um der alten Zeiten willen, aber irgendwie bin ich mir noch nicht so sicher.«

Lynne konnte ihr Schnauben nicht zurückhalten. »Keine Sorge, die Entscheidung kann ich dir abnehmen. Ich sehe keinen Bedarf, die alten Zeiten wieder aufzuwärmen. Wenn du mir jetzt also einfach deine Nummer geben könntest …«

»Trügen mich meine Erinnerungen, oder bin nicht eigentlich ich derjenige, der sauer und abweisend sein müsste?«

Lynne erstarrte, all die Schuldgefühle des letzten Jahrzehnts schwemmten über sie hinweg. Es war schon sonderbar, wie körperlich krank man sich fühlen konnte, wenn man von unangenehmen Erinnerungen eingeholt wurde. Denn er hatte recht. Er hatte jeden Grund, sie nicht eines Blickes zu würdigen. Sie verdiente es, mehr noch, als er überhaupt wusste. Genau das war es ja, was sie so abweisend machte. Er war ein wandelnder Vorwurf.

»Nun.« Sie musste sich räuspern, um ihrer Stimme mehr Kraft zu verleihen. »Die Zeit ohne mich scheint dir nicht geschadet zu haben. Vielleicht solltest du mir dankbar sein.«

Reed lachte, aber es klang nicht besonders fröhlich.

»Willst du jetzt Winnie kontaktieren oder nicht?«

Reed sah sie einen Moment lang schweigend an, als müsste er über die Antwort nachdenken, dann nickte er, nahm ihr den Stift aus der Hand, zog das Notizbuch an sich heran und schrieb seine Nummer darauf. »Ich hoffe sehr, Sie missbrauchen diesen Kontakt nicht noch einmal, Miss Padrig.« Er blickte vielsagend zum Telefon herüber und richtete sich auf.

Lynne lächelte liebenswürdig und schrieb über die Nummer »Mr Rivers, Cardiff Greens«. Sie suchte noch nach einer passenden Antwort, als Reed unvermittelt kehrtmachte, die Hand kurz zum Abschied hob und zurück ins gleißende Sonnenlicht verschwand.

Lynne rührte sich nicht, sie zählte bis zwanzig, und erst dann ließ sie die angehaltene Luft ihrer Lunge entweichen, sank zurück und biss sich in die Hand, um nicht zu schreien. Hatte sie gerade wirklich ein Gespräch mit Reed geführt? War sie so dämlich gewesen, ihn in Agentur-Angelegenheiten einzubeziehen? Sie musste sofort Ava anrufen, ihre Freundin war begeistert von ihrem geplanten Projekt. Als Ehefrau eines Rugbyspielers käme es ihr wohl nicht komisch vor, den Kontakt mit Reed für die Planung zu übernehmen. Blieb nur zu hoffen, dass er ihr nicht mehr über den Weg lief. Schon jetzt würde sie ewig brauchen, ihre Träume wieder frei von ihm zu bekommen und nicht jede wache Sekunde von Erinnerungsfetzen heimgesucht zu werden. Sie brauchte wirklich keine Auffrischungen mehr, nie wieder.

* * *

»Und Lloyd Everglade hat dann gesagt, dass ich mich lieber zum Rollstuhl-Rugby anmelden soll, aber auf *seinem* Spielfeld habe ich nichts zu suchen. Auf seinem Spielfeld! Er ist zehn Jahre alt, es wäre nicht *sein* Spielfeld, selbst wenn es ihm aus dem Hintern wächst!«

Reed strich sich im Versuch sein Grinsen zu verbergen über den Bart. Er stellte die quietschgelbe Torstange in den Standfuß und klinkte die Quer- und senkrechten Malstangen ein. Das höhenverstellbare Kindertor hatte er gestern in einem Sportladen gekauft, nachdem er mit Mrs Griffin einen Termin zu einem Training vereinbart hatte. Zwar war er sich etwas blöd und auch ein bisschen gruselig dabei vorgekommen zu fragen, ob ihre Tochter zu einem Training ins Sportcenter kommen wollte, aber immerhin hatte er es versprochen. Und Winnie war hier, in einem grünen Trainingsanzug mit ihrem Namen auf dem Rücken, während ihre Mutter von Colin ins Büro auf einen Kaffee eingeladen worden war. Reed hatte Mrs Griffin angesehen, dass sie ihre Tochter nicht alleine lassen wollte, aber der Cheftrainer hatte ihr die Fensterfront oben im ersten Obergeschoss gezeigt, von wo sie das gesamte Spielfeld überblicken konnte. Jetzt war Reed allein mit der Neunjährigen, und er überlegte, wie er mit ihr trainieren konnte, ohne sie zu gefährden, aber gleichzeitig so, dass es sie weiterbrachte und sie Freude daran hatte.

»Und meine Freundin Amara hat Lloyd dann gesagt, dass sie ihm zeigt, zu was Mädchen fähig sind – sie ist nämlich mindestens doppelt so schwer wie er und kann richtig fest hauen. Da hat er sich dann ganz schnell verdrückt, und Amara und ich haben trainiert. Wir wollen nämlich beide richtig gut werden und … ich …« Sie sah mit ihren großen blauen Augen zu ihm auf. »Kann ich überhaupt gut werden?«

»Du *wirst* gut werden.« Er rüttelte ein wenig am Tor, um seine Standfestigkeit zu überprüfen. »Die Technik beim Kicken kann ich dir beibringen, du wirst passen und fangen lernen …«

Winnie sah zu ihm auf, mit einem Blick, der nicht zu einem Kind passen wollte. »Aber ich werde nie in einem Team Rugby spielen, nicht wahr? Trotzdem kann ich Lloyd vielleicht wenigstens in den Hintern treten wie Amara, wenn ich trainiere.«

Reed sah sie einen Moment lang prüfend an, dann ging er vor ihr auf ein Knie nieder. »Wie sieht's aus?« Er wies mit dem Kinn auf ihren Rucksack. »Wie stehen die Chancen, dass du dieses Ding bald loswirst?«

»Schlecht.«

Er nickte. »Rugby ist ein Teamsport, ein Einziger erzielt bei uns kein Tor, das schaffen wir nur zusammen. Du musst dem Team eine Stärke bringen, damit es sich auf dich verlassen kann. Und diese Stärke werden wir gemeinsam finden und trainieren.«

»Trotzdem werde ich nie spielen.« Winnie zuckte mit den Schultern, es war erstaunlich, wie sie in manchen Momenten wie ein kleines Kind wirken konnte und mit wippendem Pferdeschwanz aufgeregt plapperte, während sie im nächsten so abgeklärt war.

»In meiner Schule stellen sie im Herbst eine Mädchenmannschaft auf, aber die sind nicht gerade eine Geheimorganisation, wenn es darum geht zu verbergen, dass sie Miss Oxygen nicht dabeihaben wollen. Mit meiner Lunge …«

»Hör zu.« Reed legte ihr die Hand auf die Schulter und

sah sie ernst an. »Ich habe mich ein wenig eingelesen, nachdem du neulich hier warst.« Und nachdem Lynne von ihrer Vision für einen Zufluchtsort für kranke Kinder gesprochen hatte. Sosehr es ihn auch aufgerieben hatte, sie wiederzusehen, ihre Idee, die Tatsache, wie leidenschaftlich sie in dieser Angelegenheit war, hatte ihn angesteckt. »Dabei habe ich von vielen verschiedenen Seiten gehört, dass Sport sich positiv auf deine Krankheit auswirkt, dass diese extreme Schonung veraltet ist. Kraft- und Ausdauersport können dir helfen. Du kriegst nicht mehr so leicht Infekte ab, deine Atemmuskulatur wird stärker, und für deine Knochen ist es auch gut.« Er hatte gelesen, dass Mukoviszidose-Patienten oft mit Osteoporose zu kämpfen hatten. »Wenn wir das hier regelmäßig machen und mit deinen Ärzten sprechen, können wir womöglich echt was bewirken.«

Winnie sah ihn regungslos an, nicht voller Freude, sondern mit Misstrauen.

»Es wird nicht leicht«, fuhr er daher fort. »Es hilft nichts, die Sache zu beschönigen, du wirst vielleicht nie die Schnellste oder Stärkste werden, aber vielleicht eine solide Spielerin, die fängt wie eine Eins oder kickt, wie niemand sonst es schafft.«

»Wieso?«

Reed zog die Augenbrauen zusammen. »Wieso was?«

»Wieso machst du das? Was springt für dich dabei heraus?«

Sie hätte ihm eine Ohrfeige verpassen können, so überrumpelt war er. Und so verletzt – nicht für sich, sondern für sie. Dass ein kleines Mädchen nicht mehr an das Gute im Menschen glaubte, war tragisch. Sie hatte Ehrlichkeit verdient.

»Ich habe keine Ahnung, Darling.« Er drückte ihre Schulter und richtete sich auf. »Eigentlich mag ich Kinder nicht besonders – nur die beschädigten.«

Ihre Brauen zogen sich über den großen blauen Augen zusammen. »Du glaubst, ich bin beschädigt?«

»Ziemlich, ja. Und das macht dich besser als alle anderen, es macht dich stärker, weiser. Vielleicht erinnerst du mich ein wenig an mich selbst früher.«

»Warst du denn auch stärker und weiser als alle anderen?«

Ein Lachen entfuhr ihm. »Stärker ja, das mit der Weisheit kam erst viel, viel später – da bist du mir um Längen voraus.« Er beugte sich zu ihr hinunter. »Beschädigt zu sein ist nichts Schlimmes, es bedeutet nur, dass du schon eine Menge erlebt hast, womit du den anderen voraus bist.«

»Ja, ich habe immer gewusst, dass ich kaputt bin wegen meiner Krankheit, einfach nicht ganz heil.«

»Darling, ich rede nicht von deiner Krankheit.« Er räusperte sich, überlegte, ob er diesen Pfad wirklich einschlagen sollte, befand aber, dass es ihr nur guttun konnte, etwas von dem Ballast loszuwerden.Und das fiel bei Fremden oft leichter als bei der eigenen Familie, vor der man stark sein wollte. »Mir ist aufgefallen, dass dein Dad bei der Wunscherfüllung nicht dabei war.« Und er hatte im Gespräch zwischen Lynne und Mrs Griffin aufgeschnappt, dass Winnies Vater vor ein paar Jahren fortgegangen war. Das war bestimmt nicht einfach für die Kleine, vielleicht sogar noch schwerer als ihre Krankheit.

Ihr Kopf fuhr hoch, sie sah ihn an, runzelte die Stirn, und plötzlich schossen Tränen in ihre Augen.

Reed fuhr zurück. Na großartig! Vielleicht hätte er doch

lieber den Mund halten sollen. Er musste ja den Philosophen bei einer Neunjährigen spielen. Er war fast zwanzig gewesen, als ihm sein Trainer in Neuseeland die Rede von kaputten Kindern gehalten und ihm aufgezeigt hatte, dass die Verfehlungen anderer nicht eine Reflexion seiner eigenen Unzulänglichkeiten waren. Wie kam er auf die Idee, eine Neunjährige würde verstehen, was er meinte? Im Grunde verstand er es ja selbst nicht wirklich, nur dass er Kinder mochte, die für das, was sie wollten, kämpfen mussten, denen nicht alles auf dem Silbertablett serviert wurde, die auch mal harte Zeiten erlebten. Komischerweise hatte er bei solchen Menschen den Wunsch, das Silbertablett aus der Hemdtasche zu ziehen und zu reparieren, was sich reparieren ließ. Er war selbst eindeutig beschädigt.

»Mein Dad …« Immer mehr Tränen flossen ihre Wangen hinab, während ihre Stimme aber fest blieb. »Er ist weg. Von einem Tag auf den anderen. Es war mein erster Schultag. Ich konnte nicht schlafen, ich war so aufgeregt, und deshalb bin ich früh aufgestanden, um noch einmal meine Schultasche anzusehen. Ich hab sofort gewusst, dass etwas nicht stimmte. Die Wohnung wirkte so … leer. Mum saß auf der Couch, sie starrte nur auf den Boden.« Sie wischte sich wütend die Tränen ab. »Nicht jeder steht auf beschädigte Kinder.«

»Nur Idioten nicht.«

»Da bin ich mir nicht so sicher.«

Reed sah auf sie hinunter, er wusste nicht, was er sagen sollte, nur dass er ihr irgendwie das Gefühl nehmen musste, nicht gut genug zu sein. Wie sollte sie sonst gegen ihre Krankheit bestehen?

»Mein Dad war auch ziemlich nutzlos«, begann er, ein wenig über sich selbst überrascht, da er ansonsten nie von ihm sprach. »Er war zwar immer da, aber ich habe mir oft gewünscht, er würde verschwinden.«

Winnie sah aus tränenfunkelnden Augen zu ihm auf. »Wieso?«

»Er war gemein, er trank, er mochte mich nicht besonders … weil ich anders war als die anderen Kinder.«

»Warst du auch krank?«

»Auf eine Weise.« Er sah auf seine Sportschuhe hinab und dachte daran, wie er als kleiner Junge davon geträumt hatte, auf so einem Feld zu trainieren. Er hatte sich all seine Träume erfüllt, das konnte Winnie auch. »Man kann es wohl eher eine Störung nennen.« Er klopfte sich auf den Kopf. »Da drinnen. Ich konnte mich nicht gut konzentrieren und mich selber auch nur schlecht kontrollieren. Meistens tat ich, was mir gerade einfiel, ohne darüber nachzudenken, und das war nicht immer gut.«

»Du warst also eine Nervensäge.«

Ein Lachen entfuhr ihm, treffender hätte er es auch nicht ausdrücken können. »Diese … Störung habe ich noch immer, aber ich habe gelernt, damit umzugehen. Manchmal bin ich unruhig, und ich bin vermutlich auch risikofreudiger als andere Erwachsene – sehr zur Freude meines Trainers –, aber ich kenne mich mittlerweile selbst sehr gut. Du wirst dich auch besser kennenlernen, Winnie, du wirst merken, wie toll du bist und dass andere, die das nicht sehen, nur blind sind. Deine Krankheit wird nie ganz weggehen, aber du wirst sie kontrollieren und nicht sie dich. Da bin ich mir ganz sicher.«

Winnie verzog ihren Mund von einer zur anderen Seite und dachte angestrengt nach. Vermutlich war es etwas vermessen von ihm, sein ADHS mit einer potenziell tödlichen Krankheit wie Mukoviszidose zu vergleichen, aber Winnie kannte den Unterschied nicht. Sie wusste nur, dass etwas mit ihr nicht stimmte, und glaubte, dass ihr Vater sie deshalb nicht hatte haben wollen, genauso wie er einst. Die Details waren nicht so wichtig, vor allem, da er sich tatsächlich sicher war, dass ein starkes Kind wie Winnie kämpfen würde und die Krankheit zurückdrängen konnte.

Er klopfte ihr auf die Schulter und richtete sich auf.

»Legen wir los?« Er hob den Ball auf und warf ihn von einer Hand in die andere. Ablenkung war die beste Medizin, und Winnie schien auch froh darüber. Sie wischte sich über die Nase und nickte entschlossen. »Bereit.«

Sie trainierten eine gute halbe Stunde, als Reed plötzlich eine ältere Dame mit silbernem Kurzhaarschnitt in einem Nadelstreifenkostüm auf den Platz schreiten sah. Im ersten Moment glaubte er, Meryl Streep wäre aus diesem Film mit Prada gefallen, in den er mal von einem Date geschleppt worden war. Diese Lebenszeit würde er nie wieder zurückbekommen, und das Date hatte sich nicht mal gelohnt. Aber als die Frau näher kam, zeigte sich ein deutlich freundlicheres Gesicht.

»Ich habe die Gute-Fee-Plakette ins Büro gebracht und dort Mrs Griffin getroffen! Da habe ich gehört, dass unser besonderes Wunschkind hier ist.« Die Frau kam zu ihnen aufs Malfeld, und Reed fiel ein, dass er sie auf Fotos in der Agentur gesehen hatte. Sie war die ehemalige Leiterin.

»Rosemarie Simmons.« Er wies auf ihre Schuhe mit den spitzen Absätzen. »Damit machen Sie dem Platzwart keine Freude.«

»Was? Wieso …?« Die Dame schlug sich die Hände vors Gesicht und tapste sofort zurück zu den Tribünen. »Ach du meine Güte, das tut mir schrecklich leid.«

»Was er nicht weiß, macht ihn nicht heiß.« Reed folgte ihr mit einer verschwitzten Winnie im Schlepptau, die den Ball eng umschlungen hielt. Dabei warf er einen Blick in den Tunnel zu den Umkleidekabinen, um zu überprüfen, ob auch die neue Leiterin der Agentur hier war. Er schien aber Glück zu haben. Oder Pech. Das konnte er immer noch nicht so genau sagen. Er wusste nur, dass sie ihn in den Nächten in ihrem goldenen Kleid heimsuchte. »Wollen Sie es auch mal versuchen?« Er deutete hinter sich aufs Feld. »Dann müssen Sie die hier aber ausziehen.«

Mrs Simmons lachte laut auf. »Nein, nein, das überlasse ich ganz unserem Goldschatz.« Sie streckte die Hand nach der Kleinen aus, und als Winnie näher trat, berührte sie ihre Schulter. »Es tut mir leid, dass ich zu deinem großen Tag nicht hier sein konnte, aber ich denke, Lynne hat das ganz gut gemeistert.«

»Sie ist sehr nett.«

»Und Mr Rivers auch, scheint mir.« Sie sah zu Reed auf, etwas Prüfendes, Misstrauisches lag in ihrem Blick.

»Reed mag beschädigte Kinder«, erklärte Winnie wie selbstverständlich und warf den Ball in die Luft.

Mrs Simmons' Augenbrauen flogen in die Höhe.

»Besondere Kinder«, hüstelte Reed und spürte richtiggehend, wie Mrs Simmons' tadelnder Blick ihn durchbohrte. »Ich habe gesagt, besondere Kinder.«

»Nein, du hast gesagt …«

»Also, sind Sie ganz allein hier rausgefahren?«, unterbrach er Winnie schnell.

Etwas Sonderbares blitzte in den von Faltenkränzchen umrahmten Augen auf, etwas Unangenehmes, Durchdringendes, irgendwie Wissendes. »Wäre Ihnen Lynne denn lieber gewesen?« Ihre Stimme war ein fröhlicher, unschuldiger Singsang, und trotzdem fühlte er sich ganz klein.

Diese alte Lady hatte es drauf, ihn vergessen zu lassen, dass er normalerweise einer Meute aus Zweimeterriesen standhielt.

»Lynne?«, fragte er unschuldig. »Ach, war das diese Braunhaarige mit den Locken?«

»Meine Leiterin, ja. Lynne Padrig. Sie haben doch erst neulich mit ihr über ihr Projekt gesprochen.«

»Richtig, ich erinnere mich wieder. Das Projekt.«

»Ich hoffe sehr, dass wir auf Ihre Unterstützung zählen können. Lynne ist das wirklich sehr wichtig.« Sie lächelte ihn an, auf so unangenehme Weise, dass es schon eine eigene Kunstform war. Er konnte sich gerade noch davon abhalten, wie ein eingesperrter Tiger auf und ab zu wandern. Was wusste diese Frau, was hatte Lynne von ihrer Vergangenheit erzählt?

»Sie können sehr gut mit Kindern umgehen.« Mrs Simmons deutete auf Winnie, der das Gespräch langweilig wurde und die sich ein paar Bälle holte, um Torschüsse zu üben. »Haben Sie selbst welche?«

Fast wäre ihm ein Lachen entkommen. »Nein.« Er sah Winnie zu und fand es erstaunlich, wie viel besser ihre Technik in der kurzen Zeit geworden war. Bald würde er den Banana-Kick mit ihr üben, bei dem die Flugbahn des Balles einen Bogen machte.

»Sie wären ein guter Vater geworden.« Sie legte ihm die Hand auf den Oberarm und drückte ihn. Dann winkte sie Winnie zu und wandte sich ab. »Noch viel Spaß euch beiden!« Sie ging davon, ihre Schritte beschleunigten sich, je näher sie dem Tunnel kam.

Reed sah ihr hinterher und schüttelte dann verwirrt den Kopf. Seltsame Lady! »Winnie, pass mir den Ball zurück.«

Als das Mädchen den Ball konzentriert vor seinen Fuß legte, fuhr Reed ein heißer und kalter Schauer den Rücken hinunter. Rosemarie Simmons Worte hallten durch seinen Kopf, derart laut und dröhnend wie Kirchenglocken. »Sie wären ein guter Vater geworden.«

Kapitel 5

Lynne starrte den offenen Schrank an. Sie hörte das Ticken der Wohnzimmeruhr bis nach hinten ins Schlafzimmer, versuchte sich darauf zu konzentrieren, aber es war die unscheinbare Schachtel im obersten Regal, die all ihre Aufmerksamkeit auf sich lenkte. So wie die gesamte letzte Woche, in der sie hier mit zitternden Händen gestanden hatte. Anfangs hatte sie sich noch eingeredet, es wäre ganz normal, dass sie von jenen längst vergangenen Ereignissen träumte, von Reed, vom Bahnhof, dem Krankenhaus … Sie hatte sich gesagt, dass es natürlich war, dass Reed auch tagsüber ihre Gedanken heimsuchte. Schließlich war er so unerwartet in ihr Leben zurückgekommen. Aber an ihrem Verhalten im Moment war nichts normal. Es war nur eine alte Schuhschachtel, sie sollte sie einfach vergessen. Wieso quälte sie sich so? Versuchte sie sich immer noch zu bestrafen? Sie würde jetzt einfach die weiß lackierten Türen zumachen und die Abendsonne bei einem Spaziergang genießen.

Aber ihre Hände hoben sich wie von selbst. Vielleicht hörte all der Spuk auf, wenn sie die Schachtel endlich rausnahm? Vielleicht sollte sie es einfach tun?

»Stell dich nicht so an!« Lynne stellte sich auf die Zehenspitzen und griff mit klammen Fingern nach dem bunten Karton. Fast wäre er ihr wieder aus den schwachen Händen gefallen, aber sie ließ ihn schnell zu Boden gleiten und kniete vor ihm nieder.

Den brennenden Schmerz in ihrem Bauch ignorierend nahm sie den Deckel ab und hielt die Luft an. Das alte Foto war das Erste, was ihr ins Auge fiel. Reed und sie waren vierzehn. Sie lagen auf der Blumenwiese hinter der Pferdefarm und grinsten in die Kamera. Reeds ausgestreckter Arm, mit dem er den Fotoapparat hielt, war noch zu sehen, der andere lag unter ihrem Kopf. Einzelne Strähnen seines blonden Haars fielen ihm in die Stirn, seine grünen Augen funkelten im Sonnenlicht vor dem Hintergrund der Wiese wie Smaragde. Er sah wahnsinnig jung aus, kein Vergleich mit dem harten, unnahbaren Mann, der ihr im Trainingscenter und in der Agentur begegnet war. Sie selbst wirkte unbeschwert, sie lächelte frech, ihre Locken breiteten sich um ihren Kopf herum aus, und ihre Augen strahlten vor jugendlichem Übermut. Ein perfekter Moment eingefroren. So vieles war seither passiert …

Ihr Blick fiel auf weitere Fotos, von der Pferdefarm, Reeds Zuhause, wo sie die meiste Zeit miteinander verbracht hatten. Auf der Wiese am Rande der Koppeln hatten sie sich an einem sonnigen Februartag das erste Mal geküsst. Nun, Lynne hatte Reed geküsst, nur kurz, da er ihr den Arm verdreht hatte. Er war zornig gewesen, weil sie zum Valentinstag einen Brief von einem Mitschüler bekommen hatte. Immer wieder hatte er versucht, ihn ihr aus der Hosentasche zu ziehen und wegzunehmen. Und wenn er wütend gewesen war, hatte er selten nachgedacht. Er war als Kind oft handgreiflich geworden, hatte sich immer wieder geprügelt und seine Kraft nicht einzuschätzen vermocht. Trotzdem wäre sie nie auf die Idee gekommen, ihre Freundschaft zu beenden. Am

Anfang, weil er ihr leidgetan hatte, weil seine Familie ihn so schlecht behandelte. Später allerdings war es nicht mehr Mitleid gewesen, sie hatte sich verliebt, in seine Begeisterungsfähigkeit, seine Ehrlichkeit und vielleicht sogar etwas in seine leidenschaftliche Ungezügeltheit. Damals am Valentinstag hatte sie erkannt, dass er eifersüchtig war. Er hatte nicht losgelassen, und so war ihr keine andere Möglichkeit eingefallen, als ihn zu küssen, um ihn zu stoppen, aber auch um ihm zu zeigen, dass er keinen Grund zur Eifersucht hatte, dass sie seine beste Freundin war, dass sie ihn liebte. Sie waren dreizehn gewesen, und es war ihr alles so einfach vorgekommen. Von da an hatte er sie wie ein kostbares Juwel behandelt, hatte sich die größte Mühe gegeben, seine Impulsivität zu kontrollieren, ihr nie wehzutun. Seine Energie hatte er darauf verwendet, sie zu küssen. Immer wieder, er hatte die Finger nicht von ihr lassen können und sie nicht von ihm. Großer Gott, er hatte wirklich küssen können – nicht dass sie damals Vergleichsmöglichkeiten gehabt hätte, aber es war ihm immer gelungen, ihre ganze Welt zum Stillstand zu bringen. Mit seiner bedachten Zärtlichkeit und der gleichzeitigen ungestümen Leidenschaft, als wollte er sie bei lebendigem Leibe verschlingen, hatte er sie auf Wolken gehoben – ja, das war kitschig, aber die erste Liebe war kitschig und schrecklich dramatisch. Und plötzlich war auch alles nicht mehr so einfach gewesen.

Sie ließ das Bild sinken, kramte durch weitere Fotos und nahm schließlich das Zugticket von Pembroke nach Cardiff in die Hand. Es war eine seltsame Fahrt gewesen vor zwölf Jahren – natürlich, man lief ja auch nicht jeden Tag von zu Hause weg. Trotz der Hitze aneinandergekuschelt hatten sie aus dem Fenster gesehen, die vorbeibrausende Landschaft beobachtet, voller Aufregung, aber auch voller Angst. Sie hatte Reeds Herz an ihrem Ohr pochen gehört, seinen Duft an seinem T-Shirt eingeatmet. Seine Finger hatten geistesabwesend ihren Nacken gestreichelt und ihr eine Gänsehaut beschert. Dann war die Nacht in dieser billigen Absteige gekommen, in der niemand nach ihrem Alter gefragt hatte. Reed hatte das Zimmer bar bezahlt, und mit seiner Größe und seinem Auftreten hatte niemand vermutet, dass er erst fünfzehn und nicht schon achtzehn war. Es war eine Nacht gewesen, die sie nie vergessen würde.

»Hast du Hunger?« Reed ließ seinen Rucksack auf das Doppelbett gleich neben der Tür fallen und kramte darin herum, bis er eine Packung Müsliriegel zum Vorschein brachte. Er hielt sie ihr hin, aber Lynne schüttelte den Kopf. Ihr war so flau im Magen, dass sie an Essen gar nicht denken konnte. Sie sah sich in dem Raum um, der die Größe einer Sardinendose hatte, aber zu entdecken gab es nicht viel. Da war das Bett mit der großmütterlichen Blümchentagesdecke, ein zerkratzter Tisch und eine dunkle Kommode; zu ihrer Linken ein Duschvorhang, der schon Risse hatte. Das Fenster war von schweren, schlammfarbenen Stoffen bedeckt, aber bis auf die geschäftige Straße und die Dämmerung war da draußen ohnehin nichts zu sehen.

»Du musst etwas essen.«

»Ich muss duschen.« Sie sah an sich hinab. Die Shorts klebten an ihren Beinen, ihr Top war schweißnass, ihre Locken fühlten sich wie eine schwere, warme Decke an ihrem Kopf an. Es war ein brütend heißer Augusttag, die Zugfahrt war durch das gelegentliche Öffnen des Fensters und durch den Fahrtwind erträglich gewesen, aber ihr Marsch durch die Hauptstadt hatte sie an ihre Grenzen gebracht. Zu Hause, auf dem

Land, nahe der idyllischen Pferdefarm, inmitten unendlicher Weiden und direkt am Meer hatte sie die Hitze nie so mitgenommen. Sie hatte am Kamm der Klippen gestanden und den salzigen Wind über ihren Körper fegen lassen, das Donnern der Wellen in den Ohren. Dann war sie nach Hause gegangen, in das alte, steinerne Cottage, das vor langer Zeit mal ein Hühnerstall gewesen war, zu ihren Eltern, ihrem Bruder … Heimweh durchfuhr sie mit einem Stich, und sie konnte nicht noch einmal aufsehen, nicht noch einmal diesen schrecklichen Raum betrachten. Wenn sie an die Stadt dort draußen vor dem Fenster dachte, wo der Asphalt die Hitze noch verstärkte, Häuser den Blick auf die Landschaft verstellten und der Lärm ihr in den Ohren dröhnte, kam sie sich wie ein Landei vor. Sie wollte zurück.

Ein dunkler Schemen trat vor sie hin, eine Wasserflasche erschien in ihrem Blickfeld. »Trink.«

Lynne gehorchte und nahm ein paar tiefe Schlucke, sie musste etwas tun, sich irgendwie ablenken. Sie schraubte die Wasserflasche wieder zu, stellte sie auf den Tisch und trat schließlich durch den Vorhang in einen gefliesten Bereich, zu ihrer Linken der Duschabfluss, zu ihrer Rechten ein Waschbecken mit einem Spiegel unter einem flackernden Licht. Sie vermied es hineinzusehen, aber in dem flüchtigen Moment beim Eintreten erkannte sie trotzdem, dass ihre Wangen glühten, während sie gleichzeitig kränklich blass war, ihre Haut glänzte, ihr Haar klebte feucht am Kopf.

»Hast du Duschgel eingepackt?«

»Yep.« Weiteres Kramen, dann kam Reeds Hand mit einem Männerduschgel herein.

Lynne verkniff sich ein Seufzen und sah sich nach etwas zum Abtrocknen um. Es gab nichts. »Handtücher?«

Stille, dann ein Räuspern. »Ähm … nicht so wirklich.«

Sie presste die Augen zu, rief sich in Erinnerung, warum sie das alles tat, für Reed, für ihre Liebe. Die Angst durfte nicht Besitz von ihr ergreifen. Es war nur der erste Abend in diesem neuen Leben, andere würden besser verlaufen, sie würde sich daran gewöhnen.

»Okay … ich … ich dusche jetzt.«

»Okay.«

Sie sah durch den Vorhang hindurch, versuchte Reed auf der anderen Seite auszumachen, aber durch das vergilbte Plastik konnte sie ihn nicht erkennen. Ihre Finger kämpften mit dem Knopf ihrer Shorts, während sie weiterhin angespannt lauschte. Aber auf der anderen Seite blieb alles ruhig. Das machte sie nicht gelassener bei ihrem Vorhaben, sich nackt auszuziehen, sich noch schutzloser zu fühlen. Reed hatte sie noch nie ohne Kleidung gesehen. Sie küssten sich oft, schon seit zwei Jahren, und manchmal geriet alles außer Kontrolle, dann machte sich Hitze in ihr breit, sie wollte mehr und spürte, dass es ihm genauso ging. Seine Hände waren schon fast überall auf ihrem Körper gewesen, wenn sie zusammen im hohen Gras lagen. Er hatte seine Finger unter ihr T-Shirt und unter ihre Shorts gleiten lassen, und sie hatte sich zaghaft an seinem Körper vorangetastet. Aber weiter waren sie nie gegangen. Jetzt war sie hier allein mit ihm in einem Zimmer, fort von zu Hause, an der Absprungkante zu einem erwachsenen Leben zu zweit. Jetzt war alles anders. Und sie hatte Angst, dass er ihr ansehen würde, mit wie viel Schrecken sie die Zukunft erfüllte.

»Kannst du mir frische Sachen rauslegen?«, rief sie, nur um seine Stimme zu hören. Reed hatte zwei Rucksäcke gepackt, einen mit dem Nötigsten für sie und einen für sich selbst. Die Sachen hatte er in der Scheune versteckt, schon vor Monaten,

mit dem Vorhaben, von zu Hause abzuhauen. Heute Mittag war er dann mit dem Fahrrad zu ihr gekommen mit den Worten: »Bist du bereit?«

Sie hatte gerade die Zucchini ihrer Mutter gegossen, ihr Bruder Rhys war auf der Pferdefarm gewesen und ihre Eltern beim nahen Wohnwagenpark, den sie betrieben. Also hatte Lynne ein paar Zeilen geschrieben, dass sie sich keine Sorgen machen sollten, dass sie Reed liebte und für ihn da sein musste, dass sie sich melden würde, und war dann mit ihm zum Bahnhof gefahren.

Jetzt war sie in Cardiff, wissend, dass ihre Eltern bestimmt krank vor Sorge waren. Zwar waren sie nicht ihre leiblichen Eltern, sie hatten Lynne genauso wie ihren Bruder Rhys adoptiert, aber das spielte keine Rolle. Lynne war bei ihnen aufgewachsen und hätte sich keine liebevollere Familie wünschen können. Anders als Reed, dessen Fleisch und Blut ihn behandelte wie einen Aussätzigen.

Schaudernd schälte sie sich aus ihren Klamotten, legte sie aufs Waschbecken und stellte die Dusche an. Das kühle Wasser sollte ihr guttun, aber es verstärkte nur den Druck auf ihrer Brust. Wenn sie an morgen dachte, an übermorgen, den Tag danach – da war nur Leere, und ihr Herz raste.

Sie wollten nach London, Reed hatte vor, sich Arbeit zu suchen, auch wenn er noch minderjährig war und die Schule nicht abgeschlossen hatte. »Für kräftige Hände gibt es immer einen Job«. Und auch Lynne wollte Geld verdienen, vielleicht mit Kellnern. Sie mussten wohl schwarzarbeiten, zwielichtige Arbeitgeber würde es in Englands Hauptstadt bestimmt geben, irgendwo unterkommen, irgendwie überleben.

Tränen flossen ihre Wangen hinab, vermischten sich mit dem Wasser, das über ihr Gesicht strömte, und Lynne wischte sie wütend weg. Sie war kein Kind mehr, sie half ihrer Mutter bei der Buchhaltung, beim Sauberhalten der Anlage, sie konnte anpacken und Verantwortung tragen. Sie hatte fünfzehn Jahre alles auf dem Silbertablett serviert bekommen, das wenigste, was sie da tun konnte, war Reed in eine neue, für ihn bessere Zukunft zu folgen. Denn er hatte es nie leicht gehabt. Seine Eltern misshandelten ihn mit ihrer Abneigung, den Vorwürfen, der Missachtung. Die Rivers verstanden sein ADHS nicht, wollten sich nicht damit auseinandersetzen, sahen einen Störenfried, einen Fremdkörper in ihm, ganz anders als bei ihrer heißgeliebten Tochter Alis. Lynne hatte nichts gegen sie, aber sie konnte auch nicht auf ihrer Seite stehen. Sie musste auf Reeds Seite sein, denn er hatte niemanden sonst. Wenn er es zu Hause nicht mehr aushielt, musste sie bei ihm bleiben. Für immer.

Ein Schluchzen entfuhr ihr, und sie presste sich schnell den Handrücken gegen den Mund, lauschte, aber da war nur Stille. Dann das Quietschen des Bettes.

»Alles okay?«

Lynne nahm langsam die Hand weg. »Ja, alles gut.«

»Du hörst dich aber nicht gut an.«

»Das verdammte Wasser ist so kalt.«

Wieder Stille, Lynne bewegte sich nicht, konzentrierte sich auf das, was auf der anderen Seite des Vorhangs geschah, während das Wasser weiterhin auf sie herabprasselte. Dann flog das gelbe Plastik zur Seite.

Lynne schrie auf, ihre Hände flogen zu ihren Brüsten, wollten sie bedecken, als ihr aufging, dass sie noch viel mehr zu verbergen hatte. Sie presste sich gegen die Fliesen, als Reed zwei schnelle Schritte auf sie zumachte, voll angezogen unter den Wasserstrahl trat und sie in die Arme schloss – fest, unnach-

giebig, er hüllte sie ein, verbarg sie vor der ganzen Welt, drückte ihre Wange gegen seine Brust.

Lynne rang um Atem, versuchte ihn wegzudrücken, kämpfte gegen den Druck, der sich in ihr aufbaute und aufbaute, aber das Schluchzen befreite sich erneut. Die Luft entwich ihr, und plötzlich brach etwas in ihr auseinander. Die Tränen begannen unerbittlich zu fließen, durchtränkten sein Shirt genau wie das Wasser, ihr ganzer Körper bebte, und sie klammerte sich an ihm fest.

Sie hatte Reed, sie war nicht vollkommen allein, sie hatte ihn, der alles für sie tun würde, der ausflippte, wenn jemand sie nur schief ansah, der sie beschützte, sie zum Lachen brachte und sie festhielt, wenn sie es brauchte. Alle anderen waren nicht wichtig, nur er und sie, gegen den Rest der Welt. Sie musste das für ihn tun, sie wollte das für ihn tun. Sie spürte seine Haut durch das nasse Shirt, schmiegte sich an ihn, und sie wollte den Moment einfrieren. Sie hatte sich richtig entschieden, die Details zu morgen oder übermorgen würden sich doch irgendwie ergeben, solange er nur bei ihr war und sie bei ihm!

Die Tränen flossen trotzdem weiter, aber vielleicht reinigten sie sie einfach vom Abschiedsschmerz, vielleicht würden sie sie etwas freier zurücklassen. Sie wusste nicht, wie lange sie so dastanden, irgendwann begann sie unter dem kalten Wasser zu zittern. Reed griff an ihr vorbei und stellte es ab, dann drehte er sich klitschnass um und kam wenig später mit einem seiner T-Shirts zurück. Darin wickelte er sie ein, als wäre es das Natürlichste der Welt, dass sie vollkommen nackt vor ihm stand. Seine Hände rieben über ihre Arme, den Rücken, lockerten jeden verspannten Muskel, ohne ein Wort zu sagen, ohne ihr ins Gesicht zu sehen, dann verschwand er wieder, nur um dann mit neuen Shorts, einem Höschen und einem Top zurückzukommen. Er legte die Sachen auf dem Waschbecken ab und ging wieder. Einfach so.

Lynne nahm die Kleidungsstücke in die Hand, verwirrt, aber auch erleichtert und dankbar für seinen Trost. Mit einem nun besseren Gefühl zog sie sich an und atmete tief durch, als sie aus dem Bad trat, darauf vorbereitet, ihre Tränen erklären zu müssen.

Reed kniete neben dem Bett auf dem Teppich, den Rucksack auf seinem Schoß, ein Bündel Geldscheine in der Hand, die er zählte.

»Wie lange sparst du schon hierfür?«

Er sah nicht auf. »Mein ganzes Leben.«

Das glaubte sie ihm sofort, er hatte häufig auf den umliegenden Farmen und Ferienhäusern ausgeholfen, um etwas zu verdienen. »Ich habe ein Sparkonto. Damit kommen wir auch eine Weile weiter.«

Er nickte nur, schien ganz vertieft, ging immer wieder den Inhalt der Rucksäcke durch, seine Lippen bewegten sich in einer stummen Aufzählung. Lynne ließ sich auf dem Bett nieder und sah ihm zu, sein blondes Haar, das für gewöhnlich zu allen Seiten vom Kopf abstand, lag nun glatt und nass zurück, im Nacken, wo es zu trocknen begann, kräuselte es sich. Er trug immer noch die durchtränkten Sachen, knielange Hosen und ein schwarzes T-Shirt, ganz so, als würde er die Kälte und Nässe gar nicht spüren. Seine Gesichtsmuskeln waren angespannt, die im letzten Jahr so breit gewordenen Schultern wirkten wie Stein. Kein Wunder, er war es ja gewohnt, unglaubliche Lasten zu tragen, verbale Peitschenhiebe und giftige Blicke auszuhalten, die wohl noch schlimmer waren als Schläge. Reeds Dad war einmal die Hand ausgerutscht, aber Lynne wusste, dass die Tatsache, dass seine Familie ihn nicht wollte, viel schlimmer zu ertragen war als körperliche Gewalt. Die Liebe für ihn fegte derart heftig über sie hinweg, dass sie sich die Faust gegen die Brust pressen musste, um den Schmerz auszuhalten. Sie beugte sich hinunter, streckte die Hand aus, legte sie auf seinen Oberarm und spürte, wie er sich unter ihrer Berührung noch stärker verkrampfte.

Langsam ließ er die Zugtickets für ihre morgige Weiterreise sinken und hob den Kopf, seine grünen Augen funkelten im Zwielicht der untergehenden Sonne, die durch die Vorhänge schimmerte. »Ich passe auf dich auf, das weißt du, oder? Ich kriege das hin.« Es lag eine solche Entschlossenheit in seiner Stimme, dass sie nicht den geringsten Zweifel an seinen Worten hatte.

»Wir schaffen das zusammen«, flüsterte sie.

Er sah sie an, drei lange Sekunden, dann hob sich seine Hand an ihre Wange, er rutschte näher, kniete vor ihr auf dem Boden und küsste sie, nicht zärtlich, sondern bindend. Er ließ sie alles vergessen, ihre Zukunftsängste und Sorgen, ihre Vergangenheit, und sie wusste, er musste ihr nahe bleiben, durfte sie nicht loslassen, sollte sie diesen furchterregenden Schritt in ein neues Leben schaffen. Nur wenn er bei ihr war, sie berührte und hielt, schwand die Angst etwas. Sie atmete seinen Duft ein, seinen vertrauten, tröstenden Geruch, sie wollte sich in ihm einhüllen. Ihr Körper fühlte sich schwach an, und das Sehnen nach seiner Nähe wuchs so stark, dass es als Kribbeln durch ihre Adern floss. Sie hob die Hände und ließ sie an seinen Seiten hinaufgleiten, um zu spüren, dass er echt war, dass sie sich immer noch an ihm festhalten konnte. Sein Griff in ihrem Rücken verstärkte sich, wurde fast schon schmerzhaft, aber gleichzeitig wollte Lynne, dass er sie noch fester hielt. Seine Hand glitt von ihrer Wange zurück in ihren Nacken unter ihr nasses Haar, und sie bekam eine Gänsehaut am ganzen Körper. Seine Berührungen waren ihr nicht fremd, aber heute war irgendetwas anders. Sein Körper war angespannt, und auch Lynne war von einer nagenden Unruhe und dem Wunsch erfüllt, noch mehr von ihm zu spüren.

Sein Kuss wurde härter, drängender, und Lynne klammerte sich an ihm fest, presste sich an ihn. Ein Stöhnen drang aus seiner Kehle, das ein heißes Zittern durch ihren Körper jagte. Er beugte sich über sie, drückte sie zurück aufs Bett, ohne den Kuss zu unterbrechen. Da war nur noch ihr schneller Atem, während seine Zunge ihre umspielte und seine Hand unter ihr Top glitt und ihre noch feuchte Haut berührte. Lynne tat es ihm gleich, sie zerrte sein T-Shirt hoch, so gut es ging, und war nicht überrascht, unter den festen Muskeln auch die einzelnen Rippen zu spüren. Er war so schnell gewachsen, dass er kaum genug hatte essen können, trotzdem kam ihr sein Gewicht auf ihr enorm vor. Es nahm ihr die Luft, gleichzeitig fühlte sie sich dadurch beschützt. Lynne wusste, es würde nicht bei diesem Kuss bleiben, und als Reed seinen Arm unter ihr angewinkeltes Knie führte und sie auf dem Bett weiter zurückschob, begann ihr Herz zu rasen. Ihr Kopf war wie mit Watte gefüllt, und an jeder Stelle, wo seine Finger sie berührten, schienen kleine Flammen zurückzubleiben.

»Warte kurz.« Unvermittelt löste er sich von ihr, sprang auf und nahm den Rucksack vom Boden. Sie ahnte, was er suchte, und musste ob seiner akribischen Vorbereitung kichern.

»Du hast sogar an Kondome gedacht?«

»Was?« Reed fuhr zu ihr herum, die Augen weit aufgerissen, mit so deutlichem Schock, dass ihr Hitze in die Wangen schoss. Hatte sie sich getäuscht? Zum Glück war es inzwischen beinahe völlig dunkel hier drinnen.

»Ich suche keine Kondome.« Er ließ den Rucksack langsam sinken, nahm den Blick aber nicht von ihr. »Glaubst du echt, ich hätte welche dabei? Dass ich das geplant habe und …« Er sank aus seiner knienden Position zurück auf die Fersen, rieb sich über den Nacken. »Du hättest wirklich … du würdest … willst du echt …?«

Oh Gott, was hatte sie sich da nur eingebrockt? Regungslos und mit garantiert leuchtend roten Wangen starrte sie ihn an. »Ich dachte, du wolltest … willst du nicht?«

»Doch!« Die Antwort schoss ihr so schnell entgegen, dass sie zusammenzuckte.

»Dann …« Sie knetete ihre Finger in ihrem Schoß. »Was willst du mit dem Rucksack, wenn nicht …«

Er kramte weiter und zog schließlich mit triumphierendem Lächeln etwas heraus, das Lynne in seiner geschlossenen Hand nicht erkennen konnte. Dann kniete er sich wieder vors Bett, schloss seine Finger um ihre und zog sie etwas näher. Sein Ausdruck war nun ernst, feierlich, und in Lynne machte sich ein nervöses Flattern breit. Ihr Blick fiel auf seine Hand, in der ein kleines weißes Schmuckkästchen mit goldener Schrift lag.

»Reed …«, begann sie, doch er öffnete den Deckel, und tatsächlich funkelte ein Ring im schwachen Licht des Mondes, ein aus blauen Steinchen gearbeiteter Delfin wand sich darüber. Ihr Herz machte einen Satz, pochte ihr in der Kehle. Sie dachte daran, wie oft sie am Kamm der Klippen im golden wogenden Strandhafer gesessen und Delfine in den Wellen beobachtet hatten. Der Ring war wunderschön. Er war perfekt.

»Wir müssen das richtig machen, Lynnie. Wenn es funktionieren soll, dann müssen wir allen zeigen, dass wir zusammengehören. Und bevor wir beide …« Er hob eine Schulter und verzog den Mund zu einem verschmitzten Lächeln, »wei-

tergehen, bevor wir das machen, sollten wir wenigstens … Es soll einfach richtig sein, verstehst du? Wir sollten heiraten, sobald wir achtzehn sind, aber wir können es uns jetzt schon versprechen. Was meinst du?«

Lynne stieß den angehaltenen Atem aus, sie konnte nicht glauben, dass Reed, der liebend gerne jede Regel brach, in dieser Angelegenheit altmodisch war. »Du machst mir einen Antrag?« Die Wände dieses ohnehin schon winzigen Raums schienen sich auf sie zuzubewegen. Dieser Tag war so verrückt, er machte ihr eine Heidenangst. Gleichzeitig konnte sie sich nicht daran erinnern, je so glücklich gewesen zu sein. »Wo hast du nur diesen Ring her? Wie lange planst du das schon? Und wir sind doch erst fünfzehn!«

»Ja, aber wir kennen uns schon, seit wir krabbeln können, ich liebe dich, seit ich denken kann, das ist mehr, als viele andere vorzuweisen haben, die sich verloben.« Ein schiefes Lächeln hob einen seiner Mundwinkel. »Und den Ring habe ich besorgt, nachdem du meinen Dad zu Ostern ein kaltherziges Arschloch genannt hast – ins Gesicht. Ich weiß, er ist nicht besonders wertvoll, und irgendwann werde ich dir einen anderen kaufen, der hier ist einfach …«

Lynne legte einen Finger auf seine Lippen, sie musste sich räuspern, um bei dem plötzlichen Kloß in ihrem Hals sprechen zu können. »Perfekt.« Sie blinzelte Tränen weg, sie hasste es zu weinen, und sie war gerade erst damit fertig geworden.

»Ist das ein Ja?« Reed nahm den Ring heraus und legte die Schachtel zur Seite. Seine Stimme war heiser und seine vertrauten grünen Augen so voller Hingabe, dass es ihr den Hals zuschnürte.

»Natürlich sage ich Ja«, flüsterte sie und hielt den Atem an, als er ihr den Ring ansteckte.

Reed nahm ihr Gesicht in beide Hände und sah ihr eindringlich in die Augen. »Du wirst es nicht bereuen. Ich werde dir der beste Ehemann sein, den es gibt, und jeden wachen Augenblick deinem Glück widmen.«

Lynne ließ ihren Kopf nach vorn auf seine Brust sinken und vergrub ihr Gesicht in seinem nassen Shirt. Mit beiden Händen krallte sie sich an ihm fest und atmete tief ein, gegen ein erneutes Schluchzen ankämpfend. Seine Hände glitten über ihren Rücken, und Lynne rutschte nach vorne, bis er wieder zwischen ihren Beinen kniete und sie ihn mit ihren Armen ganz umfangen konnte.

Sie musste nicht nachdenken, als sie sich von ihm löste und zu ihm aufsah. Ohne den Blick von ihm zu nehmen, zog sie ihr Top über den Kopf und fröstelte trotz der drückenden Sommerhitze. Es war sein Blick, der ihr eine Gänsehaut über den Rücken jagte, während ihr ganz tief im Innern immer wärmer wurde. Sein verwundertes Starren war ihr peinlich, sie schämte sich so entblößt vor ihm, also griff sie auch nach seinem T-Shirt. Doch ehe sie es hochziehen konnte, umschloss Reed ihre Handgelenke. »Wirklich?«

Lynne legte den Kopf schief und sah ihn mit einem kaum zitternden Lächeln an. »Reed Rivers, kann es sein, dass du einen Rückzieher machen willst?«

»Zur Hölle, nein.« Sein Shirt war so schnell weg, dass sie die Bewegung kaum sah. Im nächsten Moment schlang sich sein nackter Arm um ihren Körper, und Lynne stieß ein Seufzen aus, als sie warme Haut auf warmer Haut spürte. Ihre Lippen fanden sich erneut, und Reed drängte sie ungestüm zurück, bis sie wieder auf dem Bett lag. Er legte sich neben sie, ein Bein über dem ihren, als wollte er sie festhalten, aber sie fühlte sich nicht gefangen. Dafür war seine Hand an ihrer Wange zu

sanft, während sich sein Kuss verlangsamte. Als gäbe es nichts anderes auf der Welt um sie herum, beschränkte er sich auf diesen Kuss, und Lynne hatte das Gefühl, die Liebe in ihrer Brust war wie ein Ballon, der sich ausdehnte, bis er kurz vorm Platzen stand. Sie konnte es kaum ertragen, und als sie mit ihren Fingerspitzen seinen nackten Arm hinauffuhr und er am ganzen Körper erzitterte, spürte sie auch einen Funken aufregender Stärke. Es war merkwürdig, wie intensiv sie jede Kleinigkeit wahrnahm. Seine Hand, die ganz sacht zu ihrem Bauch hinabfuhr – es war, als wirke er einen Zauber auf sie –, und als er mit einem Finger vorsichtig unter den Bund ihrer Shorts glitt, zuckte sie zusammen, so heftig fuhr das Kribbeln durch ihren Körper.

Reed löste seine Lippen von den ihren und sah auf sie hinab, einzelne Strähnen hingen ihm in die Stirn. »Lynne, ich … du hast vorhin gefragt … und ich habe *daran gedacht. Ich habe Kondome dabei.«*

Ein ersticktes Lachen entkam ihr. »Zum Glück.« Sie richtete sich ein wenig auf und küsste ihn auf die Wange, während sie mit einem Finger sanft über den Flaum an seinem Kinn strich. Im nächsten Moment war er auch schon verschwunden, nur um gleich darauf wieder neben ihr zu liegen, eine Packung Kondome in der Hand.

Lynne presste die Lippen aufeinander, sie war so aufgeregt, dass sie fürchtete, ihre Zähne würden jeden Moment zu klappern anfangen.

»Hast du Angst?«, flüsterte er und sah sie wachsam an.

Lynne zuckte mit den Schultern. »Ich weiß es nicht.« Es war eher so, als stünde sie vor der Achterbahn Schlange und wartete auf etwas Wunderbares, aber auch Beängstigendes. Sie spürte die Aufregung, die leise Panik, aber gleichsam die Ent-

schlossenheit, den Schritt zu wagen, im Wissen, dass die Fahrt großartig werden würde.

»Ich will dir nicht wehtun.«

Sie legte ihre Hand auf seine Brust. Für ihn war das keine Floskel, sie wusste, er hatte wirklich Angst davor – ständig. »Vergiss, was alle anderen sagen, deine Eltern, die Lehrer, all diese Idioten in der Schule … du wirst mir nicht wehtun und wenn, dann macht es mir nichts aus.«

»Mir aber.«

Lynne sah Reed vor sich auf dem Schulhof, wie er einen zwei Jahre älteren Jungen verprügelte und nicht mal von ihm abließ, als diesem schon das Blut aus der Nase floss. Zwei Lehrer hatten Reed wegzerren müssen. Sie spürte seinen schmerzhaften Griff, wenn er wütend war, seinen Standpunkt verdeutlichen wollte oder sich einfach von Begeisterung mitreißen ließ. Er wusste nicht, wie stark er war, oder vielmehr vergaß er es. Aber deswegen liebte sie ihn nicht weniger, nur mehr.

Also handelte Lynne einfach aus Instinkt, folgte ihrem Herzen. Sie zog seinen Kopf zu sich herunter und vergaß die Welt um sich herum.

Lynne schloss die Augen, die Erinnerungen brandeten über sie hinweg, bittersüß und schmerzhaft. Was war das für eine Nacht gewesen. Wie merkwürdig es ihr vorgekommen war, wie weh es getan hatte, und wie geborgen und beschützt sie sich trotzdem gefühlt hatte.

Sie schüttelte den Kopf, durfte nicht länger daran denken. Stattdessen sah sie zurück in die Schachtel und biss die Zähne zusammen, als sie das Zugticket von Cardiff nach London in die Hand nahm. Es war nicht entwertet, sie hatte es nicht benutzt. Reeds erschütterter Ausdruck drängte sich in ihr Gedächtnis, in seinen grünen Augen war deutlich zu sehen gewesen, wie seine Welt zusammenbrach. Sie war dafür verantwortlich gewesen, und sie hatte die Strafe dafür bekommen.

Das Ticket fiel ihr aus der Hand, sie blickte durch einen Tränenschleier auf das rosa Plastikarmbändchen aus dem Krankenhaus ganz am Boden der Kiste. Daneben das kleine rosa Schild: April Padrig, Gewicht 2.880 g, Größe 49 cm. Sie streckte die Hand danach aus, versuchte die Bilder, die vor ihr aufflackerten, aufzuhalten …

Das schrille Klingeln der Türglocke ließ Lynne mit einem erstickten Keuchen zusammenfahren. Schnell wischte sie die Tränen weg, warf alles zurück in die Box, lief zur Tür und riss sie auf.

»Ach du meine Güte, wie siehst du denn aus?« Rosemarie ließ einen kritischen Blick über sie wandern. Dabei nahm sie ihre karierte Pyjamahose und das ausgeleierte T-Shirt mit einem Naserümpfen wahr. Kein Wunder, Rosemarie war immer perfekt gestylt. Auch Lynne legte normalerweise sehr viel Wert auf ein gepflegtes Äußeres, umso größer war wohl der Schock über ihren verwahrlosten Aufzug.

»Ich wollte gerade ins Bett.«

»Es ist kurz nach sechs.«

»Habe die letzten Nächte nicht gut geschlafen.«

Rosemarie nickte wissend und schob sich an ihr vorbei in die lichtdurchflutete Wohnung mit den großen Bogenfenstern. Wenn man bedachte, dass das ganze Mehrparteienhaus der älteren Dame gehörte und Lynne hier nur zur Miete wohnte, konnte sie das wohl machen.

»Möchtest du etwas trinken?« Lynne ging in die Küche

und holte selbstgemachten Eistee aus dem Kühlschrank. Der war ihre Spezialität und besonders an so schwülen Sommerabenden in der Stadt genau das Richtige. Sonnenstrahlen fielen durch die Glasfläche über der Arbeitsplatte herein, tauchten den Raum in rötlich-goldenes Licht und ließen den Edelstahl funkeln.

»Ich wollte nur nach dir sehen.«

Lynne vermied es, über die Schulter zu blicken, um Rosemarie nicht noch mal ihre geröteten Augen zu zeigen. Stattdessen warf sie Zitronenscheiben in zwei Gläser. »Wir sehen uns doch morgen im Büro, oder? Die Fitzgibbons kommen vorbei, um den Wunsch für ihren Sohn zu besprechen.«

»Ja, aber ich war in der Gegend … Ich komme gerade vom Cardiff-Greens-Trainingscenter.«

Lynne hielt mit dem Krug in der Hand inne, atmete dann aber tief durch und schenkte so gelassen wie möglich ein. »Ach ja? Hast du ihnen die Plakette gebracht?«

»Und Reed Rivers getroffen.«

Der Rand des Krugs stieß gegen das Glas, es klimperte laut, aber Lynne konnte gerade noch verhindern, dass es umfiel. »Tatsächlich?«

»Er war mit Winnie Griffin auf dem Platz und hat mit ihr trainiert. Nett von ihm, findest du nicht? Er mag Kinder anscheinend sehr.«

Lynne drehte sich zu ihr um und sah sie schweigend an. Es gab nichts, das sie dazu sagen konnte – einerseits kannte sie Reed nicht mehr, sie wusste so gut wie nichts über ihn. Früher hatte er Kinder nicht gemocht – gut, da war er selbst noch eins gewesen. Und andererseits entging ihr die Anspielung nicht, und sie wollte nicht darauf eingehen.

Nur Rosemarie wäre nicht Rosemarie, würde sie ihre

Nase nicht in fremde Angelegenheiten stecken. Es war einer der Gründe, aus denen Lynne sie liebte, und gleichzeitig wollte sie sie für diese Eigenschaft oft auf den Mond schießen. »Er ist sehr gut mit Winnie umgegangen. Beeindruckend gut könnte man sogar sagen.«

»Das ist schön.« Lynne sah ihre einstige Chefin und jetzt Partnerin so unbekümmert wie möglich an, im Innern suchte sie aber hektisch nach einem Themenwechsel. Reed, ihre Vergangenheit, sie wollte das endlich hinter sich lassen. Die Kiste hatte sie zum Abschied hervorgeholt. Sie hatte Reed getroffen, es hatte wehgetan, aber das war jetzt vorbei, und sie würde einfach weiterleben wie bisher. Sie wandte sich wieder ab und nahm die beiden Gläser. Eines reichte sie Rosemarie, das andere versuchte sie entspannt in der Hand zu halten.

»Morgen aktualisiere ich die Homepage mit den Fotos vom Rugby«, sagte sie und ging ins Wohnzimmer. Rosemarie folgte ihr, und zu spät entdeckte Lynne, dass sie die Tür zum Schlafzimmer offen gelassen hatte, dass die alte Schuhschachtel mitten im Raum stand und noch eines der Fotos herauslugte.

Rosemarie blieb stehen und betrachtete die Box versonnen. »Hast du schon mal darüber nachgedacht, dich mit ihm zusammenzusetzen? Dich auszusprechen?«

»Nein.« Lynne zog die Tür zu und stellte sich davor. »Reed führt sein Leben, ich meines. Ende der Geschichte.«

»Vielleicht sollte er es wissen.«

Ihre Finger schlossen sich fester um das Glas, trotzdem hatte sie das Gefühl, es würde ihr jeden Moment entgleiten. »Nein. Es gibt nichts zu wissen.«

»Lynne …« Rosemarie streckte die Hand nach ihr aus.

»Er schien ein ganz vernünftiger Mann zu sein. Mit dem Herz am rechten Fleck. Ich glaube, er ist nicht mehr so wie früher. Als ich mich mit ihm unterhalten habe ...«

Lynne machte einen abrupten Schritt auf sie zu. »Was hast du zu ihm gesagt?« Verdammt, wieso hatte sie ausgerechnet die einzige Person ins Trainingscenter schicken müssen, die jedes Detail ihrer Vergangenheit kannte? Sie hätte selbst gehen sollen, auch auf die Gefahr hin, Reed über den Weg zu laufen. Lynnes Herz begann zu rasen. »Rosemarie, sag mir bitte, dass du nicht ...«

»Ich habe nichts gesagt.« Sie wandte sich ab und strich mit den Fingern durch ihr silbriges Haar. Dann zupfte sie ihre Kostümjacke zurecht und setzte das Eisteeglas an. Sie nahm einen tiefen Schluck und dann einen weiteren und noch ein paar kleine, ohne das Glas abzusetzen.

Lynne stellte ihr eigenes Glas ab, verschränkte die Arme vor der Brust und fixierte sie. »Rosemarie ...« Es gelang ihr nicht, die Panik aus ihrer Stimme rauszuhalten. »Er darf es nicht wissen.«

»Warum nicht?« Die ältere Dame war leicht außer Atem, als sie das Glas nun doch endlich absetzte. »Du wolltest es ihm damals sagen, du hast versucht, ihn zu erreichen.«

»Aber ich habe es nicht geschafft.«

»Jetzt ist er hier.«

»Über zehn Jahre zu spät.«

Milder Tadel drang in die sanften braunen Augen. »Du hast ihn verlassen, Liebes, und das war dein gutes Recht. Hör auf, dich deshalb zu quälen. Du warst viel zu jung und er auch. Du hattest ein Recht auf deine Kindheit, du hattest ein Recht auf dein Zuhause, auch wenn er keines hatte. Aber es ist ebenso wenig seine Schuld, dass du ihn dann nicht erreichen konntest, es ist verständlich, dass er alle Brücken hinter sich abgebrochen hat. Und er hat ein Recht auf die Wahrheit.«

Lynne schüttelte den Kopf, atmete tief durch und nahm Rosemaries Hände in ihre. »Ich bin dir so dankbar für alles, was du für mich getan hast. Ich weiß nicht, wo ich ohne dich wäre, was ich ohne dich tun würde. Aber bitte mische dich jetzt nicht ein. Diese Sache ist vorbei und vergessen.«

Rosemarie sah sie traurig an und wies mit dem Kopf zur Schlafzimmertür. »Ist sie das? Soviel ich weiß, fährst du bald nach Hause zur Hochzeit deines Bruders, dahin, wo alles angefangen hat. Vielleicht ist dies die Gelegenheit, mit der Vergangenheit aufzuräumen.«

Daran wollte sie gar nicht denken. »Ich weiß noch gar nicht, ob ich fahre.«

»Dein Bruder heiratet nicht jeden Tag.«

Damit hatte sie recht, es war ohnehin ein Wunder, dass der mürrische Rhys überhaupt eine Frau gefunden hatte. Vermutlich war sie verrückt. Von ihren Eltern wusste sie, dass die zukünftige Braut Tierärztin war, Sianna hieß und einen Bruder hatte, mit dem Reeds Schwester Alis ausging. Alle hatten ihren perfekten Partner gefunden, aber das hieß nicht, dass sie dabei sein musste, um das zu feiern. Sie war Rhys nie besonders nahegestanden, und sie hatte ohnehin viel zu viel zu tun.

»Reed wird doch bestimmt auch zur Hochzeit gehen. Der perfekte Zeitpunkt, um an diesem Ort alles aus der Welt zu schaffen, das dich quält.«

Lynne schüttelte den Kopf, ging an ihr vorbei. Wenn sie daran dachte, zur Pferdefarm zu fahren, zu Reeds einstigem Zuhause, wo sie die meiste Zeit verbracht hatten, aus dem seine Eltern ihn zu guter Letzt vertrieben hatten, wurde ihr ganz schlecht.

Sie würde auch ihre Eltern sehen, die die Wahrheit kannten, die sie mitleidig ansehen würden, vielleicht sogar mit ihr darüber reden wollten. Von Angesicht zu Angesicht würden sie sich bestimmt nicht so leicht abwimmeln lassen wie bei ihren seltenen Telefonaten. Allein bei der Vorstellung begann sich alles um sie herum zu drehen. Noch schlimmer wäre es, wenn Reed tatsächlich vorhatte, dort aufzutauchen. Was wahrscheinlich war, schließlich hatten sich zu Hause alle versöhnt. Ihre Mum hatte ihr erzählt, dass Reed nach dem Tod seiner Mutter nach Hause gefahren war und sich mit Alis ausgesprochen hatte. Die beiden Geschwister waren wieder vereint. Und nachdem Mr Rivers nach Reeds Verschwinden vor zwölf Jahren verunglückt und Mrs Rivers kürzlich an Krebs gestorben war, hatten die beiden die Pferdefarm geerbt. Nur Reed hatte verständlicherweise nichts davon haben wollen, und Alis verband mit ihrem Elternhaus bestimmt auch keine guten Erinnerungen. Es hatte Lynne nicht überrascht zu erfahren, dass Alis das Haus und einen Teil des Landes mit der Farm Rhys übertragen hatte. Was sie freute, schließlich hatte ihr Bruder immer schon für die Farm gelebt. Alle waren mit der Vergangenheit im Reinen, aber für Reed würde sich das gewiss ändern, wenn er die Wahrheit erführe. Und die Gefahr war groß, wenn sich alle wieder auf der Rivers-Farm zusammenfinden würden.

Kapitel 6

Jen streckte sich auf der Leiter nach oben und hob die Rugbypokale des hiesigen Amateurvereins vom Wandbord. Es war erstaunlich, wie schnell sie wieder Staub angesetzt hatten. Sie wischte zuerst die Pokale sauber und dann das Holzbrett, auf dem sie thronten, ehe sie zum nächsten Regal überging. Hinter der Theke standen Oliver und seine Freundin Sarah, während Winnie durch den Gastraum flitzte. Sie bewegte sich nicht mehr so bedacht wie üblich, als hätte ihr bereits das wenige Rugbytraining ein völlig anderes Körpergefühl gegeben. Zwar hatte Jen immer ein Auge auf sie, besonders da sie schneller ermüdete als sonst, aber sie genoss die wenigen Momente, in denen ihr Kind einfach nur Kind war.

Wie jeden Donnerstagvormittag hatten sie für den wöchentlichen Putz geschlossen, aber schon in zwei Stunden würden die ersten Gäste kommen, und es war noch viel zu tun. Umso erleichterter war sie, dass Sarah mit anpackte, und Winnie liebte es ohnehin, sich im Pub aufzuhalten.

»Weißt du, Sarah, er ist schon mit fünfzehn zu Hause ausgezogen und hat sich in London als Pizzalieferant über Wasser gehalten. Dann ist er mit achtzehn nach Neuseeland, irgendein Sporttyp hat ihn entdeckt, und dann haben alle gesehen, dass er der beste Fly-half der Welt ist und …«

»Hat er dir das alles erzählt?« Sarah reichte Winnie die frisch abgewischten Getränkekarten und Gewürzkarusselle.

»Klingt nach etwas, das ein von sich selbst besessener Anabolika-Süchtiger von sich geben würde«, knurrte Oliver, der an der Kasse herumhantierte und Notizen in seinen wichtigen Buchhaltungsblock machte.

»Nein, das habe ich auf seiner Homepage gelesen«, erklärte Winnie und machte sich daran, die Karten in die Halter auf den Tischen zu geben.

»Eine Homepage, die *er* geschrieben hat, Kleine.«

Sarah gab Oliver einen kleinen Schubs. »Hey! Seit wann hast du etwas gegen Reed Rivers? Das ganze Pub ist ein Rugbyschrein, du erteilst Hausverbot, wenn jemand die Cardiff Greens verunglimpft, und dann schwingst du selbst so ketzerische Reden?«

»Ich mag ihn einfach nicht, seit er in Neuseeland war.«

»Ich bitte dich. Also ich finde ihn sehr beeindruckend.« Sarah stützte die Unterarme auf die Theke. Ihre schwarzen kinnlangen Haare fielen ihr ins Gesicht, ein Lächeln spielte um ihre Lippen. Die Flugbegleiter-Uniform hatte sie gegen einfache Jeans und ein Tanktop getauscht, in dem sie immer noch viel zu heiß aussah. Das musste Jen neidlos zugeben. Sie selbst legte schon lange keinen Wert mehr darauf, anziehend auf andere zu wirken.

»Ich kann kaum erwarten, dass die WM beginnt.« Sarah warf Oliver an ihrer Seite einen Blick zu, die dunkel geschminkten Wimpern klimpernd. »Und wehe, du nimmst dir nicht zumindest einen Tag frei von dieser Absteige hier und siehst dir ein Match mit mir an.«

Oliver hob die Linke, ohne von seinem Notizbuch aufzusehen, und deutete zum Bildschirm über der Bar. »Die Spiele laufen auch hier.«

»Aber das ist nicht dasselbe!« Sarah wandte sich ihm ganz

zu, eine Hand in die Seite gestemmt. »*Ein* Abend mit Bier, Chips und Rugby in der Wohnung, nur wir zwei, das ist doch wohl nicht zu viel verlangt.« Sie lächelte Jen auf der Leiter zu. »Nicht jeder hat schließlich das Glück, mit Reed Rivers befreundet zu sein.«

Jen spürte, wie ihr wieder mal Röte in die Wangen schoss, sie öffnete den Mund, um zu antworten, als Oliver ein Schnauben von sich gab. »Die beiden sind ja wohl kaum befreundet.«

»Natürlich ist Reed mein Freund!«, erklärte Winnie und teilte die Bierdeckel auf.

»Du bist zu beneiden!« Sarah legte ihre Hände theatralisch an die Wangen und warf Winnie einen Kuss zu. »Versprich mir, dass du mich das nächste Mal mitnimmst.«

»Klar.« Winnie sah zu Jen auf. »Sarah darf doch mitkommen, oder?«

»Natürlich! Wenn sie das möchte.« Und so ein Training noch einmal zustande kommt, dachte sie mit einem Seufzen. Denn auch wenn Reed Rivers es versprochen hatte, hing doch alles von dem morgigen Kontrolltermin im Krankenhaus ab.

Ein heißes Brennen durchfuhr sie bei diesem Gedanken, und sie griff schnell nach den Rugbyflaggen, um sie auszuschütteln und sich abzulenken. Das war aber nicht so leicht, denn morgen würde sie erfahren, wie es um Winnies Lunge stand, ob ihr Zustand sich verbessert oder verschlechtert hatte. Jen konnte an nichts anderes denken.

Winnie blühte so auf, wenn sie auf dem Spielfeld war, Jen konnte sich nicht daran sattsehen. Zwar hatte es sie anfangs gestört, durch eine Glasscheibe von ihrer Tochter getrennt zu sein, aber mittlerweile genoss sie es zu beobachten, wie viel Spaß Winnie beim Training mit Reed hatte. Sie konnte sich ohne sie ganz aufs Rugby und ihren neuen Freund konzentrieren und wurde nicht immer daran erinnert, dass ihre Mutter stets um sie besorgt war.

Jen hörte den Gesprächen nur noch mit halbem Ohr zu, sie drehten sich weiterhin um Reed Rivers, zwei verträumte Stimmen und eine mürrische. Vielleicht war Oliver eifersüchtig, seine Freundin von einem anderen Mann schwärmen zu hören.

Nach der gemeinsamen Aufräumaktion brachte Jen eine fröhliche Winnie nach oben. Ihre Schicht begann wie immer um vier, während ihre Tochter sich oben selbst beschäftigte. Jen nutzte aber ihre Pausen, um ihr ein Abendessen zuzubereiten und sie ins Bett zu bringen.

Um Viertel nach eins morgens ging sie schließlich müde die Treppe hoch zur Wohnung. Zum Glück hatte sie den Tag frei, und der Termin im Krankenhaus war erst mittags. Diesen Termin musste sie überstehen, dann konnte sie einen Nachmittag und Abend ganz ihrem größten Schatz widmen.

Jen legte die Hand auf die Klinke der Wohnungstür, als sie hinter sich ein Geräusch hörte. Sie drehte sich um und sah sich einer verschlafenen Sarah in sündig rotem Negligee gegenüber, die in der Tür von Olivers Wohnung stand. Kein Wunder, dass sich Olivers Laune bei Sarahs Besuchen meistens besserte, fuhr es Jen durch den Kopf. »Was machst du denn noch auf?«

»Ich habe mir den Wecker gestellt.«

»Um Oliver zu empfangen?« Sie versuchte ein Gähnen zu unterdrücken, was ihr nicht gelang, und lächelte entschuldigend.

»Nein, nein.« Sarah sah an sich hinab und lachte. »Das kommt später. Eigentlich wollte ich dich erwischen.«

Jen hob die Augenbrauen. »Mich?«

»Hast du vorhin mitbekommen, dass Emily immer noch krank ist?«

»Ja, Probleme mit einem Zahn. Sie hat aber gemeint, sie kommt übermorgen wieder.«

Sarah nickte, warf einen Blick das düstere Treppenhaus hinunter und wandte sich ihr schließlich wieder zu. »Eigentlich hatten Oliver und ich vor, morgen zu meinen Eltern zu fahren. Linda und Emily hätten den Laden nachmittags geschmissen, das ist schon so lange geplant …«

»Ich glaube, Oliver hat das mal erwähnt.«

»Ja, nur jetzt, da Emily nicht kommen kann, bleibt er im Pub. Eine dumme Situation, da meine Eltern aus London herkommen und nur für ein paar Tage bleiben. Am Wochenende lässt sich Oliver sowieso gar nicht mehr überreden, die Verantwortung über den Pub einem anderen zu überlassen. Uns bleibt also nur morgen. Daher wollte ich dich fragen …«

Jen trat einen Schritt zurück, verschränkte die Arme vor der Brust, als könnte sie sich vor den Worten schützen, die unweigerlich folgen mussten.

»Könntest du für Emily einspringen?«

Obwohl sie sich innerlich gewappnet hatte, zuckte sie bei der Frage zusammen. Sie hasste es einfach, andere zu enttäuschen, sie wollte besonders für Oliver da sein. Sie schuldete ihm so viel. Ihn im Stich lassen zu müssen tat ihr körperlich weh. Sie wollte ihm alles, was er für sie tat, zurückgeben – und jetzt konnte sie ihm noch nicht einmal einen freien Nachmittag mit seiner Freundin ermöglichen.

»Es tut mir so leid, Winnie und ich müssen morgen ins Krankenhaus zu einer Kontrolle und …«

»Aber das ist doch mittags, oder? Bis um vier seid ihr doch längst zurück.«

Ihre Augen verengten sich. »Ähm … ja, aber …«

»Es würde Oliver und mir so viel bedeuten, du kannst dir doch dafür an einem anderen Tag freinehmen, das macht ja keinen so großen Unterschied, oder? Meine Eltern sind eben nur kurz hier, wir wollten im Hotel zusammen essen und uns dann die Stadt ansehen und dann ins Theater gehen und …«

»Ich habe Winnie versprochen, den Nachmittag mit ihr zu verbringen, und nach den Untersuchungen im Krankenhaus ist sie immer ziemlich erledigt …«

»Ach, dann wird sie bestimmt früh schlafen gehen wollen. Ich kann es ihr ja auch erklären. Winnie ist ein klasse Mädchen, sie versteht das bestimmt!«

Aber sie soll es nicht verstehen, dachte Jen bitter und musste sich zusammenreißen, um Sarah nicht anzufauchen. Winnie sollte so vieles noch nicht verstehen müssen: Krankheiten, Einschränkungen, Hänseleien … Aber dafür konnte Sarah ja nichts. Jen durfte ihr nicht verübeln, dass ihre größten Probleme Familienessen waren, während Jen allein schon beim Gedanken an die Kontrolluntersuchungen panische Angst bekam.

»Es tut mir leid, aber es passt morgen wirklich gar nicht.« Sie löste ihre verschränkten Arme, stellte sich aufrecht hin, um vor der sexy Flugbegleiterin nicht ganz so erbärmlich zu wirken. »Ein anderes Mal gerne – wenn ihr euch ein Match ansehen wollt, zum Beispiel. Aber ich weiß nicht, was morgen bei den Untersuchungen herauskommt und wie …«

»Dann lenkt dich die Arbeit ab, Winnie kann sich etwas

zurückziehen, und Oliver braucht das wirklich. Er hat so viel um die Ohren! Außerdem hat er mir erzählt, dass Jack aufgetaucht ist, das hat ihn auch ziemlich aufgeregt.« Sie sah ihr in die Augen, und hätte Jen es nicht besser gewusst, hätte sie gesagt, dass ein Vorwurf darin aufblitzte. Als wäre es *ihre* Schuld, dass dieser Idiot plötzlich den Pub heimgesucht hatte. Naja, er war ihretwegen gekommen, aber das hätte sie ja schlecht vorhersehen können und Oliver damit ganz sicher keine Umstände machen wollen.

»Er mag dich wirklich sehr.« Sarah kam auf sie zu, sie schien es gar nicht zu stören, dass sie praktisch halbnackt war. Mit einem Ausdruck, der etwas Prüfendes in sich trug, blieb sie vor ihr stehen und nahm ihre Hand. »Oliver vergöttert auch Winnie, er will sich immer um euch kümmern, aber er braucht auch jemanden, der sich um *ihn* kümmert. Der darauf achtet, dass er mal eine Auszeit bekommt. Bitte hilf mir, mich um ihn zu kümmern. Gib ihm diesen einen Tag, bitte.«

Jen biss die Zähne zusammen, rang mit dem Wunsch, ihre Hand zurückzuziehen, sich umzudrehen und Sarah die Tür vor der Nase zuzuknallen. Aber anstatt der dunklen schönen Augen, die erwartungsvoll in ihre blickten, blitzte Oliver vor ihrem geistigen Auge auf. Oliver, der immer noch unten arbeitete und ihr half, wann immer sie ihn brauchte. Sie wusste, sie hatte gar keine andere Wahl, und so nickte sie schließlich zögerlich.

⁕ ⁕ ⁕

Jen drehte den Schlüssel in dem alten Schloss und ließ ihre Stirn gegen die abgesperrte Tür des Pubs sinken. Endlich! Endlich war dieser Tag vorbei, endlich musste sie nicht mehr lächeln, ein tapferes Gesicht aufsetzen und so tun, als würde sie im Inneren nicht Sekunde für Sekunde auseinandergerissen werden. Endlich konnte sie hochgehen zu ihrem schlafenden Kind. Sie wollte sich nur noch neben Winnie kuscheln, ihr duftendes Haar riechen und so den Geruch nach Desinfektionsmittel aus dem Krankenhaus aus der Nase bekommen und die Stimme des Arztes aus ihrem Kopf verbannen, wenn sie den Atemgeräuschen ihres Kindes lauschte.

Alles war sauber und verriegelt, Jen stellte noch die letzten Stühle von den Tischen zurück auf den Boden, ehe sie hinter die Theke ging und das Licht ausschaltete. Sie wollte gerade durch die Schwingtüren in die Küche gehen, als sie hinter sich einen Schlüssel und schließlich die Glocke über der Eingangstür hörte. Lachen erfüllte den Raum, sowohl weibliches als auch männliches. Es kam so selten vor, dass Oliver wirklich lachte, der Klang war fast schon befremdlich, und es bestätigte sie darin, gut daran getan zu haben, die Schicht durchzuziehen und einfach die Zähne zusammenzubeißen. Der Druck auf ihrer Brust wich ein wenig, als sie sich umdrehte und die beiden Hand in Hand und offensichtlich glücklich hineinkommen sah.

»Gute Nacht, ihr zwei.«

»Jen?« Das Lachen stoppte abrupt. »Was machst du denn hier?«

Grelles Licht erfüllte erneut den Gastraum, und Jen blinzelte. Der Anblick von Olivers finsterer Miene war ihr vertrauter als das Lachen vorhin, trotzdem kam ein ungutes Gefühl in ihr auf, als sie Sarahs starren Blick bemerkte.

»Ich bin schon weg. Die Kasseneingänge sind im Safe, es war ein ziemlich ruhiger Tag – das wird sich bestimmt am Wochenende ändern, wenn das Spiel läuft.« Sie lächelte den beiden zu und wollte endlich hochgehen, als Oliver näher kam.

»Du hast doch heute frei.«

Was? Jen sah von ihm zu Sarah, die kaum merklich den Kopf schüttelte, und nach einem flüchtigen Moment der müden Verwirrung ging ihr schockiert auf, dass Sarah ihn belogen hatte. Und dass sie jetzt anscheinend auch noch erwartete, dass Jen sich eine Ausrede einfallen ließ, um sie zu schützen.

»Ähm, ja … ich … ich habe nur nach dem Rechten gesehen – Kontrollfreak und so. Und da ich ja hier wohne, dachte ich mir, besser einmal zu oft nachsehen, dass alles rundläuft, als hinterher …«

»Hat Emily heute gearbeitet?« Er stellte die Frage nicht ihr, sondern wandte sich Sarah zu, seine Stimme gefährlich ruhig.

Sarah hob den Kopf an, straffte die Schultern in ihrer beige glänzenden Jacke, die den Kontrast zum seidigen Schwarz ihres Haares hervorhob. »Mum und Dad sind nur kurz hier, und Jen hat angeboten …«

»Jen war heute mit Winnie im Krankenhaus, verdammt noch mal! Du hast gesagt, Emily ist wieder da!«

»Weil du sonst nie mitgegangen wärst!«

Oje, gar nicht gut. Jen überlegte, sich still und heimlich davonzustehlen, machte aber noch einen Versuch, Oliver zu beruhigen. Sie hatte heute gearbeitet, um ihm einen schönen Tag zu bereiten – welchen Sinn hätte das alles gehabt, wenn er in Ärger und Zorn endete.

»Es war wirklich kein Problem«, warf sie ein, und Oliver fuhr zu ihr herum, seine eben noch so scharfe Stimme sanft, wenn seine Augen auch immer noch wild funkelten.

»Du hast dir aus gutem Grund freigenommen, wir hätten dieses dämliche Essen verschieben können.«

»Sarah wollte nur, dass du einen Tag rauskommst, sie hat es wirklich gut gemeint und …«

»Du musst mich nicht verteidigen!«, unterbrach Sarah sie, seltsam kalt, erneut mit diesem Vorwurf im Blick, genauso wie gestern im Treppenhaus.

Jen sah sie verwundert an, und die ganze Situation wurde ihr nach einem Tag wie diesem allmählich zu dumm. »Wie gesagt: Das Geld ist im Safe, es ist alles gut gelaufen. Gute Nacht.«

»Jen!« Oliver machte zwei Schritte auf sie zu. »Wie ist es im Krankenhaus …?« Aber Jen hatte keine Lust mehr. Sie konnte auch nicht erzählen, was bei den Untersuchungen herausgekommen war, denn dann würde ihre so mühsam zusammengehaltene Beherrschung endgültig auseinanderbrechen. Sie rannte fast schon durch die Küche, floh ins dunkle Treppenhaus und verschwand in ihre Wohnung, wo sie sich gegen die Tür lehnte und tief durchatmete. Sie gab sich aber nur einen kurzen Moment, dann schlich sie in Winnies Zimmer und betrachtete ihr friedlich schlafendes Gesicht im fahlen Licht der hereinscheinenden Straßenlaternen. Ihre Haut wirkte blass, makellos, wie das Gesicht einer Porzellanpuppe, die Lider flatterten etwas, als träumte sie, ihre Hände schlossen sich um Snickers, den Kuscheltier-Mops, ihre Züge aber waren entspannt.

Wieso, dachte sie wohl zum hundertsten Mal und schlug die Hände vors Gesicht. Wieso mussten unschuldige Kinder so leiden? Wieso traf es Winnie? Wieso nicht ein anderes Kind?

Ein erstickter Laut entfuhr ihr, als hätte sie diese abscheuliche Frage laut ausgesprochen. Was für ein Mensch war sie, dass sie anderen Kindern Leid wünschte, nur um ihr eigenes zu verschonen? Kein Wunder, dass sie so bestraft wurde.

Die leisen Atemgeräusche drangen über den dumpfen Nachhall des Verkehrs und feiernder Nachteulen in dieser vielbelebten Straße. Jeder nahm das Atmen als so selbstverständlich hin, bis es das nicht mehr war. Es fiel auch Jen schwer, Luft zu holen, es tat so weh, als würde sich Winnies Krankheit auf sie übertragen – wenn es doch nur so wäre! Wie gerne wollte sie ihr diese Bürde abnehmen, all die Schmerzen aushalten, nur um sie gesund zu sehen. Alles würde sie dafür geben, einfach alles.

Schwach sank sie neben dem Bett auf die Knie, hob ihre Hand, um Winnie über den Kopf zu streicheln, und ließ sie gleich wieder sinken. Ihr Schlaf war wichtig, vielleicht sogar heilend, Jen wollte sie nicht aufwecken. Weggehen konnte sie aber auch nicht, und so bettete sie ihren Kopf auf die Matratze, schloss die Augen und passte ihre Atemzüge unbewusst Winnies an. Es dauerte nicht lange, bis eine gnädige Dunkelheit und Schwerelosigkeit sie hinfort trug. Ein seltener Moment des Friedens. Aber auch nur ein Moment.

Es war noch dunkel, als sie hochschreckte und sich umsah, ihr Herz rasend, ihre Kleider klebten auf ihrem schweißnassen Körper. Hatte sie geträumt? Was war mit Winnie? Atmete sie noch?

Erleichtert sah sie in das friedliche Gesicht nur wenige Zentimeter vor ihrem und nahm das regelmäßige Luftholen wahr. Es war alles in Ordnung. Nur woher kam dann dieses flaue Gefühl, das sich in ihr ausbreitete und ihr immer stärker den Hals zuschnürte? Wieso fühlte es sich an, als bewegten sich die Wände auf sie zu? Sie war hier, bei ihrem größten Schatz, es war alles gut, sie schaute ins Gesicht ihrer Tochter, nur diesmal verhüllte ein Tränenschleier ihre Sicht. Nein! Sie durfte jetzt nicht weinen, nicht hier, nicht in Winnies Nähe. Überhaupt nicht!

Die Lippen zusammengepresst rappelte sie sich auf, zog ihr Handy aus der Hosentasche und blinzelte durch den trüben Schleier aufs Display. Es war erst kurz nach vier, Winnie hatte noch Zeit, bis sie aus ihrem warmen, sicheren Bett krabbeln musste. Nur Jen hielt es nicht länger hier aus. Sie brauchte frische Luft, sie brauchte einen Ort, an dem sie sich sammeln konnte, ansonsten würde sie noch ersticken.

Sie ging aus dem Zimmer und zog behutsam die Wohnungstür hinter sich zu. So leise wie möglich schlich sie die finstere Treppe hinunter und fluchte, als ihr der Schlüssel aus der zitternden Hand fiel und auf den Fliesen aufschlug. Lauschend blieb sie stehen, hörte ihr Herz pochen, es rauschte in ihren Ohren, aber als alles ruhig blieb, rannte sie weiter, in die Küche des Pubs und aus der Hintertür in den von hohen Hecken eingeschlossenen Hof. Sie holte tief Luft, dachte, die nächtliche Kälte würde helfen, aber das Gefühl der Enge in ihrer Brust wich nicht. Sie sah sich um, als gäbe es hier Hilfe, irgendeine Möglichkeit, die in ihr hochsteigende Panik aufzuhalten. Aber da war nur eine Schaukel, Oliver und Jack hatten sie vor ein paar Jahren aufgestellt. Plastikstühle lehnten gegen den weißen runden Gartentisch, auf dem sich Blätter häuften. Jen hatte nie Zeit, den Garten zu nutzen, genauso wenig wie Oliver. Und so verkam er langsam. Wie alles andere auch. Oh Gott …

Die Dunkelheit legte sich über sie, die kühle Abendluft ließ sie frösteln, zittern. Das Rauschen des Verkehrs auf der anderen Seite des Zauns kam ihr laut wie Sirenen vor. Alles war zu viel, zu intensiv, es überschwemmte sie, ertränkte sie. Sie hörte die Stimmen der Ärzte in ihrem Kopf, wie sie sanft auf sie einredeten. »Gehen Sie nicht vom Schlimmsten aus, es gibt keinen Grund jetzt zu verzweifeln, wir geben die Hoffnung nicht auf… Das mag jetzt wie ein Rückschlag erscheinen, aber …«

Es war kein Rückschlag. Es war ein wackeliges Kartenhaus, das irreparabel zusammenfiel. Es war das Ende. Sie hatte ja selbst bemerkt, dass Winnie schneller müde wurde, dass sie kaum noch Kraft hatte. Lieber Gott, bitte nicht!

Ein scharfer Schmerz fuhr ihr durch die Brust, sie schlang die Arme um ihren Oberkörper, aber sie konnte nicht atmen. Es ging nicht, ihr Hals schnürte sich zu, ihre Lunge fühlte sich an wie ein Ballon, aus dem die Luft herausströmte. Was passierte hier? Sie erstickte. Jeder Atemzug wurde zur Qual, verschlimmerte die Enge, durchbrach die Nacht mit japsenden, hohen Geräuschen. Atme, Jen, atme, beruhige dich.

Aber es ging nicht, sie krümmte sich zusammen. Sie brauchte eine Tüte! Machte man das nicht so? In eine Tüte atmen, wenn man hyperventilierte? Winnie! Sie durfte jetzt nicht schlappmachen, sie musste zurück zu Winnie, für sie stark sein …

Die Tür hinter ihr ging auf, sie fuhr herum, versuchte sich aufzurichten, sah zur hell erleuchteten Küche. Oliver stand in karierten Boxershorts und einem weißen T-Shirt in der Tür, das Haar zerzaust, es leuchtete ungewöhnlich hell im Schein der grellen Lampen hinter ihm, während sein Gesicht ein dunkler Schatten blieb. »Jen …« Er machte einen Schritt auf sie zu, aber Jen schüttelte den Kopf und taumelte zurück. Sie konnte jetzt nicht reden, nicht denken, sich keine Ausreden einfallen lassen für ihren nächtlichen Ausflug, für ihren erbärmlichen Zustand, keine höflichen Fragen nach seinem und Sarahs Befinden nach dem Streit stellen. Sie wollte allein sein, sich zusammenreißen, stark bleiben. Er durfte sie nicht schwächeln sehen, niemand durfte das. Sie musste einfach nur entspannt atmen, dann würde er wieder gehen, aber sie japste und röchelte immer schlimmer, umso mehr sie sich bemühte, sich zu beruhigen.

Stumm flehte sie ihn an umzudrehen, aber er kam zielstrebig näher, die Tür hinter ihm fiel zu, nahm etwas vom Licht, und die Panik kehrte mit voller Wucht zurück, presste ihr noch das letzte bisschen Luft aus der Lunge.

»Nein.« Nur ein heiseres Keuchen. Sie ging weiter rückwärts, streckte ihm die Hand entgegen, ein Stoppschild, das er nicht ignorieren durfte. Sie konnte nicht in seiner Nähe sein, nicht jetzt, sie brach gerade zusammen, verdammt noch mal, sie bekam keine Luft! Und wenn er auch nur ein tröstendes Wort sagte, wäre es endgültig vorbei mit ihr. Dann würde der seit Jahren vor sich hinbröckelnde Damm bersten und sich nie wieder zusammensetzen lassen.

»Geh weg.« Sie stieß mit dem Rücken gegen den Holzpfosten der Schaukel.

»Nein.« Nur ein Wort, bestimmend und klar, seine Finger schlossen sich um ihre, mit der anderen Hand packte er ihre Schulter, richtete sie auf, sein Blick fing ihren ein, ließ alles andere um sie herum verschwinden. »Atme, Jen. Ganz ruhig. Ich bin hier, und ich gehe nirgendwohin.«

Sie schüttelte den Kopf, hörte ihr Keuchen, das zu einem Schluchzen wurde, spürte die Tränen, sie musste hier weg, aber sie konnte ihren Blick nicht von seinen klaren grauen Augen abwenden. Es tat so weh, jede Faser ihres Körpers schmerzte, brannte, stach, aber Oliver stand vor ihr, sah sie an, sie hörte seinen Atem über dem Rasen ihres Herzens. Ein, aus, ein, aus. Ihr Blick fiel auf seine Lippen, sie konzentrierte sich darauf, wie die Luft zwischen ihnen hindurchströmte und er sie dann wieder einsog. Ganz langsam, ruhig, schmerzlos.

»Atme.«

Sie sah ihm wieder in die Augen, spürte seinen Griff an ihrer Schulter, seine warmen Finger um ihre kalten. Er stand dicht vor ihr, gerade so, dass seine sich hebende und senkende Brust sie nicht berührte. Sie nahm die Bewegung trotzdem wahr, und ohne sich dessen gänzlich bewusst zu sein, passten sich ihre Atemzüge den seinen an.

»So ist es gut. Konzentrier dich nur aufs Atmen.« Sein Blick wich ihrem nicht eine Sekunde aus. Der fast volle Mond am klaren Himmel legte einen silbernen Schimmer über die Nacht, ließ seine Gewitteraugen funkeln, sie konnte nichts anderes ansehen. Wärme breitete sich in ihr aus, der Schmerz ebbte ab, das Zittern ließ nach. Sie war zurück. Sie erstickte nicht mehr. Es ging vorbei.

Sie sollte etwas sagen, irgendetwas, aber sie konnte sich nicht bewegen, und auch Oliver rührte sich nicht. Sie standen weiterhin reglos da, synchron atmend, als wären sie eins.

Es wurde heißer, die schwüle Sommerhitze machte sich wieder bemerkbar, als wäre die Sonne zu früh aufgegangen. Aber es war immer noch dunkel, und Jen brauchte einen Moment, um zu verstehen, dass die Wärme von Oliver ausging. Am liebsten hätte sie sich an ihn geschmiegt, sie wollte seine Arme um sich spüren, komplett mit ihm verschmelzen. Großer Gott! Was war nur los mit ihr?

Als würde sie aus einem Traum erwachen, fuhr sie plötzlich zurück. Nur kam sie nicht weit, da sie immer noch den Pfosten in ihrem Rücken hatte. Aber ihr Zucken riss auch Oliver aus seiner Starre. Er blinzelte ein paar Mal schnell, ließ sie aber nicht los, sondern führte sie zur Schaukel, wo er sie sanft niederdrückte. Dann ging er vor ihr auf die Knie.

»Geht's wieder?« Seine tiefe Stimme erfüllte den Garten, prüfend sah er sie an, seine Hände hielten rechts und links neben ihren Schultern die Schnüre der Schaukel, sein Gesicht war nah vor ihrem, sie spürte seinen leicht nach Pfefferminz duftenden Atem.

Jen nickte und war ein wenig erstaunt, dass sie sich überhaupt dazu fähig fühlte. Sie dachte an die schreckliche Nachricht, die immer noch wie ein schwerer Stein in ihrem Magen lag, aber plötzlich hatte sie das Gefühl, nicht mehr davon niedergerissen zu werden, sondern diesen Tag und den nächsten und den darauffolgenden vielleicht sogar durchstehen zu können. Sie fühlte sich stärker, stark genug, die Wahrheit auszusprechen.

»Winnie braucht eine Lungentransplantation.« Sie hielt den Atem an, spürte wieder ein brennendes Ziehen in ihrem Körper bei diesen Worten, aber sie atmete dagegen an. Sie schloss einen Moment die Augen und konzentrierte sich sofort wieder auf Oliver, ihren Chef, ihren Freund, der sie mit seiner typisch ernsten Miene ansah. Seine scharfen Wangenknochen traten im Spiel aus Mondlicht und Schatten noch stärker hervor, das Grübchen im Kinn hingegen war jetzt kaum zu sehen.

Jen räusperte sich, knetete die Hände in ihrem Schoß. »Die Schäden an ihrer Lunge ziehen auch ihr Herz in Mitleidenschaft, und daher braucht sie die Transplantation, so bald wie möglich. Sie … sie setzen Winnie auf die Warteliste, wir haben noch einige Untersuchungen und Beratungen vor uns. Sie meinen, dass … dass Kinder bevorzugt behandelt werden, aber ich … ich habe trotzdem Angst.« Sie sah ihm wieder in die Augen, hielt sich an ihm fest, ihre Lippen begannen zu zittern, nur ihre Stimme blieb klar. »Ich habe Angst, dass sie keine Lunge bekommt … und ich habe Angst, dass sie eine bekommt und an den Folgen der Operation stirbt.« Sie krallte ihre Fingernägel in die Oberschenkel, kämpfte um jedes Wort. »Ich habe Angst, dass mein Kind stirbt. Ich habe Angst, dass sie überlebt und doch wieder nur kränker wird. Ich habe Angst, ich habe solche Angst! Es ist selten, dass Mukoviszidose-Patienten schon so früh eine Transplantation brauchen, aber Winnies Krankheit wurde so spät entdeckt, ihre Lunge war schon so stark beschädigt …« Sie schluckte eine hochkommende Welle der Übelkeit hinunter, die immer in ihr aufstieg, wenn die Schuldgefühle sie übermannten. Wieso hatte sie es nicht eher gesehen? Wie hatte sie den Ärzten so lange vertrauen können, die sagten, Infekte wären in ihrem Alter normal? Auch hatten sie Winnies Verdauungsschwierigkeiten für eine Nahrungsmittelunverträglichkeit gehalten. Aber sie als Mutter hätte es besser wissen müssen, sie hätte ihrem Bauchgefühl trauen müssen, das gesagt hatte, dass etwas nicht stimmte.

Oliver zog sie plötzlich in seine Arme, so wie sie es sich gewünscht hatte, fest und beschützend, kein Schultertätscheln diesmal.

Sie hatte ganz vergessen, wie sich das anfühlte, es war so lange her, dass sie körperlichen Kontakt zu jemand anderem als Winnie gehabt hatte, zu jemandem, der stark genug war, ihre Bürde wenigstens für einen Moment mitzutragen. Es war wie eine Dosis Kraft, die ihr verabreicht wurde. Sie wusste nicht, wie sie so lange allein hatte auskommen können. Ihre Lider fielen zu, und sie sank erschöpft gegen ihn.

»Wie hat Winnie reagiert?« Seine Stimme war rau.

Jen presste einen Moment lang die Augen noch fester zu, dann löste sie sich widerwillig von ihm. »Die Ärzte haben ihr gesagt, dass sie eine Operation braucht, dass sie eine neue Lunge bekommen wird und dann ohne Sauerstoff auskommen könnte. Winnie ist außer sich vor Freude. Sie versteht nicht … Ich kann ihr nicht sagen, dass … Ich weiß nicht, was ich tun soll. Die Operation ist so gefährlich, es besteht die Chance, dass sie sie nicht überlebt. Aber wie soll ich ihr so etwas sagen? Wie kann ich meinem Kind so etwas antun? Aber kann ich es ihr verschweigen?«

»Das musst du nicht heute entscheiden.« Seine Hand hob sich an ihre Wange, aber ehe er sie berührte, ließ er sie wieder sinken.

Jen seufzte. »Ich muss Jack anrufen.«

Seine Hände sanken an seine Seiten. »Ja, vermutlich«, knurrte er und richtete sich auf.

»Er muss wissen, wie es um Winnie steht und außerdem …« Sie sah zu ihm auf, wie er unruhig auf und ab ging. »Die Ärzte haben von der Möglichkeit einer Lebendspende gesprochen.«

»Einer Lebendspende der Lunge?« Er wandte sich ihr zu, sein Gesicht im silbrigen Licht blass. »Wie ist so etwas möglich?«

»Es wurde noch nicht oft gemacht und ist auch nur bei Kindern möglich, da die Spender viel größer sein müssen als der Empfänger – und man braucht zwei Spender, die genau passen. Jedem wird ein Teil der Lunge entnommen, aber es wird nur gemacht, wenn keine Lunge eines Toten zur Verfügung steht und keine Zeit mehr ist, auf eine zu warten. Im Moment kommt das noch nicht in Frage, meinten sie, aber wir sollten schon mal darüber nachdenken. Also wir, Jack und ich, die Eltern.«

»Die Eltern …«

»Ja.« Sie sahen sich an, und vermutlich dachten sie in diesem Moment dasselbe: Würde Jack etwas so Selbstloses tun?

»Wie hoch ist das Risiko für die Spender?«

Jen zuckte mit den Schultern. »Jede Operation hat ihre Risiken. Es ist möglich, dass die Lungenfunktion geringer wird. Es kann aber genauso gut sein, dass man wieder genauso fit wird wie zuvor. Nur selbst wenn ich am Ende mit einer schlechteren Lungenfunktion dastehe, wen interessiert das, wenn ich dadurch das Leben meines Kindes retten kann?« Sie zwang sich zu einem Lächeln. »Ich will ohnehin nicht Tiefseetauchen, Bergsteigen oder irgendeinen Leistungssport machen. Ich will einfach nur leben, an der Seite meiner Tochter.«

Er tigerte vor ihr auf und ab. »Kommen andere … die nicht blutsverwandt sind, als Spender in Frage?«

Jen lehnte sich ein wenig zurück, sah ihn prüfend an, und als ihr aufging, warum er das fragte, wurde ihr ganz warm ums Herz. Niemals würde sie so etwas von ihm annehmen, aber dass er darüber nachdachte – wenn Jack doch nur etwas mehr von seinem Freund gehabt hätte. »Jack muss dieselbe Blutgruppe wie Winnie haben, sonst kommt nicht mal er in Frage.«

»Kennst du seine Blutgruppe nicht?«

Sie schüttelte den Kopf und kam sich selbst dumm dabei vor. Sie war so lange mit Jack zusammen gewesen und kannte noch nicht mal seine Blutgruppe. Sie wusste nur, dass sie selbst als Spender in Frage kam. Wenn Jack auch noch passend war, hätten sie eine Notlösung für den Fall, dass Winnie durch die Warteliste nicht rechtzeitig eine Lunge bekam.

Oliver ließ die Schaukel los. »Wenn du irgendetwas brauchst …«

Ein müdes Lächeln hob ihre Mundwinkel. »Ich weiß.« Sie dachte an seinen Streit mit Sarah und wie es überhaupt dazu gekommen war. »Das gilt aber auch für dich. Du musst mich nicht wie ein rohes Ei behandeln. Ich kann einspringen, wenn du mich brauchst. Nicht immer, ich weiß, dass auf mich nicht besonders Verlass ist, aber du kannst mich um Hilfe bitten.«

Er sah sie an, eine Sekunde, zwei Sekunden, drei, seltsam intensiv, dann nickte er. »Danke.«

Ehe sie ihm danken konnte, für seinen Trost, seine Kraft, stand er auf. »Winnie wird enttäuscht sein, wenn sie nicht mehr trainieren kann.« Er ließ sich auf dem überwucherten Gartentisch nieder und streckte seine langen Beine aus.

Jen ließ ihren Blick zum Fenster hochgleiten, hinter dem Winnie schlief. »Nicht so sehr – wir sind am Samstag zum Freundschaftsspiel gegen Irland eingeladen. Beste Plätze, ein richtiges Stadion, berühmte Spieler … Sie ist schon ganz aufgeregt.«

Oliver warf ihr einen Blick zu. »Rivers legt sich ja mächtig ins Zeug.«

Sie konnte sich ein Augenverdrehen nicht verkneifen. »Er mag Winnie.«

»Ach ja?« Eine Augenbraue hob sich, und Jen musste lachen – unglaublich! Nie hätte sie gedacht, an diesem Tag überhaupt zu einem Schmunzeln fähig zu sein. Aber die

Vorstellung, dass Reed Rivers Interesse an ihr haben könnte, war einfach zu komisch. Wenn sie Winnie ins Trainingscenter brachte, beachtete er sie nicht einmal, er wechselte drei Worte mit ihr und widmete sich sofort ihrem Kind. Nicht dass sie das gestört hätte, für sie zählte nur, dass er nett zu Winnie war.

»Sag es niemandem, okay?«, wechselte sie das Thema, da Rugby im Moment nicht gerade auf ihrer Prioritätenliste stand. »Auch nicht Sarah. Ich will nicht, dass sie Winnie anders behandelt oder irgendetwas zu ihr sagt.«

Oliver sah sie ausdruckslos an. »Ich sag ihr kein Wort.«

»Danke.« Sie erwiderte seinen Blick, und ihr fiel auf, dass sie ihn nun besser erkennen konnte als noch vorhin. Sie sah sich um, und ein merkwürdiges Gefühl der Hoffnung durchdrang sie. Die Schwärze wich einem gräulich rosa Leuchten. Die Sonne würde bald aufgehen. Die Nacht war so gut wie vorüber.

Kapitel 7

Lynne war übel. Es roch nach Fleischpasteten, geräuchertem Fisch, Bier und Schweiß, es war laut und voll, Ellbogen bohrten sich in ihre Rippen, und das Geschnatter Hunderter aufgeregter Rugbyfans dröhnte in ihren Ohren. Fahnen wurden geschwungen, Lieder gegrölt, Wetten abgeschlossen und Siegespartys geplant. Besonders an den »Freudenmaschinen«, wo in weniger als zwanzig Sekunden zwölf Pints Bier gezapft werden konnten, ging es rund. Lynne hingegen beschränkte sich auf Tee, an den sie sich klammerte, während sie versuchte, sich ihren Weg aus der Masse zu bahnen. Sie kämpfte sich zwischen den Schlangen an den Imbissständen hindurch und konnte nicht verhindern, dass ihr Tee selbst auf ihren Riemchenschuhen und nackten Zehen landete. Vielleicht hätte ihr jemand sagen können, dass sie geschlossene Schuhe anziehen hätte sollen. Oder Gummistiefel! Es war ja nicht so, als ginge sie regelmäßig in ein zum Brechen volles Stadion, so wie Ava.

»Da bist du ja endlich!« Lynne lächelte erleichtert, als Ava mit einer riesigen Fleischpastete in der Hand auf sie zukam. Kein einziges Haar hatte sich aus ihrer Hochsteckfrisur gelöst, ihr Outfit war makellos, und ihre weißen Sneakers sahen auch nicht aus, als wären sie durch einen klebrigen See an Snacks gewatet. Wie machte sie das nur?

»Also wirklich, Lynne, eine halbe Stunde für einen Becher Tee? Das Spiel fängt gleich an!«

»*Du* hast doch darauf bestanden, Snacks zu holen. *Das gehört dazu*«, imitierte sie ihre Freundin.

Ava verdrehte die Augen und ließ dann mit gerümpfter Nase ihren Blick über sie gleiten. »Und ein Bad in Earl Grey offensichtlich auch. Stehen Männer darauf, wenn Frauen nach Bergamotte riechen?«

Lynne lächelte liebenswürdig und streckte ihr dann die Zunge raus. Sie konnte nicht glauben, dass sie diesem Tag nicht entkommen war, aber Ava hatte einfach keine Ausrede gelten lassen und am Schluss sogar gedroht, sie eigenhändig herzuschleifen.

»Ich bin so aufgeregt, dass du endlich mal mitkommst!« Ava biss von ihrer Pastete ab, ohne den Lippenstift zu verschmieren, und sah sich in der vollen Halle mit den überall prangenden Wappen der Welsh Rugby Union um. »Oh mein Gott, das will ich auch!« Ava schlug ihr mit voller Wucht gegen den Arm, sodass Lynne gleich noch etwas Tee verschüttete.

»Was zur Hölle?« Fluchend drehte sie sich um und sah in die Richtung, in die Ava starrte. »Ein Kind?«, fragte sie mit hochgezogener Augenbraue, als sie eine Frau mit ihrer vielleicht sieben- oder achtjährigen Tochter bei den Fanartikel-Ständen sah.

Ava warf ihr einen ungeduldigen Blick zu. »Nicht das Kind – obwohl das auch nicht schlecht wäre –, nein, das Kleid!«

Lynne sah etwas genauer hin, die schwarzhaarige Frau hatte die sehr schlanke Figur eines Models und trug ein knielanges Pünktchenkleid mit Raffung an der Taille, das ein wenig an die Fünfziger erinnerte. Das blonde Mädchen an ihrer Seite trug hingegen das Wales-Trikot.

»Komm mit, ich muss wissen, wo sie das herhat.«

»Ava, warte, du kannst doch nicht einfach …« Aber ihre Freundin drängte sich bereits zwischen den Leuten hindurch, fuhr Ellbogen aus und fuchtelte mit ihrer Fleischpastete durch die Luft, während Lynne ihr mit einem Kopfschütteln folgte.

»Entschuldigen Sie bitte.« Ava tippte der Frau auf die Schulter, die sich daraufhin mit neugierigem Gesichtsausdruck zu ihnen umdrehte. Sie war blass, mit einem schmalen Gesicht und großen blauen Augen, einzelne Strähnen, die sich aus dem schulterlangen Pferdeschwanz gelöst hatten, fielen ihr ins Gesicht. Lynne erkannte sie sofort.

»Ja?«

»Also das mag Ihnen jetzt vielleicht ein bisschen komisch vorkommen, aber ich muss unbedingt wissen …«

»Miss Padrig, Mrs Quinn!« Das Mädchen wandte sich ihnen ebenfalls zu, eine Wales-Baseballmütze tief ins Gesicht gezogen.

»Winnie, hallo! Wie geht es dir?« Lynne sah in das fröhliche Kindergesicht und zwang sich zu einem breiten Lächeln. Wie immer versetzte ihr der Anblick eines kranken Kindes einen Stich, aber sie hatte gelernt, den Schmerz zu ignorieren. Dieses kranke Kind erinnerte sie nur auch noch an Reed. Winnie trug genauso wie neulich eine Nasenbrille, den Sauerstoffrucksack hatte Lynne auf den ersten Blick nicht entdeckt, da er unter dem riesigen Trikot lag, aber nun zeigte sich wieder deutlich, dass sie kein gewöhnliches Mädchen war.

»Danke, gut, und Ihnen?«

Lynne überlegte kurz, sich Winnie anzuvertrauen und die Wahrheit zu sagen, dass sie gezwungen war hier zu sein und ihre Zehen klebten und sie kreuzunglücklich war, aber sie lächelte lieber. »Ganz hervorragend. Ist das auch dein erstes Rugbyspiel?«

»Ja, mein Freund Reed hat uns die Karten besorgt.«

Lynnes Herz setzte kurz aus, und eine Gänsehaut zog sich über ihre Arme. »Ach echt?«

»Er dachte, Winnie würde sich freuen«, ließ sich Mrs Griffin etwas schüchtern vernehmen.

»Wow, ich wusste gar nicht, dass Sie Reed Rivers kennen«, freute sich Ava und schlug die Hände zusammen. »Ich meine abgesehen von dem kurzen Kennenlernen bei der Wunscherfüllung neulich. Das ist ja fantastisch.«

»Ja, also, so gut kennen wir ihn auch nicht, er hat Winnie ein paar Mal trainiert und …«

Lynne hörte nicht mehr richtig zu, die wildesten Gedanken brausten durch ihren Kopf. Wieso machte Reed das? Hatte er wirklich ein so großes Herz für Kinder? Oder ging es um die Mutter?

Ein heißer Stich fuhr ihr durch die Brust. Sie hob den Blick, musterte Jen Griffin und schalt sich einen Dummkopf für ihre aufkeimende Eifersucht. Was ging sie das an? Reed hatte vermutlich an jedem Finger eine Frau, er war schließlich ein verdammter Rugbystar! Sie waren fünfzehn gewesen, es hatte böse geendet, und sie hatte sich doch vorgenommen, die Sache endlich abzuhaken. Sollte er sich doch bei Winnie einschleimen, um an die Mutter ranzukommen, ihr konnte es gleichgültig sein.

»… und es ist mir schon von dort drüben ins Auge gesprungen, wo haben Sie das nur her?« Avas aufgeregte Stimme riss sie aus ihren Gedanken.

Mrs Griffin sah an sich hinab, ein wenig Farbe kam in ihre Wangen. »Um ehrlich zu sein … das habe ich …«

»Mum hat es selbst genäht, sie macht solche Sachen, also zeichnen und nähen. Sie sieht immer großartig aus!«

»Da muss ich dir zustimmen, Winnie. Einfach großartig.« Ava nahm ihre Handtasche, zog ihr Handy heraus und knipste ohne weitere Ankündigung, Fleischpastete in der Hand, ein Foto von der verdatterten Mrs Griffin. »Ich möchte gerne mehr sehen. Fertige Kleidungsstücke, Entwürfe, Gekritzel, alles, was sie haben.« Sie warf das Handy zurück und zog eine Visitenkarte hervor. »Mir gehört ›Avas Paradise‹, kommen Sie doch bitte nächste Woche vorbei. Ich bin bis Mittwochvormittag im Laden, dann muss ich nach London zur Fashion Week. Nehmen Sie alles mit, was Sie tragen können, und wir sehen, was ich davon kaufe.«

Mrs Griffin trat einen Schritt zurück, sah überrascht von einem zum anderen. »Ähm … ich weiß nicht, ob …«

»Ich mache Ihnen einen guten Preis, ich will Einzelstücke, Mrs Griffin! Ausgefallenes, Buntgemischtes – ich will meinen Kunden Neues bieten, ich will, dass sie in meinen Laden kommen und sich in ein Outfit verlieben, genau wie ich mich gerade in Ihres verliebt habe. Sie haben Talent! Kommen Sie einfach vorbei.«

Mrs Griffin stammelte eine Antwort, und Lynne musste über Avas enthusiastische Art schmunzeln – sie ließ die arme Frau gar nicht zu Wort kommen. Lynne beschloss den beiden ein wenig Raum zu geben, wandte sich ab und beobachtete die Fans, die sich bei der Freudenmaschine langsam einen Schwips antranken. Ihre Aufmerksamkeit schwenkte zu einem schlanken, älteren Mann in Anzug und Turnschuhen, der neben einer deutlich beleibteren Frau stand.

Das war ja kaum zu glauben! Die Adams! Der Geschäftsführer des Sportartikelherstellers, der sie so brüsk abgewiesen hatte, und Reeds Verehrerin. Nun, nicht er hatte sie abgewiesen, sondern eine seiner unzähligen Sekretärinnen.

»Mr Adams!« Lynne eilte an Ava, Mrs Griffin und Winnie vorbei und stellte sich mit einem strahlenden Lächeln in seinen Weg. Der ältere Herr mit den buschigen grauen Brauen und der sonderbar glattgezogenen Haut um die Augen sah sie an, als hätte er eine Verrückte vor sich. Mit ihrer Jeans, auf der immer noch Teeflecken prangten, hatte sie wahrscheinlich wenig Ähnlichkeit mit der Frau im goldenen Kleid, die er von der Charity-Veranstaltung kannte.

»Lynne Padrig von der ›Guten Fee‹, wie schön, dass Sie es hierher geschafft haben.«

»Wie bitte?«

»Ihre Sekretärin hat vorgeschlagen, dass ich Sie hier treffe. Wie schön, dass Sie es einrichten konnten! Ich hatte schon befürchtet, Sie in all dem Trubel nicht zu finden.« Sie breitete freudig die Arme aus.

»Miss … Padrig?«

»Es hat mir ja sehr leidgetan zu hören, dass Reed Rivers' Mitwirken bei unserem Projekt Sie nicht umstimmen konnte, aber Sie dürfen nicht vergessen, welche Kontakte er hat, die WM startet bald, und die größten Sportstars dieses Landes engagieren sich für unser Projekt mit kranken Kindern.«

»Reed?«, ließ sich Mrs Adams vernehmen, und ihre Augen leuchteten begehrlich auf. »Liebling, du hast mir gar nicht erzählt, dass du über ein Projekt mit Reed Rivers nachdenkst. Wie wunderbar!«

Lynne zwang sich zu einem Lächeln. Na toll, noch ein weiblicher Reed-Fan an diesem Tag. Es war schon seltsam – der Junge von früher hatte keine Freunde und schon gar keine Verehrerinnen gehabt. Nun konnte er sich kaum vor ihnen retten, und Lynne spürte wieder diesen unliebsamen Stich der Eifersucht.

»Miss Padrig, das hier ist wohl kaum der richtige Ort, um …«

»Wir sind in einem Stadion, kurz vor einem Rugby-Länderspiel, welch besseren Ort könnte es geben, um ein Sportcamp für Kids zu besprechen?«

»Hugh, nun sei doch nicht so unhöflich, wenn du einen Termin mit Miss Padrig hattest …«

Lynne verkniff sich ein Grinsen und überließ es Mrs Adams, ihren Gatten weichzukochen. Das tat sie leidenschaftlich, sodass ihr schon der Schweiß über den üppigen Ausschnitt perlte. Lynne sah sich inzwischen um, sie erkannte ein paar Kameraleute, die die Szenerie vor diesem Match aufnahmen, und ihr Herz begann schneller zu schlagen. Sie legte ihre Hand auf Mr Adams' Arm, schloss ihre Finger sanft um das Sakko und zog ihn ganz vorsichtig näher zu den Kameras. »Kranke Kinder und ihre armen überforderten Eltern unterstützt von Ihrer Firma. Ich kann mir keinen besseren Partner für dieses Projekt vorstellen! Sie stellen finanzielle Mittel und Waren für das großartige Sportcamp zur Verfügung – wir brauchen Trikots, Schuhe, Trainingsanzüge, Bälle und … naja, das sehen wir dann ja …«

»Wird es wirklich ein Sportcamp geben?«

Lynne und Mr Adams fuhren herum und sahen Winnie, die mit großen blauen, leuchtenden Augen zu ihnen aufblickte. Mit ihrer Nasenbrille, dem Trikot und der Baseballmütze sah sie so unschuldig und so unglaublich süß aus, dass jeder bei ihrem Anblick dahinschmelzen musste. Mit hoher Stimme und aufgeregt japsend plapperte sie los.

»Mr Rivers hat mir erzählt, dass die Gute-Fee-Agentur versucht, so etwas Tolles zu organisieren, aber nie hätte ich gedacht, dass es wirklich passiert!« Sie wandte sich an Mr Adams und seine Frau und schüttelte beiden die Hand. »Ich bin Winnie Griffin, die Agentur hat mir einen Wunsch erfüllt, und seither trainiere ich mit Reed Rivers. Wissen Sie eigentlich, wie schwer es für jemanden wie mich ist, Rugby zu spielen?«

Lynne streichelte Winnie über den Kopf, die unter ihrer Kappe zu ihr aufblickte, ein verschmitztes Lächeln umspielte ihre Lippen. Beinahe hätte Lynne laut aufgelacht – sie hatte eine kleine Schauspielerin vor sich! Ohne darüber nachzudenken, ging sie vor ihrer Komplizin auf die Knie und schloss sie fest in die Arme. Bevor sie sich wieder erhob, raunte sie ihr »Du Schlitzohr!« ins Ohr.

»Ähm …« Mr Adams sah von Winnie zu ihr und dann zu den Kameraleuten, die auf dieses Gespräch aufmerksam wurden und eifrig Bilder von Lynne und Winnie geschossen hatten. Dabei war sein Gesichtsausdruck so gehetzt, dass Lynne beinahe Mitleid mit ihm bekam.

Winnie lief sich aber gerade erst warm und wandte sich wieder dem mächtigen Geschäftsmann zu. »Es gibt so viele andere kranke Kinder, und nicht alle haben das Glück, Reed Rivers zu kennen. Wo sollen sie Rugby spielen? Es geht ja nur um ein Wochenende hin und wieder, um ein Hotel, ein Feld, ein paar Betreuer, Ausrüstung …« Lynne blieb nichts weiter zu tun, als unterstützend zu nicken. Winnie war einfach grandios.

»Kind, du verstehst nicht, wovon du redest.« Er drehte sich zu seiner Frau. »Komm, Liebling, wir besorgen dir deinen Champagner.«

»Aber wovon spricht denn dieser Engel, was…« Mrs Adams kam gar nicht dazu weiterzusprechen, als der Engel ihr schon dazwischenfuhr.

»Natürlich verstehe ich es nicht! Ich verstehe nicht, warum ich krank sein muss, ich verstehe nicht, warum meine Mum jede freie Minute arbeiten muss, um die Rechnungen zu bezahlen, ohne dass sie irgendwelche Hilfe bekommt.« Winnies Stimme wurde immer lauter, und weitere Schaulustige drehten sich zu ihnen um. Besorgte Blicke wurden getauscht, Fragen getuschelt, und Lynne hatte einen Kloß im Hals. Sie wusste, dass das nicht mehr gespielt war. Schützend legte sie einen Arm um Winnie, aber die Kleine fuhr ungeachtet dessen fort. »Ich verstehe nicht, warum manche so viel Geld haben und andere gar nichts, ich verstehe nicht, wieso nicht mehr Menschen helfen und was für eine Rolle es spielt, wer einen Werbevertrag mit wem hat und welches Logo auf welchem Trikot steht. Ich verstehe das alles nicht, und das werde ich vermutlich auch nie verstehen, da ich, so wie es aussieht, gar nicht erwachsen werde, um solche Sachen je zu kapieren, und außerdem…«

»Winnie, Schatz.« Unvermittelt tauchte Mrs Griffin aus der Menge auf, sie hatte sich offensichtlich durchkämpfen müssen, zog ihre Tochter aus Lynnes Armen und an ihre Brust. Der kleine Körper bebte deutlich, irgendwoher erschien ein Mikrofon, Mr Adams war blass wie eine Wand, und Mrs Adams hatte sich schockiert die Hand vor den Mund geschlagen.

»Es tut mir leid, Mrs Griffin«, murmelte Lynne. »Winnie hätte nichts hiervon mitbekommen sollen, sie … sie kämpft einfach nur für diesen Traum und…«

»Mr Adams! Worum geht es hier?«, wollte ein Journalist

wissen, und auch Mrs Adams baute sich neben ihrem Gatten auf. »Ja, worum geht es hier?«

Mr Adams sah noch einmal auf Winnie hinab, dann durch die Runde, und plötzlich atmete er tief durch, straffte die Schultern und war wie ausgewechselt.

»Meine Damen und Herren, wie schön, dass Sie diesem Moment beiwohnen konnten. Darf ich vorstellen, das ist die kleine Winnie, und das ist Lynne Padrig, Leiterin der Guten Fee, einer Agentur, die kranken Kindern Wunschwochenenden erfüllen möchte. Meine Unterstützung hat die Agentur zu hundert Prozent, es müssen nur noch andere Unterstützer gefunden werden.« Er sah Lynne mit hochgezogener Augenbraue an. »Aber ich bin zuversichtlich, dass das Projekt mit einer solch leidenschaftlichen Verfechterin …« Er legte Winnie die Hand auf den Kopf, die ihr Gesicht immer noch im Kleid ihrer Mutter versteckte, und räusperte sich, »zu einem großen Erfolg wird. Wir hegen den Traum, dass Sportmarken und Sportler, egal von welchem Team, von welchem Sponsor für die Kinder zusammenkommen.«

Applaus brandete um sie herum auf, und Lynne lachte befreit auf. War ihr Traum gerade wirklich in greifbare Nähe gerückt? Sie warf einen Blick auf Winnie hinab, die ihren Kopf nur ein ganz klein wenig zur Seite drehte, zu ihr aufblickte und sie glücklich anlächelte. Sie streckte ihr ihre kleine Hand zu einem High Five entgegen, und Lynne konnte nicht anders, als einzuschlagen. Sie war froh, dass es Winnie wieder gut ging, und sie diesen Erfolg mit ihr zu genießen schien.

Unzählige Fragen prasselten auf sie ein, und Lynne versuchte alle zu beantworten, bis jemand laut an das bevorstehende Spiel erinnerte und sich die Menge aufzulösen begann.

Mr Adams aber blieb und sah sie mit fast schon so etwas wie Bewunderung in den Augen an. »Ich schätze gute Gegner in einem Kampf, Miss Padrig, und kann akzeptieren, gegen solche zu verlieren. Sie bekommen unsere Unterstützung, rufen Sie am Montag bei mir an.«

Lynne grinste. »Wird Ihre Sekretärin mich dieses Mal durchstellen?«

»Das wird sie. Wir haben einiges zu besprechen, denn wenn ich schon einsteige, dann richtig.« Er nickte ihr noch einmal zu, beugte sich zu Winnie hinab und murmelte: »Ich schätze, wir sehen uns bei einem der Wochenenden, Winnie.« Dann ging er mit seiner Frau davon, die Lynne noch schimpfen hörte, da er nichts von einem Projekt mit Reed erzählt hatte.

Lynne atmete auf, eine enorme Last schien von ihren Schultern zu fallen. Es war auf einmal gar nicht mehr so schlimm, dass sie sich in einem Rugbystadion befand.

»Lynne, Winnie, das war … ihr habt es geschafft! Wir werden ein Sportwochenende für kranke Kinder bekommen.« Ava nahm sie in den Arm und drückte sie fest.

Lynne lächelte in sich hinein. »Und das ist erst der Anfang. Reiten, Singen, Tanzen, in Wunschberufe reinschnuppern, ein paar Strandtage … mit Winnies Hilfe kann ich alles schaffen!« Sie wandte sich Mrs Griffin zu. »Bitte entschuldigen Sie, ich wollte nicht, dass ihre Tochter sich aufregt.« Sie sah auf Winnie hinab. »Ich hoffe, dir geht's gut?«

»Ja. Ich bin ja gar kein sterbendes Kind! Als würde ich sterben! Ich bin doch nur ein bisschen krank.«

Lynne hielt an ihrem Lächeln fest, auch wenn es zu zittern begann. Mukoviszidose war nicht heilbar, konnte aber gut behandelt werden. Früher hätte Winnie ihre Lebenserwartung schon erfüllt gehabt, aber heutzutage gab es keinen Grund mehr, nicht erwachsen zu werden. Die Medizin war sehr viel weiter. Aber trotzdem war jeder Fall anders, es war eine gefährliche Krankheit. Nicht umsonst war Winnie für einen Wunsch in Frage gekommen. Ihr Leben war in Gefahr, aber Winnie musste das nicht wissen.

Es war Ava, die sie wieder ein Stück weit zurück in die Realität holte: »So, Lynnie, jetzt aber schnell, sonst versäume ich meinen Süßen noch bei der Hymne, und er singt so wunderbar schief.« Sie wollte sich abwenden, als Mrs Griffin einen Schritt nach vorn machte und ihnen den Weg verstellte.

»Entschuldigen Sie bitte …« Sie zog die Tickets zum Spiel aus der Tasche und streckte sie Ava hin. »Mrs Quinn, Sie sind ja öfter hier, nehme ich an. Könnten Sie mir vielleicht noch schnell sagen, wo ich unsere Plätze finde?«

Ava warf einen Blick auf die Tickets und strich sich lachend eine blonde Strähne zurück. »Na, das gibt's ja nicht! Sie sitzen gleich neben uns, bei den Familien der Spieler!«

Lynne wandte schnell den Blick ab. Mrs Griffin und Winnie waren als Reeds Familie hier? Was bedeutete das? Nein, tief durchatmen. Das ging sie nichts an, überhaupt nichts.

Sie deutete zum Tunnel, der hinaus zur Tribüne führte, und stupste Winnie an. »Ich habe gehört, hier wird ein Falke gehalten, der vor den Spielen Möwen und Tauben aus dem Stadion jagt. Vielleicht bekommen wir ihn noch zu sehen.«

Sie kämpften sich durch die drängende Meute und die Treppe der Tribüne hinunter bis zur ersten Reihe, gleich hinter der Bande. Nur ein schmaler Streifen für die Presse trennte sie vom Spielfeld. Die Zuschauerplätze waren überdacht, aber auf die Grünfläche goss es wie aus Kübeln. Die

Spieler waren bereits da, wärmten sich in Regenjacken auf – die Waliser in roten, die Iren in grünen –, Musik dröhnte aus den Lautsprechern, und überall blitzten Kameras auf. Ein paar Kinder tummelten sich um sie herum, lehnten sich weit über die Bande, um ihre Stars besser sehen zu können. Nur Winnie ließ sich ruhig auf einen der roten Plastikstühle nieder und sah mit großen, leuchtenden Augen zu den Spielern hinüber. Sie sah einfach entzückend aus, wie sie so verträumt über den Platz blickte, ein kleiner Engel, der vielleicht doch noch fliegen lernen könnte.

»Da ist er! Da ist Reed! Mum, siehst du ihn?«

Mrs Griffin legte einen Arm um die Schultern ihrer Tochter, und Lynne ignorierte den heiß glühenden Klumpen in ihrem Magen. Sie verbot es sich zu fragen, wie es sich anfühlte, eine Tochter im Arm zu halten, und sie weigerte sich, zu den Spielern hinüberzusehen. Zwar konnte sie die Gesichter unter den tief in die Stirn gezogenen Kapuzen kaum erkennen, aber sie war auch nicht erpicht darauf, Reed unter ihnen auszumachen. Wieso mussten sie auch so nahe am Feld sitzen, ihr hätte ein Platz in der letzten Reihe genügt, dort, wo man die Spieler nur als rote und grüne Punkte ausmachen konnte.

Ein lautes Dröhnen fuhr durch das Stadion, und Jubelrufe erschollen. Das Dach wurde komplett geschlossen, Flutlichter gingen an.

»Oh klasse!«, rief Ava und schlug ihr wieder einmal schmerzhaft gegen den Arm – mit einem muskelbepackten Rugbyspieler verheiratet zu sein ließ sie anscheinend glauben, dass jeder so unempfindlich war. »Du wirst sehen, Lynnie, es ist noch viel besser mit geschlossenem Dach, die Hymne, der Jubel, wenn alles hier eingeschlossen bleibt und … he, sieh mal! Da kommt die berühmt-berüchtigte Nummer 10 angelaufen!«

Lynne zuckte zusammen, ihr Kopf fuhr hoch, sie sah zum walisischen Team hinüber, und tatsächlich – Reed joggte in ihre Richtung. Sein blonder Bart machte ihn unverwechselbar, seine grünen Augen waren direkt auf sie gerichtet. Nein! Wie hatte er sie unter all diesen vielen Leuten entdecken können, wieso kam er her, was fiel ihm nur ein, warum …?

Er wurde langsamer, ging nun gemächlich, ein Lächeln – nein, ein Grinsen im Gesicht. Mit einem Satz sprang er über die Bande zum Pressebereich, noch zwei, drei Schritte, dann stünde er direkt vor ihr. Seine Augen funkelten, ihr stockte der Atem, ein Rauschen in ihren Ohren übertönte den Lärm des Stadions. Er sah gewaltig aus in seinem Trikot mit den breiten Schultern, der muskelbepackten Brust und den kräftigen Oberschenkeln. Er war vielleicht nicht der Größte im Team, aber nichtsdestotrotz fühlte sie sich bei seiner vor ihr aufragenden Gestalt winzig klein. Fieberhaft suchte sie nach Worten, irgendetwas Geistreichem, aber er passierte sie, ging auch an Ava und Mrs Griffin vorbei und blieb schließlich vor Winnie stehen.

Die angehaltene Luft entwich ihr mit einem kaum hörbaren Stöhnen. Sie vernahm seine tiefe Stimme wie aus weiter Ferne, als er irgendetwas zu Winnie sagte. Sie sah, wie er ihr die riesige Hand an die zarte Wange legte, und plötzlich kam sie sich wahnsinnig dämlich vor. Natürlich kam er hierher, zu Winnie, zu Mrs Griffin, die er ja eingeladen hatte, als seine Familie. Er kam nicht zu ihr. Was bildete sie sich ein?

Er stützte einen Ellbogen auf die Bande und plauderte mit den Griffins und auch mit Ava, bis schließlich auch Gavin zu ihnen herüberkam.

O Gott, wann nahm das endlich ein Ende? Wie lange noch, bis das Spiel endlich begann? Ava hatte doch solchen Stress gemacht, dabei waren die Spieler noch nicht mal mit dem Aufwärmen fertig, und zum Plaudern hatten sie auch noch Zeit! Sie wollte nur weg, die Menschenmassen um sie herum, das geschlossene Dach … plötzlich hatte sie das Gefühl zu ersticken. Sie starrte einen Fleck auf der Bande an und versuchte, die Gespräche auszublenden. Jeden Moment würde der Trainer die beiden zurückrufen, sie würden verschwinden und dann …

»Na, Lynnie?«

Sie erstarrte, sie wagte es nicht aufzusehen, aber sie spürte Reeds Blick wie eine Berührung auf ihrer Haut. Auch bemerkte sie, dass Ava und vermutlich auch Mrs Griffin sie ansahen. Sie musste reagieren.

Langsam hob sie den Kopf, hoffte, dass ihre glühenden Wangen nicht zu auffällig waren, sie setzte ihr geübtes falsches Lächeln auf und atmete tief ein. »Mr Rivers, schön, Sie wiederzusehen.«

Einer seiner Mundwinkel verzog sich zu einem kaum unterdrückten Grinsen, er hob eine Augenbraue und trat näher, lehnte sich über die Bande, bis sein Gesicht knapp vor ihrem war. Sein Geruch nach Deo und Schweiß stieg ihr in die Nase, sein Atem kitzelte an ihrer Wange. »Wie steht's mit unserem Projekt?«

Lynne verengte die Augen. »*Meinem* Projekt geht es ausgezeichnet, du wirst vermutlich bald von einem unserer Mitarbeiter hören.«

»Cool. Und … was machst du nach dem Spiel?«

Sie lehnte sich zurück, um ihn besser ansehen zu können. »Große Party heute«, brachte sie heiser heraus. Bis sie aus dem Stadion und endlich zu Hause wäre, erreichte die Uhr bestimmt schon fast Mitternacht. Sie hatte vor, sich in ihrem Bett zu verkriechen, in ihr Kissen zu schreien und diese Begegnung zu vergessen.

Reed strich sich über den Bart an seinem Kinn, wich aber nicht zurück. »Warte auf dem Parkplatz auf mich. Wir gehen aus.«

Ein Laut, halb Überraschung, halb Schnauben entfuhr ihr. »Ach … tun wir das?«

»Zwölf Jahre, Lynnie! Es gibt so einiges zu besprechen. Ich bin einfach nur neugierig, wie es dir so ergangen ist.«

Sie rutschte auf ihrem Sitz hin und her, presste sich gegen die Rückenlehne, im verzweifelten Versuch, seiner Nähe zu entgehen, bei der sie nicht mehr klar denken konnte. Aber Reed blieb weiterhin lässig über die Bande gelehnt direkt vor ihr stehen.

»Tut mir leid, aber ich habe heute leider keine Zeit«, murmelte sie und strich sich fahrig ein paar unbändige Locken aus dem Gesicht.

Reed lehnte sich noch weiter nach vorne, seine tiefe Stimme vibrierte an ihrem Ohr. »Wenn du nicht versprichst, dich nach dem Spiel mit mir zu treffen, dann …«

Abrupt sah sie zu ihm auf.

»… mache ich dir hier mitten im Stadion, vor siebzigtausend Zuschauern und Millionen vor dem Fernseher einen Heiratsantrag.«

»Was?« Sie runzelte die Brauen, dann wurde ihr bewusst, dass sie ja nicht alleine waren. Sie warf einen Blick zu Ava, Winnie und Mrs Griffin hinüber, die sie alle neugierig musterten. Bislang ahnten sie ja nicht mal, dass sie Reed überhaupt näher kannte. Die Spieler wärmten sich weiter auf,

Gavin lief zurück aufs Spielfeld, und auf der Leinwand prangte im Moment nur eine Uhr, die den Countdown zum Spiel herabzählte. Das könnte sich aber schnell ändern.

»Einen Heiratsantrag.« Er richtete sich auf und sah sie von der anderen Seite der Bande mit herausfordernd funkelnden Augen an. »Wäre ja nicht das erste Mal.«

»Du bist verrückt.«

»Das ist nichts Neues.«

Sie verschränkte die Arme vor der Brust, den Wunsch niederringend, ihn zu strangulieren. »Bitte, mach dich vor allen Leuten lächerlich, mir ist das egal.«

»Ach wirklich?« Er warf einen Blick die schier endlosen Zuschauerreihen hoch. »Morgen stehst du in allen Zeitungen, die Presse wird vor deinem Haus campieren, du wirst erklären müssen, wie du mich vor einem Spiel, vor allen Leuten ablehnen konntest – oder du nimmst den Antrag an, dann bist du ab morgen für die Welt meine Verlobte. Oh warte mal … Das bist du ja sowieso! Ich kann mich nicht daran erinnern, dass du mir den Ring je zurückgegeben hast.«

Das billige Teil kannst du gerne zurückhaben, hätte sie am liebsten erwidert, nur um irgendwie zurückzuschlagen, aber sie brachte es einfach nicht über die Lippen. Dafür war ihr der Ring immer noch zu wertvoll. »Du wirst genauso im Mittelpunkt stehen«, zischte sie leise, aber er zuckte nur mit den Schultern. »Ich bin impulsiv, unkontrollierbar, eine Gefahr für alle, und ich denke nie an Konsequenzen – schon vergessen?«

»Hör auf.«

»Triff dich nach dem Spiel mit mir.«

»Nein!«

»Okay.« Er breitete die Arme aus, beugte langsam ein

Knie, sah ihr in die Augen, und Lynne hörte Ava neben sich nach Luft schnappen. Alles schien in Zeitlupe abzulaufen, sie sah zu einem der Kameramänner, der sich langsam zu ihnen umdrehte und … »Warte!«

Reed richtete sich sofort wieder auf, Triumph in seinem Blick, der ihr die Kehle vor Wut zuschnürte. »Okay! Du hast gewonnen.«

Ein leises Lachen entfuhr ihm. »Bis später, Lynnie.«

Fast wäre sie über die Bande gesprungen, um ihm doch noch den Hals umzudrehen, aber das wäre wohl noch auffälliger und schlagzeilenwürdiger als ein Antrag. »Das kriegst du zurück.«

Zwinkernd wandte er sich ab und joggte zurück zu den anderen. Lynne schloss ihre Hände um den Schulterriemen ihrer Tasche zur Faust, biss die Zähne zusammen, um einen wütenden Schrei zu unterdrücken.

»Oh mein Gott!« Ava schlug ihr wieder mal schmerzhaft gegen den Arm. Sie würde blau und grün nach Hause kommen. »Wieso hast du mir nie gesagt, dass du Reed ›Sexy‹ Rivers kennst!«

Lynne warf ihrer Freundin einen Blick zu. »Sexy? Dieser hirnlose, unverschämte Muskelprotz?!«

»Schätzchen, der Mann ist zum Anbeißen, und das weißt du ganz genau. Und versuche nicht abzulenken! Was war das eben?«

Eine gemeine Erpressung, dachte Lynne wütend und überlegte fieberhaft, wie sie aus dieser Sache wieder rauskam.

»Lynne!«

»Wir sind zusammen zur Schule gegangen, zufrieden?« Sie kramte in ihrer Handtasche nach ihrem Handy, um zu überprüfen, ob sie Nachrichten hatte – eine erbärmliche Ablenkung von ihrem wild klopfenden Herzen.

»Ihr seid zusammen zur Schule gegangen? Wieso hast du das noch nie erwähnt? Neulich beim Wunsch, du hast so getan, als würdest du ihn nicht kennen. Und er …«

»Es ist so lange her, ich hab's vergessen … er vermutlich auch.«

»Ja, bestimmt.«

Lynne wandte sich ihr zu und erkannte, dass wenigstens Mrs Griffin sich auf ihre Tochter und nicht auf diese seltsame Situation konzentrierte. »Ich erinnere mich nicht an jeden, der mal mit mir in einem Klassenzimmer saß!«

»Weil man Reed ›Sexy‹ Rivers ja auch einfach so vergisst.« Ava verengte ihre Katzenaugen zu einem prüfenden Blick. »Ist zwischen euch damals was gelaufen?«

»Ach Quatsch.« Sie rief noch einmal ihre Handy-Nachrichten auf, scrollte hinunter, hinauf, wechselte zu den Bildern. »Er ist von Manorbier weggezogen, als er fünfzehn war, wir kannten uns gar nicht so lange.« *Nur seit wir krabbeln konnten.*

»Und wieso sind dann zwischen euch gerade derart die Funken geflogen, dass fast das ganze Stadion Feuer gefangen hätte?«

Zum Glück blieb Lynne eine Antwort erspart. Die Stimme des Kommentators dröhnte durchs Stadion und ging die Aufstellung beider Mannschaften durch.

Ava sah sie noch einmal kritisch von der Seite an, gab dann aber endlich auf. Im Moment war ihre Freundin aber ohnehin Lynnes geringstes Problem. Wie sollte sie sich nachher mit Reed treffen? Was wollte er von ihr? Wieso konnte er sie nicht einfach in Ruhe lassen? Wie sollte sie ihm überhaupt in die Augen sehen, nach allem, was sie getan hatte? Sie wusste, dass ihre Wut nur ihren Schuldgefühlen entsprang.

»Sind Sie sicher, dass wir niemanden für Sie anrufen können?«

»Nein!«

Die Schwester saß mit einem Notizblock neben ihr und sah sie sorgenvoll an. »Nun, es ist Ihre Entscheidung, Miss Padrig, Sie sind zwar minderjährig, aber wir unterliegen der ärztlichen Schweigepflicht. In Ihrer Situation wäre es aber wirklich besser, wenn Sie jemanden an Ihrer Seite hätten, der Sie unterstützt.«

»Ich brauche niemanden. Bitte … Sie *sind doch hier.« Lynne schloss die Augen, atmete durch den ziehenden Schmerz in ihrem Unterleib und krallte ihre Hände in den Rock ihres weiten Kleids – sie wusste nicht, wann sie zuletzt enganliegende Sachen getragen hatte. »Meine Eltern sind sowieso in Griechenland.« Gott sei Dank! Sie wollte sich lieber nicht vorstellen, wie sie reagiert hätten, wäre es mit der Geburt in ihrer Gegenwart losgegangen. Wahrscheinlich wäre ihr Vater vor Aufregung in Ohnmacht gefallen, ihre Mutter hätte geweint, und beide hätten versucht, sie von ihrer Entscheidung abzubringen. Sie waren die Einzigen, die von der Schwangerschaft wussten, und Lynne hatte sie angefleht, ihren Umstand für sich zu behalten. Zu ihrem Glück hatte sich bei ihr lange kein Babybauch abgezeichnet. Auch später hatte sie eher rundum zugenommen, sodass es in weiten Klamotten aussah, als würde sie zu oft aus dem Nutella-Glas schlemmen. Sie hatte auch gar keine Gelegenheit gehabt, die letzten Kilos zuzulegen, da heute gerade mal die achtundreißigste Woche begann. Es war noch Zeit! Aber als die starken Schmerzen zu Hause nicht nachgelassen*

hatten, war ihr klar gewesen, dass es sich um Wehen handelte und sie ins Krankenhaus musste.

»Hast du denn keine Nummer für den Notfall?«

Keine, die sie ihr sagen würde. »Nein. Sie sind dort nicht zu erreichen – es wäre ja auch noch Zeit gewesen bis zum Termin, und sie haben diese Reise gewonnen.« *Sie hatten nicht fahren wollen, aber Lynne hatte sie überredet – mit dem Argument, dass sich erste Kinder doch meistens Zeit ließen und sie ohnehin nur ein verlängertes Wochenende weg waren. Sie hatten jahrelang ohne Urlaub durchgeschuftet, sie hatten sich das verdient. Eine adoptierte Tochter, die Mist baute, durfte dem nicht im Weg stehen!*

»Wie sieht es aus mit Großeltern, Geschwistern?«

»Meine Großeltern wohnen in England.« Und mein Bruder ist auf der Nachbarsfarm, wie immer, und weiß nicht mal, dass ich schwanger bin. Ihren Umstand vor Rhys geheim zu halten war nicht schwer gewesen. Er interessierte sich nur für die Pferde, lebte schon fast im Stall, und seit Reeds Vater, der Besitzer der Farm, vor ein paar Monaten tragisch verunglückt war, wich er der Witwe Joan kaum noch von der Seite. Eine Aufgabe, die eigentlich Reed hätte übernehmen sollen, er *müsste sich um seine Mutter kümmern, auch wenn ihr Verhältnis nie gut gewesen war. Aber er war nicht mal zur Beerdigung seines Dads zurückgekommen. Lynne hatte gehofft, ihn dort wiederzusehen, ihm bei dieser Gelegenheit von der Schwangerschaft erzählen zu können. Sie fand, er hatte ein Recht darauf, es zu wissen. Aber er war unerreichbar, hatte alle Brücken hinter sich abgerissen, und niemand wusste, wo er war. Vermutlich tat er gut daran. Denn in Wahrheit verdiente weder seine Mutter noch sie selbst seine Hilfe – sie beide hatten ihn im Stich gelassen.*

»Hören Sie.« Sie atmete gegen den Schmerz an und zwang sich, die schwelende Panik über das, was ihr bevorstand, nicht zuzulassen. »Ich habe Wehen, ich bin hier, können wir das einfach hinter uns bringen. Muss ich die Adoptionspapiere jetzt unterschreiben?«

Schon wieder dieser mitfühlende Blick, und Lynne hätte am liebsten geschrien. Ja, sie war sechzehn und allein hier, aber sie wusste, was sie tat! Sie hatte immer gewusst, dass sie dieses Baby nicht großziehen konnte, und sie hatte lange mit ihren Eltern darüber gesprochen. Eine Adoption war die beste Möglichkeit, ihrem Kind ein besseres Leben zu bieten. Sie selbst war ja auch adoptiert, und sie hatte weder den Wunsch, ihre leiblichen Eltern kennenzulernen, noch hatte sie je darunter gelitten. Sie hatte eine wunderbare Kindheit bei den Padrigs verbracht, sie liebte sie, wie man seine Eltern eben liebte, und ihr Baby würde auch eine großartige Familie finden. Es war eine Entscheidung, die ihren Eltern zuerst nicht gefallen hatte, sie hatten sie unterstützen wollen, aber Lynne wollte ihnen das einfach nicht antun. Sie hatten mit dem Wohnwagenpark alle Hände voll zu tun, und außerhalb der Saison mussten sie mit anderen Jobs über die Runden kommen. Lynne wollte ihnen nicht noch mehr zur Last fallen, sie allein war schuld an ihrem Umstand, sie würde ihren Fehler wieder ausbügeln. Sie musste nur diese Geburt hinter sich bringen und dann wieder nach Hause fahren – ohne ihr Baby. Dann könnte sie so tun, als wäre nie etwas gewesen, als wäre sie nicht seit ihrem Davonlaufen mit Reed vor acht Monaten in eine Abwärtsspirale geraten.

»Wir schreiben jetzt erst mal ein CTG, untersuchen den Muttermund und bringen Sie dann in den Kreißsaal oder auf ein Zimmer – je nachdem, wie weit Sie sind.« Die Schwester

legte Lynne beruhigend die Hand auf die Schulter und erhob sich, Lynne nickte ihr dankbar zu. Sie würde das schaffen.

Doch die Schmerzen verstärkten sich während der Untersuchungen, und bei der erschütternden Nachricht, dass sie erst ganz am Anfang war und die ganze Prozedur noch viele Stunden dauern würde, kamen ihr vor Angst die Tränen.

Auf den Rat der Hebamme hin ging sie durchs Krankenhaus spazieren und versuchte, die neugierigen Blicke der anderen in den Fluren zu ignorieren. Sie trug ein Patientenhemd, das die Schwangerschaft etwas verhüllte, aber ihr verkrampfter Gang und ihr Stöhnen während der Wehen, bei denen sie sich irgendwo festhalten musste, zogen immer wieder die Aufmerksamkeit der Umstehenden auf sich. »Noch nie eine Teenie-Mum gesehen?«, fauchte sie schließlich ein Besucherpärchen um die zwanzig an, das sie mitten in einer Wehe unumwunden anglotzte.

Es wurde Abend, die Patienten bekamen ihr Essen, und die Besucher gingen langsam nach Hause. Auch Lynne war ein Sandwich angeboten worden, aber sie brachte nichts hinunter. Wie sollte sie in ihren schmerzenden Bauch noch Nahrung reinbekommen? Als das Laufen immer anstrengender wurde, ließ sich Lynne schließlich auf einen Plastikstuhl im Warteraum fallen.

»Junge oder Mädchen?«

Lynne blickte auf und sah eine elegant zurechtgemachte Dame um die sechzig mit blondierten, hochgesteckten Haaren vor sich. Ein Klemmbrett lugte aus ihrer Handtasche, auf dem ein Logo mit einer Fee abgebildet war. Erwartungsvoll sah die Frau sie an, und Lynne erinnerte sich an die Frage.

»Ähm … keine Ahnung.« Sie fand sich selbst unerträglich, aber die Schmerzen ließen sie jede Höflichkeit vergessen.

»Oh, eine Überraschung!« Die Dame strahlte sie an und ließ sich ungeachtet Lynnes offensichtlich abweisender Haltung neben ihr nieder. Ein angenehmer, zarter Lavendelduft ging von ihr aus. »Ich bin Rosemarie Simmons – Leiterin der Agentur ›Gute Fee‹. Nenn mich ruhig Rosemarie.«

»Hi.« Sie versuchte, nicht allzu argwöhnisch zu klingen und den Dauerschmerz in ihrem unteren Rücken zu ignorieren. »Sie sind also eine gute Fee? Erfüllen Sie Wünsche?« Sie wies auf den Glitzerzauberstab, der ebenfalls aus der Handtasche ragte, und wünschte sich insgeheim und kindischerweise in ein Märchen geraten zu sein. Ein bisschen Magie könnte sie jetzt wirklich gut gebrauchen.

»Kranken Kindern, ja. Ich war gerade auf der Kinderstation und habe versucht, ein paar Augen zum Leuchten zu bringen. Aber du, Darling, siehst aus, als wärst du eine Kämpfernatur. Du wirst mich nicht brauchen.«

Vielleicht doch, dachte Lynne verzweifelt. Sie brauchte eine gute Fee, die die Zeit für sie zurückdrehte. Nur wohin? An den Tag, an dem sie mit Reed davongelaufen war? Oder zurück an den Bahnhof, um doch mit ihm mitzugehen?

»Alles in Ordnung? Ich meine außer den Wehen.« Rosemarie legte ihre faltige Hand an Lynnes Wange. Eine so unerwartet zärtliche Geste, dass ihr fast die Tränen kamen. Genau in diesem Moment rollte auch noch eine weitere Wehe über sie hinweg, und ehe sie sichs versah, griff eine Hand nach der ihren, damit sie sie drücken konnte, und ein Arm hielt sie unterstützend fest. Sie hatte nicht gewusst, wie sehr sie sich das gewünscht hatte, und ein Schluchzen entfuhr ihr.

»Ist ja gut, Darling, gleich hast du's geschafft.«

»Ich glaube, ich halte das alles nicht aus.« Die Wahrheit. Wann hatte sie das letzte Mal die Wahrheit gesagt, wann hatte

sie Schwäche gezeigt, und warum fiel es ihr vor dieser Fremden so leicht?

»Natürlich schaffst du das!« Sie strich ihr über den Rücken, was sich unglaublich entspannend anfühlte. »Mir waren Kinder ja nie vergönnt, daher weiß ich nicht, was du gerade durchmachst, aber ich weiß, dass die größte Belohnung auf dich wartet. Jede Wehe bringt dich deinem Baby näher, halte dir das immer vor Augen und …«

Lynne stand auf, ehe Rosemarie ihren Satz beenden konnte. Sie wollte eigentlich aufspringen, aber es war eher ein mühsames Hochrappeln. »Auf mich wartet keine Belohnung.«

Rosemarie sah sie verwirrt an, und Lynne wandte sich ab, rang um Fassung.

»Wie heißt du denn eigentlich, Kind?«

Aus den Augenwinkeln erkannte sie, dass Rosemarie ebenfalls aufstand und die Hand nach ihr ausstreckte. Schnell wich sie zurück.

»Lynne.«

»Wo sind deine Eltern, Lynne?«

»Ich brauche niemanden.«

»Oh, Darling, jeder braucht doch irgendjemanden. Was ist mit dem Vater des Kindes?«

»Weg.«

»Dann ist er ein Idiot.«

»Nein, es ist nicht seine Schuld, er …« Ein weiteres Schluchzen, oh Gott, was passierte mit ihr? Sie konnte doch nicht einfach diese arme fremde Frau vollheulen! »Es ist nicht seine Schuld.«

»Nun …« Rosemarie sah auf die Uhr und zuckte mit den Schultern. »Ich habe Zeit, die ganze Nacht, wenn es sein muss. Wieso machen wir nicht einen kleinen Spaziergang, und du

erzählst mir die ganze Geschichte und welche Namen du dir schon überlegt hast für deinen kleinen Schatz.«

Lynnes Kopf fuhr hoch, sie sah der Dame in die gütigen Augen und hatte das Gefühl zu ersticken. »Gar keine. Ich werde es nicht behalten.«

Rosemarie sah sie regungslos an, dann nickte sie langsam. »Das ist dein gutes Recht.«

»Ich kann es nicht behalten!«

»Ich glaube dir.«

»Es war mein *Fehler! Ich würde nicht nur mein Leben ruinieren, ich kann andere da nicht mit hineinziehen!«*

Unvermittelt veränderte sich Rosemaries Miene, und Strenge sah ihr entgegen. »Rede keinen Unsinn. Wenn du dieses Baby nicht willst, dann gib es fort, das wird das Beste sein. Aber wenn auch nur ein Funke in dir es behalten möchte, der glaubt, es lieben zu können, den du aber erstickst, um anderen einen Gefallen zu tun, dann hör mir jetzt mal gut zu …«

Kapitel 8

Sie hatten gewonnen!

Lynne spürte Tränen in ihren Augen, alles verschwamm. Der Lärm war beinahe unerträglich, aber auf eine berauschende Art und Weise. Ava hatte recht behalten. Mit geschlossenem Dach hallte der Jubel derart gewaltig, dass sie ihn bis in ihre Brust spürte. Aber sie wollte trotzdem nicht weg von hier, wollte keine Sekunde versäumen. Ihr Blick hing wie gebannt auf Reed, der triumphierend grinste, der giftgrüne Mundschutz über seinen Zähnen blitzte heraus, was sie selbst zum Lachen brachte. Sie wusste gar nicht, wieso, aber sie war so überglücklich, gerührt, tief getroffen … Er stand da inmitten dieses gewaltigen Stadions, ließ sich auf die Schulter klopfen, in Umarmungen ziehen, das Publikum verfiel wie auf ein geheimes Zeichen hin in lautstarken Gesang, um noch einmal die Hymne zum Besten zu geben. Es war wie ein Zauber.

Reed schüttelte genauso wie seine Mitspieler die Hände der Gegner, ging ihre Reihe entlang, tauschte ein paar Worte, und die Zuschauer waren kaum noch zu bändigen. Wie würde es erst bei der WM hier zugehen?

»Hier, trink.«

Lynne zuckte zusammen und fand nur schwer aus diesem traumgleichen Zustand in die Realität zurück. Wie benommen griff sie nach dem funkelnden Flachmann, den Ava ihr reichte, und nahm einen großen Schluck. Was auch immer es war, es glitt warm und sanft ihre Kehle hinunter, ließ Hitze zurück, und Lynne nahm gleich noch einen Schluck.

Wie aus weiter Ferne hörte sie Ava an ihrer Seite mit Mrs Griffin und Winnie den Sieg feiern, aber sie selbst brachte kein Wort heraus. Das grelle Licht, diese wahnsinnige Geräuschkulisse, Reed im Zentrum des Jubels … Sie war wieder der Teenager von einst, lag mit Reed auf der Wiese und träumte von genau dieser Zukunft. Er ein großer Star, der von allen gefeiert wurde, und sie winkte ihm von den Zuschauerplätzen aus zu.

Als könnte er ihre Gedanken lesen, sah er zu ihr her. Nicht zu seinen Gästen oder Fans, er sah nur sie an, und Stolz funkelte in seinen Augen. Lynne hob den Flachmann und nickte ihm zu, dabei strahlte sie über das ganze Gesicht. Er breitete die Arme aus und verneigte sich knapp, fast spöttisch, aber nicht ihr gegenüber. Es schien, als verspottete er damit alle, die früher an ihm gezweifelt hatten. Es war ein Moment, den sie aus vollem Herzen mit ihm genoss.

Die Spieler bewegten sich Richtung Tunnel, um in die Kabinen zu gehen, durchquerten ein Spalier applaudierender Iren, eine schöne Geste, wie sie fand. Nur Reed wurde von einem Journalisten aufgehalten. »Wie fühlt es sich an, zurück zu sein und hier zu gewinnen?« Seine Stimme klang durch die Lautsprecher und hallte durchs gesamte Stadion.

Reed strich sich über den Bart. Es war unglaublich, wie still es plötzlich war. »Es gibt nichts Besseres.« Er sprach über die Leistung der Mannschaft, über ihre Zuversicht für die kommende WM und seinen Umzug zurück nach Wales. Lynne konnte sich gar nicht auf die genauen Worte konzentrieren, so unglaublich war es für sie, dass er gerade interviewt wurde. Wenn seine Eltern das nur hätten erleben können, wenn sie seinen Weg nur begleitet hätten …

»Komm schon, Lynne, wir müssen los.« Ava zerrte an ihrem Arm und nahm ihr den Flachmann ab. Auch die anderen Zuschauer machten sich auf den Weg, es war ein unglaubliches Gedränge und Geschubse.

»Halt dich an uns fest, Winnie!« Lynne griff nach Winnies freier Hand, die andere hielt ihre Mutter, während Ava ihnen mit ausgefahrenen Ellbogen einen Weg bahnte. Immer wieder warf Lynne der Kleinen einen Blick zu, um sicherzugehen, dass sie nicht klaustrophobisch wurde, schlecht Luft bekam oder gestoßen wurde. Aber sie schien den Trubel gar nicht zu bemerken, sie grinste vor sich hin, und ihre Lippen bewegten sich zu den immer noch grölenden Fans. »Wales, Wales, Wales.«

Eine halbe Ewigkeit verging, bis sie es aus dem Tunnel in die Halle mit den Snacks geschafft hatten und sich die Menge etwas lichtete.

»Vielen Dank.« Mrs Griffin legte schützend einen Arm um Winnie und hielt sie ganz nah bei sich. »Ich glaube, ohne Sie beide hätten wir es hier nicht mehr hinausgeschafft.«

»Sie wollen doch noch nicht gehen?« Ava wies eine Treppe mit der Aufschrift »Zugang nur für Berechtigte« hinunter. »Rivers hat Sie eingeladen, er will Sie ganz bestimmt noch sehen.«

Lynne griff nach dem Flachmann und nahm einen ordentlichen Schluck. *Rivers hat Sie eingeladen, er will Sie ganz bestimmt noch sehen.* Oh, diese schreckliche Eifersucht!

Aber Mrs Griffin schüttelte den Kopf. »Das war ein aufregender Tag, Winnie muss ins Bett und ich zugegeben auch.«

Ava nickte verständnisvoll. »Aber Sie versprechen, in der Boutique vorbeizukommen!«

»Sie haben mein Wort.«

»Ich werde Mum daran erinnern«, ließ sich Winnie vernehmen und unterdrückte sichtlich ein Gähnen. Mit dem nachlassenden Trubel schien auch ihre Müdigkeit richtig durchzukommen.

Die beiden verabschiedeten sich, und Lynne wusste, sie sollte sich auch auf den Weg machen. Aber ihr graute davor, auf den überfüllten Parkplatz zu gehen. Auch hatte sie irgendwie keine Lust, allein durch die Nacht zu fahren, um dann allein in ihr Kissen zu schreien, so wie geplant. Sie war noch viel zu aufgekratzt dafür.

Ein beunruhigend verwegener Gedanke durchfuhr sie. Sie war noch nicht bereit zu gehen, weil sie Reed noch einmal sehen wollte. Schnell schüttelte sie den Kopf, um dieses Gefühl zu vertreiben, bevor es sich noch festsetzte. Sie sollte wirklich von hier verschwinden, egal wie beeindruckend, faszinierend und durch und durch atemberaubend Reed … ähm das Spiel … gewesen war. Was hatte Ava nur in diesen Flachmann gefüllt? Sie trank nicht besonders oft Alkohol, eigentlich nie, und kannte sich damit auch nicht aus – bei ihrer Klientel musste sie wirklich keine Weinkennerin sein.

Misstrauisch roch sie daran, konnte aber nicht sagen, was es war. Vielleicht sollte sie es einfach noch mal probieren …

»Lynne, na komm schon!«

Sie hatte gerade einen großen Schluck genommen, als Ava sie schon mit sich zerrte. Lynne hatte alle Mühe, ihr in den Riemchenschuhen hinterherzustolpern, aber zum Glück war die Treppe mit dem knallroten Geländer so gut wie verlassen. Sie liefen durch einen Korridor, wo sich Presseleute tummelten und zwei Iren gerade ein Interview gaben. Da waren rote Wände, rote Türen, alles verschwamm etwas vor Lynnes Augen, als Ava auch schon eine der Türen aufstieß und sie in einen unglaublich miefenden Raum zerrte. Es war eine Mischung aus Schweiß, Käsefüßen und intensivem Duschgel. Trotzdem brauchte Lynne einen Moment, um zu realisieren, dass sie sich in der Umkleidekabine der walisischen Nationalmannschaft befand. Oh mein Gott!

Überall standen halbnackte Männer herum, manche waren nur mit einem Handtuch bekleidet. Einer von ihnen nahm gerade einen bluttriefenden Verband von seinem Ohr, ein anderer hatte eine derart leuchtend blaue Wange, dass er fast wie ein Schlumpf aussah.

Zur einen Seite sah sie ein paar Spieler sitzen, vor ihnen Trinkflaschen, Verbandszeug, Stützbandagen fürs Knie …

Auf der anderen Seite führte eine Bankreihe in U-Form um die beiden Längsseiten und die Stirnseite des Raumes. Von früher wusste sie noch, dass dies die Plätze der fünfzehn aus der Startaufstellung waren. Und da sie nach Nummern sortiert waren, wusste sie auch genau, wohin sie sehen musste, um die Nummer 10 in diesem Wirrwarr zu finden.

Reed stand vor seinem Platz an der Stirnseite, in schwarzen Trainingshosen und mit nacktem Oberkörper, das Haar nass zurückgekämmt, ein Eisbeutel auf die blauen Verfärbungen an seiner Brust gedrückt.

Lynne starrte ihn an, konnte sich nicht mehr bewegen. Er war wirklich nicht mehr der schlaksige Junge von einst. Sie wusste gar nicht, wo sie hinsehen sollte. Seine Oberarme, die vermutlich denselben Durchmesser hatten wie ihre Schenkel, seine breite Brust, das Sixpack. Er war fast schon lächerlich heiß.

Sie bemerkte erst, dass ihr der Mund offen stand, als er sich etwas hinabbeugte, um ihren Blick einzufangen, ein schiefes Grinsen im Gesicht. Er zwinkerte ihr zu. Sie schnappte nach Luft und wandte sich abrupt ab, froh, dass in diesem Augenblick Gavin zu ihnen kam. Seine Nase war um die Narbe herum gerötet.

»Also wirklich, wann lernst du, besser auf dein hübsches Gesicht aufzupassen?« Ava packte ihn am T-Shirt und zog ihn zu sich, um ihn leidenschaftlich zu küssen.

Lynne sah nach oben zu den Deckenleuchten und den freiliegenden Rohren – die waren unverfänglich. Sie waren die einzigen Frauen in der Umkleidekabine, was machten sie überhaupt hier?

Vorsichtig tippte sie Ava auf die Schulter. »Dürfen wir überhaupt hier sein?«

Ava löste sich brummend von Gavin und sah sie an. »Wen kümmert's?« Sie winkte Mr Douglas zu, der anscheinend auch zum Trainerteam der Nationalmannschaft gehörte. Dieser blickte zwischen ihnen hin und her, wandte sich dann aber seinen Spielern zu. »Rivers, Quinn, Wayne, kommt mit. Pressekonferenz.«

Lynne sah zurück zu Reed, er nahm den Eisbeutel weg und zog sich unter deutlichen Schmerzen ein rotes Team-T-Shirt über. Am liebsten wäre sie zu ihm gelaufen, um ihn zu verarzten, so wie früher, um seinen Schmerz wegzuküssen. Oh Mann.

Reed folgte Gavin und dem anderen Spieler zur Tür, neben ihr blieb er aber stehen und umfasste ihren Unterarm. Er lehnte sich zu ihr hinunter, sein Duft hüllte sie ein wie eine Wolke, überlagerte den Gestank hier drinnen. Seine raue Stimme flüsterte in ihr Ohr. »Warte hier auf mich.« Er richtete sich auf, sah ihr kurz eindringlich in die Augen und verschwand.

Lynne ließ langsam die angehaltene Luft zwischen ihren Lippen entweichen, am liebsten hätte sie sich irgendwo hingesetzt.

»Wo ist eigentlich das Bier, das ich hierherbestellt habe?« Ava drehte sich im Kreis, die Hände in die Seiten gestemmt. »Wie sollen wir feiern, wenn wir auf dem Trockenen sitzen?«

»Du bist wie immer eine Wucht«, ließ sich einer der Spieler vernehmen, der gleich breit wie hoch schien. Mit einem Zwinkern fügte er hinzu: »Komm her, nutzen wir es aus, dass Gavin nicht da ist.«

»Ich ruf schon mal den Leichenwagen«, lachte ein anderer.

In diesem Moment ging die Tür hinter ihnen auf, aber es war weder ein eifersüchtiger Ehemann noch der Bestatter, sondern ein Mann mit drei Kisten Bier auf einem Stapelkarren.

»Ah, du kommst wie gerufen. Ich hoffe, du hast auch die Iren versorgt?«

»Ungern, aber ja.«

Die Spieler drängten sich um den Karren, hoben die Kisten auf den Boden und bedienten sich. Lynne stand in ihrer Mitte, und obwohl sie sich fehl am Platz fuhlen sollte, war sie im Moment mit dem zurückergatterten Flachmann ziemlich zufrieden. Es war alles besser, als mit der schrecklichen Schuhschachtel in ihrer leeren Wohnung zu sitzen. Vielleicht sollte sie sich eine Katze zulegen. Oder sich doch mal etwas über Wein beibringen lassen. Was hatte sie heute nur für merkwürdige Gedanken?

»Hey, Miss Padrig, oder?«

Lynne sah hoch, weit hoch, zu einem Muskelprotz, der bestimmt zwei Meter groß war, schwarze wilde Locken umrahmten sein Gesicht. »Sie sind doch die Lady von dieser Wunschagentur, oder?«

»Ähm … ja … hi. Lynne.«

»Hi, Lynne. Was machst du hier?« Er stieß mit seinem Bier gegen ihren Flachmann.

»Naja, also ich …

»Sie ist mit mir hier.«

Die raue Stimme fuhr ihr den Nacken hinunter und versetzte jeden ihrer Muskeln in Anspannung. Langsam drehte sie sich um und sah in Reeds leuchtend grüne Augen. »Das ging aber schnell«, war das Einzige, was sie herausbrachte.

»Lynne …« Ava stand neben ihr und sah mit hochgezogenen Augenbrauen zwischen ihr und Reed hin und her.

Schnell setzte Lynne den Flachmann an die Lippen, nur um festzustellen, dass er leer war. »Ups.« Sie gab ihn Ava mit entschuldigendem Blick zurück, konnte aber ein Kichern nicht unterdrücken.

Sie hörte Reed leise lachen, er ging an ihr vorbei, holte zwei Bier aus der Kiste, öffnete sie an der Tischkante und reichte ihr eins, seine Augen belustigt funkelnd. »Das haben wir uns verdient, meinst du nicht?«

Sie prosteten sich zu und tranken, ohne den Blick vom anderen zu nehmen. Irgendwie hatte Lynne ihre Selbstkontrolle am Spielfeld zurückgelassen.

»Was ist hier eigentlich los?« Ava legte einen Arm um sie und einen um Reed und zog sie zueinander, auch Gavin und der Spieler mit den schwarzen Locken gesellten sich zu ihnen, jeder ein Bier in der Hand. »Tauscht ihr alte Geschichten aus eurer Schulzeit aus?«

Reed sah Lynne aus verengten Augen an. »Das hast du ihr erzählt?«

Ava lehnte sich grinsend nach vorne. »Wieso hätte sie es mir denn nicht erzählen sollen?«

Lynne beobachtete die beiden interessiert, als hätte sie nichts mit dieser Unterhaltung zu tun, und nahm einen Schluck von ihrem Bier.

Zu ihrem Glück zog Gavin in diesem Moment Ava an sich und rief laut: »Weltmeisterschaft, wir kommen!« Er wirbelte sie herum, während die anderen debattierten, wo sie hingehen könnten, um noch weiter zu feiern. Reed und sie waren in dem Trubel wieder vergessen, und Lynne atmete auf. Aber nur kurz, denn Reed war immer noch gefährlich nah. Ohne sie aus den Augen zu lassen, lehnte er sich mit einer Schulter gegen die Wand. Er musterte sie, von oben bis unten. Auf Höhe ihres Teeflecks blieb sein Blick hängen.

»Jetzt erzähl. Was hast du mit Hugh Adams angestellt?«

Sie sah ihn überrascht an. »Du hast davon gehört?«

»So gut wie jeder hat davon gehört. Gavin hat es mir erzählt – seine Frau war ja live dabei. Es dürfte einen ziemlichen Aufruhr gegeben haben.«

Sie kicherte wieder. »Das ist untertrieben.« Sie dachte daran, wie sie den Mann manipuliert und zu einem ziemlichen Batzen Geld gezwungen hatte. Vermutlich sollte sie sich schlecht fühlen, aber andererseits hatte er es auch verdient. Er beutete Kinder in fernen Ländern aus, um seine Artikel billig herstellen zu können und selbst den größten Profit einzufahren. Dagegen konnte sie nichts unternehmen, aber sie konnte dafür sorgen, dass zumindest ein Teil dieses Geldes für etwas Gutes verwendet wurde.

»So sehr hast du dich doch nicht verändert.«

Sie sah auf und konnte nichts gegen das Kribbeln in ihrem Bauch tun. Er sah sie mit demselben Blick an wie neulich in der Agentur – als wäre sie etwas Besonderes. Als wäre er genauso beeindruckt von ihrem heutigen Ich wie sie von seinem.

»Du kämpfst immer noch mit allen Mitteln für das, woran du glaubst. Nicht ganz fair, aber für einen guten Zweck.«

Sie senkte den Blick, lehnte sich neben ihm gegen die Wand. »Ich *habe* mich verändert. Du dich auch.«

Aus den Augenwinkeln sah sie, wie er die Schultern zuckte. »Vermutlich.« Er ließ seinen Blick auf ihr ruhen, etwas so Intensives ging von ihm aus, sie konnte dem kaum standhalten.

Sie starrte auf ihre Schuhe und knetete ihre Hände. »Das mit Hugh Adams war ich nicht alleine. Eigentlich hat Winnie Griffin ihn überzeugt. Sie ist schon erstaunlich.«

Reed lachte leise, die anderen verfielen in einen Siegessong, aber Lynne bemerkte sie kaum, da war nur Reeds alles einnehmende Präsenz. »Ja, die Kleine ist schon eine Wucht.«

»Du trainierst häufiger mit ihr?«

»Sie ist gut. Sie verdient, gefördert zu werden.«

»Und du hast sie hierher eingeladen.«

»Yep.«

Sie verbiss sich die Frage nach dem Wieso und ignorierte die Angst, dass er Interesse an Mrs Griffin haben könnte. Stattdessen konzentrierte nun sie sich auf den Teefleck auf ihren Jeans.

»Und gehst du mit?« Reed deutete mit dem Kinn zu den anderen. »Noch ein wenig feiern?« Hoffnung klang aus seiner Stimme, was sie zutiefst verwirrte.

Sie schüttelte den Kopf. »Ich glaube, das wäre keine gute Idee.«

»Du hast mir ein Date versprochen.«

»Versprochen?« Ein Lachen entfuhr ihr beim Gedanken an seine Erpressung. »Ich glaube, ich muss ins Bett, irgendwie dreht sich alles. Aber ich hoffe, du weißt ... du weißt, wie unglaublich stolz ich auf dich bin!« Sie stellte sich auf die Zehenspitzen, legte ihm sanft die Hand auf die Brust, wo er verletzt war, und küsste ihn auf den Mundwinkel. Für diese Sekunde kam es ihr wie das Natürlichste der Welt vor, fast wie ein Reflex. Aber im nächsten Moment kroch Panik in ihr hoch. Sie fuhr zurück. Auch Reed sah mehr als schockiert aus, sie wollte gar nicht wissen, was er zu ihrem verrückten Verhalten sagte. Mit einem Keuchen stellte sie ihr Bier ab, drehte um und stürmte aus der Kabine in den ruhiger gewordenen Korridor. Es war dumm von ihr gewesen, nicht gleich nach Hause zu fahren.

Sie eilte durch den Gang und suchte nach einem Fluchtweg. Wieso war hier drinnen nichts beschildert? Wieso schwankten ihre Beine so? Dieser bescheuerte Flachmann!

Die Aufschrift »Exit« huschte an ihr vorbei, und sie legte eine Vollbremsung hin, die fernsehwürdig war. Sie griff zur Seite, schob die Tür auf und fand sich in einem verlassenen Treppenhaus wieder. Wo zum Teufel war sie? Sie erwartete, die Tür hinter sich zufallen zu hören, aber stattdessen schlug sie so gewaltig auf, dass sie gegen die Wand knallte.

»Verdammt, Lynne! Hör auf, immer wegzurennen!« Eine Hand schloss sich um ihre Schulter, wirbelte sie herum.

Im nächsten Moment hatte sie einen starken Griff im Nacken, und als sie ihn aus weit aufgerissenen Augen ansah, war es schon zu spät, um irgendetwas zu unternehmen oder zu denken. Ehe sie sichs versah, zog er sie schon an sich, seine Lippen lagen plötzlich auf ihren, und jeder halbwegs vernünftige Gedanke flatterte davon wie Konfetti. Sie hob die Hände in einer abwehrenden Reaktion, aber stattdessen hielt sie sich an seinen breiten Schultern fest, klammerte sich beinahe verzweifelt an ihn. Seine Zunge berührte die ihre, ein leises Stöhnen entkam Lynne, und sie erwiderte den Kuss plötzlich mit derselben Leidenschaft wie er. Seine starken Arme umfingen sie, seine Hände glitten hinab zu ihrem Po, und er presste sie an sich. Und dann war es vorbei. Reed schob sie von sich, richtete sich auf, seine Augen wirkten dunkel, fremd. »Diesmal läufst du mir nicht davon, Lynne Padrig.«

»Wie viele verpasste Anrufe hast du?« Reed sah zu, wie Lynne ihr Handy in den Rucksack fallen ließ und fast schon schuldig zu ihm aufsah.

»Ein paar – von meinen Eltern und von deinen. Und du?«

Reed zuckte mit den Schultern, nahm Lynnes Hand und zog sie durch den Haupteingang des Bahnhofs. Er hatte gar nicht nachgesehen, wie viele Anrufe in Abwesenheit er hatte, sein Handy war seit seinem Davonlaufen gestern ausgeschaltet. Er wollte nichts mehr von seiner Familie wissen, und Nachrichten auf der Mailbox würden die Sache nicht besser machen. Seine Mutter hatte vermutlich geheult und ihm Vorwürfe gemacht, dass er sie noch ins Grab bringen würde, sein Vater geschrien und gedroht und seine Schwester … Alis hatte vermutlich gefleht. Einst war er ihr nahegestanden, mehr noch, sie waren unzertrennlich gewesen, aber es war kaum auszuhalten gewesen, ihr in die Augen zu sehen und darin nur Schuldgefühle zu lesen. Sie konnte ja nichts dafür, dass Mum und Dad ihn nicht ausstehen konnten und sie abgöttisch liebten, dass sie nie ein zweites Kind hatten haben wollen, sie konnte nichts dafür, dass er ein Schreibaby gewesen war und alle überfordert hatte. Es war nicht ihre Schuld, dass seine ersten Erinnerungen aus »Lass Alis in Ruhe, setz dich in die Ecke, hör endlich auf, das gehört Alis, sei verdammt noch mal still« bestanden. Gekrönt von dem Moment, in dem sein Vater »hättest du nur abgetrieben« geknurrt hatte. Er hielt Alis' Tränen nicht aus, wenn er wieder in eine Prügelei geraten war und sein Vater damit drohte, ihn ins Heim zu stecken. Er ertrug es nicht, dass sie absichtlich etwas anstellte, um auch mal Ziel des elterlichen Zorns zu sein, um ihm einen Gefallen zu tun, nur um am Ende zu hören, dass sie sich nur durch seinen teuflischen Einfluss so verhielt. Er brauchte sie alle nicht, und Alis' Leben würde jetzt ohne ihn viel besser werden, sie waren nur noch drei in der Familie, so wie seine Eltern es immer gewollt hatten. Sie konnte sich endlich von Mum und Dad lieben lassen, ohne sich dabei schuldig zu fühlen.

Er hatte Lynne. Seine Finger verstärkten den Griff um ihre, eine seltsame Angst kam in ihm hoch, dass er sie verlieren könnte, wenn er sie nicht fest genug hielt. Nie im Leben würde er sie wieder loslassen, sie gehörten zusammen, jetzt noch mehr, nach dem, was sie letzte Nacht geteilt hatten. Er wusste, dass er ihr wehgetan hatte, er hatte gespürt, wie sie zusammenzuckte, obwohl er sich so darauf konzentriert hatte, sanft zu sein. Aber er war nun mal er, und sein Körper gehorchte ihm nicht immer. Er hoffte einfach nur, dass es für sie auch schön gewesen war. Die ganze Nacht hatte sie in seinen Armen gelegen, und Reed konnte sich nicht erinnern, je so viel Liebe für jemanden empfunden zu haben, je ein so starkes Bedürfnis gekannt zu haben, jemand anderen zu beschützen. Die volle Verantwortung hatte ihn hart getroffen, er wusste, dass sie sich auf ihn verließ, aber er würde alles tun, um ihr zu bieten, was sie verdiente.

»Der Zug nach London geht in einer Stunde.« Lynne zeigte auf die Anzeigetafel und presste mit dem freien Arm den Rucksack fester an ihren Körper. »Wollen wir vorher etwas essen?«

Reed rechnete schnell durch, was ein Frühstück kosten würde und wie viele solcher Mahlzeiten sie sich noch leisten konnten, bevor ihnen das Geld ausging, und deutete schließlich zu einem Fast-Food-Restaurant. »Was immer die zukünftige Mrs Rivers wünscht.«

Er war von Vorfreude und Aufregung erfüllt. Gestern war ihm genau wie Lynne auch noch mulmig zumute gewesen beim Gedanken an die Fremde und Ungewissheit, an seine Verantwortung ihr gegenüber. Doch allein wenn er an die gestrige Nacht dachte und daran, sie immer wieder zu wiederholen, konnte er sich kaum noch davon abhalten, sie in seine Arme zu ziehen und zu küssen. Jetzt konnte er endlich sein eigenes Leben gestalten, frei sein, mit Lynne zusammen etwas aufbauen, sie immer und immer wieder lieben …

»Oh mein Gott.« Lynne blieb stehen, sie war vorhin schon blass gewesen, aber jetzt wurde sie aschfahl. Ihr Blick war starr geradeaus gerichtet, und als Reed in dieselbe Richtung sah, spürte er, wie auch ihm die Farbe aus dem Gesicht wich.

Die Padrigs standen neben einem Ticketautomaten und sahen zu ihnen her. Evelyn Padrig in zerknitterten Jeans, Top und Sneakers, das braune Haar zu einem zerzausten Knoten geflochten und Gerald in Trainingshosen und Sweatshirt. Es waren nur zwei Stunden von Manorbier nach Cardiff, aber sie sahen aus, als hätten sie die ganze Nacht gesucht oder hier gewartet. Wie waren sie auf die Idee gekommen, ausgerechnet am Cardiffer Bahnhof nachzusehen?

Reed sah auf Lynne hinab, und ein schrecklicher Verdacht kam in ihm auf. »Hast du sie angerufen?« Seine Stimme klang fremd, und er spürte, wie sich seine Hand um die ihre automatisch lockerte.

Lynne sah aus großen Augen zu ihm hoch. »Nein!«

»Wie konnten sie uns dann finden?«

»Ich weiß es nicht!«

»Komm, wir verschwinden von hier.« Er umschloss mit seiner freien Hand ihren Arm und zog sie in die entgegengesetzte Richtung davon. Aus den Augenwinkeln bemerkte er, wie die Padrigs sich alarmiert in Bewegung setzten. Aber sie würden nicht schnell genug sein.

»Reed, warte!« Lynne stemmte sich gegen seinen Griff, aber sie hatte keine Chance. »Bleib stehen, wir können doch mit ihnen reden.«

»Was soll es zu reden geben?«

»Reed! Das sind meine Eltern! Jetzt warte doch.« Sie versuchte sich erneut zu befreien, ein paar Leute fingen an, ihnen Blicke zuzuwerfen, aber Reed war das egal. Sie waren so weit gekommen, sie würden den Rest auch noch schaffen. Sie waren verlobt, sie hatten die Nacht miteinander verbracht, sie hatte gesagt, dass sie mit ihm ging. Sie mussten nur in den Zug einsteigen, dann würde alles gut werden.

Aber im nächsten Moment stand Gerald Padrig vor ihm, und Evelyn erreichte sie ebenfalls außer Atem.

»Reed, lass sie los.« Geralds Stimme klang wie eine Drohung, er war fast einen Kopf kleiner als Reed und wirkte in seinem Trainingsanzug nicht gerade gefährlich, aber in seinen Augen lag die Entschlossenheit eines Vaters. Nur war die nichts gegen seine eigene Entschlossenheit.

»Gehen Sie uns aus dem Weg.«

»Es ist vorbei.«

»Das werden wir ja sehen.« Er zog Lynne um die beiden

herum, aber sie riss sich so unerwartet von ihm los, dass er den Halt verlor.

»Hör auf!« Sie sah ihn an, und Tränen funkelten in ihren Augen, was ihm einen Stich versetzte. »Lass uns mit ihnen reden, sie können uns vielleicht helfen.«

»Helfen?!« Er sah zwischen den Padrigs und ihr hin und her, sein Herz beschleunigte seinen Schlag, begann zu rasen. Alle schienen ihn anzusehen, der Raum wurde kleiner …

»Reed, beruhige dich, sag uns doch erst mal, was du vorhast.« Evelyn machte einen Schritt auf ihn zu, aber Reed wich zurück. Ein Fehler, denn Gerald nutzte seine Unbedachtsamkeit aus und stellte sich sofort an Lynnes Seite, schob sie von ihm weg.

»Wir wissen, dass du es nicht leicht hast zu Hause«, fuhr Evelyn fort, und fast hätte er gelacht. Nicht leicht? »Aber das ist doch kein Grund, einfach so fortzulaufen. Deine Eltern sind ganz krank vor Sorge.«

»Ganz bestimmt.«

»Und Lynne.« Evelyn wandte sich an ihre Tochter. »Wieso bist du denn nicht zu uns gekommen? Was hast du dir nur dabei gedacht, einfach so in den Zug zu steigen und …«

»Wie habt ihr uns denn überhaupt gefunden?« Lynne sah zu ihm auf, als wollte sie sichergehen, dass er die Frage hörte und sie nicht länger verdächtigte.

Gerald zuckte mit den Schultern. »Reeds Eltern und wir sind seinen Computer durchgegangen, wir haben die Online-Ticketbuchung gefunden und wussten, dass ihr von Cardiff aus weiterfahren wolltet. Also haben wir hier gewartet.«

Ein leiser Fluch entfuhr ihm, er wollte irgendwo dagegentreten. Wie hatte er so dämlich sein können, seinen Browser-Verlauf nicht zu löschen?

Lynne schüttelte den Kopf, ging zwei Schritte von ihren Eltern weg, in seine Richtung, wo sie hingehörte. Sein Herz beruhigte sich wieder etwas. »Ihr versteht das nicht.« Ihre Stimme klang gepresst, als müsste sie gegen Tränen kämpfen. »Reed kann nicht zu Hause bleiben, es geht einfach nicht, und er kann doch nicht einfach ganz allein …«

»Aber warum kann er nicht zu Hause bleiben?« Evelyn ging an ihrer Tochter vorbei und kam auf ihn zu, Mitleid in ihren Augen, was er hasste. »Erzähl uns doch, was los ist, Reed. Ja, deine Eltern sind oft streng, aber du machst es ihnen ja auch wirklich nicht leicht. Wenn ihr euch zusammensetzen würdet, euch alle Mühe gebt und …«

Ein verächtliches Schnauben entfuhr ihm. »Ja, meine armen Eltern, gestraft mit ihrem schwererziehbaren Kind, wer kann's ihnen auch verdenken.« Er war versucht, den Padrigs auf die Nase zu binden, dass es nicht um gewöhnliche Strenge ging, sondern um jede Sekunde seines Lebens, in denen er Dreck gewesen war, um die Nächte, in denen er darauf gewartet hatte, seinen Vater ins Zimmer poltern zu hören, weil er vergessen hatte, das Fahrrad wegzusperren. Nein, Dad war nicht handgreiflich geworden, aber manchmal hatte Reed sich gewünscht, er hätte ihn nicht nur das eine Mal geschlagen. Das wäre vielleicht leichter auszuhalten gewesen, als zu hören, wie der eigene Vater seine Existenz fortwünschte. Mit körperlicher Gewalt konnte er umgehen, er hielt Schmerzen aus, steckte sie auf dem Rugbyfeld und in seinen Prügeleien zur Genüge ein. Aber alles andere …

Nur ging die Wahrheit niemanden etwas an. Lynne kannte sie, und das war genug. Er wollte nicht bemitleidet werden, wollte kein Schwächling sein. Er wollte einfach nur neu anfangen, sein Leben selbst in die Hand nehmen.

»Mum, Dad, bitte, ihr versteht das nicht. Joan und Seth behandeln Reed wie einen …«

»Sei still.« Er sah Lynne an, und er wusste nicht, was sie in seinen Augen sah, aber sie verstummte sofort.

»Reed, wenn es etwas gibt, das wir nicht wissen, das dich glauben lässt, zu Hause nicht mehr bleiben zu können, dann komm mit uns. Wir fahren gemeinsam zum Jugendamt, wir finden eine Lösung für dich.« Gerald stellte sich zwischen ihn und Lynne. »Aber was du jetzt vorhast, ist keine Lösung! Du führst nicht nur dich selbst ins Unglück, sondern auch Lynne. Das kannst du doch nicht wollen! Ich weiß, wir waren nicht immer unterstützend, wenn es um eure Beziehung ging …«

Ein erneutes Schnauben entfuhr ihm. Nicht unterstützend! Eine Zeitlang hatten die beiden Lynne sogar verboten, auf die Farm zu kommen, aber sie hatten schnell bemerkt, dass sie sich nicht trennen ließen. Vermutlich sollte er die Vorbehalte der Padrigs verstehen. Ein Junge, der regelmäßig Ärger machte, war nichts für ihre sanftmütige Tochter – auch wenn Lynne es in Wirklichkeit faustdick hinter den Ohren hatte, schließlich hatte sie kein Problem damit, ihren Bruder in den Misthaufen zu stoßen oder Seth Rivers höchstpersönlich anzuschreien. Aber das würden sie wohl nur wieder auf seinen Einfluss zurückführen.

»Ich weiß, dass du unsere Lynne liebst.« Gerald hob besänftigend die Hand. »Daran habe ich nie gezweifelt. Ich war mir nicht sicher, ob du der Richtige für sie bist, aber dass du sie liebst, das weiß ich. Daher kannst du nicht wollen, dass sie einfach so mir nichts dir nichts ihr ganzes Leben aufgibt und ihre Zukunft aufs Spiel setzt.«

»Sie hat an meiner Seite eine Zukunft, dafür werde ich sorgen.«

»Wie willst du denn überhaupt für dich selbst sorgen?«

»Das habe ich mein ganzes Leben lang getan. Für Lynne werde ich es genauso tun, wir sind verlobt.«

Schockierte Gesichter sahen ihn an, was nicht weiter überraschend war. Was ihn aber traf, war, dass Lynne dazugehörte. Als wüsste sie nichts von dieser Tatsache, starrte sie ihn entsetzt an. Also ging er zu ihr hin, hob ihre Hand mit dem Ring und wiederholte: »Wir sind verlobt.« Diesmal waren die Worte nur für sie bestimmt, er sah ihr in die Augen, aber er las nur Verzweiflung, Verwirrung, Angst …

»Reed …« Ihr Tonfall sagte alles, und er wollte es nicht hören. Abrupt wandte er sich ab, stützte seine Hände gegen die Wand und presste dagegen, um irgendwie den gewaltigen Druck in seinem Inneren loszuwerden.

»Vielleicht haben Mum und Dad recht. Vielleicht haben wir das alles überstürzt und …«

Er drückte seine Handflächen noch stärker gegen die Mauer, als könnte er sie zum Einsturz bringen, so wie Lynne alles zusammenbrechen ließ.

»… wenn wir uns helfen lassen, uns ihnen anvertrauen, dann können wir vielleicht in Manorbier bleiben, dann finden wir eine Lösung mit deinen Eltern …«

»Nein.« Er presste die Augen zu, ließ den Kopf zwischen seinen Armen hängen, kämpfte um jeden Atemzug.

»Ihr seid doch noch Kinder«, drang Evelyns sanfte Stimme über das Rauschen des Blutes in seinen Ohren, Worte, die ihn rasend machten.

»Ich war nie ein Kind.«

»Und Lynne darf deswegen auch keines mehr sein?«

Er fuhr zu ihr herum, glaubte zu explodieren, und sie taumelte einen Schritt zurück, während Gerald nach vorn trat.

»Es reicht jetzt, Junge! Wir lassen Lynne nicht gehen, sie ist minderjährig, und so leid es mir tut, wenn du dich weiterhin so verhältst, bleibt mir nichts anderes übrig, als die Polizei zu rufen.«

»Dad!« Lynne packte den Arm ihres Vaters. »Hör auf, er macht doch gar nichts!«

»Noch nicht.«

Reed lachte. Es war ein Lachen, das nicht böser hätte klingen können.

Lynne schoss ihm einen Blick zu. »Reed, bitte. Wir müssen uns jetzt einfach alle beruhigen und nachdenken und …«

»Ich muss über nichts nachdenken!« Er ging auf Lynne zu, zog sie von ihren Eltern fort, und obwohl diese in deutliche Anspannung verfielen, ließen sie zu, dass er Lynne zur Seite führte. Er senkte seine Stimme, legte seine Hände auf ihre Schultern. »Ich weiß, du hast Angst, aber das musst du nicht! Wir sind verlobt, ich habe das alles ernst gemeint, wir haben …« Er warf ihren Eltern einen Blick zu, dann beugte er sich noch ein wenig mehr zu ihr hinunter und flüsterte. »Letzte Nacht, das hat etwas bedeutet, das kannst du nicht abstreiten. In Manorbier überlebe ich nicht. Das Jugendamt ist keine Lösung, sie stecken mich doch nur ins Heim. Ich kann nirgends anders hin als nach London, mit dir …«

»Reed …« Sie legte ihre Hand auf seine Brust, die Tränen befreiten sich. »Ich wollte dir nie wehtun und …«

»Du tust mir jetzt weh.«

Sie riss die Augen auf, starrte ihn an und erbebte unter einem zurückgehaltenen Schluchzen. »Was soll ich tun?« Nur ein Flüstern. »Sie lassen mich doch nicht gehen, sie rufen die Polizei, ich kann nicht …«

»Du wolltest nie mitkommen.«

»Was? Natürlich …«

»Du hast dich verpflichtet gefühlt, aber du wolltest es nie.«

»Reed …«

Er schüttelte den Kopf, ließ seine Hände sinken. »Du glaubst, du tust das Richtige, das Vernünftige, aber das hier wirst du auf ewig bereuen. Du wirst dich immer daran erinnern, immer wissen, was du gehabt und weggeworfen hast, dein ganzes Leben lang.«

»Komm mit mir. Komm zurück nach Hause.«

»Nein!«

»Aber du kannst doch nicht ganz allein …«

Er machte einen Schritt von ihr zurück und hatte das Gefühl, nur noch Dunkelheit vor sich zu sehen. Er dachte an London, was ihn dort erwartete, wie er überleben sollte ohne sie, wie er durch die Straßen schlendern würde auf der Suche nach einem Sinn, den er doch nie finden würde. Ohne sie machte nichts mehr einen Sinn. Aber die Padrigs und sie hatten recht: Er war machtlos, er konnte nichts unternehmen, um diese farbenfrohen Bilder der Zukunft, die er gesehen hatte, Wirklichkeit werden zu lassen. Also blieb ihm nur noch zu gehen, denn betteln würde er nicht.

»Leb wohl, Lynnie.« Er sah die Padrigs nicht mehr an, nur noch Lynne für einen letzten Moment, ihre Bernsteinaugen, die mit den funkelnden Tränen darin wie Gold aussahen, dann drehte er sich wortlos um. Einen Schritt vor den anderen setzend lief er langsam durch die Menschenmassen auf die Bahngleise zu, stumm flehend, eine Berührung an seinem Arm zu spüren, Lynne, die ihn aufhielt, die ihm sagte, dass sie doch mit ihm kam. Aber es geschah nichts. Sie ließ ihn gehen.

Kapitel 9

Jen konnte sich nicht erinnern, wann sie sich zum letzten Mal so gut gefühlt hatte. Es war Montagmorgen, und schon jetzt waren die Cafés am Mermaid Quay brechend voll. Touristen lehnten sich weit über die Relings und schossen Bilder von den Schiffen im Hafen der Cardiff Bay, winkten von Ausflugsbooten oder drängten sich auf Parkbänken und aßen Fish and Chips oder Welsh Cakes. Der Geruch von gebratenem Fisch und Meeresfrüchten vermischt mit dem des Seewassers, das an der Kaimauer leckte, war für Jen der Duft von Sommer. Auch wusste sie, dass Winnie ein mindestens genauso großer Fan der Bucht war, und sie war froh, dass sie Mrs Quinn in ihrer Filiale am Meerjungfrauen-Kai und nicht im großen Einkaufszentrum in der Stadt traf. So hatte sie eine Ausrede, diesen wunderbaren Ort zu besuchen.

Das letzte Mal war sie mit Jack hier gewesen – vor einer Ewigkeit also, obwohl das Stadtzentrum gar nicht so weit entfernt lag. Aber da sie kein Auto besaß und öffentliche Verkehrsmittel sie wegen der vielen Menschen mit Winnie nervös machten, war das Krankenhaus die größte Entfernung, die sie regelmäßig zurücklegte. Irgendwie hatte sie auch immer Angst, in den falschen Bus oder Zug zu steigen und eine Unendlichkeit entfernt rauszukommen. Doch jetzt war sie froh, sich überwunden zu haben und die Kulisse in sich aufsaugen zu können.

Die Bucht war eigentlich ein Süßwassersee, gespeist durch zwei Flüsse, die hier mündeten. Das Meer glitzerte aber gleich hinter dem Staudamm, der die Cardiff Bay weiter vorne einschloss. Nur wenn Schiffe ein- und ausfuhren, öffnete sich der Damm stellenweise. So hatte die Bucht durch die Barriere ganztägig genug Wasser und war nicht mehr an die Gezeiten gebunden.

Zwei Straßenmusiker, der eine mit einer Gitarre, der andere mit einer Ukulele, lehnten gegen das Geländer zum See und mischten sich mit ihrer sommerlichen Musik in die Geräuschkulisse von gluckerndem Wasser, kreischenden Möwen und dem Summen unzähliger Gespräche.

»Mum, hast du Geld dabei? Können wir ihnen etwas hinlegen?«

Jen lächelte, ließ die Sporttasche von ihrer linken Schulter gleiten, nahm die Handtasche von ihrer rechten und zog ein paar Münzen aus ihrer Geldbörse. Winnie strahlte und warf das Geld in den Gitarrenkoffer, was die beiden Musiker ihr mit einem breiten Grinsen dankten.

»Los jetzt, Schätzchen, sonst komme ich noch zu spät.« Jen schloss ihre Hand fester um Winnies und genoss es, diesen Moment mit dem kleinen Wunder zu verbringen, das Jack und sie geschaffen hatten. Seit dem Spiel am Wochenende war sie so energiegeladen und aufgedreht – sie wirkte vollkommen gesund.

Das hatten sie auch Reed Rivers zu verdanken. Nicht nur hatte er ihnen die Tickets besorgt, er war auch zu Winnie gekommen und hatte mit ihr geplaudert. Und dann im Spiel, als er in blitzschnellen Haken um die gegnerischen Verteidiger herumgelaufen war und den Ball schließlich im Malfeld abgelegt hatte, war er riesengroß auf der Leinwand zu sehen gewesen, wie er auf Winnie zeigte, als wären die fünf Punkte nur für sie. Auch beim darauffolgenden Kick zur Punkteerhöhung hatte er zu ihr hergesehen, und Jen hatte die Leute um sie herum tuscheln gehört. Viele von ihnen waren Familienmitglieder von Spielern gewesen, und keiner außer Miss Padrig und Mrs Quinn hatte gewusst, was es mit Winnies und Reeds Beziehung auf sich hatte. Ein wenig hatte sie es sogar genossen, in den Mittelpunkt der Spekulationen zu geraten, es war eine aufregende Abwechslung zu ihrem Alltag gewesen.

Grinsend überquerten sie die Straße und bogen in die Gasse mit den Einkaufsläden ein, in der es ebenfalls schwer voranzukommen war. Männer und Frauen kamen ihr mit großen Einkaufstüten entgegen, blieben vor Schaufenstern stehen, stöberten durch die vor den Läden aufgestellten Souvenirständer und Tische. Sie waren sommerlich angezogen, mit bunten Hüten, Caps und offenen Schuhen. Sie wirkten ausgelassen, kaum einer schenkte dem Mädchen mit dem merkwürdigen Rucksack und der Nasenbrille Aufmerksamkeit. Eine willkommene Atempause. Im Zentrum schienen ihr die Menschen gestresster, und ein Kind, das anders war, schien dort mehr Aufsehen zu erregen. Da wurde hinterhergesehen, getuschelt und mitleidig geseufzt. Selten kam ihr jemand bösartig vor, aber manchmal war Mitleid genauso schlimm. Jen beschloss, mit Winnie öfter hierherzukommen, schließlich war die Herfahrt überhaupt nicht schlimm gewesen. Zuerst galt es aber, diesen Vormittag zu überstehen.

Ava's Paradise war schon von Weitem zu erkennen mit der goldenen verschnörkelten Schrift über der Tür, den mit weißem Licht beleuchteten Schaufenstern und der Musik, die auf den Gehweg drang. Es war wie ein Tor in den Himmel, das zugleich beeindruckend schön, aber auch einschüchternd wirkte.

Jen blieb stehen und atmete tief durch. Sie starrte auf die Boutique, und von einem Moment zum anderen waren das sommerliche Hochgefühl und die Gelassenheit wie weggeblasen. Plötzlich hatte sie wieder das Gefühl, dass sie nicht gut genug vorbereitet war. Dieses Treffen war eine so große Chance, ein Traum, der in Erfüllung gehen könnte.

»Mum? Ist alles okay?«

Jen zuckte zusammen und sah auf Winnie hinab, ein schlechtes Gewissen überkam sie, da sie sich ihre Nervosität hatte anmerken lassen. »Mir ist nur heiß.« Sie zupfte ihr selbstgenähtes Sommerkleid mit den Schmucksteinchen am Ausschnitt und dem Gürtel an der Taille zurecht und straffte die Schultern. »Also los.«

Winnie drückte die Tüte mit den Entwürfen fest an ihre Brust, als wäre es ein heiliger Schatz, und ging mindestens genauso entschlossen neben ihr her. Die ganze Zugfahrt über hatte sie aufgeregt geplappert und sich schon darauf gefreut, ihren Mitschülern zu sagen, dass ihre Mutter eine berühmte Modedesignerin war. Das nervöse Flattern in Jens Bauch verschlimmerte sich.

»Wow.« Winnie sah sich mit großen Augen in der schillernden Boutique um, und Jen war mindestens genauso beeindruckt. Ein walisischer Song, dessen Text sie nicht verstand, der aber fröhliche Laute verbreitete, drang aus den Lautsprechern. Die Kleidungsstücke waren wunderschön präsentiert, in jeder Ecke gab es einen anderen Designer zu entdecken. Manche Schaupuppen posierten mitten in einem Blumenbeet, um die Kleiderständer rankten sich rote Rosen.

Jen bezweifelte, dass sie echt waren, trotzdem glaubte sie, den Duft in der Nase zu spüren.

»Kann ich Ihnen helfen?« Eine Verkäuferin trat mit einem strahlenden weißen Lächeln an sie heran. Ihr platinblondes Haar in keckem Kurzhaarschnitt stand zu allen Seiten vom Kopf ab, und das elegante Kostüm und die Pumps stellten einen aufregenden Kontrast dazu dar. Oh Gott, Jen juckte es jetzt schon in den Fingern. Sie konnte sich sofort vorstellen, was dieser Frau noch so alles stehen würde. Sie wäre ein perfektes Model!

»Miss?«

Jen schüttelte den Kopf, räusperte sich und versuchte, ihr träumerisches Lächeln unter Kontrolle zu bringen – dieser Laden war wirklich ein Paradies, kein Wunder, dass er *Ava's Paradise* hieß.

»Entschuldigen Sie, ich bin mit Ava Quinn verabredet. Ich bin Jennifer Griffin, und das ist meine Tochter Winnifred.«

Neben ihr schnappte Winnie empört nach Luft und wollte protestieren, aber Jen stieß sie leicht an und hörte sie nur leise grummeln.

»Ah, Mrs Griffin, bitte, kommen Sie mit, Mrs Quinn erwartet Sie bereits. Kann ich Ihnen etwas abnehmen?« Die Verkäuferin betrachtete die Sporttasche skeptisch, aber Jen schüttelte den Kopf – diese elegante Erscheinung durfte ihre schäbige Tasche ganz einfach nicht tragen. Sie folgte der Dame durch den riesigen Verkaufsraum nach hinten zu den ebenfalls mit weißem Licht bestrahlten Umkleidekabinen. Sie liefen an blitzblanken Spiegelreihen vorbei und gelangten schließlich durch eine angrenzende Tür in einen quadratischen, fensterlosen Raum. Stehlampen verbreiteten sanftes

Licht, und gemütliche Polstermöbel waren um kleine Tischchen herum angeordnet.

Die Verkäuferin wollte gerade bei der nächsten Tür anklopfen, als diese aufschwang und Ava Quinn mit wallender blonder Mähne und strahlenden Katzenaugen herauskam. Weiße Shorts, die ihre ewig langen, gebräunten Beine betonten, und ein Netz-T-Shirt ließen sie viel zu sexy aussehen für eine so erfolgreiche Geschäftsfrau.

»Mrs Griffin, wie schön, dass Sie es einrichten konnten!« Sie fächerte sich mit der Hand Luft zu. »Ist es nicht schrecklich heiß? Tamara, sei so gut, bring uns etwas Kühles zu trinken. Und Winnie, es ist eine Freude, dich wiederzusehen.«

»Guten Tag, Mrs Quinn. Ich habe Mamas Entwürfe dabei.«

Jen räusperte sich und deutete auf ihre Tochter. »Ich hoffe, es ist okay, dass ich sie mitgenommen habe.«

»Oh, ich wäre enttäuscht gewesen, sie nicht zu sehen.« Mrs Quinn legte Winnie die Hand auf die Schulter. »Du bist, wie es scheint, die größte Inspiration für deine Mutter. Lass mich raten – dein Outfit hat sie genäht.«

Winnie sah auf ihren Rock und das Häkeltop hinab und nickte strahlend. Sie zupfte ihren Rucksack zurecht und reichte Mrs Quinn die Entwürfe. »Und hier drinnen ist noch viel mehr.«

»Dann lasst uns mal in Ruhe einen Blick darauf werfen.«

Mrs Quinn bedeutete ihnen, ihr zu folgen, und gemeinsam gingen sie in ein helles, freundliches Büro, das mit den frischen Blumen und den farbigen Schränken einen wunderbaren Arbeitsplatz bildete. Es passte nicht zum edlen Weiß und Gold in der Boutique draußen, aber hier drinnen fühlte sich Jen sofort wohl. Auch hier fanden sich gemütliche Polstermöbel wieder, und Mrs Quinn hieß sie dort Platz zu nehmen anstatt am Schreibtisch. Einen Augenblick später kam auch schon Tamara mit eisgekühlter Limonade zurück, die sie auf dem Beistelltisch abstellte.

Jen machte sich daran, Kleidungsstücke aus ihrer Sporttasche herauszuholen, sie wollte keine Zeit verschwenden und gleich zur Sache kommen, ehe sie vor Aufregung noch umkam. »Das sind ein paar Dinge, die ich in letzter Zeit genäht habe, eher schon für den Herbst und Winter. Ein Mantel, Hose, Rock, Bluse und Pullover, alles miteinander kombinierbar.«

Mrs Quinn nahm ihr die Hose aus der Hand und strich darüber. »Ah, ich liebe dieses Material, es fühlt sich wunderbar an. Und diese Farben …«

Jen lächelte erfreut. Die Hose hatte einen metallisch lila Glanz, während der Mantel silbrig gehalten war. Es waren helle, knallige Farben, die für den Winter eher ungewöhnlich waren, aber Jen liebte es, sich im tristen Regenwetter und Schnee fröhlich anzuziehen. Ein wenig nervös wurde sie trotzdem, als Mrs Quinn die Kleidung genau inspizierte, über Nähte strich, sie von außen nach innen stülpte und sogar daran roch! Sie sah sich jeden Zentimeter genau an, während die giftgrüne Uhr über ihnen tickte. Schließlich räusperte sie sich. »Ich will mehr davon, auch noch in anderen Größen.« Sie griff nach den Entwürfen und blätterte sie durch, die perfekt gezupften Augenbrauen zusammengezogen, die dezent geschminkten Lippen zu einem Schmollmund geformt. Sie sagte nichts, warf immer nur einen kurzen Blick auf jede Zeichnung und war schon bei der nächsten, während die Uhr weitertickte und Jens wilden Herzschlag begleitete.

Jen sah auf Winnie hinab, die ermutigend zu ihr hochlächelte und ihre Hand nahm. Eine so tröstende Geste, dass ihre Anspannung gleich etwas wich. Wieso machte sie sich überhaupt so verrückt? Sie hatte ihre Tochter, und das war ihr größtes Geschenk, das einzige Glück, das sie im Leben brauchte, was auch immer Mrs Quinn von ihrer Arbeit halten mochte.

»Also gut …« Mrs Quinn nahm sich eine Limonade und lehnte sich zurück, die langen Beine übereinandergeschlagen. »Es ist so: Ich habe vor, als Erstes …«

Die Tür flog auf, und alle drei zuckten zusammen, wobei Mrs Quinns Gesicht sofort einen zum Teil genervten, zum Teil amüsierten Ausdruck annahm. »Ja? Wie kann ich dir helfen?«

»Es reicht! Ich gebe auf!«, donnerte eine tiefe Männerstimme, und Jen warf überrascht einen Blick über die Schulter. Es war doch tatsächlich Gavin Quinn, der sich im Büro aufbaute. Sie erkannte ihn sofort an der Narbe über der Nase, die im Fernsehen aber weniger auffällig wirkte. In den simplen Shorts und dem T-Shirt mit der Aufschrift »Ich bin zu grandios für dieses Shirt« wirkte er in dieser teuren Boutique und neben einer Frau wie Ava Quinn ziemlich fehl am Platz – zum sommerlich frischen Mermaid Quay vor der Tür passte er hingegen perfekt.

Fast wäre ihr ein Lachen entkommen, sie konnte einfach nicht damit aufhören, die Outfits anderer Leute zu begutachten und einzuordnen.

»Darling, das ist kein guter Zeitpunkt, ich habe eine …«

Gavin sah nicht einmal in Jens und Winnies Richtung, stattdessen gestikulierte er wild zur Tür hinaus. »Oh, da könntest du recht haben, es ist wirklich kein guter Zeitpunkt – den perfekten Moment für den erlösenden Gnadenschuss haben wir schon längst überschritten – nämlich, als Muffin in mein Auto gekotzt hat!« Er breitete die Arme aus, und Jen wunderte sich ein wenig, dass Winnie bei diesem Geschrei nicht erschrocken, sondern belustigt aussah.

»Ist Muffin Ihre Katze?«, fragte sie in diesem Moment heldenhaft, und nicht einmal als Gavin Quinn, einer der besten Flügelstürmer des Landes, mit einem wilden Gesichtsausdruck zu ihr herumfuhr, zuckte sie mit der Wimper. Vielleicht hatte sie zu viel Zeit mit Reed Rivers verbracht und war berühmte, überdimensionale Männer schon gewöhnt.

»Meine Katze?« Sein Ton wurde merkwürdig hoch, fast schon schrill, während er böse lachte und seiner Frau tödliche Blicke zuschoss. »Ich verstehe deine Verwirrung, *Darling*«, wandte er sich auch gleich mit gespielt liebevoller Stimme an Ava, ohne Winnies Frage zu beantworten. »Du denkst dir: Ach, er ist Rugbyspieler, den hauen regelmäßig Zweihundert-Pfund-Typen um, der kann so einiges wegstecken. Aber hier ein kleiner Hinweis: Ich mag Rugbyspieler sein, aber ich bin kein Löwendompteur!« Er sah auf Winnie hinab, und seine Miene wurde bemitleidenswert. »Nein, Schätzchen, Muffin ist keine Katze. Sie und ihre Zwillingsschwester Daisy gehören, man will es kaum glauben, der *menschlichen* Rasse an!«

Winnie und Jen tauschten einen Blick und bissen sich gleichzeitig auf die Unterlippe, um nicht zu lachen.

»Ich bitte dich, übertreibe nicht so.« Mrs Quinn trank gelangweilt von der Limonade und wandte sich dann an Jen. »Meine Schwester ist aus Bristol zu Besuch und hatte ein paar wichtige Termine.«

»Maniküre, Pediküre …«, knurrte Gavin und verschränkte die Arme vor der Brust. »Hoffentlich Sterilisation.«

Ava ignorierte ihn und lächelte weiterhin Jen an. »Sie brauchte einfach ein paar Stunden ohne die beiden Fünfjährigen, die sie Tag und Nacht auf Trab halten, und da ich beschäftigt bin, hat Gavin sich bereiterklärt …«

»… wurde Gavin erpresst und gezwungen«, fügte der Rugbyprofi hinzu, was seine Frau wieder einmal unbeantwortet ließ.

»… den Vormittag mit ihnen zu verbringen.« Sie wandte sich ihrem Mann zu, ihre leicht schräg stehenden Augen funkelten belustigt. »Ich dachte, du wolltest zur Doctor Who Experience mit den beiden? Kinder lieben das!«

»Ach, tun sie das?« Gavin breitete die Arme aus. »Wie schön! Nur stellte sich heraus, dass Fünfjährige beim Anblick von Weltraummonstern oder Robotern oder was auch immer diese Freaks sind zu schreien und heulen anfangen! Und danach in meinem Auto ihren ganzen Mageninhalt ausspucken!«

Ava machte einen bemüht zerknirschten Eindruck. »Wo sind sie denn jetzt? Ich nehme an, du hast sie sofort bei meiner Schwester abgeliefert?«

Gavin zuckte mit den Schultern. »Natürlich nicht. Sie sind hier – im Laden.«

Das Lächeln in Avas Gesicht gefror augenblicklich, und sie sprang aus dem Sessel. »Vorne? In der Boutique? Unbeaufsichtigt?«

»Tamara hatte Kundschaft und …«

Avas Augen wurden immer größer, und ihre Brust hob und senkte sich auffällig. Dann schüttelte sie den Kopf, und wie durch Zauberhand verschwand der Schock wieder, und das Lächeln kehrte zurück. Mit liebenswürdiger Stimme wandte sie sich an Jen und Winnie: »Bitte entschuldigt mich einen Moment, ich bin gleich wieder da.« Sie stakste auf ihren hohen Schuhen in aller Ruhe zur Tür, als sie diese aber durchschritten hatte, war der schnelle Takt ihrer Absätze auf dem Holzboden zu hören.

Gavin lachte leise in sich hinein, nahm sich eine Limonade vom Tisch und ließ sich erleichtert in einen der Sessel fallen. »Na, Winnie, was geht ab?«

Er hatte kaum ausgesprochen, als das Klackern wieder lauter wurde und Ava zurückkam, immer noch lächelnd ihren Mann am Shirt packte und ihn mit sich hinauszog. »Kümmere dich darum«, zischte sie leise, aber hörbar im nächsten Raum, »schaff diese Bestien aus meiner Boutique, oder du kannst deinen Glücks-S – E – X vor der WM vergessen, und glaube nicht, ich wüsste nicht, wie abergläubisch du bist.«

Winnie kicherte und lehnte sich zu Jen hinüber. »Weiß Mrs Quinn denn nicht, dass ich schon lange buchstabieren kann?«

Jen streichelte ihr über den blonden Schopf. »Lassen wir sie in dem Glauben.« Sie kicherten beide, verstummten aber sofort wieder, als Ava zurückkam und sich übertrieben gelassen in ihren Polstersessel gleiten ließ. Sie nahm einen Schluck aus ihrem Glas und griff schließlich wieder nach den Entwürfen, als hätte die Unterbrechung nie stattgefunden.

Doch Jen war nun dank Muffin gar nicht mehr nervös. Sie hatte nicht mehr das Gefühl, dass ein Monster in ihrem Bauch mit Betonklötzen jonglierte, und auch Winnie baumelte fröhlich mit den Beinen und sah Ava erwartungsvoll an.

»So, wo waren wir? Ach ja!« Mrs Quinn nickte langsam und sah auf die Entwürfe hinab. »Das und das hier … oh und das hier auch will ich Probe nähen lassen.« Sie legte die Blätter zur Seite und lehnte sich nach vorne, Jen freundlich in die Augen sehend. »Habe ich das neulich bei der Wunscherfüllung richtig verstanden, dass Sie im Moment in einem Pub kellnern?«

Jen nickte und weigerte sich, vor einer so schicken Dame über ihren Beruf peinlich berührt zu sein. »Im Dragon's Lair, einem kleinen, aber besonders bei Einheimischen sehr beliebten Pub.«

»Sie haben auch eine kleine Tochter.«

Jen verengte die Augen. »Ja, seit über neun Jahren schon.«

Mrs Quinn lachte leise und legte Winnie für einen Moment die Hand auf den Arm. Dann wandte sie sich wieder vollkommen ernst Jen zu. »Ich meine einfach nur, dass Sie bereits ein sehr zeitintensives Leben führen. Wenn ich Sie engagiere, wird sich ein anderer Job nur noch schwer damit vereinbaren lassen – allerdings könnten Sie den Großteil Ihrer Arbeit von zu Hause aus erledigen.«

Jen spürte ihr Herz stolpern und verbot sich gerade noch rechtzeitig laut Hurra zu rufen. »Meine Stunden zurückzuschrauben kann ich mir leider nicht leisten«, sagte sie bemüht nüchtern und knetete im Schoß ihre Hände, um ihre Aufregung unter Kontrolle zu halten.

»Das verstehe ich natürlich. Mein Plan sieht wie folgt aus: Ich stelle Ihnen jemanden für die Näharbeit zur Seite, um die Probestücke anzufertigen, und übernehme die Materialkosten. Sie starten inzwischen Entwürfe für eine Frühjahrskollektion. Für die Stücke, die Sie bereits hier haben, mache ich Ihnen einen guten Preis – und ich werde sie gleich in dieser Filiale am Mermaid Quay ausstellen. Wenn die Sachen sich gut verkaufen und Sie zuverlässig die Entwürfe liefern, werden wir bis zum Frühling über einen größeren Auftrag mit Vorschuss sprechen – ich könnte mir auch eine Modenshow für Ihre Kollektion vorstellen.«

Jens Hand flog zu ihrer Kehle, sie wiederholte die Worte in ihrem Kopf, aber sie schienen noch immer keinen Sinn zu machen. »Können Sie das bitte noch einmal sagen?«

Ava lächelte. »Sie sollten mit Ihrem Chef reden, damit er sich langsam nach einer neuen Kraft umsehen kann. Sie sind nicht mehr lange Kellnerin. Wenn alles so läuft, wie ich mir das vorstelle, werden Sie eine meiner Designerinnen.«

* * *

»Wie ist es gelaufen?« Harry nahm den Korb voller Pommes aus der Fritteuse und wischte sich seine Hände an der Schürze sauber. »Hast du die Modewelt im Sturm erobert?«

Jen ließ die – nun leere – Sporttasche zu Boden fallen und lehnte sich erschöpft gegen die Arbeitsplatte. Sie kam aber zu keiner Antwort, da Winnie sofort erklärte: »Jawohl, hat sie! Mrs Quinn war begeistert und hat gesagt, dass sie von jetzt an von zu Hause aus arbeiten kann.«

Unverkennbarer Stolz leuchtete in Harrys Augen auf. »Wirklich?« Er lachte laut und klatschte sich auf den kugelrunden Bauch. »Ich wusste es, ich hab's da drin gespürt. Eine, die sich so anzieht wie du, muss Ahnung von solchen Sachen haben!«

Jen lächelte, auch wenn sie spürte, wie ihre Wangen rot wurden. »Es steht alles noch in den Sternen. Wir gehen es langsam an und sehen, wie es läuft.«

»Aber Mrs Quinn hat gesagt, bis zum Frühling wirst du

keine Kellnerin mehr sein, sondern Modedesignerin!«, warf Winnie ein.

»Jen, das ist fantastisch!« Harry zog sie in eine feste Umarmung und klopfte ihr auf den Rücken. »Wurde aber auch Zeit, dass jemand dein Talent erkennt.« Er schob sie von sich, betrachtete sie zufrieden und fluchte plötzlich.

»Die Steaks brennen an«, bemerkte Winnie aufgekratzt das Offensichtliche, kletterte auf einen Hocker und stibitzte sich eine Pommes, während Harry immer noch fluchend das Fleisch wendete.

»Weniger reden, mehr kochen«, erklang plötzlich Olivers Stimme hinter ihnen, und Jens Herz machte einen Satz – ihr Zusammenbruch vor nicht einmal einer Woche war ihr immer noch schrecklich peinlich, und sie wusste gar nicht, wie sie ihn ansehen sollte. Vor allem, da sie sich auch noch sehr genau daran erinnerte, wie gut es sich angefühlt hatte, von ihm gehalten zu werden. Beim Gedanken daran wurde sie schon wieder rot und betrachtete konzentriert ihre Schuhe.

»Hast du schon gehört?« Harry warf geschnippeltes Gemüse in eine Pfanne und musste über das Zischen fast schon schreien. »Du musst dich bald nach einer neuen Kellnerin umsehen.«

Erschrocken sah Jen nun doch zu Oliver – diese Nachricht hätte sie ihm gerne schonender beigebracht – und sah, wie seine Miene zusehends versteinerte. Das Grübchen in seinem Kinn trat nun stärker hervor, und eine Ader pochte an seiner Schläfe. Plötzlich deutete er zur Tür und sagte beunruhigend leise: »Jen, ich brauche bitte kurz deine Hilfe.«

Winnie sah von einer weiteren ergatterten Pommes hoch. »Bei was denn?«

Oliver verengte die Augen, sah sie stumm an, eine Sekunde, zwei Sekunden, drei, dann zuckte er mit den Schultern. »Die Waschmaschine … sie streikt mal wieder, und ich kenne mich damit nicht aus.«

Winnie schien die Antwort zu genügen, denn sie schielte schon zu dem Burger, den Harry gerade zubereitete, während Oliver sein Kinn Richtung Tür ruckte und Jen bedeutete, ihm zu folgen. Na, das konnte ja heiter werden.

Sie traten ins finstere Treppenhaus, die Tür fiel hinter ihnen zu, und Oliver nahm ihren Arm, mit der anderen Hand schlug er auf den Lichtschalter. »Du kündigst?!«

Jen blinzelte in das grelle Licht, sah zu ihm auf, wie er über ihr auftürmte, so nah und überwältigend, und sie brachte kein Wort heraus. Was zur Hölle war los mit ihr?

Er trat noch näher, legte beide Hände auf ihre Schulter, und Jen hörte selbst, dass ihr Atem sich plötzlich beschleunigte. Wie von selbst wanderte ihr Blick zu seinen Lippen, und sie schloss schnell die Augen. Hoffentlich hatte er das nicht bemerkt! Sie fragte sich erneut, was mit ihr los war? Das war Oliver! Den sie schon seit Jahren kannte und der nebenbei bemerkt eine wunderschöne Freundin hatte!

»Jen, ich weiß, dass deine Situation gerade sehr schwierig ist, mit all den Terminen im Krankenhaus und der bevorstehenden Transplantation, aber das kriegen wir hin. Wir gehen den Dienstplan durch und finden schon die Zeit, die du brauchst, um für Winnie da zu sein. Du musst das nicht alleine bewältigen! Über das Geld mach dir keine Sorgen, das klären wir schon und …«

Jen ließ langsam ihren Atem entweichen und legte ihm die Hand auf den Arm, sie konnte einfach nicht anders. Etwas Warmes breitete sich in ihr aus. »Ich kündige nicht – zumindest noch nicht.«

Seine Augenbrauen zogen sich zusammen, dann schlug er sich mit der Hand gegen die Stirn – eine tölpelhafte Geste, die so gar nicht zu ihm passen wollte. »Du warst heute bei *Ava's Paradise.*«

Sie nickte und grinste dann überglücklich.

»Du hast den Job bekommen. Natürlich hast du das!«

Sie zuckte mit den Schultern. »Mrs Quinn hat meine bisherige Arbeit gekauft und mir den Auftrag gegeben, eine Frühjahrskollektion zu entwerfen. Danach sehen wir weiter. So schnell wirst du mich also nicht los, aber wenn alles so läuft, wie ...«

»Jen, du hast es geschafft!« Er lächelte – Wahnsinn, was so ein Lächeln mit seinem Gesicht machte – und hob die Arme, als wollte er sie umarmen. Jens Herz begann schneller zu schlagen, aber im letzten Moment trat er wieder zurück und klopfte ihr wieder einmal kumpelhaft auf die Schulter.

Fast hätte sie enttäuscht geseufzt. Sie hätte nichts dagegen gehabt, ihm noch einmal so nahe zu kommen wie neulich. Gleich darauf fiel ihr wieder Sarah ein – sie war heute wirklich nicht sie selbst! Ihre Beziehung war rein professionell, daher nickte sie nur noch einmal und hielt lieber den Mund, bevor sie etwas Falsches sagte.

Oliver sagte auch nichts, aber zum Glück flog in diesem Moment die Tür auf, und Winnie stürmte herein. »Läuft die Waschmaschine wieder?«

Jen zuckte zusammen, als wäre sie bei etwas Verbotenem erwischt worden, und wandte sich schnell ihrer Tochter zu. »Ähm ... klar. Alles bestens. Ein gewisser Herr hat nur vergessen, den Einschaltknopf zu drücken.«

Winnie sah Oliver wie eine ungeduldige Mutter tadelnd an und schüttelte den Kopf. Dann wies sie die Treppe hoch.

»Können wir los? Du hast mir doch einen Spielemarathon versprochen, bevor du zur Arbeit gehst.«

Jen nickte grinsend und ließ sich von Winnie hochziehen.

»Gratuliere«, hörte sie Oliver noch murmeln, bevor er zurück in die Küche ging.

* * *

Winnie starrte konzentriert aufs Spielbrett. Einzelne Strähnen ihres blonden Haars fielen ihr ins Gesicht, die Lippen bewegten sich in einem Schmollmund von links nach rechts, während sie über ihren nächsten Zug nachdachte. Es war nur »Mensch ärgere dich nicht«, aber Winnie war bei Spielen immer schon ehrgeizig gewesen, und sie hatte bereits drei Figuren draußen – eine davon könnte mit diesem Zug dem sicheren Zuhause näher kommen, aber dafür musste sie vor Jens Figur, auf die Gefahr hin, von ihr geschlagen zu werden.

»Ich warte …«, flötete Jen in einem spöttischen Singsang. »Komm nur bei mir vorbei … komm nur, komm nur.«

Winnie biss sich auf die Unterlippe und wagte den Zug. »Du kriegst mich nie!«

»Die berühmten Worte, bevor …« Jen würfelte und stieß einen ärgerlichen Laut aus, als sie nur eine Eins hatte.

»Hab ich doch gesagt!« Winnie nahm einen Schluck von ihrem Saft und würfelte ihrerseits. Dabei ertappte Jen sich wieder einmal dabei, wie sie ihr kleines Wunder versonnen betrachtete. Der ganze Tag war ein einziges Hoch gewesen, die Möglichkeit des neuen Jobs, die Zeit mit Winnie am Kai und jetzt die Ruhe bei einem einfachen Brettspiel, bevor sie um vier die Abendschicht im Pub übernahm. Es konnte nicht perfekter sein.

»Was ist los?« Winnie sah sie prüfend an, den Würfel in der ausgestreckten Hand.

Jen lächelte, legte ihr die Hand in den Nacken, zog sie etwas zu sich und küsste ihre Wange. »Habe ich dir eigentlich schon mal gesagt, wie glücklich ich bin, dich zu haben?«

»Heute erst zweimal.«

Ein Lachen entfuhr ihr. »Nun, du bist mein größter Schatz.«

Die blauen Augen verengten sich ein wenig, etwas Prüfendes trat in den gerade noch übermütigen Blick. Dann schüttelte sie aber den Kopf und reichte ihr den Würfel. »Das war ein tolles Wochenende«, sagte sie leise und jubelte noch nicht einmal, als Jen nur eine Zwei hatte. »Danke, Mum.«

Jen beobachtete, wie Winnie ihre Spielfiguren zurechtschob, und biss sich auf die Innenseite der Wange, um nicht laut zu seufzen. Irgendwie war die Stimmung von aufgeregt zu nachdenklich umgeschlagen, und Jen beschloss, das Thema zu wechseln, um den gemeinsamen Tag so positiv abzuschließen, wie er begonnen hatte.»Das Spiel am Samstag war ziemlich toll, hm?«

Winnie nickte, ein kleines Lächeln erhellte nun wieder ihr Gesicht. Sie sah zu ihr auf, das Funkeln kehrte zurück. »Hast du die Leute reden gehört? Sie haben gesagt, Reed ist immer zur richtigen Zeit am richtigen Ort und schon da, bevor die Defensive ihre Aufstellung überhaupt arrangiert hat.«

»Ja, ich habe es gehört.«

»Und deine Sachen stehen bald bei Mrs Quinn in der Boutique! In einem Schaufenster, und schicke Leute werden sie kaufen.«

»Wir werden sehen. Ich kann es ja noch gar nicht glauben.«

»Ich schon. Du wirst den besten Job der Welt haben.« Sie lächelte noch einen Moment in sich hinein, dann widmete sie sich wieder dem Spielbrett. Sie wollte gerade würfeln, als sie plötzlich innehielt und zu ihr aufsah. Die Fröhlichkeit war nun gänzlich dahin, es blieben nur noch Entschlossenheit und Ernst.

»Was ist los, Schätzchen?«

»Mum …« Sie schluckte sichtlich und spielte unruhig mit dem Würfel. »Werde ich sterben?«

»Was?« Ein Schauer fuhr ihr durch den ganzen Körper, sie griff über den Tisch und umschloss die kleinen, eiskalten Hände, als könnte sie sie so beschützen. Die Worte hallten in ihrem Kopf nach. Sie öffnete den Mund, wollte etwas erwidern, aber ihr entkam nur ein Krächzen. Reiß dich zusammen, schalt sie sich stumm.

»Nein, Schätzchen.« Sie drückte ihre Hand und sah ihr in die Augen. »Natürlich wirst du nicht sterben! Zumindest nicht bevor du alt und grau bist.«

Winnie zog ihre Hände zurück, versteckte sie in ihrem Schoß. »Wieso bist du dann so komisch, seit wir im Krankenhaus waren? Du siehst mich immer so an … Sie haben dir gesagt, dass ich sterben werde, stimmt's?«

»Aber nein, Winnie!« Ihr Herz begann zu rasen, sie spürte den Schlag in ihrer Kehle. Was hatte sie falsch gemacht? Wann war sie so unvorsichtig gewesen, sich ihre Angst anmerken zu lassen?

Bemüht gefasst, auch wenn ihre Beine zitterten, stand sie auf und ging um den Tisch herum. Neben Winnie kniete sie nieder, legte ihr die Hand auf die Schulter und hielt sich davon ab, sie fest zu drücken. Dafür war später noch Zeit, jetzt musste sie erst mal beruhigende Worte finden. »Die

Wahrheit ist, du bekommst eine neue Lunge, und das macht mich etwas nervös – es ist eine große Operation, und natürlich denke ich darüber nach …«

»… dass ich sterben könnte.«

Jen schluckte gegen den Kloß in ihrem Hals, sie war immer gut darin gewesen, sich nichts anmerken zu lassen, sie durfte nicht gerade vor Winnie schwächeln! »Das ist sehr, sehr unwahrscheinlich, genauso gut kann uns plötzlich der Himmel auf den Kopf fallen.«

»Echt?« Winnie machte große Augen und sah skeptisch nach oben.

Ein leises Lachen entfuhr ihr. »Nein, Schätzchen, das meine ich ja. Es kann nicht passieren.« Sie berührte Winnies Wange. »Ich bin einfach nur ungeduldig, das ist alles. Ich warte auf einen Anruf, dass eine Lunge da ist, und ich denke daran, wie viel besser es dir nach der Operation gehen wird … Es ist einfach alles ein wenig nervenaufreibend, aber nichts, worüber du dir Sorgen machen müsstest.«

»Woher kommt denn die neue Lunge?«

Ihre Hand sank hinunter. Winnies Stimme war immer noch ruhig und gefasst, sie klang überhaupt nicht wie ein Kind, und Jen musste sich zusammenreißen, um ihr nicht alles zu sagen, um nicht wie mit einer Erwachsenen mit ihr zu reden. Sie musste sich vor Augen halten, dass sie ein kleines Mädchen vor sich hatte. Wie sollte Winnie die Wahrheit verkraften? Sie würde sie heimsuchen, nachts um ihren Schlaf bringen, jeden fröhlichen Moment überschatten. Das konnte sie ihr nicht antun, auch wenn es ihr nicht leichtfiel, sie anzulügen. »Menschen spenden ihre Lunge, wenn … wenn sie sie nicht mehr brauchen.«

»Wie kann man seine Lunge denn nicht mehr brauchen?«

»Weißt du, es ist so … manche Menschen …« Jen schüttelte den Kopf, sie hielt es nicht länger aus. Sie richtete sich etwas auf, schlang ihre Arme um Winnies schmale Schultern und drückte sie fest an sich, so wie ihr Instinkt es ihr sagte. »Mach dir keine Gedanken, mein Schatz, es wird alles gut werden, ich verspreche es dir. Es wird alles gut.« Sie schob Winnies goldenes, nach Himbeershampoo duftendes Haar zurück und küsste sie auf die Schläfe. »Und jetzt genug mit all den Fragen, Winnifred! Lass uns weiterspielen. Oder willst du mich nur ablenken, weil du weißt, dass ich gleich gewinnen werde?«

Winnie seufzte. »Nenn mich nicht so«, dann runzelte sie konzentriert die Stirn und würfelte eine Sechs. Sie grinste triumphierend. »Ha! Du kriegst mich nie!«

Jen wusste, dass das Thema nicht erledigt war und sie sich ernsthaft darüber Gedanken machen musste, wie sie Winnie Antworten geben konnte. Ihnen standen noch mehrere Termine im Krankenhaus bevor, Untersuchungen und Beratungsgespräche. Vielleicht wussten die Ärzte und Psychologen dort, wie sie ihr helfen konnten. Aber jetzt galt es erst mal »Mensch ärgere dich nicht« zu spielen und so zu tun, als wäre alles normal.

* * *

Jen trat aus der Wohnung und stolperte beinahe über Koffer und Kisten, die zwischen ihrem und Olivers Apartment herumstanden. »Was zur …« Sie schob einen halboffenen Umzugskarton mit herauslugenden Magazinen mit dem Fuß zur Seite und schloss die Wohnungstür hinter sich. Winnie saß vor der Playstation, eine Ausnahme, um sie abzulenken, ehe sie ihre Übungen und das Inhalieren begann. Es war noch etwas Zeit bis zur Schicht, aber Jen hatte ein paar Minuten früher gehen wollen, um Oliver zu helfen.

»Oliver?« Sie hörte ein Poltern aus seiner Wohnung, und Licht fiel durch den Spalt der offenen Tür in den finsteren Flur. »Sarah, bist du das?«

»Sie hier zu treffen wird zukünftig sehr unwahrscheinlich.« Oliver schob die Tür ganz für sie auf und verschwand sofort wieder im Vorraum.

Okay ... das war merkwürdig, aber sie nahm sein Verhalten mal als eine Einladung und folgte ihm verwirrt. Sie ging durch den kleinen Flur, der in eine spärlich eingerichtete Wohnküche führte. »Oliver?« Sie lief weiter ins Schlafzimmer, in dem nur ein Doppelbett und ein Schrank standen, dessen Schiebetüren offen waren. Weiße, lichtdurchlässige Vorhänge dämpften etwas von der strahlenden Sonne, die draußen brannte, eines der wenigen weiblichen Merkmale, die diese Wohnung aufwies. Sie stammten auch ganz sicher von Sarah, denn Jen war einst mit Jack hier gewesen, und so überflüssige Dinge wie Stoffe vor den Fenstern hatte es in diesen Räumen damals nicht gegeben. Sie ahnte Böses, als sie eine weitere Kiste auf dem Bett sah, in der sich Kosmetikartikel befanden.

»Was ist passiert?«

Oliver kam mit einem seidenen Morgenmantel aus dem angrenzenden Badezimmer und warf ihn in die Box. »Wir haben Schluss gemacht.«

Ihr Herz machte einen Satz. Dann fing sie sich und stammelte: »Wann? ... Ich meine, wieso? ... Ich meine, es tut mir leid. Kannst du es nicht wieder geradebiegen?«

Er hielt mit einer flauschigen Kuscheldecke in der Hand inne und drehte sich langsam zu ihr um. Er sah wie immer makellos aus, obwohl die Szene hier so dramatisch wirkte – rasiert, die Haare zurückgekämmt, gebügeltes Hemd, ein angenehmer Aftershave-Duft ging von ihm aus. Er wirkte überhaupt nicht wie jemand, der vor den Trümmern einer jahrelangen Beziehung stand. Sie hätte ihn eher unten an der Bar erwartet, ausnahmsweise mehr als nur einen Whiskey trinkend.

»Wie kommst du darauf, dass *sie* die Sache beendet hat?«

»Ähm …« Jen fiel keine Antwort ein, vor allem nicht, wenn er sie so streng anfunkelte. Vielleicht, weil Oliver immer mit dem Pub beschäftigt war, statt sich um seine schöne Freundin zu kümmern. Weil er neulich so getan hatte, als wolle sie ihn auf eine Weltreise schleppen, nur weil sie einen Abend mit ihm vor dem Fernseher beim Rugby hatte verbringen wollen. Andererseits hatte Sarah Oliver trotzdem immer vergöttert. Jen zog es vor, mit den Schultern zu zucken.

Ein Schnauben entfuhr ihm, dann verschwand er wieder im Bad. »Anstatt hier sinnlos herumzustehen, kannst du schon mal anfangen, die Vorhänge runterzunehmen.«

»Es tut mir wirklich leid, Oliver!« rief Jen ihm hinterher, ehe sie sich einen Stuhl von der Frühstückstheke schnappte, draufkletterte und begann, die einzelnen Schlaufen von der Stange zu schieben. »Wieso hast du vorhin nichts gesagt?«

Er schmiss irgendwelche Pflegeprodukte in die Kiste. »Ist nicht weiter wichtig.«

Nun entfuhr Jen ein Schnauben. Männer! »Und wo ist Sarah, während du ihre Sachen so liebevoll verstaust?«

»Japan.«

Wow, Sarah kam in ihrem Job wirklich herum. Was würde sie darum geben, einmal nach Japan zu reisen! »Weiß sie, dass du sie ausquartierst?«

»Ja.« Er legte noch eine Handvoll glitzernder Fläschchen Parfüms ab und griff nach dem Klebeband auf dem Bett. »Was macht Winnie?«

»Playstation.«

»Playstation? Was hast du angestellt? Das darf sie nur, wenn du ein schlechtes Gewissen hast.« Er schloss die Kiste und verschränkte die Arme vor der Brust.

Jen ließ die Hände sinken und sah aus dem Fenster auf die bunten Sonnenschirme hinunter, die die Straße säumten. Sie wollte sich lieber nicht an ihren Zusammenbruch im Garten erinnern, und vor allem wollte sie ihn nicht wiederholen. Wenn sie nur an ihr Gespräch mit Winnie dachte, wurde ihr schlecht, und sosehr sie sich danach sehnte, sich Rat zu holen, konnte sie nicht riskieren, noch einmal schwach zu werden. »Wenn Sarah dich nicht verlassen hat, was …«

»Hast du Jack angerufen?« Seine Stimme klang hart, wie immer, wenn er diesen Namen aussprach. Jen seufzte und sah weiterhin auf das Cardiffer Leben hinunter. Sie dachte an die Hoffnungen und Ängste all dieser Menschen, die wie bunte, kleine Spielzeugfiguren vorbeiliefen, und wie jeder Einzelne seine ganz eigenen Sorgen bewältigte. »Anrufbeantworter. Er geht nicht ran. Und dass er nicht zurückgerufen hat, heißt wohl, dass er sich endgültig gegen uns entschieden hat. Die Sache mit der Transplantation war ihm dann wohl doch zu ernst. Wahrscheinlich ist er auch schon auf dem Weg nach Tokio …« Kaum hatte sie es ausgesprochen, fiel ihr auf, wie unsensibel das war, und sie schlug sich die Hand vor den Mund.

Doch Oliver grinste nur. »Bei so viel Rückgrat ist es ein Wunder, dass er überhaupt die Straße runterlaufen kann.«

Jen musste lachen und wandte sich wieder dem Vorhang

zu. »Also, nun erzähl schon …« Sie löste die letzte Schlaufe und legte sich den Stoff über den Arm. »Was hat Sarah denn Schreckliches verbrochen?«

»Sie hat dich manipuliert zu arbeiten, obwohl sie wusste, was das für ein Tag für dich war. Danach hatte ich sie nicht einmal mehr gern.«

Jen fuhr so schnell zu ihm herum, dass sie das Gleichgewicht verlor und zu taumeln begann. Sie breitete die Arme aus, um besseren Halt zu finden, der Vorhang fiel zu Boden, sie griff hinter sich an den Fensterrahmen, und als sie endlich sicher stand, hielt Oliver sich immer noch regungslos neben dem Bett.

»Was?« Sie starrte ihn an, aber er erwiderte ihren Blick mit nervtötender Gelassenheit, auch seine Stimme war absolut ruhig.

»Du hättest nach dem Termin im Krankenhaus nicht arbeiten dürfen – sie weiß, dass Winnie krank ist, sie sieht, dass sie immer öfter und länger Sauerstoff braucht. Sie kann selbst so weit denken, dass du keine guten Nachrichten bekommst. Aber das war ihr egal, sie wollte nur zu diesem Scheißessen mit ihren Eltern, um mich unter Druck zu setzen.«

Jen zuckte zusammen, Oliver benutzte nie Schimpfwörter. Er konnte zwar wütend werden wie kein anderer und war ziemlich direkt, aber er fluchte nie. Mehr noch als seine Ausdrucksweise aber schockierte sie der Rest seiner Erklärung. »Du kannst doch nicht nur wegen mir Schluss machen …« Sie brachte nur ein Flüstern zustande, während ihr das Herz in der Kehle pochte. Am liebsten hätte sie sich ihm in die Arme geworfen und ihn geküsst, und dieser Gedanke schockierte sie mehr als alles andere. Sie sollte darüber lachen, aber ihr wurde heiß und kalt zugleich. Dass Oliver je mehr als Mitleid und Freundschaft für sie empfinden würde, war absurd. Er war ihr ein Freund, jemand, der ihr in harten Zeiten immer beistand – und sie war in seinen Augen nicht mehr als die bemitleidenswerte, überforderte Mutter. Oh Gott! Wieso sah er sie mit seinen sturmgrauen Augen so unverwandt an? Konnte er sehen, was in ihrem Kopf vorging?

»Wenn du noch weißer wirst, muss ich dich von dort herunterholen.« Er streckte ihr die Hand entgegen.

Jen konnte sie nur anstarren, die langen, feingliedrigen Finger, die sie neulich festgehalten hatten. Sie schüttelte den Kopf, ignorierte seine dargebotene Hand und kletterte mit wackeligen Beinen zu Boden. »Bist du sicher, dass du nichts überstürzt?« Sie wies auf die Kiste, konnte ihm aber nicht in die Augen sehen. »Ich meine, ich hab Sarah neulich in diesem roten seidenen Etwas gesehen …« Sie pfiff beeindruckt und kam sich dabei selbst unglaublich dämlich vor.

Oliver ging gar nicht darauf ein. »Wäre das allein der Grund gewesen, hättest du vielleicht recht. Aber ich konnte sie nicht länger täuschen … Es war unfair, überhaupt etwas mit ihr anzufangen.«

Jen nickte abwesend. Er hatte immer nur an den Pub gedacht, obwohl Sarah so selten hier gewesen war. Sie hob den Vorhang vom Boden auf, strich ihn glatt, immer wieder, und überlegte, ob sie wieder hochklettern und den anderen abnehmen sollte. Aber ihr war gerade nicht nach Höhen zumute. Ein Kloß hatte sich in ihrem Hals geformt, und sie hatte das Gefühl, jeden Moment in Tränen ausbrechen zu müssen, ohne zu wissen, wieso.

Sie presste die Lippen aufeinander, faltete den Stoff mit fahrigen Bewegungen, kämpfte gegen den Drang zu fliehen.

Sie wusste nicht, was sie sagen sollte, aber sie spürte auch seinen Blick auf sich und fühlte sich feige, weiterhin auf den Teppich zu starren. All ihren Mut zusammennehmend legte sie den Vorhang aufs Bett und sah zu ihm auf. Ein Schauer fuhr ihr den Rücken hinunter, als sein durchdringender Blick sie traf.

Sie räusperte sich und stammelte: »Den Rest schaffst du bestimmt alleine … Ich … ich gehe mal nach unten und sehe nach dem Rechten.«

»Jen.« Seine Stimme war sanft, fast ein wenig traurig, und eine Faust schien sich um ihr Herz zu schließen. »Ich liebe dich. Ich liebe Winnie. Ihr beide … ihr seid meine Familie. Jack hat die Wahrheit gesagt, ich habe dich vor dreizehn Jahren beim Kellnern gesehen, und es war um mich geschehen.«

Jen vernahm nur noch ein Rauschen in ihren Ohren. Schon zum zweiten Mal an diesem Tag hörte sie eine Nachricht, die in ihrem Kopf keinen Sinn ergab. Sie schwankte erneut und setzte sich schnell auf das Bett.

»Als ich dich neulich gehalten habe … es fühlte sich an, als würde ich Sarah betrügen. Und in Gedanken tat ich es auch. Ich konnte nicht mehr länger so tun als ob. Ich musste Sarah gehen lassen.«

Jen wusste nicht mehr, ob sie lachen oder weinen sollte. Das alles war so unwirklich. »Oliver, ich verstehe nicht … Du hast nie etwas gesagt … Damals, ich …«

»Du hattest nur Augen für Jack. Du warst glücklich, und er war mein bester Freund. Das heißt nicht, dass ich ihn nicht liebend gerne umgebracht hätte. Eure Hochzeit … ich als Trauzeuge …« Oliver wandte sich dem Schrank zu und begann scheinbar wahllos Kleider in den Karton vor ihm zu werfen.

»Du warst so betrunken, dass Jack die Nacht damit verbracht hat, dich wieder auszunüchtern …«

Einer seiner Mundwinkel hob sich zu einem halben Lächeln. »Eine verpatzte Hochzeitsnacht. Zumindest das war ich ihm schuldig.«

Er zog seine Geldbörse aus der hinteren Hosentasche, klappte sie auf und streckte sie ihr entgegen. Ein Foto von ihm und Winnie, kurz nach der Geburt, war darin, er hielt sie auf dem Arm, strahlte und sah nicht in die Kamera, sondern auf das engelsgleiche Geschöpf in seinen Armen. »Als die Wehen bei dir einsetzten, Jack war bei einem Termin in London mit einem Produzenten … ich habe geglaubt, ich bekomme einen Herzinfarkt.«

»Du hast mich ins Krankenhaus gefahren.« Erst jetzt erinnerte sie sich wieder richtig daran. Sie hatte immer nur ans Danach gedacht, daran, wie Jack ins Krankenzimmer gekommen und Winnie zum ersten Mal gesehen hatte. Aber davor … da war nur Oliver gewesen. Sie hatte es ganz vergessen. In ihrer rosa Blase des jungen Mutterglücks, ihrer Verliebtheit mit Jack und danach mit all dem Schrecken durch Winnies Krankheit … Wie hatte sie ihn nicht sehen können? Und wieso wirkten seine Worte so, als würden sie einem Traum entspringen. Sie konnte sie einfach nicht mit dem großen, stets so kontrollierten Mann vor sich zusammenbringen. Mit dem Mann, bei dem sie sich mehr als bei jedem anderen wie eine Versagerin fühlte.

Jen fühlte erneut Tränen in sich aufsteigen. Was war nur los mit ihr? Woher kam diese warme Welle der Dankbarkeit? Sie ging auf ihn zu, ignorierte seine verwirrt zusammengezogenen Brauen, hob ihre Hände an seine Wangen, stellte sich auf die Zehenspitzen und legte ihre Lippen auf seine.

Oliver rührte sich nicht, und als sie zurück auf die Füße sank, sah er sie immer noch unverwandt an. »Was soll das?« Es toste in seinen sturmgrauen Augen, und Jen trat einen Schritt zurück.

»Ich …« Sie zuckte hilflos mit den Schultern. »Du … du warst immer für uns da, von Anfang an, ich hätte es sehen müssen, alles, was du für uns tust. Ich war so blind, aber das bin ich nicht mehr. Ich bin dir so dankbar für alles und … es ist doch das, was du willst, oder?«

»Das, was ich will? Verdammt, nein!« Er kam näher, sein Körper ragte wie schon so oft über ihr auf, und sie hielt den Atem an. Seine Hand glitt in ihren Nacken, und ehe sie sichs versah, küsste er sie, langsam und tief.

Die Luft entwich ihr mit einem Seufzen, ihre Knie wurden weich, seine Fingerspitzen gruben sich in ihre Haut, seine Zunge umspielte ihre. Sie hatte vergessen, wie es sich anfühlte, vielleicht hatte sie es auch noch nie so empfunden. Es war, als würde ihr Körper aus einem tiefen Schlaf erwachen, was zugleich berauschend als auch beängstigend war, und es war viel zu schnell vorbei.

Oliver löste seine Lippen von ihren, blieb aber nahe bei ihr stehen und streichelte ihren Nacken, sein Blick so durchdringend, dass sie eine Gänsehaut bekam. »Ich will keine Dankbarkeit, Jen, ich will, dass du mich willst.«

Sie öffnete den Mund, konnte nicht klar denken, da war immer noch der Nachhall des wilden Kribbelns in ihrem Bauch, das Flattern ihres Herzens und gleichzeitig lähmende Angst.

Sie wollte *ihn*, sie wollte noch einmal so geküsst werden, sie wollte von ihm festgehalten werden, sie wollte mit ihm alles vergessen, wenigstens für ein paar Momente, aber sie wusste nicht, ob diese Gefühle Halt hatten und wo sie auf einmal herkamen. Bis vor einem Moment hätte sie nie daran gedacht, ihn zu küssen, und plötzlich wollte sie nichts anderes mehr.

»Du musst jetzt nichts sagen. Ich bin immer für dich und Winnie da, egal was passiert. Komme also ja nicht zu mir, weil du glaubst, dich für irgendwas revanchieren zu müssen. Lass uns runtergehen, bevor du wieder mal zu spät zur Arbeit kommst.« Oliver packte die Kiste und trug sie aus dem Schlafzimmer, ohne sie noch einmal anzusehen. Das war ein Oliver, den sie wiedererkannte.

Jen nickte und ging ihm wie ein Roboter hinterher. Sie sah zur geschlossenen Wohnungstür, hinter der Winnie Playstation spielte, und biss die Zähne zusammen. Sie musste über so vieles nachdenken! Aber sie hatte im Moment überhaupt keine Zeit dafür. Winnie sollte eine neue Lunge bekommen, sie musste sich darauf konzentrieren! Und Winnie konnte in dieser Zeit auch keine Verwirrung gebrauchen. Oliver wollte sie nicht unter Druck setzen, aber die ausgesprochene Wahrheit ließ sich nicht mehr zurücknehmen, der Kuss sich nicht ungeschehen machen. Lächelnd berührte sie ihre Lippen. Er hatte eine Box geöffnet, und Jen war plötzlich wahnsinnig neugierig, was noch alles darin war.

Kapitel 10

Reed fuhr zu schnell in die Kurve und geriet ins Straßenbett. Steinchen prasselten von den durchdrehenden Reifen hoch gegen die Karosserie. Der Wagen gab ein protestierendes Geräusch von sich, der Weg war steil, eingeschlossen zwischen leuchtend grünen Hügeln, aber er schaffte es. Die schmale, gewundene Asphaltstraße zur Kirche lag verlassen da, was ihn wunderte. Müsste bei einer Hochzeit nicht viel mehr Trubel herrschen?

Er fuhr zwischen zwei Friedhöfen hindurch und kam vor der Kirche mit seinem schneeweißen, von Zinnen gekrönten Turm aus dem 12. Jahrhundert zum Stehen. Die perfekte Kulisse für eine Hochzeit. Als Kinder waren sie mit den Fahrrädern hierhergekommen – Lynne, seine Schwester Alis und er, und sie hatten auf dem Militärfriedhof gespielt – reichlich makaber, aber damals war es ihnen ganz normal vorgekommen.

Heute war weit und breit niemand zu sehen. Er warf einen Blick auf die Uhr. Es war kurz nach zwei Uhr nachmittags, hatte er die Zeremonie etwa versäumt? Er öffnete das Handschuhfach, kramte die Einladung heraus, warf einen Blick darauf und fluchte. Darauf stand zwölf Uhr, nicht zwei Uhr, wie er gedacht hatte. Kein Wunder, dass hier niemand war.

Mit seinem straffen Trainingsplan vor dem Auftaktspiel hatte er kaum Zeit zu atmen, aber die Hochzeit seines einstigen Feindes Rhys und dessen Freundin Sianna hatte er sich nicht entgehen lassen wollen. Schon allein um zu sehen, ob Sianna die Hochzeit durchzog oder doch noch zu Verstand kam. Er hatte die zukünftige Braut bei der Verlobungsfeier vor ein paar Wochen kennengelernt und sich gewundert, wie normal und sympathisch sie war – bis dahin hatte er angenommen, nur eine Verrückte oder ebenso mürrische Person käme für Rhys in Frage. Vielleicht sollte er nicht so denken, Rhys und er hatten sich ausgesöhnt. Aber alte Gewohnheiten ließen sich nur schwer ablegen.

Er stieg aus dem Wagen, sah sich um. Der Wind fuhr ihm steil entgegen, er roch nach Seeluft und Gras, nach Kindheit und Sommer. Möwen stürzten sich kreischend den Abhang hinunter zum Meer. Ihm gegenüber, auf einem etwas niedriger gelegenen Hügel, lag das prächtige Manorbier Castle, und im Tal dazwischen begann der Strand. Von hier aus konnte er das tiefblaue Meer und die Küstenlinie sehen, mit ihren schroffen Klippen und den endlosen Weiden.

Es war der schönste Ort, den er kannte, und er hatte schon viele atemberaubende Landschaften gesehen.

Ein Knall ließ ihn zusammenzucken. Er fuhr herum und sah Lynne aus der Kirche laufen, einen Strauß Blumen in der Hand. Als sie ihn entdeckte, blieb sie schlagartig stehen, zuerst Schock in ihrem Blick, dann etwas Trauriges, Resignation, als könnte der Tag nicht mehr schlimmer werden. Sie trug ein wunderschönes Kleid, das sie wie das Mädchen von einst aussehen ließ und gleichzeitig aber auch die atemberaubende Frau zur Geltung brachte, die aus ihr geworden war. Es bestand aus einem enganliegenden Oberteil aus schwarzer Spitze mit Spaghettiträgern, das ihre schmalen Schultern und die Schlüsselbeine betonte. Glitzersteine verliefen wie ein Gürtel um ihre Taille, und von da fiel ein blassrosa seidiger Rock locker im Wind flatternd bis zu ihren Knien. Ihre Füße steckten in ebenso rosa über Kreuz laufenden Riemchenschuhen. Ihre Locken hatte sie hochgesteckt, nur einzelne hatten sich befreit und tanzten um ihr Gesicht.

Ihr Anblick verschlug ihm die Sprache. In seiner Brust zog sich etwas zusammen, am liebsten wäre er zu ihr hingegangen, um sie zu einem Tanz aufzufordern, hier mitten auf dem Hügel über dem Meer.

»Reed.« Sie sah sich um, als überprüfte sie, ob er alleine war. »Ich dachte nicht, dass du kommst.« Ihr Blick wanderte ebenso musternd über ihn, dabei war es gar nicht so lange her, dass er ihr in einem Anzug gegenübergestanden war. Aber ihr schien zu gefallen, was sie sah, denn ein sanftes Lächeln spielte um ihre Lippen, bevor sie tadelnd den Kopf schüttelte. »Du hast die Zeremonie versäumt.«

Ein kleiner Lacher entfuhr ihm. »Das dachte ich mir schon. Und du? Hast du die anderen verloren?«

Lynne verdrehte die Augen. »Du wirst es nicht glauben, aber Sianna hat tatsächlich den Brautstrauß in der Kirche liegen lassen.« Sie hob die Blumen und wies zu einem an die Kirchenwand gelehnten Fahrrad.

Reed hob die Augenbrauen. »Du bist mit dem Rad hergekommen?!«

»Ein bisschen Sport vor dem Buffet.« Es sollte lustig klingen, aber in ihren Augen lag etwas Gehetztes, als wäre sie auf der Flucht. Reed ging einen Schritt auf sie zu, was sie sofort in Anspannung versetzte.

Er hob die Hände. »Ich habe nicht vor, dich noch einmal zu küssen, keine Sorge. Aber entschuldigen werde ich mich auch nicht. Dafür habe ich ihn in zu guter Erinnerung.«

Heimsuchend, um genau zu sein. Er hatte keine Nacht ohne diese Erinnerung verbracht. Und noch viele andere hatten ihn gequält. Zu oft hatte er sich vorgestellt, wie es wäre, jene Nacht von einst mit ihr zu wiederholen, nicht als Teenager, sondern als Mann und Frau.

Sie stemmte eine Hand in die Seite. Das freche Grinsen, das er von ihr kannte, kehrte zurück. »Ja, der Kuss war nicht schlecht.«

»Nicht schlecht?« Er legte sich getroffen die Hand auf die Brust. »Lieder werden darüber geschrieben werden, Generationen werden versuchen, ihn nachzuahmen, aber nichts wird je an das Original herankommen.«

Ein leiser Laut, der sich verdächtig nach einem Lachen anhörte, kam ihr über die Lippen, aber sie schlug schnell die Hand vor den Mund und räusperte sich.

»Ah.« Er zeigte auf sie, wie sie um Ernsthaftigkeit kämpfte. »Will sich da ein Lächeln befreien? Bei einem so traurigen Anlass wie einer Hochzeit?«

»Hör auf.« Sie kicherte, und sein Herz schwoll an. Es kam ihm so natürlich vor, mit ihr zusammen zu sein, besonders hier, wo sie als Kinder herumgealbert hatten.

»Überleg dir lieber eine gute Ausrede für deine Verspätung.«

»Hey, ich bin die Hoffnung eines ganzen Landes, schon vergessen? Ein Arzt muss sich auch nicht rechtfertigen, wenn er noch schnell ein Leben retten musste.«

Sie legte den Kopf schief. »Vergleichst du mit einem Ball über ein Feld zu laufen und andere Typen umzuwerfen wirklich mit …« Ihr Blick fiel zu seinem Auto, als wäre es ihr vorher gar nicht aufgefallen, ihre Miene gefror. »Oh mein Gott!« Sie stürmte an ihm vorbei und sah den schwarzen

Geländewagen genauer an. »Das warst *du*! Du hast mich von oben bis unten mit Schlamm bespritzt!«

Er hatte keine Ahnung, wovon sie sprach, kam aber ohnehin zu keiner Antwort, denn sie fuhr zu ihm herum und boxte ihm gegen die Brust. »Ich wusste es! Ich wusste es! Gut, ich habe es nicht gewusst, aber …« Sie schlug noch einmal zu. »Ich wusste es! Wegen dir wäre ich fast zu spät gekommen!«

Reed hielt ihr Handgelenk fest. »Zu spät zu was?«

»Dem Wunsch mit Winnie Griffin! Du bist im Regen vorbeigefahren, durch die Pfütze und …«

»Lynne, du schwafelst. Ich habe keine Ahnung von was … oh.« Verschwommene Bilder dieses Tages schoben sich vor sein geistiges Auge, er sah nur einen gewaltigen Regenschirm vor sich und hübsche Beine in High Heels. »Zu meiner Verteidigung, ich hatte keine Ahnung, dass du es warst.«

»Ach, dann ist es wohl ein Hobby von dir, Passanten den Tag und das Outfit zu ruinieren?« Ein weiterer Schlag gegen seine Brust, und Reed konnte nicht anders, als zu lachen. Der Drang sie zu packen und sie über seine Schulter zu werfen kam in ihm auf, so wie früher, um sie lachen und schreien zu hören, bis sie gemeinsam ins Gras fielen und …

Schnell schob er seine Hände in die Hosentaschen. »Lust auf eine Fahrt in der Schlammschleuder?«

Sie trat einen Schritt zurück.

»Wir haben dasselbe Ziel.«

Ihr Blick fiel zum Fahrrad und zurück zu ihm, er konnte richtiggehend zusehen, wie ihr Kopf arbeitete und alle Möglichkeiten abwog.

Er verschränkte die Finger hinter seinem Rücken. »Ich verspreche, meine Hände bei mir zu lassen.«

Lynne biss sich auf die Unterlippe, sah ihn misstrauisch an, dann nickte sie aber und ging zur Beifahrerseite. Reed rannte schnell um den Wagen herum und öffnete ihr die Tür.

»Wirklich?« Ihre Augen funkelten belustigt.

»Komm schon, ich trage einen Anzug – ich sehe aus wie ein Gentleman, ich werde mich verhalten wie ein Gentleman – es sei denn, du möchtest mir den Anzug unbedingt ausziehen.«

Sie konnte das Lachen nicht zurückhalten, und es machte irgendetwas mit ihm. Wenn sie ihn unter der Herbstsonne so anstrahlte und der Wind mit ihrem Haar spielte, sah er Bilder der Zukunft vor sich – von ihnen beiden, zusammen.

Lynne glitt immer noch kichernd auf den Sitz und verschränkte die Hände um die Blumen in ihrem Schoß.

Reed stieg ebenfalls ein und fuhr zurück auf die Straße, unerwartet gut gelaunt. Er hatte sich schon darauf eingestellt, einen miesen Tag zu erleben, schließlich war seine Rückkehr nach Hause alles andere als leicht für ihn. Vor ein paar Wochen war er das erste Mal nach zwölf Jahren zurückgekehrt, nicht zur Beerdigung seiner Mutter, die an Krebs gestorben war, sondern zu seiner Schwester. Alis hatte sich bei einem Rettungseinsatz mit dem Tenby Lifeboat, deren Bootsführerin sie war, schwer verletzt, und ihr Freund hatte ihn in Neuseeland aufgespürt und überredet zurückzukommen. Es war nervenaufreibend gewesen, an den Ort zurückzukehren, vor dem er so lange geflohen war, aber gleichzeitig waren da auch schöne Erinnerungen. Mit Alis von den Klippen springen, um den Kick und die Freiheit zu genießen, jede Sekunde mit Lynne …

Er warf ihr einen Blick zu und ertappte sie dabei, wie sie ihn ansah. »Ich sehe fantastisch aus in einem Anzug, hm?«

Sie schaute schnell wieder nach vorne. »Da ich annehme, dass du einen Spiegel besitzt, bleibt mir hier nichts zu sagen.«

Er lachte und folgte der Küstenstraße die Klippen hoch. Zur linken Seite lag das Meer, das unter der Sonne glitzerte, zu seiner Rechten hielt eine überwachsene Steinmauer den Hang. Es war alles so vertraut.

»Ich war erst neulich hier«, versuchte er das Schweigen zu brechen. »Bei der Verlobungsfeier deines Bruders, um genau zu sein – ich hätte nicht gedacht, dass sie es mit der Hochzeit so eilig haben. Ist sie vielleicht schwanger?«

Lynne sah ihn belustigt an. »Ich glaube eher, dass Rhys alles unter Dach und Fach bringen will, bevor sie die Gelegenheit hat, es sich anders zu überlegen.«

Er sah sie erneut an, ein wenig erstaunt, dass sie denselben Gedanken hatte, der ihm auch schon gekommen war.

»Was?«

Er schüttelte den Kopf. »Du warst nicht dort. Bei der Feier.« Er musterte sie, sah, wie ihr Ausdruck sich versteinerte, ehe er sich wieder auf die Straße konzentrierte.

Eigentlich war er froh gewesen, bei seinem aufwühlenden Besuch zu Hause nicht auch noch ihr in die Arme zu laufen. Sie hätte ihm noch gefehlt, um ihn endgültig ins Irrenhaus zu bringen. Seine Mutter so plötzlich tot, ohne dass er sich hätte verabschieden oder mit ihr aussprechen können, seine Schwester, die so knapp einen Unfall überlebt hatte, sein Vater seit zwölf Jahren auf einem Friedhof, den Reed nie besucht hatte, sein einstiger Feind Rhys, kurz vor der Hochzeit und mit einer Entschuldigung für all die kindlichen Schikanen, die alte Farm, die endlosen Weiden, die Küste … Lynnes Gegenwart war jetzt schon kompliziert genug.

»Ich hatte keine Zeit.«

Reed verengte die Augen. Sie hatte immer eine gute Beziehung zu ihren Adoptiveltern gehabt, sie waren sich unglaublich nahegestanden. Für sie gab es eigentlich keinen Grund, ihr Zuhause zu meiden. Er konnte aber nicht weiter in sie eindringen, da sie ihr Ziel erreichten.

Sein Herz schlug schneller, als er die schmale Straße verließ und durch das offenstehende schmiedeeiserne Tor zur Farm fuhr. Es war der Eingang in ein Paradies, das ihm meist wie die Hölle vorgekommen war. Hier hatte sein Vater auf ihn gewartet, wenn die Schule oder andere Eltern angerufen hatten, um sich zu beschweren, oder wenn er einfach nur zu spät gekommen war. Zwischen einem Spalier aus Weißdornbäumen folgte er der asphaltierten Straße und stellte den Wagen auf einer Wiese zu seiner Rechten ab, auf der früher ein Esel und ein Pony gegrast hatten. Heute standen dort unzählige Autos. Ein Stück weiter vorne erhob sich sein Elternhaus, ein zweistöckiger georgianischer Bau aus dem 19. Jahrhundert, mit Efeu überwuchert und ein wenig wie ein verwunschenes Geisterschloss wirkend. Ein Gerüst erhob sich an einer kurzen Seite, Rhys hatte also schon angefangen mit den Umbauarbeiten, um bald einzuziehen. Alis hatte ihm einen Teil der Farm überschrieben, inklusive des Hauses, da sie selbst auch keine besonders guten Erinnerungen daran hatte. Außerdem hatte Rhys seinen Anteil verdient. Er war hier genauso aufgewachsen, er hatte jede freie Minute auf der Farm verbracht und dann als Stallmeister gearbeitet. Alis wollte sich irgendwo weiter weg auf diesem Land ein Haus bauen und mit ihrem Tierarzt neu anfangen. Er selbst hatte nichts vom Erbe haben wollen.

»Wieder zurück.« Lynnes Worte waren kaum mehr als ein Seufzen, und er musste schmunzeln. Von hier führte eine

Straße weiter nach links zu den Ställen und Reitanlagen, aber so weit mussten sie nicht gehen, um den Trubel, den er bei der Kirche vermisst hatte, zu finden.

»Wieso habe ich den Eindruck, dass du mit dem Rad gefahren bist, um länger weg zu sein?«

Sie sah ihn mit einem halben Lächeln an. »Vermutlich, weil du mich ziemlich gut kennst.«

»Tue ich das?«

Sie hielt seinem Blick noch eine Sekunde lang stand, dann riss sie die Autotür auf. »Brautstrauß!« Sie winkte mit den Blumen und ging auf die Menschenansammlung auf der gegenüberliegenden Wiese zu.

Reed strich sich durchs Haar, atmete tief durch und stieg ebenfalls aus. Die Sonne legte sich warm auf sein Gesicht, sie brannte nicht unerträglich, wie noch vor ein paar Wochen, jetzt lag bereits ein Hauch von Herbst in der Luft.

Unter einem weißen Partyzelt im Schatten waren lange Tische aufgestellt mit abgedeckten Speisen und Getränken in Eimern voller Eis. Daneben war ein aus Holzplanken errichtetes Tanzparkett. Die meisten Gäste hielten sich aber in Grüppchen auf der Wiese unter noch ausgeschalteten Lichterketten und Laternen auf und plauderten miteinander.

Einige sahen zu ihm her, ein wenig verwirrt, aber dann erkannte er seine Schwester in einem himmelblauen Kleid mit Herzausschnitt, die sich von den anderen löste und zu ihm rannte. Ihr blondes Haar hatte sie von einer Seite zur anderen über den Kopf geflochten, was ein ungewohnter Anblick war, er kannte sie eigentlich nur in funktionaler Kleidung und mit Pferdeschwanz.

»Du hast es geschafft!« Sie fiel ihm in die Arme und drückte ihn erstaunlich fest für ihre zarte Gestalt. Als Bootsführerin, die bei jedem Wetter rausfuhr, um Seefahrern in Not zu helfen, musste sie wohl eine gewisse Kraft haben. Sie schob sich von ihm und sah mit ihren grünen Augen zu ihm hoch, nicht mehr freudestrahlend, sondern prüfend. »Du bist mit Lynne gekommen.«

»Ich habe sie unterwegs aufgelesen.«

»Du und sie ...« Sie packte seinen Arm, ihr Mund klappte auf, und sie zappelte wild vor Aufregung. »Ihr ... ihr redet miteinander? Wie ... was ... Oh mein Gott! Ihr seid einfach so zusammen im Auto gefahren, nach zwölf Jahren? Wie war es? Was hat sie gesagt? Was hast du gesagt? Wie ...«

»Schwesterherz.« Er legte ihr die Hand auf die Schulter und bereute, dass er bei seinen Telefongesprächen mit ihr nicht erwähnt hatte, Lynne begegnet zu sein. Er hatte genau diese Reaktion vermeiden wollen, stattdessen musste er wohl jetzt da durch. »Wir haben uns ein paar Mal in Cardiff gesehen, keine große Sache.«

Sie zwickte ihn kräftig. »Natürlich ist das eine große Sache! Ihr beide wart ... ich meine, als ihr zusammen fort seid – das war eine große Sache, *Bruderherz*! Schau dir Lynne an!« Sie deutete vage nach hinten. »Sie ist seitdem nie mehr zurück nach Hause, ich hätte gewettet, dass sie gar nicht zur Hochzeit kommt. Sie sieht auch schon den ganzen Tag aus, als hielte ihr jemand eine Knarre an den Kopf. Und warum? Wegen einer harmlosen Jugendliebe? Das kann es wohl kaum gewesen sein! Uns allen wird mal das Herz gebrochen, aber als Lynne damals zurückkam ... Ich zog ja schon bald danach zu Onkel John nach Tenby, aber ich habe trotzdem mitbekommen, was zu Hause los war. Sie hat kaum noch das Haus verlassen, sie futterte so viel, dass sie einmal, als ich sie besuchte, schon in den T-Shirts ihres Dads herumlief. Ich meine, jeder verbringt mal ein paar Tage mit Erdnussbutter und Eis im Bett, wenn man Liebeskummer hat, aber Lynne hat richtig getrauert, sie war …« Sie hielt inne, als bemerkte sie endlich, was für ein Redeschwall sich aus ihr ergoss. Gerade jetzt, da Reed aufhorchte. Er konnte kaum glauben, was seine Schwester da sagte. Nichts davon passte zu seiner Lynne, die er gerade wieder kennenlernte. Auf ihn hatte sie immer einen gefassten und starken Eindruck gemacht. Vielleicht war da hin und wieder eine gewisse Traurigkeit in ihren Augen, bei der er sich fragte, woher sie kam, aber derart aufgelöst konnte er sie sich nicht vorstellen.

»Willst du damit sagen, sie ist damals … dick geworden?« Eine sonderbare Vorstellung, Lynne war immer schlank gewesen, fraulich, aber schlank.

Alis setzte einen zerknirschten Ausdruck auf. »Naja … also …« Sie hob ihre Hand ans Kinn. »Vielleicht generell ein bisschen … molliger. Und dann ging sie ja schon ein knappes Jahr später fort nach Cardiff, seitdem habe ich sie nicht mehr gesehen. Heute war das erste Mal, und sie sieht toll aus! Nur war es nicht wirklich eine freudige Wiedervereinigung mit allen, sie wirkt eher wie ein verschrecktes Reh, das von Jägern umringt wird.«

Automatisch wanderte Reeds Blick zur Menschenmenge, um Lynne ausfindig zu machen, als könnte er sie aus der Ferne beschützen. »Sie ist schon mit sechzehn nach Cardiff gegangen?« Das hatte er nicht gewusst. Wie hatten ihre Eltern das zulassen können, wo sie doch alles getan hatten, um zu verhindern, dass sie mit Reed nach London ging. Ihre Tochter ganz allein in der Großstadt?

»Ja, das war merkwürdig. Du weißt ja, dass ich mich lieber von zu Hause fernhielt, aber hin und wieder musste ich ja doch bei Mum anrufen. Und sie hat mir erzählt, dass Lynne wegging. Sie hat diese Frau getroffen, Mrs Simmons … Rosemarie, glaube ich, und die bot ihr einen Job an. Es war genau das, was Lynne machen wollte, und ihre Eltern meinten, der Ortswechsel wäre das Richtige für sie und dass Mrs Simmons sich gut um sie kümmerte.«

Rosemarie Simmons … die merkwürdige Dame, die ihn am Spielfeld besucht hatte. Beim Gedanken an sie spürte er etwas Beklemmendes, ohne richtig zu wissen, wieso. Was mochte die beiden zusammengebracht haben? »Du sagst, sie ging ein knappes Jahr nach meinem Weggang nach Cardiff. Wie lange genau?«

Alis zog die Augenbrauen zusammen. »Keine Ahnung. Es war Juli, als du weggingst, mein Geburtstag, erinnerst du dich? Und Lynne ging fort im …«

»Hey, Reed, du bist gekommen!« Evan Davies, Alis' Freund mit dem stark ausgeprägten nordwalisischen Akzent klopfte ihm auf die Schulter. Tierarzt, Familienzusammenführer und im Moment Störenfried. Er war ein gutes Stück größer als Alis, sogar größer als er selbst, schlank und mit einem ständig verschmitzten Ausdruck, zu dem die braunen, durcheinandergewirbelten Haare gut passten. Auch jetzt lächelte er offen, und Reed konnte nicht anders, als es ihm gleichzutun. »Alis dachte schon, ich müsste dich noch einmal herzwingen.«

Reed schlug in die dargebotene Hand und sah Alis reumütig an. »Ich bin etwas zu spät, aber so wie es aussieht, geht der Spaß erst richtig los.« Er wies zu den anderen hinüber, wo die Braut sich in einem eleganten, beigefarbenen Kostüm auf die Tanzfläche stellte. Das dunkle, kinnlange Haar war mit einem funkelnden Haarreifen zurückgehalten, was die abstehenden Ohren betonte, ihr aber seltsamerweise trotzdem stand. Sie machte sich bereit den Brautstrauß zu werfen, während Frauen jeglichen Alters sich hinter ihr in Position brachten. Reed hielt nach Lynne Ausschau, er fand die Vorstellung irgendwie komisch, ausgerechnet sie die Blumen fangen zu sehen, aber er konnte sie nirgends entdecken. Versteckte sie sich vor ihm? Vor dieser Feier?

Alis griff nach seiner Hand und zog ihn mit sich. »Komm, wirf dich ins Getümmel, du hast schon genug versäumt. Jetzt gibt es auch etwas zu essen, und dann wird getanzt.« Sie lächelte Evan zu, in ihrer Stimme lag eine Drohung. »Und egal, was du sagst, du bist der Bruder der Braut, Sianna würde dir nie verzeihen, wenn du wie ein Mauerblümchen herumsitzt.«

Evan strich sich mit einem Seufzen durchs Haar und grinste Reed an. »Früher musste ich sie zu jedem Date zwingen, und auf einmal will sie tanzen – was habe ich mir da nur eingebrockt?« Er legte einen Arm um Alis und zog sie zu sich. »Ich habe noch die Hoffnung, dass irgendwo ein Pferd krank wird und mich ganz dringend braucht.«

Alis rempelte ihn mit der Schulter an. »Hey!«

»Was? Ich wäre ja dort, um es zu heilen, ist ja nicht so, als hätte ich einem Vierbeiner den Tod gewünscht, nur irgendetwas, das mich von hier wegholt, solange getanzt wird.«

Alis schimpfte vor sich hin, aber Reed hörte gar nicht richtig zu. Er spürte die Veränderung unter den Gästen bei seinem Näherkommen. Köpfe wurden zusammengesteckt, Flüstern brandete auf, Grüppchen wandten sich ihm zu. Eine Frau kreischte auf, als sie den Brautstrauß fing, dann wurde sie aber von einer anderen neben ihr angestoßen und sah ebenfalls zu ihm her … Dabei wusste er nicht, ob es an der kommenden WM lag, durch die sein Gesicht tagtäglich in den Zeitungen und im Fernsehen zu sehen war, oder ob sie sich an den unbändigen Jungen von einst erinnerten, der alles kaputt gemacht hatte. Reed kannte kaum jemanden von den Gästen, ein paar Nachbarn waren hier, aber großteils mussten es Freunde von Sianna sein. Und dann sah er die Padrigs. Sie bewegten sich auf ihn zu, zurückhaltend, angespannt. Evelyn stieß Gerald immer wieder den Ellbogen in die Seite, zischte irgendetwas, und dann setzte sie ein viel zu breites Lächeln auf.

»Reed!« Sie streckte ihm die Hand entgegen, er hatte sie seit dem Bahnhof vor zwölf Jahren nicht gesehen, umso erstaunlicher war es, dass sie sich bis auf die Frisur kaum verändert hatte. Heute trug sie die Haare kurz, und hellere Strähnen leuchteten aus dem Braun. Gerald hingegen war zusehends gealtert, auch sein Bauch war ausladender geworden, nur sein düsterer Blick hatte sich nicht verändert.

»Ich gratuliere Ihnen beiden.« Reed gab Lynnes und Rhys' Eltern die Hand, er musste sich darauf konzentrieren, ruhig zu sprechen, und sich daran erinnern, wer er heute war. Auch wenn sein einstiges Zuhause, die Padrigs und das ganze Drumherum ihn in die Zeit zurückversetzten. »Ihr Sohn sieht sehr glücklich aus. Und Sianna ist eine wunderbare Frau. Sie passt gut in Ihre Familie.« Anders als ich damals, hätte er fast hinzugefügt, aber das war die Stimme des unverstandenen Jungen, nicht die des erfolgreichen Mannes.

»Ich danke dir, Reed.« Evelyn lächelte weiter, wobei es ihr anzusehen war, wie schwer es ihr fiel, aber er sollte wohl den Versuch würdigen.

»Wir freuen uns schon darauf, dich bei der WM zu sehen«, ließ sich Gerald mit tiefer Stimme vernehmen. »Wir sind alle sehr stolz darauf, dass ein Junge von hier so hoch aufgestiegen ist.«

Reed nickte nur, er konnte nichts darauf erwidern, zumindest nichts Höfliches. Im nächsten Moment sah er etwas Rosarotes im Augenwinkel flattern. Er drehte den Kopf und entdeckte Lynne, sie kam gerade mit Tellern aus dem Haus. Als sie ihn mit ihren Eltern sprechen sah, stellte sie ihre Fracht auf der Treppe ab und kam eilig auf sie zu. Ein fast schon komischer Anblick, wenn da nicht diese Panik in ihren Augen läge.

»Hey! Mum, Dad, ihr habt Reed getroffen! Ist es nicht toll, dass er zu Rhys' Hochzeit gekommen ist, und das, obwohl er so viel zu tun hat, gerade jetzt, vor der WM! Aber er und Rhys vertragen sich jetzt ziemlich gut, habe ich gehört, und außerdem …«

Evelyn lachte etwas hysterisch. »Ja, wir haben bereits gesagt, wie sehr wir uns freuen, ihn wiederzusehen. Aber jetzt entschuldige uns bitte, Reed, wir müssen … tanzen.« Sie zog Gerald und Lynne mit sich zur Tanzfläche, wo die Band gerade erst dabei war aufzubauen, und flüsterte wieder irgendetwas.

Reed sah ihnen aus verengten Augen hinterher. Lynne warf ihm einen Blick über die Schulter zu, während ihre Mutter sie weiterzog. Als wollte sie eigentlich zurück zu ihm.

* * *

Lynne strich sich ein paar Schweißperlen von der Stirn, am liebsten wäre sie nach drinnen gegangen, um sich Wasser ins Gesicht zu spritzen. Dabei ging die Sonne gerade unter, und es wurde zunehmend frischer. Das Anschneiden der Torte war überstanden, die ersten Tänze, die Trinksprüche. Sie hatte mit den Gästen geplaudert, Luftballons mit kleinen Nachrichten losgelassen und unauffällig Reed beobachtet. der immer wieder in Gespräche verwickelt wurde. Schon komisch, früher hatte niemand etwas mit ihm zu tun haben wollen, und nun konnte er sich vor Aufmerksamkeit kaum retten.

Hin und wieder hatte er sie dabei ertappt, wie sie ihn ansah, was jedes Mal ein nervöses Flattern in ihrem Bauch ausgelöst hatte. Zu genau erinnerte sie sich an den Kuss im Stadion, allein der Gedanke daran machte sie noch ganz benommen.

Die Ablenkung tat ihr gut, sie ließ sie vergessen, dass sie bei ihrem letzten Aufenthalt an diesem Ort einen Engel unter dem Herzen getragen hatte. Der vertraute Stich überraschte sie nicht mehr, sie konnte ihn immer besser aushalten.

»Was ziehst du für eine Miene?« Rhys kam an ihre Seite und legte einen Arm um sie. Eine ungewohnt brüderliche Geste, aber er sah so glücklich aus, dass sie sich liebend gerne an ihn schmiegte und den Moment genoss.

»Ich freue mich so sehr für dich, Rhys, du hast das alles verdient.«

»Und du? Was treibst du in Cardiff, das dich zu beschäftigt hält, um hin und wieder vorbeizukommen?«

Lynne presste die Lippen aufeinander. Irgendetwas sehnte sich danach, ihm die Wahrheit zu sagen, mit jemand anderem als ihren Eltern darüber zu sprechen. Die beiden lagen ihr ohnehin schon den ganzen Tag in den Ohren mit Fragen: Wie geht es dir? Hast du vor, Reed davon zu erzählen? Willst du mit uns zu ihr gehen, gemeinsam als Familie? Wann hörst du auf davonzulaufen?

Aber dies war Rhys' Tag. Um nichts auf der Welt wollte sie ihn überschatten.

Sie sah Alis und Evan auf der Tanzfläche, eng umschlungen zum Klang der Live-Band, die eine herzzerreißende Ballade nach der anderen spielte. Sie sahen aus, als könnten sie die nächsten beiden sein, für die die Hochzeitsglocken läuteten. Lynne freute sich für Alis, schließlich war sie einst ihre Freundin gewesen, und sie hatte es auch nicht leicht gehabt. Zwar war Alis der Liebling ihrer Eltern gewesen und Reed das schwarze Schaf, aber sie hatte immer zu ihrem Bruder gestanden, hatte die Ungerechtigkeit der Eltern nicht akzeptiert und für Reed gekämpft. Sie waren Verbündete gewesen. Bis sie älter geworden und Lynne und Reed nicht mehr nur Freunde gewesen waren, bis Reed sich immer stärker auf Lynne fixiert und von Alis entfernt hatte. Bis sie zusammen fortgelaufen waren.

Sie wandte ihren Blick ab, sah weiter von Gast zu Gast. Sianna, die glückliche Braut, lachte gerade mit ihrer Großmutter, die aus dem Norden von Wales angereist war, neben Evan ihre einzige Familie. Alle schienen irgendwohin zu gehören, ihren Platz gefunden zu haben.

»Wie wäre es mit einem Tanz?« Rhys drückte ihre Schulter. »Und bevor du nach einer Ausrede suchst, ich akzeptiere kein Nein.«

Lynne gab ihm einen Kuss auf die Wange. »Dann lass uns …«

»Weißt du, ich bin schon etwas beleidigt.« Unvermittelt trat Sianna an sie heran, die Wangen gerötet, die Augen strahlend. »Das ist mein Hochzeitstag, und ich stehe die ganze Zeit nur herum! Für was habe ich einen Mann, wenn er nicht mit mir tanzt?«

Rhys grinste breit, sie glaubte sogar, Herzchen in seinen Augen zu sehen, so offensichtlich betete er seine frischgebackene Frau an.

Lynne machte einen Schritt zurück. »Er gehört ganz dir.«

Die Worte schienen Rhys ein wenig aufzuwecken. »Warte, Sianna … ich hatte Lynne versprochen …«

»Schon gut, ich sehe ohnehin viel lieber zu.«

»Unsinn!« Sianna nahm ihre Hand und führte sie mit Rhys' zusammen. »Ein Bruder-Schwester-Tanz ist genau das, was jetzt sein muss. Ich schnappe mir Evan.«

Sie lief auf die Tanzfläche und klopfte ihrem Bruder auf die Schulter. Alis trat lächelnd zurück, verschwand in der Menge und kam mit Reed an der Hand zurück. Noch ein Bruder-Schwester-Paar.

Reed sah zu ihr her, die untergehende Sonne stand in seinem Rücken und beleuchtete ihn auf so kitschige Weise, dass sie fast gen Himmel geblickt und »ernsthaft?« gerufen hätte. Natürlich hatte er recht, er sah fantastisch aus in einem Anzug – vermutlich auch in einem Kartoffelsack –, aber das war es nicht, das dieses Flattern in ihr auslöste. Sie konnte sein Gesicht nicht einmal richtig erkennen, umso deutlicher spürte sie aber seinen Blick.

»Ziemlich heftig, hm?«

Lynne zuckte zusammen und sah zu Rhys hoch. Er deutete mit dem Kinn zu Reed und Alis hinüber. »Nach all der Zeit …«

»Ja.« Sie war es so müde zu lügen und eine Fassade aufrechtzuerhalten. »Das ist es. Aber das lässt sich nicht ändern, also wieso lenkst du mich nicht ein wenig ab, Herr Bräutigam?«

Er sah auf sie hinab, fast schon mit Stolz in den Augen,

und erneut war da ein Stich. Diesmal aber aus einem völlig anderen Grund. Ein leises Bereuen, da sie ihre Familie so lange aus ihrem Leben ausgeschlossen hatte – aus purer Angst sich zu stellen, alles aus der Vergangenheit aufarbeiten zu müssen und nicht länger wegrennen zu können. Das Problem war, dass diese Angst sie immer noch beherrschte, sie konnte sich nicht mit April und dem Verlust auseinandersetzen, aber im Moment musste sie das auch nicht.

Sie zog Rhys auf die Holzplanken zwischen die anderen Pärchen, als beschwingte Musik erklang. Erstaunt stellte sie fest, dass ihr Bruder tatsächlich tanzen konnte, er kannte die Schritte und führte sie einfach mit sich. Sie machten eine Drehung, Lynne sah an seiner Schulter vorbei, und ihr Blick traf Reeds. Einfach so, als hätten sich alle um sie herum genau richtig positioniert.

Reed sah sie über Alis hinweg an, und sie fragte sich, wie lange er sie schon beobachtete. Er schien sich nicht ertappt zu fühlen, zwinkerte ihr sogar zu. Seine in den letzten Strahlen des Tages leuchtenden grünen Augen trugen etwas in sich, das ihr Herz stolpern ließ. So hatte er sie früher angesehen, da war ein Funkeln, Wärme, Schutz, Liebe. Sie wollte sich abwenden, das alles brachte sie zu sehr durcheinander, konnte aber den Blick nicht von ihm nehmen Sie sog den Anblick in sich auf, das Gefühl, so wichtig für jemanden zu sein, auch wenn es vermutlich nur Wunschdenken war.

Schatten legten sich über sie, die Sonne war nun endgültig fort, aber Reeds Ausdruck veränderte sich nicht. Er führte seine Schwester durch den Tanz, und in ihr kam ein schmerzhaftes Sehnen auf – sie selbst sollte in seinen Armen sein. Sie wollte sich an ihn schmiegen, die Wärme seines Körpers fühlen, sich an ihm festhalten. Konnte er es ihr von den Augen ablesen? Es war wie ein unsichtbares Band, das sie zu ihm zog, und es erforderte enorme Kraft, dem entgegenzuwirken.

»Vielen Dank, Schwesterlein.«

Sie fuhr zusammen, der Song war vorbei, oder war es schon ein neuer gewesen? Rhys schob sie sacht von sich und sah auf sie hinab. »Es ist wirklich schön, dich wieder hierzuhaben.«

Sie lächelte. »Es ist schön, wieder bei dir zu sein.« Sie legte ihre Hand an seine Wange und sah aus den Augenwinkeln Sianna näher kommen. »Deine Braut wartet.«

Er grinste, als wäre er wieder ein Junge, nur hatte sie ihn damals so gut wie nie grinsen gesehen. Ohne nachzudenken, streckte sie die Hand aus und nahm Siannas in ihre. »Danke. Was auch immer du gemacht hast … danke.« Sie küsste sie auf die Wange und überließ die beiden sich selbst.

Die Sängerin stimmte eine neue Ballade an, einen ihrer Lieblingssongs, dessen Text ihr heute mehr denn je unter die Haut ging: »Wenn du mich geliebt hast, warum hast du mich verlassen?« Tja, das war eine gute Frage.

Sie bahnte sich ihren Weg zwischen den tanzenden Pärchen hindurch und setzte einen Fuß auf die Wiese.

Eine sanfte Berührung an ihrem Arm ließ sie innehalten, sie fuhr wie kleine Elektroschocks durch sie hindurch. Reed hielt sie nicht fest, legte nur seine Hand auf ihre Haut, und ihr fiel das Atmen schwer.

»Darf ich um diesen Tanz bitten?«

Sie schloss die Augen, eine Gänsehaut zog ihr über den Rücken. Glück und Angst brausten durch sie hindurch, aber sie hatte keine Kraft mehr für diesen Kampf. Ihre Lippen hoben sich ganz von selbst zu einem Lächeln, als sie sich zu ihm umdrehte und ihm ihre Hand anbot.

Reed sah ihr in die Augen, seine Finger schlossen sich um ihre, er zog sie an sich und schlang einen Arm um sie. Sein Geruch stieg ihr in die Nase, der feine Stoff seines Anzugs legte sich auf ihre Haut. Er war so warm, wie sie es sich vorgestellt hatte. Sie legte ihre Wange an seine Brust, seine Hand hob sich an ihren Hinterkopf, streichelte nicht, hielt sie nicht fest, sie lag einfach nur da, als gehörte sie dahin. Sie hörte seinen Herzschlag, spürte das Heben und Senken mit jedem Atemzug. Vermutlich sollten sie anfangen zu tanzen, aber sie bewegten sich nicht, standen einfach nur so da, während die Sängerin in Begleitung eines Gitarristen und einer Geigenspielerin sanfte Töne von sich gab: »Du brachtest das Beste in mir zum Vorschein, du nahmst meine Seele und reinigtest sie.«

Ja, ihre Seele fühlte sich heil an, in diesem Moment. Da waren keine Fragen, keine Gedanken an das Danach oder Davor oder Warum, sie musste nicht verstehen, wieso sie hier so standen, in völligem Frieden, als gehörten sie genau hier hin.

Aber dann veränderte sich etwas. Lynne brauchte einen Moment, um zu bemerken, dass die Laternen, die über der Tanzfläche hingen, entzündet worden waren. Sie hörte Reed leise seufzen, er zog sie etwas näher zu sich, sein Herz schlug nicht mehr so ruhig, die Muskeln unter ihren Händen wurden fest.

Sie hob den Kopf, er sah sie ernst an, der Kiefer angespannt. »Es tut mir leid, Lynnie.« Kaum mehr als ein raues Flüstern.

Fragend zog sie die Augenbrauen zusammen, da fuhr er schon fort. »Ich kann mein Versprechen nicht halten.« Seine Hand in ihrem unteren Rücken verstärkte kaum merklich seinen Griff, genauso in ihrem Nacken. Er beugte sich zu ihr hinab, ohne den Blick von ihr zu nehmen, als wartete er darauf, dass sie ihn aufhielt, aber genauso gut hätte sie versuchen können, die hereinbrechende Dunkelheit aufzuhalten.

Seine Lippen legten sich auf ihre, ganz sanft, so völlig anders als der Kuss neulich im Stadion. Dies war keine Explosion, nichts Unbedachtes, es war einfach das Richtige, und sie beide wussten es.

Ihre Lider fielen zu, und ihr war völlig egal, dass sie hier am Rande der Tanzfläche standen und jeder sie sehen konnte. Seine Hand fuhr von ihrem Nacken nach vorne, umschloss ihre Wange, er küsste sie langsam, zärtlich, unerträglich intensiv. Einst hatte er die ganze Welt zum Stehenbleiben gebracht, heute löschte er sie aus.

Sie spürte, wie sich Tränen in ihren Augen sammelten und unter ihren geschlossenen Lidern hervorbrachen.

Er musste sie an seiner Hand gespürt haben, denn er löste sich von ihr, nur ein wenig, um sie anzusehen. Er hob seine andere Hand an ihr Gesicht und wischte mit den Daumen die Tränen fort.

»Es hat keinen Sinn mehr, oder?« Seine Stimme war leise. »Noch so zu tun, als ob …« Er lehnte sich nach vorne und presste seine Lippen gegen ihre Stirn. »Du bedeutest mir immer noch die Welt, Lynnie. Du warst es immer, und du wirst es immer sein. Ich glaube, ich kann gar nicht anders, als dich zu lieben.«

Ein Zittern überfiel sie, ihr Hals schnürte sich zu.

Er sah wieder auf sie hinab, ohne sie loszulassen. »Ich weiß, da sind Dinge, die zwischen uns stehen, die ich nicht von dir weiß und du nicht von mir, aber …«

Sie trat einen Schritt zurück, seine Hände sanken hinab an seine Seiten. »Und schon wieder bist du startklar, um davonzurennen.«

»Ich …« Was sollte sie sagen? Wie sollte sie ihren Gefühlen nachgeben, wenn sie ein Geheimnis mit sich trug, das all das zerstören würde? Wie schaffte sie es überhaupt, ihm in die Augen zu sehen? Dass sie selbst den Schmerz aushalten musste, war eine Sache, sie hatte keine andere Wahl gehabt. Reed hingegen konnte den Segen der Ahnungslosigkeit genießen, ohne sich Vorwürfe zu machen oder sie zu hassen.

»Es tut mir leid. Ich …«

»Nein.« Er nahm ihre Hand, diesmal nicht mehr sanft, und er zog sie von der Tanzfläche in die immer dunkler werdenden Schatten. Sie konnte ihm nur hinterherstolpern. Er führte sie von den Feiernden fort, über die Wiese und auf die Straße zu den Reitanlagen. Es war erstaunlich, wie schnell es Nacht wurde, sie konnte den weißen Koppelzaun weiter vorne kaum noch ausmachen.

»Also gut, dann mache ich den Anfang.« Er ließ sie los und baute sich herausfordernd vor ihr auf, der Wind wirbelte ihm durchs Haar, riss ihm die Worte vom Mund. »Zwölf Jahre im Schnelldurchlauf – wo fange ich an? Ach ja, am Bahnhof in Cardiff.«

Sie zuckte zusammen. Es hatte ja so kommen müssen, nun waren sie da, die Vorwürfe. Er hatte sie lange zurückgehalten, aber ihr war klar gewesen, dass er sie nicht auf ewig würde hinunterschlucken können. Zumindest war dies ein Thema, über das sie reden konnte.

»Ja, der Bahnhof!« Sie stemmte die Hände in die Seite. »Was ist damit?«

Er schüttelte mit einem leisen Lachen den Kopf, als fände

er ihr defensives Verhalten amüsant. »Weißt du, ich bin tatsächlich nach London. Die ersten Nächte habe ich auf einer Parkbank geschlafen, da ich mein Geld nicht für ein Zimmer ausgeben wollte. Jede Nacht lag ich da, starrte hoch zur Straßenlaterne und sah dein Gesicht.«

Sie wandte sich ab, vielleicht war dies doch kein Thema, über das sie sprechen konnte. »Willst du eine Entschuldigung?«

»Ich will, dass du mir zuhörst.« Er atmete hörbar ein und fuhr fort. »Dann kam der Moment der Schwäche. Ich hörte meine Mailboxnachrichten ab.«

Die Luft presste sich aus ihrer Lunge. Was? Sie hatte ihm mit solch einer Nachricht von ihrer Schwangerschaft erzählt! Aber das war Wochen später gewesen. Wusste er es etwa? Nein, das konnte nicht sein.

»Ich erfuhr, dass Dad einen Tag nach meinem Verschwinden gestorben war – schon eine Ironie des Schicksals, hm? Sturzbetrunken die Klippen hinuntergestürzt, da er meinte, seine Alis retten zu müssen. Dabei war ich es, der ihr das Klippenspringen beigebracht hatte. Nein, es war nicht angenehm, Alis' Selbstvorwürfe zu hören, als hätte sie ahnen können, dass er ihr hinterherspringt. Trotzdem bin ich nicht zurück, ich habe nichts getan, um meiner eigenen Schwester durch diese schwere Zeit zu helfen.«

»Warum nicht?« Ihre Stimme war heiser. Sie ging auf den Koppelzaun zu und hielt sich daran fest, dachte daran, wie anders alles abgelaufen wäre, wenn er nach dem Tod seines Vaters zurückgekommen wäre, wenn sie ihn auf der Beerdigung getroffen hätte.

»Weil ich wusste, dass ihr alle ohne mich besser dran seid.«

Sie fuhr herum, wollte protestieren, aber er ließ sie nicht zu Wort kommen.

»Ich habe nur noch eine Nummer gewählt, ehe ich mein Handy in den nächsten Mülleimer geworfen habe – Johns.«

»Was?« Sie starrte ihn an, damit hatte sie nicht gerechnet. Sein Onkel hatte tatsächlich von ihm gehört und es niemandem verraten? Sie wusste, dass Alis nach Mr Rivers' Tod zu ihm und ihrer Tante gezogen war, um der Farm zu entkommen. Aber von einer Verbindung zu Reed hatte niemand etwas gewusst.

»Glaube mir, es war nicht leicht, um Hilfe zu bitten, aber ich wusste, ich brauchte die Unterstützung eines Erwachsenen.« Er zuckte mit den Schultern. »Er hat mir eine Wohnung in London auf seinen Namen gemietet und später das Ticket nach Neuseeland gebucht. Kurz gesagt, alles, wofür ich die Unterschrift eines Erwachsenen brauchte, hat er erledigt. Aber ums Geld habe ich mich selbst gekümmert. Ich habe gearbeitet, oft rund um die Uhr, ich hätte nie etwas von ihm genommen.«

»Daran zweifle ich nicht.« Sie ließ sich gegen den Zaun sinken, konnte sich gar nicht vorstellen, was er alles hatte durchstehen müssen.

»Natürlich hat er versucht mich zu überreden, nach Hause zu kommen, aber als das nicht klappte, wollte er mich unterstützen. Er verstand, dass ich allein klarkommen musste.«

»Warum erzählst du mir das alles?«

»Damit du mit mir redest, mir auch *deine* Geschichte erzählst. Und weil ich eben keine Entschuldigung mehr brauche, Lynne, weil mir, seit ich wieder hier bin, klar geworden ist, dass es nichts gibt, wofür du dich entschuldigen musst. Ja, der Moment am Bahnhof war nicht gerade schön, er hat mir lange zu schaffen gemacht, aber ich hatte genug Abstand und Raum, um erwachsen zu werden, um zu verstehen, dass ich damals zu viel von dir verlangt und meine Probleme zu deinen gemacht habe.«

Sie wandte den Blick ab, aus den Augenwinkeln bemerkte sie, dass er näher kam. »Wenn du genauso für mich empfindest wie ich für dich, dann rede mit mir, lass uns das alles aus der Welt räumen, nur renn nicht wieder weg.« Er machte noch einen Schritt auf sie zu, berührte sacht ihre nackte Schulter, die schon eiskalt war, strich ihren Arm hinunter und wieder rauf. »Ich bin nicht mehr der Junge von damals, ich kann einer Frau nur so lange hinterherlaufen, auch wenn sie Lynne Padrig heißt, und wenn du nicht dasselbe für mich empfindest, werde ich es überleben – ich habe es schon einmal überlebt. Du musst es nur sagen.«

»Reed …« Sie schloss die Augen, hasste den Kampf zwischen ihrem Herzen und ihrem Verstand. Wieso musste er all die richtigen Dinge sagen, und wieso hatte sie solche Angst, ihm zu sagen, dass sie all das genauso wollte? Nein, es war einfacher, ihn ein für alle Mal ziehen zu lassen, statt ihn noch einmal auf so schmerzhafte Weise zu verlieren.

»Ich weiß, wenn ich dich jetzt loslasse, vergräbst du dich, du wirst auf keine meiner Nachrichten antworten, mir aus dem Weg gehen und so tun, als wären wir uns nie begegnet. Ohne dass ich weiß, wieso. Du fühlst genauso für mich wie ich für dich, also bleib bei mir, und lass uns alles andere zusammen reparieren. Nur renn nicht weg!«

Sie schluckte und kämpfte gegen die Tränen, sie durfte jetzt nicht schwach werden. Behutsam machte sie sich von ihm los. »Ich kann nicht, Reed. Es tut mir leid.«

Sie zitterte, es war so eisig kalt, von der wohligen Wärme

von vorhin war nichts mehr übrig. Reed sah sie an, sie wusste nicht, wie viel Zeit verging, schließlich hob er seine Hände und trat einen Schritt zurück.

Lynne wandte sich schnell ab, presste die Augen zu und ging langsam zurück zur Feier. Es war die richtige Entscheidung, nur wieso fühlte sie sich so falsch an?

Kapitel 11

Jen konnte es einfach nicht fassen. Eine Schaufensterpuppe hatte ihre Sachen an! Das komplette Outfit! Und es sah großartig aus. Wie in Trance ging sie immer wieder vor dem weiß beleuchteten Fenster auf und ab, wie eine Stalkerin, nur dass sie einer Person aus Plastik auf die Pelle rückte. Sie versuchte unauffällig zu sein, schlenderte zur gegenüberliegenden Straßenseite und betrachtete andere Auslagen, stöberte durch Postkartenständer, aber es zog sie immer wieder zurück. In Gedanken ging sie dabei ein ums andere Mal das Treffen mit der Näherin vorhin durch, eine Frau mittleren Alters, mit der sie sich sofort verstanden hatte. Mrs Dalton war ebenfalls Mutter einer Tochter, die allerdings gerade mit der Schule fertig geworden war, sie hatte einen beißenden Humor und nähte wie besessen.

Jetzt könnte sie einen freien Vormittag genießen, Winnie war zum Spielen bei einer Freundin, aber anstatt gemütlich am Mermaid Quay entlangzuschlendern, kam Jen einfach nicht von hier weg. Sie stöberte gerade durch Souvenirkörbe vor dem Geschäft nebenan, als sie eine hochgewachsene, männliche Gestalt in die Boutique eintreten sah.

»Oliver?« Sie richtete sich abrupt auf, aber er hörte sie nicht und verschwand bereits im *Ava's Paradise*. War er es wirklich gewesen, oder bildete sie sich das nur ein, weil er ihr seit Tagen nicht aus dem Kopf ging? Ihre Schichten waren katastrophal, immer wieder ertappte sie sich dabei, wie sie ihn verstohlen ansah. Dabei hatte sie ihn doch schon tausendmal gesehen! Doch nun blieb ihr Blick an seinen großen, schlanken Händen hängen, während sie sich vorstellte, von ihm berührt zu werden. Sie betrachtete seine breiten Schultern, seinen muskulösen Oberkörper, über den sich das Hemd spannte, während sie sich vorstellte, wie sich seine Haut auf ihrer anfühlte. Seit Jahren hatte sie nicht mehr an Sex oder an Männer gedacht, und plötzlich war sie ein Zombie, der den ganzen Tag in seinen schmutzigen Fantasien herumwandelte. Wenn sie doch nur wüsste, auf welche Art sie ihn wollte! Für eine Nacht? Für zwei? Sie musste sich sicher sein, bevor sie riskierte, einen so wichtigen Menschen in ihrem Leben zu verlieren.

Doch ihre Überlegungen führten zu nichts, und sie war permanent angespannt, hatte ständig ein nervöses Flattern im Bauch, wenn sie seinen Blick auf sich spürte. Gestern hatte er am Zapfhahn plötzlich hinter ihr gestanden, ihr das Glas aus der Hand genommen, seine raue Stimme an ihrem Ohr: »Ich mache das schon«. Sie hatte seinen Körper hinter sich gespürt, und sie wünschte, sie hätte cool reagiert, stattdessen war sie einen Meter in die Luft gesprungen und hatte ein volles Glas Bier umgestoßen. Bei der Erinnerung schauderte sie. Er hatte lediglich eine Augenbraue hochgezogen, und sie fragte sich inzwischen, ob er mit ihr spielte. Es war ein ziemlich aufregendes Spiel, und es lenkte sie von ihrer Nervosität wegen der bevorstehenden OP ab. Wahrscheinlich steigerte sie sich deshalb so in diese Situation hinein. Nur deshalb.

Mit angehaltenem Atem ging sie näher zur Boutique, spähte durchs Schaufenster hinein und traf direkt Olivers Blick.

Sie fuhr zurück, und ein leiser Schrei entkam ihr, den sie schnell mit der Hand erstickte. Oliver zuckte auf der anderen Seite des Fensters leicht zusammen. Jen versteckte schnell ihr Gesicht in ihren Händen und brach in ein Lachen aus. Sie war wirklich das reinste Nervenbündel! Immer wieder sah sie die Szene vor sich, wie sie sich anschlich und dann schreiend zurückfuhr, und je mehr sie sie in ihrem Kopf abspielte, umso mehr musste sie lachen. Als sie es schließlich wagte, wieder zwischen ihren Fingern hindurchzuspähen, stand Oliver mit verschränkten Armen leicht kopfschüttelnd in der Boutique. Ein Lächeln umspielte seine Lippen.

Einen Moment lang regte sich keiner von ihnen beiden, dann wandte Oliver sich ab, und ein paar Sekunden später kam er auch schon auf sie zu. »Was immer du zum Frühstück hattest, ich will es auch!«, sagte er grinsend.

»Was machst du hier?« Sie klang schockierter, als sie wollte.

Oliver blieb vor ihr stehen, strich sich über den Nacken. »Ich war in der Nähe und dachte mir, ich schaue mal vorbei und …« Er seufzte und hob resigniert die Hände. »Ich wollte mir deine Sachen ansehen, das ist alles.«

Jen öffnete den Mund und schloss ihn wieder. Sie wusste nicht, was sie sagen sollte. Er war extra hierhergefahren, nur um sich ihre Kleider anzusehen?

»Wo ist Winnie?«, fragte er und sah sich fast schon hoffnungsvoll um.

»Bei Amara, ich hatte einen Termin mit der Näherin hier und hole sie dann mittags ab.«

Oliver nickte, schaukelte auf seinen Füßen vor und zurück, schob die Hände in die Hosentaschen. Schließlich räusperte er sich. »Hunger?«

Sie trat einen Schritt von ihm weg, die simple Frage kam ihr vor wie irgendein unverständliches Rätsel. War es ein verzweifelter Versuch, das Schweigen zu brechen, oder eine ernsthafte Einladung zum Essen? Ein Date oder nur ein zwangloser Vorschlag eines Bekannten, dem man zufällig über den Weg gelaufen war?

»Wie viel ist achtundfünfzig mal vierundsechzig?«

Ihr Kopf fuhr hoch. »Was?«

»Du machst den Eindruck, als könntest du damit mehr anfangen.«

Ein Lachen entfuhr ihr, dabei amüsierte sie sich weniger über seine Worte als ihre eigene Paranoia. »Ja, Oliver.« Sie lächelte ihn an. »Ich habe Hunger.«

Er streckte ihr seine Hand entgegen, und Jen war zu gut gelaunt, die Sonne war zu warm und der Sommerduft zu einnehmend, um sich weiterhin den Kopf zu zerbrechen. Sie legte ihre Hand in seine und ließ sich von ihm aus der Gasse zurück zur Bucht führen, wo er ihr und sich einen Welsh Cake mit Marmelade kaufte. Damit schlenderten sie zwischen den zahllosen in Trikots gekleideten Rugbyfans hindurch, die zu den Pubs und Sportcafés zogen, um das Auftaktspiel der WM anzusehen. Manche von ihnen trugen Narzissenhüte, die gelben Blüten schlossen sich um ihre Köpfe. Viele hatten das Trikot der Nummer 10 an, und Jen lächelte in sich hinein, beim Gedanken, nicht nur den berühmten Reed Rivers persönlich zu kennen, sondern auch für die Frau von Gavin Quinn zu arbeiten.

Sie folgten dem Weg hinunter ans Wasser und ließen sich auf einer Bank neben dem Ianto Shrine nieder. Eine Weile lauschten sie dem Rauschen und Gluckern der sanften Wellen, die nur ein paar Schritte vor ihnen an den Planken des

Stegs leckten, man hörte tratschende Menschen und ferne Straßenmusik. Dabei war die Stille zwischen ihnen diesmal nicht unangenehm, sondern seltsam friedlich.

Jen hätte ewig hier in der Sonne sitzen können. Sie konnte sich nicht erinnern, wann sie das zuletzt getan hatte, nur unter Erwachsenen, ohne darauf aufzupassen, dass Winnie nahe bei ihr blieb und sich nicht zu weit über das Geländer beugte. Natürlich war jeder Moment mit Winnie wertvoll, Jen war nie gerne lange von ihr getrennt, aber dieser kurze Augenblick war so entspannend und ruhig, und sie genoss ihn in vollen Zügen, während sie ihr Gebäck aß.

»Schon komisch, dass dieser Ort so nahe ist und man so selten herkommt.« Oliver sah auf das türkisblaue Wasser hinaus, das glitzernd unter der Sonne schaukelte.

Jen tat es ihm gleich und saugte all die Schönheit in sich auf. »Ich weiß, was du meinst. Ich bin fest entschlossen, das hier ab jetzt regelmäßig zu machen.«

»Mit mir Welsh Cakes essen?«

Sie sah ihn an und konnte ein Grinsen nicht unterdrücken. »Nur, wenn du mich weiterhin einlädst.« Sie schüttelte lachend den Kopf. »Nein, hierherkommen, mit Winnie die Sonne genießen, raus aus der Stadt.«

»Das wird ihr gefallen.« Er lehnte sich auf der Bank zurück und beobachtete zwei Teenager, die dem Aussehen nach wohl in die Kategorie Nerds fielen und Zettel auf die ohnehin mit Nachrichten, Zeichnungen und Gedichten vollbehängte Wand unter der Promenade hängten. Über all den Mitbringseln, die man wohl eher als Ehrbekundungen bezeichnen musste, prangte die Aufschrift »Wir wollen *Torchwood* zurück«. Denn genau an dieser Stelle war der fiktive Eingang zum *Torchwood Hub* aus der Spin-off-Serie von

Doctor Who, die oft hier in der Cardiff Bay gedreht worden war. Der Ianto Shrine war dem fiktiven Charakter aus der Serie *Ianto Jones* gewidmet, der vor ein paar Jahren sein Serienende in einem tragischen Tod gefunden hatte.

Jen wusste nicht, ob es auf der Welt noch einen Schrein für einen tragischen Charakter gab, der nie wirklich gelebt hatte. Aber das war Cardiff, der Schrein gehörte einfach hierher, genauso die *Doctor Who*- und *Torchwood*-Touristen.

»Hast du da auch mal etwas aufgehängt?«, fragte Oliver sie vollkommen ernst und deutete zur überladenen Wand.

Jen zog die Augenbrauen hoch. »Dafür bin ich wohl zu alt.«

Er schnaubte und wandte den Blick ab. »Dafür ist man nie zu alt.«

Jen beobachtete ihn, wie er aufs Wasser hinaussah, darauf bedacht, ihrem prüfenden Blick auszuweichen, und schnappte nach Luft. »Oh mein Gott!« Sie schlug ihm auf den Arm. »Du bist auch so ein *Doctor Who*-Verrückter! Du hast hier etwas aufgehängt!« Sie sprang auf und lief zur Wand, bevor Oliver, der noch nach ihr griff, sie erwischen konnte.

»Was ist es?« Sie stöberte durch all die Nachrichten, Zeichnungen, »Ruhe in Frieden«-Bekundungen, Fotos, Blumen und Anhänger – dabei mied sie geflissentlich die Unterwäsche, die auch ihren Platz auf dieser Gitterwand gefunden hatte. Die Nachrichten kamen aus der ganzen Welt, was Wahnsinn war, aber es gelang ihr nicht, Olivers auszumachen.

»Komm schon, zeig mir, was von dir ist.«

Die Nerds machten sich schleunigst davon, nicht bevor sie ihr einen Blick zuwarfen, als wäre sie verrückt – was komisch war, denn schließlich war *sie* nicht diejenige, die einer ausgedachten Figur nachtrauerte.

Oliver trat an ihre Seite, die Hände in den Hosentaschen. »Ich weiß nicht, wovon du redest.«

Jen zog einen Schmollmund und sah zu ihm auf. »Das ist unfair, du hast mich hierhergebracht, ganz offensichtlich in dem Wunsch, diesen großen, wichtigen Part deines Lebens mit mir zu teilen. Hätte ich gewusst, wie sehr du um Ianto trauerst, wie leer dein Leben nun ohne ihn ist, ich hätte …«

Einer seiner Mundwinkel hob sich, seine sonst so düsteren Gewitteraugen funkelten, was ihn so verschmitzt aussehen ließ, dass sie plötzlich einen Fremden vor sich hatte. »Was hättest du für mich getan, hm, Jen?«

Ein Flattern zog durch ihren Bauch, weniger Schmetterlinge als ausgewachsene Fledermäuse, und sie trat einen Schritt zurück. »Ähm … keine Ahnung, ich meine, vermutlich hätte ich … dir mein Beileid ausgesprochen?«

Er lachte leise. »Wieso bist du so nervös? Ich werde dich schon nicht anspringen und über dich herfallen.«

Jen senkte den Blick, sie spürte, wie ihre Wangen heiß wurden, während ihr durch den Kopf schoss, dass sie gar nichts dagegen hätte, wenn er über sie herfallen würde.

Sie sah schnell hinaus aufs Wasser, befürchtete, dass er ihr die Gedanken vom Gesicht ablesen konnte. Aber als sie ihm den Blick wieder zuwandte, sah er selbst so aus, als zöge er seine Worte in Erwägung.

Er machte einen Schritt auf sie zu. Seine Hand glitt langsam ihren Rücken hinunter, die ganze Zeit über nahm er den Blick nicht von ihr, als wollte er ihre Reaktion abschätzen. Er zog sie sanft zu sich, sein Daumen streichelte ihre Haut knapp über dem Bund ihrer Hose, sie hielt den Atem an …

Ein schrilles Klingeln erklang, sie fuhr zurück, und Oliver knurrte. Er zog sein Handy aus der Hosentasche und lachte leise, als er den Namen las und den Lautsprecher anmachte. »Ja bitte?«

Es war Emily, sie musste schreien, um die lauten Gespräche und das gelegentliche Grölen im Dragon's Lair zu übertönen, »Liebster Chef, ich lege mich ja äußerst ungern mit dir an, aber darf ich dich daran erinnern, welcher Tag heute ist?«

Er runzelte gespielt die Stirn. »Freitag?«

»Das ist nicht witzig, Oliver! Die ganze Stadt ist verrückt geworden, sie laufen uns schon seit einer Stunde die Türen ein, dabei ist es erst Mittag, und das Spiel findet erst heute Abend statt!«

»Ja, das war vorauszusehen. Da das Spiel in London ausgetragen wird, ist niemand im Stadion, und alle ziehen hier durch die Straßen.«

»Ach, war es vorauszusehen? Würdest du dann bitte deinen sexy Hintern in den Pub schwingen, damit Linda und ich wieder Luft holen können?«

»Höre ich da sexuelle Belästigung heraus?«

»Ich bin lesbisch, ich darf das.«

»Deine Freundin sieht das bestimmt anders.«

Jen unterdrückte ein Lachen, wunderte sich aber gleichzeitig über Olivers Albernheit. Wo war der mürrische Pub-Besitzer hin? Sie erkannte ihn kaum wieder. Vielleicht lag es an diesem Ort, der pure Lebensfreude verströmte.

»Meine Freundin hat nichts dagegen, wenn das Offensichtliche ausgesprochen wird. Also los, beweg dich. Und hast du eine Ahnung, wo Jen ist?«

Er ließ das Handy etwas sinken und sah sich übertrieben gewissenhaft auf der Promenade um. »Keine Ahnung.«

»Die soll auch ihren Hintern herschwingen – und aus

Respekt meiner Freundin gegenüber verzichte ich bei ihr auf ein Adjektiv, zufrieden?«

»Ich wähl dich noch zur Kellnerin des Monats.«

»Beeil dich einfach.« Sie legte auf, und Jen konnte das Lachen nicht länger zurückhalten.

»Ich glaube, sie will, dass ich heute früher anfange. Was sagt mein Boss dazu?«

Er beugte sich zu ihr hinunter und schob ihr eine Haarsträhne zurück. »Dass wir jetzt Winnie abholen und zusehen, dass wir unsere sexy Hintern in den Pub schwingen, bevor er noch zerlegt wird.«

* * *

Winnie fielen im Auto fast die Augen zu, sie wurde in letzter Zeit schnell müde und legte sich öfter freiwillig hin. Sie trug bereits das Trikot des Fly-halfs, und auf ihrer Wange prangte eine verschmierte walisische Flagge, die ihr Amaras Mutter aufgemalt hatte. Jen sah sie durch den Schminkspiegel vom Beifahrersitz aus an und spürte ihr Herz vor Liebe überquellen.

»Wie lief's in der Boutique?«, wollte Winnie mit einem Gähnen wissen. »Hast du Mrs Quinn getroffen und ihr gesagt, dass ich ihrem Mann die Daumen drücke?«

»Mrs Quinn war nicht da, Schätzchen, sie ist doch in Lon don. Aber sie weiß bestimmt, was für ein treuer Fan du bist.« Sie drehte sich auf ihrem Platz um und sah durch den Spalt zwischen Tür und Sitz zu ihr zurück. »Was hältst du davon, wenn du dich zu Hause ins Bett kuschelst und ein wenig ausruhst? Ich schalte dir den Fernseher ein, sie zeigen den ganzen Tag Rugbykram. Dabei lässt es sich wunderbar einschlafen.«

»Muuum!« Winnie richtete sich abrupt auf und schien viel munterer, was nicht ihre Absicht gewesen war.

»Keine Widerrede. Ich helfe jetzt ein wenig im Pub aus, und dafür …«, sie warf Oliver einen flehentlichen Blick zu, »bekomme ich heute Abend eine etwas längere Pause, und wir sehen uns eine Halbzeit gemeinsam im Bett an. Während des Spiels bestellt ohnehin kaum jemand etwas, da sind alle hypnotisiert. Ich nehme etwas Leckeres von Harry mit nach oben, und wir machen es uns gemütlich. Einverstanden?«

Sofort strahlten ihre Augen auf. »Aber nur, wenn Oliver auch dabei ist!«

Jen sah ihre Tochter erstaunt an, Bilder flackerten vor ihrem geistigen Auge auf. Sie lagen zu dritt im Bett mit Harrys Burgern und schauten die WM. Allein der Gedanke erfüllte sie mit Wärme und Geborgenheit und ließ ihr Herz schneller schlagen.

Aber Oliver schüttelte den Kopf. »Kann leider nicht, Winnie, ich muss arbeiten.« Er nahm Jens Hand und drückte sie ganz kurz. »Ein anderes Mal, ja?« Er sah von ihr zu Winnie. Sie konnte nicht anders, als zu lächeln.

Zurück beim Pub riss Winnie ob des Trubels in dieser hochfrequentierten Straße die Augen auf. Von überall her erschollen Siegeshymnen, und sie schien sich gar nicht entscheiden zu können, welcher Gruppe Betrunkener sie hinterhersehen sollte. Es gab aber auch noch Familien zwischen den roten Trikots, die sich ihr spätsommerliches Eis zu ergattern versuchten, Touristen waren jetzt Mitte September bereits Mangelware. Die Schule hatte auch schon angefangen, Winnie hatte aber bereits einige Fehlstunden, da die Krankenhaustermine und psychologischen Sitzungen viel Zeit in Anspruch nahmen.

»Ich glaube, ich will doch lieber im Pub bleiben.«

Jen lächelte und schob Winnie sanft weiter. »In ein paar Jahren, wenn du volljährig bist.«

»Das ist so unfair!«

»Ich werde es dem Jugendamt weitergeben.« Sie schob die Tür des Dragon's Lair auf und taumelte zurück. Instinktiv griff sie nach Winnie, aber Oliver war schneller. Er hob sie auf seinen Arm und schob sich geschickt mit ihr an einer Gruppe Feiernder vorbei, die den Eingang verstellten.

»Coool!«, hörte sie Winnie sagen, da auf dem Bildschirm über der Theke gerade die härtesten Rugby-Zusammenstöße aller Zeiten gezeigt wurden. Und das waren viele. Bedachte man, dass eine Mannschaft versuchte, den Ball am Gegner vorbeizubringen, dieser sie aber aufhielt, indem er sie zu Boden riss – auf brutalste Art und Weise –, war es eher erstaunlich, dass sich nicht viel mehr Spieler ernsthaft verletzten. Es war ein wenig wie American Football, nur ohne die ganze Schutzausrüstung, sondern Mann an Mann, mit nichts dazwischen.

So ein Mann-an-Mann-Tackling war nun auch schon fast notwendig, um sich zur Bar vorzuarbeiten. Die Theke war kaum noch zu sehen, alle Tische waren besetzt, und um die Stehtische tummelten sich ebenfalls Rugbyfans.

Jen war erleichtert, Winnie so hoch oben zu wissen, in starken Armen. Sie selbst bekam hier drinnen ja schon Platzangst, obwohl es nicht ihr erster Rugby-Event im Pub war. Die Schicht würde ein Spaß werden, und es wunderte sie nicht, dass Emily ihnen ungeduldig entgegensah. Eher fand sie es erstaunlich, dass Oliver sein heißgeliebtes Dragon's Lair an einem Tag wie diesem überhaupt verließ. Noch dazu, um einfach nur ihre Kleider anzusehen.

Sie sah ihm zu, wie er Winnie um die Theke brachte und mit ihr durch die Schwingtüren zur Küche ging. Erneut flackerten Bilder einer harmonischen Familie durch ihren Kopf, was ungewohnt und auch ein wenig beängstigend war. Besonders, da sie wusste, wie schnell das alles in einem Scherbenhaufen enden konnte.

Sie schob sich durch die Menge zur Küche, nahm Winnie entgegen und lachte, als sie, noch bevor die Tür des Treppenhauses hinter ihr zufiel, Oliver schimpfen hörte. Servietten und die kleinen Wales-Flaggen für die Drinks wurden anscheinend bereits knapp, und so mürrisch kam Oliver ihr wieder viel vertrauter vor.

Sie brachte Winnie nach oben, und nachdem sie ihre Prozedur aus Übungen und Inhalation hinter sich gebracht hatte, legte sie sich freiwillig auf die Couch und ließ sich zudecken. Jen setzte sich an ihre Seite und streichelte ihr über die Wange.

»Versuche, ein wenig zu schlafen.« Sie tippte auf das Handy auf dem Couchtisch. »Und wenn irgendetwas ist …«

»Mum!« Winnie scheuchte sie mit einer ungeduldigen Handbewegung fort. »Ich kann nichts sehen, sie zeigen gerade die besten Trials!«

Ein Lachen entfuhr ihr, sie sah ihre Tochter noch einen Moment lang an, dann erhob sie sich und verließ die Wohnung. Sie schloss gerade die Tür hinter sich, als unvermittelt ihr gegenüber Oliver aus seiner Wohnung kam, eine offene Kiste mit Getränkeschirmchen in der Form des roten Drachen in der Hand.

Er schüttelte den Kopf. »Die gehen weg wie nichts.«

Jen konnte sich nicht rühren, sie sah ihn nur an, wie er in der offenen Tür stand. Plötzlich konnte sie einfach nicht mehr an sich halten. Ihr Herz machte einen Satz, und sie ging zwei schnelle Schritte auf ihn zu, nahm ihm die Kiste aus der Hand und ließ sie zu Boden fallen. Dann packte sie sein Hemd, hob sich auf die Zehenspitzen und küsste ihn, ehe sie es sich anders überlegen konnte.

Oliver reagierte sofort, er schlang einen Arm um ihre Taille und zog sie näher an sich heran, hob sie schließlich hoch und drückte sie gegen die Wand. Jens Hände fuhren in sein Haar, und sie umschlang seine Taille fest mit ihren Beinen. Nie hätte sie gedacht, dass sie so schnell die Kontrolle verlieren könnte. Sie konnte keinen klaren Gedanken mehr fassen und verlor sich ganz in diesem Kuss.

Ehe sie noch völlig den Verstand verlor, während Winnie nur wenige Meter entfernt saß, löste sie sich schnell von ihm und lächelte zu ihm hoch. »Viel Glück, um diesen Tag zu überstehen«, flüsterte sie und sprang die Treppe hinunter.

Kapitel 12

Lynne zappte durch die Programme und übersprang geflissentlich die Sportsender. Sicherer wäre es, überhaupt nicht fernzusehen, denn sogar im regulären Programm übertrugen sie das Halbfinale dieser Weltmeisterschaft aus Cardiff. Wales gegen Neuseeland.

Lynne griff trotzdem nicht nach einer DVD, als gäbe es einen kleinen masochistischen Teil in ihr, der den Schmerz bei den kurz aufflackernden Rugbybildern genoss.

In den letzten Wochen war es ihr kaum gelungen, Reed aus ihren Gedanken zu verbannen. Lynne hatte nichts mehr von ihm gehört, so hatte sie es ja auch gewollt. Seitdem versuchte sie, sich ganz auf die Arbeit zu konzentrieren. Aber sein Name begegnete ihr überall. Das ganze Land spielte verrückt, egal wohin man blickte, man sah Kinder wie Erwachsene in Rugbytrikots und Narzissenhüten. Überall gab es Fanartikel zu kaufen, und Reed, der Star der WM, begegnete ihr an jeder Ecke. Er lächelte von Plakaten, prangte als Comicversion auf T-Shirts und blickte ernst von Autogrammkarten. Es war einfach unmöglich nicht an ihn zu denken, obwohl sie sich das fest vorgenommen hatte.

Immer wieder zog es Lynne zur Kiste im Schlafzimmer, Erinnerungen suchten sie in Traumbildern heim, flüsterten ihr verwirrende Wünsche und »Was wäre wenn«-Gedanken ein. Nicht nur einmal hatte sie in den letzten Tagen überlegt ihn anzurufen, ihm die Wahrheit über April zu sagen, aber sie wusste, wie er reagieren würde. Nie wieder würde er sie so ansehen wie beim Tanz auf der Hochzeit in Manorbier.

Sie war nur froh, dass das Drama bei der Hochzeit sein Spiel nicht beeinflusst hatte. Er war in der Form seines Lebens, betonten die Reporter. Er sollte sich ganz auf seine Karriere konzentrieren, und wenn Lynne ihm dabei hin und wieder zusah, konnte ja kein Schaden entstehen. Im Grunde wollte sie einfach nur sichergehen, dass sie nichts Weltbewegendes bei den Spielen versäumte. Das war alles. Sie musste wissen, wie sich die Waliser schlugen, schließlich war sie Waliserin, und während einer Weltmeisterschaft wurde doch jeder zum Patrioten.

Nein, das war verrückt. Schnell schaltete sie zurück zu einer romantischen Komödie, zog die flauschige Kuscheldecke bis zum Kinn hoch und lauschte dem Heulen des Windes und dem Regen, der gegen die Fenster prasselte.

Hatte es im Stadion geregnet? Sie hatte es bei ihrem kurzen Blick nicht erkennen können, aber vermutlich war das Dach geschlossen. Draußen sah es aus, als würde die Welt untergehen. Es war Mitte Oktober, und der Sommer schien sich endgültig verabschiedet zu haben. Umso gemütlicher war es jetzt hier drinnen im Dunkeln, die einzige Beleuchtung das flackernde Licht des Fernsehers.

Lynne betrachtete die Frau auf dem Bildschirm, die gerade verstanden hatte, wer die Liebe ihres Lebens war. Sie lief zu ihm, quer über ein Blumenfeld, dramatische Musik erscholl, ihr Angebeteter stand über den Klippen, der Wind zerzauste sein Haar. Er drehte sich zu ihr um, sah überrascht aus, sie breitete die Arme aus und …

»Oh bitte!« Lynne schaltete weg. Als wäre es so einfach!

Als wäre irgendetwas auf dieser Welt so einfach und so kitschig! Wäre es das, wäre sie nach dem Tanz mit Reed auf einem Schimmel in den Sonnenuntergang geritten, glücklich bis ans Lebensende. Sie hätte keine Angst davor gehabt, alte, längst begrabene Gefühle zu wecken. Sie hätte nicht an April gedacht, an diesen Schmerz, an dieses Geheimnis, das zwischen ihnen stand.

Sie schaltete zurück zu dem Spiel, schlimmer konnte es ja nicht mehr mit ihr werden. Außerdem war sie hier ganz allein in ihrem Apartment – ohne Zeugen. Das war so, als würde man heimlich eine Tafel Schokolade vertilgen – die Kalorien zählten nicht, wenn niemand dabei zusah. Genauso wenig konnte ihr ein lächerliches Rugbyspiel etwas anhaben, solange niemand wusste, dass sie ihren Ex im Fernsehen beobachtete und dabei ganz sicher nicht an Rugby dachte.

»Das hat er clever gemacht, und nun sucht Rivers nach einer Öffnung in der Defensive!« Die Stimme des Kommentators dröhnte durch das Zimmer, Lynne starrte auf Reed in seinem roten Trikot, das blonde Haar leuchtete heraus, er hatte es im Nacken zusammengebunden, seinen Bart hatte er aber nicht abrasiert, nur etwas gekürzt. Er rannte mit dem Ball in der Hand, schlug Haken um gegnerische Spieler, links, rechts, links, rechts, in einer schwindelerregenden Geschwindigkeit. Aber die Gegner machten zu, es gab kein Durchkommen mehr. Reed passte den Ball nach hinten zu einem Mitspieler, nur um sich selbst sofort wieder freizulaufen. Im nächsten Moment bekam er den Ball auch schon zurück, aber die All Blacks hatten es geahnt und rissen ihn mit voller Wucht zu Boden. Zuvor gelang es Reed aber noch, den Ball zu einem anderen Mitspieler weiterzugeben, der unter dem Jubel der Zuschauer losrannte und den Ball im Malfeld ablegte. Lynne riss stumm die Arme in die Höhe. Ja! Wales ging in Führung! Gar nicht so unspannend, dieser Sport …

Nun war Reed an der Reihe, um den Ball zur Punkteerhöhung durchs Tor zu kicken. Eine Nahaufnahme seines konzentrierten Gesichts kam auf den Bildschirm, die auf das Tor fixierten grünen Augen. Schmetterlinge flatterten in ihrem Bauch, ihr Magen verkrampfte sich, ihre Finger strichen nervös über die Decke … Nein, sie hielt es nicht länger aus, sie schaltete zurück auf die Komödie. Auf dem Sender lief bereits der Abspann, und so blieb ihr gar nichts anderes übrig, als wieder auf das Spiel zu gehen, nur um Reed und die anderen jubeln zu sehen. Ah, was machte sie hier nur?

Nun, jetzt hatte sie bereits gesündigt, jetzt konnte sie sich den Rest auch noch ansehen. Was vielleicht keine gute Entscheidung war, denn nun machten die Gegner Punkte, und dann geschah eine ganze Weile gar nichts. Vielleicht doch kein so spannender Sport … Lynne wollte schon wieder umschalten, aber dann ergatterte Reed kurz vor der Halbzeit den Ball. Er lief los, ließ den Ball fallen, direkt auf seine Fußspitze, mit der er, ohne seinen Lauf zu unterbrechen, den Ball nach vorne kickte. Der Kommentator flippte völlig aus, seine Worte waren kaum noch zu verstehen. Reed raste los, lief allen anderen davon, der gekickte Ball fiel zu Boden, Reed sammelte ihn auf und rannte damit ins Malfeld.

Das Stadion schien zu explodieren, eine rote Wand aus Zuschauern sprang auf, während Reed frech grinsend in aller Ruhe die Linie abging, den Ball immer noch in der Hand und die Punkte in der Schwebe, solange er ihn nicht aufs Gras legte. Die Gegner kamen näher, auch wenn sie wussten, dass sie ihm den Ball nicht mehr abnehmen konnten. Reeds Verhalten war reine Provokation, während er an eine günstige Stelle für den Kick ging, sein aufgeregtes Team an der Seite, und den Ball schließlich zu Boden gleiten ließ. Der Jubel schwoll noch an, das war sogar über den Fernseher zu vernehmen, und Lynne konnte sich vorstellen, wie das im Stadion auf die Spieler wirken musste. Sie selbst ertappte sich ja schon bei einem breiten Grinsen. Eine Welle des Stolzes überspülte sie, während sie dabei zusah, wie Reed gefeiert wurde, und nun hätte sie nichts und niemand mehr dazu bewegen können wegzuschalten. Sie musste weiterhin zusehen, wie Reed seinen Traum lebte – Reed, der als Kind immer nur runtergemacht worden war, wurde jetzt hoch hinausgehoben, und das alles hatte er sich selbst zu verdanken. Er war seinen Weg gegangen, und wer hätte gedacht, dass er an so ein triumphales Ziel gelangen würde!

Ein weiterer erfolgreicher Kick kam, und es vergingen kaum ein paar Minuten, da hatte er schon wieder den Ball auf dem Weg zum Malfeld. Die Zuschauer drehten durch, auch der walisische Kommentator schnappte beinahe über. »Hier zeigt Rivers wieder einmal, warum es diesen gigantischen Hype um ihn gibt. Aber das lassen sich die All Blacks nicht noch einmal gefallen, der Frust ist groß!«

Reed rannte und rannte und … ein anderer versuchte ihn zu packen, Reed riss sich los, lief weiter, stolperte aber durch den Zug des Gegners am Trikot. Er warf noch den Ball zurück zu einem Mitspieler, strauchelte, berührte mit der Hand den Boden, wollte sich aufrichten, als ein anderer Neuseeländer heranpreschte. Dieser konnte nicht mehr rechtzeitig bremsen, sprang hoch, um über Reeds gebückte Gestalt hinwegzuspringen und dann …

Ein kollektives »Oh!« ging durchs Stadion, selbst der Kommentator stieß einen solidarischen Schmerzenslaut aus, und Lynne sprang von der Couch. Sie glaubte, den Zusammenprall vom Knie des Gegners mit Reeds Kopf in jedem Zentimeter ihres Körpers zu spüren. Reed flog wie eine leblose Puppe zur Seite, die Kameras zoomten heran, zeigten Spieler von beiden Teams, die herbeiliefen. Reed bewegte sich nicht, sein Gesicht kam in Großaufnahme auf den Bildschirm, die Augen offen, aber leer, nach oben starrend, Blut floss seine Schläfe hinab. Jemand nahm seinen Kopf links und rechts, um ihn zu fixieren, aber auch bei dieser Berührung reagierte er nicht, seine Augen blickten immer noch starr, blinzelten nicht einmal. Andere versuchten ihn anzusprechen, die Kommentatoren redeten ohne Unterlass. »Kalt ausgeknockt«, sagten sie, und Lynne spürte, wie ihr am ganzen Körper Schweiß ausbrach. Diese leeren grünen Augen, die kein Leben mehr in sich hatten.

»... um ihn im Falle einer Wirbelsäulenschädigung nicht noch schlimmer zu verletzen. Du hast recht, sieh dir die Trainer an, wenn Rivers nun für das restliche Spiel und womöglich sogar für das Finale ausfällt ... aus der Traum für Wales ... ja, hier in der Wiederholung sieht man ...« Lynne wollte die Augen zukneifen, aber sie konnte nicht. Sie sah den Aufprall in Zeitlupe und war überrascht, dass er gar nicht so schlimm aussah, wenn alles so langsam und sanft wirkte. Aber dann kam noch eine Wiederholung in Echtzeit, in der das volle Ausmaß aus Geschwindigkeit und Gewicht des Gegners offensichtlich wurde. Das Publikum schrie bei diesen Bildern auf, begann gegen die Neuseeländer zu pfeifen, dabei sah es eher nach einem Unfall aus, es war bestimmt keine Absicht gewesen, Reed so zu verletzen.

Sanitäter trugen eine Trage herbei, legten Reed eine Halsmanschette an, immer mehr Menschen drängten sich um ihn herum. Lynne konnte sein Gesicht nicht mehr erkennen, auch die Kamera zoomte nicht mehr heran. War er wach? Oder immer noch bewusstlos? Was war los mit ihm? Rugbyspieler trugen häufiger Gehirnerschütterungen davon, das war bestimmt auch eine. Er konnte, er durfte keine Wirbelsäulenverletzung haben!

Lynne starrte auf den Bildschirm, sah zu, wie Reed unter tosendem solidarischem Applaus der Menge hinausgetragen wurde. Sie traf gar keine bewusste Entscheidung, sie schaltete den Fernseher aus, holte ihre Autoschlüssel und machte sich auf den Weg.

❊ ❊ ❊

»Miss, es tut mir wirklich schrecklich leid, ich kann Ihnen keine Auskunft geben.«

Lynne umklammerte die Empfangstheke, hinter der sich die Krankenschwester wohl sicher fühlte, und bemühte sich um einen gefassten Ton. »Hören Sie, ich bin gerade durch die verdammte Sintflut gefahren, nur um hierherzukommen. Alles, was ich wissen will, ist, ob er wach ist, ob seine Verletzungen …«

»Nur Familienmitglieder sind berechtigt …«

»Das haben Sie bereits gesagt. Verraten Sie mir wenigstens ein bisschen etwas!«

Die Schwester erhob sich von ihrem Drehstuhl und sah sie ernst an. »Ich kann Ihnen nur immer wieder sagen, wie leid es mir tut – ich bin sicher, Sie sind ein großer Rugbyfan und …«

»Ein Fan?!« Lynne wäre fast über die Barriere gesprungen

und hätte die Schwester am Dutt gepackt. »Glauben Sie mir, ich bin wirklich überhaupt kein Rugbyfan!« Ihr Herz raste, sie spürte jeden Schlag in der Kehle, und ihre Gedanken flogen durcheinander. »Ich bin seine Verlobte, also sagen Sie mir endlich, wo ich ihn finden kann!«

Ein belustigtes Lächeln hob die Mundwinkel der Frau, auch wenn sie offensichtlich versuchte, es zu unterdrücken, indem sie sich auf die Lippen biss. Sie ließ ihren Blick über sie gleiten, und Lynne wusste, was sie sah. Nur in Jogginghosen und einem dazu passenden Sweatshirt stand sie hier nass wie ein begossener Pudel. Nicht gerade die Glamour-Freundin eines Sportstars.

»Seine Verlobte also … Und das fällt Ihnen jetzt erst ein und nicht schon vorher, als ich gefragt habe, ob Sie eine Verwandte sind?«

»… Ich dachte, Sie meinten blutsverwandt.« Sie sah der Frau möglichst unschuldig in die Augen. Sollte die Schwester sie doch für dämlich halten, Hauptsache, sie ließ sich erweichen. Außerdem war sie ja rein technisch gesehen wirklich noch irgendwie Reeds Verlobte. Das hatte er ihr schließlich selbst vorgehalten.

Aber die Schwester sah auf ihre Hände hinab, und Lynne zog sie zu spät zurück, um zu verbergen, dass sie keinen Ring trug. »Er war zu groß und wird gerade geändert«, räusperte sie sich. Diesmal versuchte sie nicht einmal mehr, glaubhaft zu klingen, sie wusste, sie hatte verloren. »Sagen Sie ihm bitte einfach, dass Lynne hier ist, okay?«

»Lynne … und wie weiter?«

Sie atmete tief durch. »Er weiß, welche Lynne!« Dann zog sie die Augenbraue hoch. »Ich bin ja schließlich seine Verlobte.« Mit diesen Worten wandte sie sich ab und begab sich in den Wartebereich. Sie schielte zum Kaffeeautomaten, aber sie würde jetzt nichts hinunterbekommen. Hinsetzen konnte sie sich auch nicht, vor ihrem geistigen Auge sah sie immer wieder die Bilder des Aufpralls vor sich. Was, wenn er ernsthaft verletzt war? Wenn sie die Gelegenheit versäumt hatte, ihm zu sagen, was er ihr bedeutete. Er war ihre große Liebe. Sie hatte nie wieder etwas Vergleichbares für jemand anderen empfunden. Er musste wissen, dass kein Tag vergangen war, an dem sie nicht an ihn gedacht hatte, egal, ob sie es sich selbst nun eingestehen wollte oder nicht. Sie musste ihn einfach nur sehen, wissen, dass er wieder gesund wurde.

Ihr Blick fiel zur Uhr, sie starrte darauf, beobachtete jedes Ticken, es hatte etwas Beruhigendes, versetzte sie fast schon in eine Art Trance. Immer wieder wanderte der Zeiger rundherum. Hieß es nicht, wenn die Uhr stehenblieb, war jemand gestorben? Wie lange war sie schon hier? Das Zifferblatt verschwamm vor ihren Augen. Sie blinzelte und erkannte, dass Mitternacht schon vorbei war. Wieso ließen diese Leute sie nicht zu ihm? Wollte er sie vielleicht gar nicht sehen? Oder ging es ihm so schlecht, dass er keinen Besuch empfangen konnte? Was war mit seinem Team? Wieso war niemand außer ihr hier? Das Spiel war doch längst vorbei!

Die Uhr wanderte weiter, und Lynne starrte immer noch darauf, als die frühen Morgenstunden anbrachen. Ihr kam es so vor, als schliefe sie mit offenen Augen, aber dann hörte sie plötzlich Schritte näher kommen und schrak auf. Die Schwester von gestern hielt direkt auf sie zu, ein Lächeln im Gesicht. »Miss?«

Lynne sprang auf und griff schnell zur Wand, ihr wurde kurz schwarz vor Augen. »Darf ich zu ihm?«

Die Schwester nickte, und beinahe wäre Lynne ihr für diese simple Geste um den Hals gefallen.

»Bitte entschuldigen Sie, Mr Rivers ist jetzt wach und hat uns bestätigt, dass Sie seine Verlobte sind. Es tut mir wirklich leid, dass ich Ihnen nicht geglaubt habe, aber ich habe nur im besten Interesse unseres Patienten gehandelt, schließlich hätten Sie auch ein Fan oder von der Presse sein können.«

»Ich weiß.« Lynne stieß erleichtert die Luft aus und wappnete sich innerlich. »Er ist erst jetzt wach? Was ist mit ihm?«

Die Schwester legte ihr beruhigend die Hand auf den Arm. »Er hat sich einen Halswirbel gebrochen und musste operiert werden.«

Lynne hielt erschrocken die Luft an und schwankte wieder.

»Keine Sorge, die OP ist gut verlaufen, und es sieht nicht so aus, als hätte er permanente Schäden erlitten. Wenn sich alles so entwickelt, wie die Ärzte hoffen, wird er wieder wie neu. Kommen Sie, ich glaube, Sie haben lange genug hier gewartet, ich bringe Sie zu ihm. Er wurde gerade auf die Station gebracht.«

Lynne folgte ihr wie eine Schlafwandlerin, erneut sah sie die Bilder des Aufpralls vor sich, und dann ging ihre Fantasie mit ihr durch, sie sah ihn auf einem OP-Tisch liegen, mit einem Schlauch im Mund und vollkommen leblos. »Wieso ist sein Team nicht hier?«

»Wir haben regelmäßig Anrufe bekommen, haben den Trainern aber gesagt, dass die Operation eine Weile dauern wird und es eher Sinn macht, ihn am Vormittag zu besuchen.« Die Schwester klopfte an eine Tür und öffnete sie leise. »Mr Rivers, ich bringe Ihnen Ihre Verlobte.« Sie trat zur Seite, und Lynne trat zögernd ein. Sie hatte keine Ahnung, was sie erwartet hatte, aber Reed totenblass mit Halskrause, Verband um den Kopf, weißem Krankenhaushemd und einem grimassenhaften Lächeln in diesem Bett liegen zu sehen brach irgendetwas in ihr. Jetzt wusste sie wieder, warum sie seit Aprils Geburt keine Krankenhäuser mehr betreten hatte. All der Schmerz von damals kam zurück, und sie konnte sich nicht bewegen.

»Oh nein.« Seine Stimme war schwach und heiser, vermutlich vom Beatmungsschlauch. »Sie haben mir die falsche Lynne gebracht, Schwester, das ist nicht meine Verlobte.«

Die Schwester zuckte zusammen, seufzte aber, als Reed leise und hustend zu lachen begann. »Ich lasse Sie dann mal allein. Läuten Sie, wenn Sie etwas brauchen.« Sie wandte sich an Lynne. »Bleiben Sie nicht zu lange, er braucht noch Ruhe.« Mit diesen Worten und einem warnenden Blick in Reeds Richtung schloss sie die Tür.

Lynne stand reglos da, sah Reed an, der ihren Blick erwiderte. Sein Oberkörper war hochgelagert, die steife Halskrause sah trotzdem nicht besonders bequem aus. Er war so ein Bär von einem Mann, mit seinem blonden Haar und Bart hatte sie immer einen Wikinger vor Augen, was seinen Anblick im Krankenbett umso schmerzvoller machte.

»Sie war so außer sich, weil sie deinen Nachnamen nicht wusste, obwohl ich ihr versichert habe, dass es unter meinen vielen Verlobten nur *eine* Lynne gibt.« Er hob seine Mundwinkel.

Lynne sagte nichts, ihr war nicht nach Lachen zumute und schon gar nicht nach seinen dummen Scherzen. Sie konnte ihn nur ansehen und nicht verhindern, dass ihr Tränen die Wangen hinabliefen. Nichts schien mehr wichtig, nur, dass es ihm wieder besser ging.

»Lynne …« Etwas Tröstendes lag in seiner Stimme, und sie konnte die Fassade nicht mehr aufrechterhalten, nicht so tun, als wäre dies ein reiner Höflichkeitsbesuch. Mit einem unterdrückten Schluchzen durchschritt sie das Zimmer, eilte zu ihm ans Bett, nahm sein Gesicht in beide Hände und presste ihre Lippen gegen seine Stirn. »Du Idiot, du dämlicher Idiot!«

Sein Arm schlang sich um ihren Körper, nicht fest, dafür fehlte ihm die Kraft, aber doch so, dass sie spürte, dass auch er ihre Nähe suchte. Sein Atem strich über ihren Hals, und Lynne streichelte ihm durchs Haar, so gut es mit dem Verband ging.

»Ich hoffe, du bekommst keine Probleme mit irgendeiner Flamme, wenn jeder glaubt, dass ich deine Verlobte bin.«

Seine Mundwinkel verzogen sich zu einem gequälten Lächeln. »Ich habe es ihnen erklärt. Patricia und Cindy waren ein wenig verärgert, aber Susan, Caroline und Missy lieben mich nach wie vor abgöttisch.«

Lynne biss sich auf die Unterlippe, um nicht zu lachen. »Missy? Wirklich?«

»Lynnie … die WM ist vorbei für mich.«

Sie richtete sich etwas auf, setzte sich auf die Bettkante und sah ihn an, Verzweiflung schimmerte in seinen so vertrauten Augen.

»Ich weiß. Es tut mir leid.«

»Es ist nicht sicher, ob ich jemals wieder spielen kann.«

»Ach was, du wirst wieder neu! Ganz sicher! Das hat selbst die Schwester gesagt.«

Reed schüttelte den Kopf. »Ich kann nur Rugby spielen, nichts sonst. Ich bin siebenundzwanzig, auf dem Höhepunkt meiner Karriere, ich habe gerade das Team gewechselt, wenn es jetzt vorbei ist …« Seine Worte kamen abgehackt, jedes einzelne schien ihn anzustrengen, und seine Lider flatterten.

Lynne streichelte ihm über die stoppelbärtige Wange. Sie versuchte für ihn stark zu sein, auch wenn sie einen dicken Kloß im Hals verspürte. »Warte erst mal ab, was die Ärzte morgen sagen. Ich bin mir sicher, es wird alles gut.«

»Ich muss nicht Medizin studiert haben, um zu wissen, dass ich mir mit all dem Titan, das sie mir eingesetzt haben, keinen solchen Schlag mehr leisten kann. Und Rugby ist kein Ponyreiten …«

»Hey, Ponys sind gemeingefährlich! Weißt du nicht mehr, wie ich bei euch auf dem Hof von einem runtergefallen bin? Gegen den Baum?«

Ein Lächeln spielte um seinen Mund, seine Augen fielen zu. »Du warst von oben bis unten aufgeschürft.«

»Und du hast eine Schnapsflasche deines Vaters aus dem Haus geholt und wolltest sie mir über die Wunden gießen.« Sie musste trotz der schrecklichen Situation, in der sich Reed befand, lachen. »Das gehört desinfiziert!«, machte sie seine Worte von damals nach.

Reed musste grinsen. »Du hast gedroht, mir die Flasche über den Schädel zu ziehen, wenn ich auch nur einen Tropfen auf deinen Arm fallen lasse.«

Lynne nahm seine Hand in ihre. Sie musste ihn ablenken, er durfte nicht länger an seine Rugbyzukunft denken. Sorgen machten ihn bestimmt nicht gesund. »Weißt du noch, wie wir mit dem Fahrrad den Hügel hinuntergefahren sind?« Sie senkte die Stimme zu einem Flüstern, um ihn nicht am Einschlafen zu hindern. »Die Arme ausgebreitet und quer über die Wiese? Die Sonne war so grell und der Himmel so blau. Ich habe alles so farbenfroh in Erinnerung.« Sie legte ihre Wange auf seine Brust, lauschte seinem steten Herzschlag, der sie etwas beruhigte. »Wir sind so oft hingefallen, aber das war uns egal. Denn wir sind immer wieder aufgestanden – zusammen.«

* * *

Ein sanftes Rütteln an ihrer Schulter schreckte sie hoch. Sie blickte direkt ins Gesicht einer Schwester, diesmal war es eine andere. Sofort fiel ihr wieder ein, wo sie war, und sie sah besorgt zu Reed. Er schlief immer noch tief und fest, die Narkose wirkte wohl noch nach, dabei zeigte ihr der Blick auf die Uhr, dass es schon fast Mittag war.

»Miss, draußen ist Besuch für Mr Rivers, aber ich habe den Leuten gesagt, dass er im Moment schläft. Vielleicht wollen Sie mit ihnen sprechen?«

»Besuch?«

»Ja, das walisische Nationalteam, die Cardiff Greens und andere Freunde warten draußen.«

Lynnes Herz setzte einen Schlag aus, sie sah auf Reed hinab, wieder ins Gesicht der Schwester und schließlich zum Fenster – wie hoch ging es da wohl runter?

»Ich habe ihnen gesagt, dass Sie zu ihnen rausgehen und sie auf den neuesten Stand bringen.« Die Wangen der Schwester färbten sich rot, kein Wunder, so prominenter Besuch spazierte wohl nicht jeden Tag – in solchen Massen! – durchs Krankenhaus.

»Ich?« Lynne erhob sich langsam und vorsichtig vom Bett, um Reed nicht zu wecken. Dabei versuchte sie, ihr Flüstern beizubehalten, das aber selbst in ihren Ohren leicht hysterisch klang. »Sie … sie haben den Leuten da draußen gesagt, dass er gerade Besuch hat?« Eine Bekannte, ein Höflichkeitsbesuch … bitte, bitte, es sollte eines davon sein!

»Ja, natürlich. Die Besucher waren ein wenig niedergeschlagen, da sie es nicht eher hierher geschafft haben, aber ich habe sie beruhigt und ihnen gesagt, dass seine Verlobte die ganze Zeit über bei ihm gewesen ist.« Sie lächelte mitfühlend. »Vielleicht wollen Sie nach diesem Ansturm da draußen mal nach Hause fahren und schlafen? Und auch etwas essen? Ich versichere Ihnen, Mr Rivers ist hier in sehr guten Händen.«

Lynne biss die Zähne zusammen, nickte der Schwester aber dankbar zu, sah noch einmal auf den tief schlafenden Reed hinab und atmete tief durch. Dort draußen warteten Dutzende Rugbyspieler auf sie, und alle glaubten, dass sie Reeds Verlobte war. Was sollte sie nur tun?

Insgeheim hoffend, dass Reed aufwachte und sie vor den Massen draußen bewahrte, ging sie hinter der Schwester her. Ihm wäre bestimmt irgendein Scherz eingefallen, der diese ganze Situation erklärte. Lynnes Gehirn war aber wie leergefegt, während ihr Fluchtinstinkt immer größer wurde.

Sie traten in den Flur, und Lynne krampfte ihre Hände in ihr Sweatshirt. Plötzlich wurde ihr wieder bewusst, wie sie aussehen musste, mit den zerzausten Haaren und ihrer Jogginghose, in die ihr Herz direkt rutschte, als sie den Gang voller muskelbepackter Männer sah. Alle drehten sich zu ihr um, auch ein paar Frauen waren dabei, darunter Ava, die sie verwirrt ansah. Wen auch immer sie als Reeds Verlobte erwartet hatte, Lynne war es hundertprozentig nicht gewesen.

»Miss Padrig?« Der Cheftrainer der Cardiff Greens, Lynne hatte seinen Namen vergessen – kam auf sie zu. »Sie sind doch Lynne Padrig, oder? Von der ›Guten Fee‹?« Sein Gedächtnis war leider sehr viel besser als ihres.

Lynne spürte, wie sie tiefrot anlief – ihr Kopf wurde ganz heiß. »Schön, Sie wiederzusehen.« Sie streckte ihm schnell und etwas linkisch die Hand entgegen.

Der Cheftrainer brauchte einen Moment, um einzuschlagen. Er schien mindestens genauso verwirrt wie alle anderen hier. Dieselbe Frage stand ihnen ins Gesicht geschrieben, aber niemand wollte so unsensibel sein und sie aussprechen. Zum Glück! Lynne hätte keine Antwort gehabt und lenkte das Gespräch lieber aufs Wesentliche, bevor sich doch noch jemand dazu aufraffte »Was zur Hölle machen *Sie* denn hier?« zu rufen.

»Reed geht es schon wieder besser, er hat sich einen Halswirbel gebrochen und muss ein paar Tage hierbleiben, aber er sollte wieder … oh, da ist ja einer der Ärzte!« Sie deutete auf einen Mann in weißem Kittel, ohne zu wissen, ob er wirklich zu Reeds Ärzten gehörte, und nutzte den Moment, in dem sich alle umdrehten und wild durcheinanderredeten, um zu verschwinden. Sie bahnte sich schnell einen Weg aus dem Kreis der Spieler und atmete erleichtert auf, als sie den Pulk hinter sich gelassen hatte, als jemand ihren Arm packte.

»Was zur Hölle, Lynne?« Ava drehte sie zu sich herum. »Die Schwester hat gesagt, du bist Reeds Verlobte! Wovon redet sie?«

Lynne schüttelte den Kopf, versuchte sich aus dem Griff zu befreien, sie konnte ihrer Freundin nicht in die Augen sehen. »Das ist eine lange Geschichte. Ich muss jetzt wirklich erst mal nach Hause. Ein anderes Mal, ja?« Sie zog erneut ihren Arm an sich, vergebens. »Ava, bitte!«

»Ich wusste es!« Ava packte ihre Schulter, ihre perfekt

manikürten Nägel bohrten sich in ihre Haut. Sie beugte sich in ihren hohen Schuhen hinunter, um Lynne zu zwingen sie anzusehen. »Von Anfang an war da etwas merkwürdig zwischen euch beiden. Beim Spiel neulich ... nein, schon vorher! Bei der Wunscherfüllung! Ihr wart schon damals verlobt, nicht wahr? Warum habt ihr es geheim gehalten?«

»Das ist alles nicht so einfach, und außerdem stimmt es ja auch gar nicht und ...« Sie riss sich los und sah Ava eindringlich in die Augen. »Ich verspreche dir, ich erkläre es dir irgendwann, aber jetzt muss ich wirklich weg. Ich muss einfach hier raus, okay?«

Ava sah sie prüfend an. Die Verwirrung, Entschlossenheit, der Zorn, alles wich aus ihrem Gesicht, nun war da nur noch Sorge. »Lynne, was ist los?«

»Ein anderes Mal. Bitte, Ava ...« Sie wusste, sie klang flehend, was nicht ihre Art war. Auch Ava schien überrascht, aber es brachte sie zumindest dazu zu nicken und zurückzutreten.

»Okay, aber glaube nicht, dass du aus dem Schneider bist. Aufgeschoben ist nicht aufgehoben.«

»Jaja. Danke.« Sie drehte sich um und eilte den Krankenhausflur entlang, der Drang nach einem Entkommen beinahe übermächtig. Sie wusste nicht, was sie denken oder fühlen sollte, Reed war verletzt, sie hatte Stunden bei ihm geschlafen und das Gefühl gehabt, genau dort zu sein, wo sie hingehörte. Jetzt war sie nicht mehr in seiner Nähe, und die Angst um ihn schnürte ihr erneut die Kehle zu. Genauso die Furcht vor dem, was in ihrem Kopf vor sich ging.

Denn all das kam ihr vor wie eine emotionale Zeitreise. Der Schmerz und die Sorge um Reed, der nicht aufhören wollende Regen, der das Ende des Sommers verkündete, dieses Krankenhaus. Es katapultierte sie zurück in einen längst vergangenen Herbst, der einem unvergesslichen Sommer gefolgt war. Einem Herbst, in dem Lynne einen positiven Schwangerschaftstest in der Hand gehalten und eine Entscheidung hatte treffen müssen. In dem sie über Wochen versucht hatte, den Mut zu finden, ihren Eltern die Wahrheit zu sagen. Einem Herbst, der in einen Winter übergegangen war, in dem sie ihren Umstand dank dicker Klamotten gut hatte verbergen können und schließlich in einen Frühling, in dem sie April gewonnen und wieder verloren hatte. Es war zu viel. Sie musste einfach nach Hause, klare Gedanken finden.

* * *

Lynne ging am nächsten Tag nicht mehr ins Krankenhaus, auch nicht am übernächsten. Wer war hier der Feigling? Es machte sie fast wahnsinnig, nicht zu wissen, wie es Reed ging, ob er auf dem Weg der Besserung war oder ob es zu Komplikationen gekommen war. Das Krankenhaus würde sie in so einem Fall bestimmt anrufen, aber vielleicht hatte Reed den Schwindel ja auch schon aufgeklärt. Ihre Gedanken drehten sich ständig im Kreis, und so nahm sie Avas Einladung zu einem gemeinsamen Essen dankbar an. Ihr war klar, sie musste ihr dabei Rede und Antwort stehen, aber das war ohnehin unvermeidlich, also konnte sie es auch gleich hinter sich bringen, und vielleicht würde es ja auch guttun, sich ihrer besten Freundin anzuvertrauen. Zum Glück hatte sie Ava davon abbringen können, in ein schickes Drei-Sterne-Restaurant zu gehen, wo einem die Kellner eine Ewigkeit mit der Weinauswahl auf die Nerven gingen. In so einem Ambiente wäre es noch peinlicher, sollte es zu einem emotionalen Zusammenbruch kommen, dafür war der Italiener um die Ecke auch gut genug.

»Wo hast du Gavin gelassen?« Sie traten in das kleine, familiäre Restaurant, das mit seinen nackten Steinwänden, den rot-weiß karierten Tischdecken und dem terrakottafarbenen Boden sofort mediterranes Flair verströmte.

Ava schlüpfte aus ihrem metallisch silbernen Mantel und schüttelte ihre blonde Mähne, was sofort ein paar Männerblicke auf sich zog. »Der ist in London – am Wochenende ist ja das Finale.«

»Richtig.« Sie hatte gar nicht mehr an die fortlaufende Weltmeisterschaft gedacht, jetzt, da Reed außer Gefecht gesetzt war. »Und du begleitest ihn gar nicht?«

»Zum Spiel dann, im Moment bin ich in den Filialen komplett eingespannt – übrigens, Winnies Mutter war schon bei mir.« Sie wies zurück zur Garderobe und grinste. »So verdiene ich zwar kein Geld, aber den Mantel von ihr musste ich mir gleich selbst unter den Nagel reißen. Die Sachen sind einfach fantastisch.«

Lynne setzte ein Lächeln auf und rutschte auf eine der Sitzbänke neben dem Fenster. Sie wusste nicht wieso, aber die Straße zu sehen gab ihr weniger das Gefühl eingesperrt zu sein, als könnte sie schnell flüchten, so wie neulich im Krankenhaus.

»Schon komisch, dass Reed Winnie und Mrs Griffin zum Spiel eingeladen hat, hm?« Ava nahm die Getränkekarte aus dem Ständer und sah sie übertrieben unschuldig an. »Ich dachte ja, er und Mrs Griffin … also dass da irgendetwas läuft, aber nachdem du ja seine Verlobte bist …«

»Ich weiß nicht, was ich bin, Ava, aber ziemlich sicher nicht seine Verlobte.«

Ava breitete die Hände aus. »Dann schieß mal los, ich habe gesagt, ich zahle, aber dafür will ich auch die ganze Geschichte geboten bekommen.«

Und Lynne erzählte. Von zwei verliebten Teenagern, die zusammen fortliefen und sich unter dramatischen Umständen trennten. Und von den Folgen. Von April. Sie hatte sich danach gesehnt, sich jemandem anzuvertrauen, und es fühlte sich auch befreiend an. Gleichzeitig war der Schmerz mindestens so heftig wie erwartet. Sie konnte Ava nicht ansehen, starrte auf den Tisch. »Nicht einmal zur Verlobungsfeier meines eigenen Bruders bin ich gegangen, ich konnte einfach nicht – zurück an den Ort, an dem ich schwanger war, an dem ich alles gewonnen und wieder verloren habe. Wenn ich in Cardiff bin, kann ich meistens so tun, als wäre ich ein anderer Mensch, als wäre das alles nicht passiert. Aber seit Reed wieder hier ist, kann ich nicht mehr so tun als ob. Es fühlt sich so an, als wäre das alles gestern gewesen. Also bin ich zu Rhys' Hochzeit gegangen, worüber ich froh bin. Wie konnte ich all die Jahre so feige sein? Meine Eltern sind ohnehin ständig besorgt, auch wenn ich weiß, dass Rosemarie sie regelmäßig anruft. Aber Reed war auch dort.« Sie erzählte von ihrem gemeinsamen Tanz, von seiner Liebeserklärung und ihren kalten Füßen. Erst dann wagte sie es aufzusehen. Sie schob ihren Salat von sich und lehnte sich zurück, auf eine Reaktion wartend.

Ava starrte sie an, und Lynne stellte erschüttert fest, dass Tränen in ihren Augen schimmerten. Die stets so toughe Boutiquebesitzerin schien völlig aufgelöst. »Ich weiß nicht, was ich sagen soll«, schniefte sie und tupfte sich die Augen mit einer Serviette ab. »Ich hatte keine Ahnung. Du hast so viel durchgemacht …« Sie griff über den Tisch und umschloss ihre Hand. »Ich bin mit einem Rugbyspieler verheiratet, der Name Rivers ist nicht nur einmal gefallen, und du … du hast nie etwas gesagt.«

Lynne schluckte gegen den Kloß in ihrer Kehle. »Ich konnte nicht. Reed war ohnehin weg, und ich dachte nicht, dass er je zurückkehren würde. Er war einfach Vergangenheit, die Geschichte einer anderen, aber jetzt …«

»… ist er zurück und mit ihm all die begrabenen Gefühle.«

Sie konnte nur nicken.

Ava kämpfte sichtlich um Fassung, knetete die Serviette in ihrer freien Hand. »Ach Lynnie, wenn ich nur etwas gewusst hätte, wenn ich auch nur die leiseste Ahnung gehabt hätte. So oft habe ich mich gefragt, wie du deinen Job bewältigen kannst, wenn kranke Kinder dich so offensichtlich mitnehmen. Ich habe mich gewundert, wieso es nie genug für dich ist, warum du immer mehr und mehr für sie erreichen willst. Jetzt bewundere ich dich nur noch mehr. Ich könnte das nicht.«

»Ich muss es doch tun. Das ist das Mindeste, um wiedergutzumachen …«

»Lynne, was redest du da?« Ava ließ ihre Hand los und richtete sich auf der Bank auf, sie streng ansehend. »Das alles ist doch nicht deine Schuld!«

Lynne erwiderte nichts, denn sie wusste, dass Ava ihr die Schuldgefühle nicht würde nehmen können.

»Und Reed?« Avas Stimme zitterte immer noch. »Alle Welt glaubt, dass du seine Verlobte bist. Wie wollt ihr das jetzt klären?«

Lynne senkte den Blick und beobachte das Funkeln ihres Apfelsafts unter den Lampenschirmen. »Ich weiß es nicht«, seufzte sie und nahm einen Schluck. »Ihn verletzt zu sehen war schlimmer, als würde ich selbst umgehauen werden. Ich wollte nur zu ihm. Aber dann steht wieder so vieles zwischen uns, und ich kann ihm das doch nicht antun.«

»Er würde es verkraften, mit dir zusammen.«

»Nein. Etwas so Wertvolles zu gewinnen und dann wieder zu verlieren. Du kannst es dir nicht vorstellen.«

»Kannst du es ihm denn weiterhin verheimlichen? Du solltest darüber nachdenken, nicht mehr so streng zu dir selbst zu sein. Er würde es verstehen.«

»Er würde mich hassen.«

»Aber es ist doch nicht deine Schuld!«, wiederholte sie, nur dieses Mal mit erhobener Stimme. Köpfte drehten sich in ihre Richtung. Schnell ging Ava in ein eindringliches Flüstern über. »Es würde ihn verletzen, aber nicht so sehr, wie weiter im Dunkeln zu tappen, angelogen zu werden. Irgendwann kommt die Wahrheit heraus, und dann wird alles nur noch schlimmer.«

»Vielleicht auch nicht.«

»Ganz bestimmt! Als Gavin und diese …« Sie senkte den Blick, schob sich mit dem kleinen Finger eine Haarsträhne zurück und atmete sichtbar ein, »… diese Frau etwas miteinander hatten … ich dachte zuerst, es ist alles aus, weißt du noch? Dann wollte ich aber nicht aufgeben, ich tat so, als wäre nie etwas gewesen. Gavin hatte Schuldgefühle, ich verachtete ihn still und heimlich, aber wir hielten fest, bis irgendwann die große Explosion kam.«

Lynne nickte betroffen. »Ich erinnere mich.« Von ihrer energiegeladenen, stets gut gelaunten Freundin war damals nicht mehr viel übrig gewesen. Aber die beiden hatten es geschafft. Es war nicht von heute auf morgen möglich gewesen, das Vertrauen wieder aufzubauen, aber sie hatten daran gearbeitet, gemeinsam, und heute waren sie unzertrennlicher denn je.

»Wir haben geredet, Lynne, immer wieder, wir haben auch geschrien und geheult, aber das alles ist wichtig. Diese Dinge mit sich herumzuschleppen, während sie vor sich hin gären … das ist nicht gesund. Glaube mir, ich weiß das. Ihr beide habt eine Chance – wenn nicht zur Fortführung einer großen Liebe, dann doch wenigstens auf einen Schlusspunkt.«

Die Worte ergaben Sinn, aber Lynne wusste nicht, ob sie schon so weit war. Ob sie bereit war sich zu stellen und April endgültig aus dieser Kiste rauszulassen.

* * *

»Er darf nach Hause?«

Die Schwester nickte lächelnd. »Er ist jetzt eine Woche hier. Die Entlassungspapiere müssen noch unterschrieben werden, aber dann können Sie ihn auch schon mitnehmen.«

»Mitnehmen?« Lynne kam sich selbst dumm dabei vor, alles zu wiederholen, was die Schwester sagte, aber auf diese Nachricht war sie nicht vorbereitet. Das Wochenende war kaum zu ertragen gewesen, die Unwissenheit über Reeds Zustand hatte sie fast wahnsinnig gemacht. Diese Woche hatte sie Urlaub und es keinen Tag länger mehr zu Hause ertragen, also war sie ins Krankenhaus gefahren, um nach ihm zu sehen.

Sie schüttelte den Kopf. »Entschuldigen Sie, ich war die letzten Tage beruflich unterwegs, ich bin nur etwas überrascht, wie schnell das alles ging.«

»Mr Rivers ist noch jung und in Topform, und er hatte

großes Glück. Sie werden sehen, er ist bald wieder wie neu. Er hat eine weiche Halskrause bekommen, die muss er noch eine Weile tragen, aber in ein paar Wochen ist er wieder ganz der Alte.« Sie begleitete Lynne zu Reeds Zimmer, aber bevor sie die Tür öffnen konnte, legte Lynne ihr die Hand auf den Arm. »Und Rugby? Kann er wieder spielen?«

Die Miene der Schwester verfinsterte sich. »Die Ärzte raten ihm definitiv davon ab. Mit dem Genick ist nicht zu spaßen, er ist nur knapp einer Querschnittslähmung entgangen.«

Lynne presste die Lippen aufeinander und nickte traurig. Dann riss sie sich zusammen und folgte der Schwester ins Zimmer.

»Hey, Honey«, zwitscherte sie gespielt, »ich bin wieder da.«

Reed saß auf dem Bett, nicht mehr im Krankenhaushemd, sondern in Trainingshosen und T-Shirt, er war frisch rasiert, nur seinen Bart am Kinn und entlang des Unterkiefers hatte er stehengelassen, der Raum duftete nach Duschgel und Aftershave. Er sah zu ihr auf, und sie war froh, Erleichterung und Freude in seinen Augen zu lesen.

»Perfektes Timing … Honey«, sagte er leise und nickte der Schwester zu, die ihm den Zugang aus der Ellbogenbeuge nahm. Er wartete, bis sie das Zimmer verlassen hatte, ehe er langsam aufstand. »Ich wusste, du kommst zurück – meine Taktik, mir vor allen Leuten das Genick zu brechen, hat sich ausgezahlt.«

Lynne ging auf ihn zu und streckte ihre Hände aus, um ihn notfalls zu stützen.

Reed lachte nur und schob sie von sich weg. »Ich kann gehen, ich kann eigentlich alles wieder machen, nur ein wenig vorsichtig muss ich noch sein. Was du wüsstest, wenn du in den letzten Tagen hier gewesen wärst.«

Sie sah schnell auf ihre Schuhe, aber er fuhr ohnehin schon fort: »Bald fängt die Reha an, und dann siehst du mich wieder auf dem Spielfeld.« Er klang selbst nicht überzeugt von seinen Worten, also nickte Lynne nur stumm.

»Wie sieht's aus, bringst du mich nach Hause, nachdem du mich die letzten Tage so schmählich vernachlässigt hast?«

Lynne fragte sich insgeheim, warum niemand hier war, der ihn abholte. Er musste doch tonnenweise Freunde haben – oder lebten die alle in Neuseeland?

»Wie wärst du nach Hause gekommen, wenn ich nicht aufgetaucht wäre?«

»Taxi.«

Lynne sah sich in dem Zimmer um, die Reisetasche war gepackt, und nur ein Kapuzensweatshirt hing noch über dem Stuhl. Ihr Blick fiel auf eine Zeichnung auf dem Beistelltisch. Neugierig nahm sie das Blatt in die Hand. Es war ein erstaunlich gut gemaltes Bild von Reed beim Rugbyspielen, darüber stand »Gute Besserung wünscht dir Winnie«. Lynne lächelte beim Gedanken an das Mädchen und wie sie Kevin Adams fertiggemacht hatte.

»Sie hat mich letzte Woche besucht«, sagte Reed mit deutlicher Wärme in der Stimme, die Lynne einen Stich versetzte. Was wäre er für ein liebevoller Vater gewesen.

Sie schnappte sich trotz Reeds Proteste die Reisetasche und brachte sie schon mal ins Auto. Dann ging sie zurück, bereit, Reed in einen Rollstuhl zu verfrachten und ihn bis zum Wagen zu schieben, als er ihr schon aus dem Haupteingang entgegenkam. Jeder Schritt, den er auf sie zumachte, ließ sie innerlich zusammenzucken. Wieder einmal sah sie die Bilder des Aufpralls vor sich, und zum tausendsten Mal dachte sie daran, wie wenig gefehlt hatte, um ihn nie wieder gehen zu lassen.

»Lynne! Was zum Teufel ist das? Das ist das scheußlichste Auto, das ich je gesehen habe!«

»Mein Auto ist nicht scheußlich!«

»Es ist pink.«

»Magenta.«

»Was?«

»Die Farbe heißt Magenta.«

Reed zog eine Augenbraue hoch und sah sie belustigt an. »Honey, hätte Tinkerbell je den Führerschein gemacht, sie wäre in *diesem* Auto gefahren. Muss ich wirklich in dieses *pinke* Feenmobil einsteigen?«

»Noch ein dummer Kommentar über mein Auto oder meinen Fahrstil, und du kannst dir wirklich ein Taxi nehmen, Mister.«

Reed hob abwehrend die Hände. »Ich würde nie deine Fahrkünste in Frage stellen.« Er strich sich über den Bart und hüstelte: »Auch wenn du Rhys' erstes Auto gegen einen Baum gefahren hast.«

Lynne riss die Augen auf, sogar heute noch schoss ihr bei diesem Gedanken das Blut in die Wangen. »Wir haben abgemacht, diesen Vorfall nie wieder zu erwähnen!«, murmelte sie. »Rhys hat vergessen, die Handbremse anzuziehen, und der Wagen ist den Hügel hinuntergerollt, weißt du nicht mehr? So ist es abgelaufen und nicht anders.«

Reed streckte die Hand aus, berührte sanft ihr Kinn und zwinkerte ihr zu. »Klar.« Die Berührung sandte kleine Elektroschocks durch ihren Körper.

Lynne wandte sich schnell ab und stieg in ihren Wagen

und wartete, bis auch Reed Platz genommen und den Sitz komplett zurückgeschoben hatte, um seinen langen Beinen Platz zu machen. Sie räusperte sich und startete den Motor. »Was machen wir denn jetzt mit dem Verlobungsdilemma?« Sie lenkte das Auto vom Krankenhausparkplatz, Reed zeigte ihr die Richtung, in die sie fahren musste.

»Wieso Dilemma?«

Sie warf ihm einen belustigten Blick zu. »Alle glauben, wir seien verlobt! Das können wir doch nicht einfach so stehenlassen.«

»Hast du den Ring eigentlich noch?«, fragte er, ohne sie aus den Augen zu lassen, sie spürte es ganz deutlich.

»In irgendeiner Kiste bestimmt«, log sie und hielt bei einer roten Ampel. »Reed, wir müssen uns etwas einfallen lassen!«

»Da vorne rechts.«

»Vorschläge?«

»Danach noch mal rechts.«

»Reed!«

Er lachte leise und legte ihr die Hand auf die Schulter – verdammt, er musste aufhören, sie ständig zu berühren!

»Wieso so panisch, Honey? Du hast uns doch in die Sache hineingeritten, indem du vor der ganzen Welt behauptet hast, meine Verlobte zu sein.«

»Nicht vor der ganzen Welt, nur vor einer einzigen Krankenschwester, und das war ein Notfall.«

»Weil du unbedingt zu mir musstest.« Seine Finger glitten hoch zu ihrem Hals, und Lynne wäre fast von der Straße abgekommen.

Er hob eine Augenbraue, seine Lippen verzogen sich zu einem zweideutigen Lächeln, und Lynne stieß einen frustrierten Laut aus. »Du hast quasi ein gebrochenes Genick, Casanova! Glaubst du wirklich, dass du in der Lage bist, das zu tun, an das du gerade denkst?!« Sie fuhr in die von ihm gezeigte Richtung und schloss ihre Finger so fest um das Lenkrad, dass es wehtat.

Er lachte leise. »Mir fällt nur eine ziemlich schmutzige Antwort darauf ein, daher lasse ich es.«

Er ließ die Hand zurück in seinen Schoß sinken, wandte aber den Blick nicht ab, der ihr den Nacken und den Rücken hinunterzugleiten schien. Er konnte kaum seinen Kopf drehen, trotzdem schaffte er es irgendwie, sie so anzusehen, dass sie sich nackt fühlte. Wann waren sie endlich da? Die Gegend kam ihr ziemlich nobel vor, schicke Autos, gepflegte Gärten, teure Einfamilienhäuser, die eher Villen glichen …

»Spaß beiseite, Lynne.« Reed trommelte mit den Fingern aufs Armaturenbrett und sah sich in der Umgebung um. »Du willst nicht reden, das habe ich bei der Hochzeit kapiert, und du willst auch nicht mit mir zusammen sein. Gut. Aber du solltest wirklich ernsthaft darüber nachdenken, Sex mit mir zu haben. Ich verstehe gar nicht, was dagegen spricht! Wir sind erwachsen, wir sind single.« Er wandte sich ihr zu, und Lynne krampfte sich noch fester ans Lenkrad. »Hier abbiegen.«

Sie atmete tief durch und versuchte, seinen belustigten Blick zu ignorieren. »Vielleicht bist du einfach nicht mein Typ«, murmelte sie und betätigte den Blinker, als er sie erneut abzubiegen anwies.

»Ach wirklich?« Er deutete wieder zur Seite.

Sie zuckte mit den Schultern. »Geschmäcker sind verschieden.«

Lynne bog erneut ab, und plötzlich ging ihr auf, was sie

hier eigentlich tat. Sie fuhr links ran und fixierte ihn. Wenn er mit seiner Halskrause nicht so verletzlich ausgesehen hätte, wäre sie ihm gerne an die Kehle gesprungen.

»Wie lange fahre ich schon im Kreis?«

»Hm … zwei Runden ungefähr.«

Lynne nickte konzentriert, um nicht zu grinsen. Wie schaffte er es nur immer wieder, dass sie all ihre Vorbehalte vergaß und einfach die Zeit mit ihm genoss? »Wo soll ich parken?«

»Eigentlich stehst du hier schon ganz gut.« Er wies zu einem hohen Wohnkomplex zu seiner Rechten, der ein wenig wie ein Luxushotel aussah. »Hier wohne ich.«

Lynne verdrehte die Augen. »Natürlich tust du das.« Sie schnallte sich ab, stieg aus und ging zum Kofferraum, sich immer wieder sagend, dass sie jetzt erwachsen war, dass es ihm nicht gelingen würde ihre Selbstkontrolle zu durchbrechen. Im nächsten Moment stand er aber schon neben ihr und griff nach seiner Tasche.

Sie lächelte liebenswürdig. »Kein Problem, ich mach das schon. Bei allem, was du noch vorhast, musst du deine Kräfte schonen.« Oh nein, jetzt flirtete sie auch noch zurück.

Seine grünen kühlen Augen erwiderten ihren Blick noch ein paar quälende Sekunden lang, dann nickte er langsam, stieß sich vom Auto ab und ging ohne ein Wort über die Straße zu dem beeindruckenden Hochhaus.

Lynne seufzte, schnappte sich die Tasche und folgte ihm. Sie sagten beide kein Wort, den ganzen Weg durch die überdimensionale Eingangshalle mit der meterhohen Gewölbedecke und dem funkelnden Lüster. Auch nicht während der Fahrstuhlfahrt in den einundzwanzigsten Stock und bei ihrem Gang durch den gefliesten Flur.

Vor einer der beiden Türen, die links und rechts abgingen, blieb Reed stehen, zog einen Schlüssel aus seiner Kapuzenjacke und sperrte auf. Er trat ein, ohne sich nach ihr umzusehen, ließ die Tür offen stehen und überließ ihr die Entscheidung, ihm noch weiter zu folgen.

Vorsichtig, als wartete ein feuerspeiender Drache auf sie, trat sie in die Wohnung und kniff ob der kühlen, modernen Schönheit ein wenig die Augen zusammen. So lebten also Sportstars.

Weiß und Granit bestimmten den Flur und den anschließenden gigantischen Wohn- und Essbereich. Eine komplette Glasfront mit Blick auf den Fluss und Cardiff Castle erfüllten den Raum mit grellem Sonnenlicht.

Reed ging zu der blitzenden Küchenzeile zu seiner Rechten, füllte sich ein Glas mit Wasser und lehnte sich damit gegen die freistehende Kochinsel. »Und?«

Lynne drehte sich immer noch mit großen Augen im Kreis. »Beeindruckend.« Sie war nie zuvor in einem so luxuriösen Apartment gewesen, und sie konnte nicht glauben, dass Reed hier wohnte. Es war so gar nicht er. Und trotzdem konnte sie sich nicht sattsehen. Vor einem gläsernen Erker luden gemütliche Polstermöbel, von denen man einen herrlichen Ausblick hatte, zum Entspannen ein. Zu ihrer Linken gab es eine weitere Sitzecke vor einem in die Wand eingelassenen Flachbildfernseher, zu ihrer Rechten, vor der Küche, gab es einen Esstisch mit acht Stühlen. Lynne wollte sich setzen, sie wusste nur nicht, wohin, bei den vielen Möglichkeiten. Alles sah so einladend, aber auch steril aus, sie hatte Angst, überhaupt etwas anzufassen.

»Wer macht hier sauber?«, wunderte sie sich laut und drehte sich noch einmal im Kreis. Sie selbst wohnte bestimmt nicht in einer billigen Absteige, Rosemaries Apartments in dem Altbau waren hell und gemütlich und neu renoviert. Aber Reed hauste wie ein König.

Reed lachte leise. »Das ist das Erste, was dir durch den Kopf geht?« Er schüttelte den Kopf, so gut es mit der Halskrause ging, stellte das Glas ab und kam auf sie zu. Sein Blick fixierte sie wie ein Tiger seine Beute, und Lynnes Herz begann, schneller zu schlagen. Sie wich automatisch zurück und stieß mit den Beinen gegen etwas Hartes hinter ihr, vermutlich eines der Polstermöbel vor dem Fernseher.

»Hast du schon einen Grund gefunden, weshalb du nicht mit mir schlafen solltest? Denn wenn nicht …« Er hob seine Hand zu ihrer Schulter, schob den Träger der Reisetasche hinunter. Mit einem Knall, der sie zusammenzucken ließ, fiel sie zu Boden.

Lynne starrte ihn an, sie konnte sich nicht bewegen, als er noch einen Schritt auf sie zumachte und nun viel zu dicht vor ihr stand. Ihre Alarmglocken läuteten schrill auf, aber sie tat immer noch nichts, selbst als er einen Arm um sie schlang und sie auf die Zehenspitzen zu sich hochzog. Eine Stimme in ihrem Kopf flüsterte, ein Fehler, ein Fehler, nichts ist geklärt. »Warte …« Doch dann berührten seine Lippen ihre, und sie hörte auf zu denken.

Sie konnte noch nicht einmal mehr atmen, mit zitternden Händen hielt sie sich an ihm fest. In ihr drinnen fing irgendetwas an zu summen, als der Kuss leidenschaftlicher wurde. Damals war das genug gewesen, aber heute wuchs aus diesem kleinen unschuldigen Flämmchen ein Feuer, das sich nicht mehr löschen ließ. Der Kuss wurde immer drängender, Reed presste sie an sich, und im nächsten Moment verlor sie den Boden unter den Füßen. Er hob sie hoch, sie schnappte nach Luft, wollte protestieren, er war verletzt, aber er schloss ihren Mund sofort wieder mit seinen Lippen. Sie spürte, dass sie sich bewegten, aber alles um sie herum drehte sich.

Er ließ sich mit ihr auf der Couch in der Fernsehecke nieder, sodass sie rittlings auf ihm saß. Sofort zog er sie wieder zu sich, als müsste er all die Jahre aufholen, in denen sie sich nicht hatten küssen können, und Lynne gehorchte nur allzu gern.

All die Gründe, weshalb sie nicht zusammen sein konnten, schmolzen einfach so dahin. Reed fuhr mit den Händen unter ihr Top, und sie erschauderte. Sie waren wieder die verliebten Kids von einst, die sich nie nah genug sein konnten, und sie waren die Erwachsenen von heute, die sich von der anderen Seite eines Raumes ansahen und die Welt um sich herum verloren.

Er schloss beide Hände um ihre Wangen, schob sie ein wenig von sich und sah sie durchdringend mit dunklen funkelnden Augen an. »Letzte Chance für einen Rückzieher.«

Lynne biss sich auf die Lippe, suchte nach einer Antwort, fand aber keine Worte. Also zog sie ihm einfach das T-Shirt über den Kopf und ließ ihre Hände über seine Brustmuskeln und hinab über sein Sixpack gleiten. Ein zittriges Seufzen entfuhr ihr. »Wage es nicht aufzuhören.«

Kapitel 13

»Ich verstehe, sie kommt jeden Moment von der Schule nach Hause, dann machen wir uns sofort auf den Weg.« Jens Blick flog zu Winnies Zimmer, wo bereits eine gepackte Krankenhaustasche stand. Bei den Beratungsgesprächen zur Transplantation war ihnen geraten worden, vorbereitet zu sein, denn wenn eine Lunge verfügbar war, musste es schnell gehen. »Vielen Dank, bis nachher.« Sie legte auf und rannte durch das Apartment ins Kinderzimmer, schnappte sich Winnies Lieblingskuscheltier Snickers, den Mops, vom Bett und stopfte ihn in die Tasche. Hatte sie sonst noch etwas vergessen? Sie hatte eine Liste gehabt, aber wo war sie jetzt? Ihr Herz raste, ihre Gedanken wirbelten durcheinander. Eine Lunge! Winnie bekam eine neue Lunge! Schon jetzt! Sie wurde operiert, es war so weit, jetzt konnte alles gut werden oder …

Das Geräusch der zufallenden Wohnungstür schreckte sie hoch, und Jen zerrte sich den Riemen der Tasche über die Schulter. Sollte etwas fehlen, konnte sie es immer noch holen.

»Zieh dich nicht aus, Schätzchen! Wir müssen gleich wieder los.« Sie ging zurück ins Wohnzimmer und sah sich nach Winnie um, aber hier war niemand.

»Winnie?« Sie schob die Tür zum Badezimmer auf, den einzigen Raum, den es hier noch gab, aber er war leer. Hatte sie sich das Geräusch nur eingebildet?

Ihr Blick fiel auf die Uhr. Für gewöhnlich kam Winnie in ein paar Minuten nach Hause, vielleicht hatte sie nur Olivers Tür gehört.

Schnell schnappte sie sich den Wohnungsschlüssel und eilte die Treppe hinunter. Harry sah sofort auf, als sie in die Küche trat, seine Augen weiteten sich bei ihrem Anblick mit der Tasche. Bestimmt war sie auch totenblass.

»Sag nicht …«

Jen nickte nur zitternd, ihr wurde heiß und kalt zugleich. Ihre Hoffnungen und Ängste prallten aufeinander und ließen sie entkräftet zurück.

»Ich gehe Winnie entgegen, wir müssen sofort ins Krankenhaus.«

»Hast du jemanden, der euch fährt?«

»Wir nehmen uns ein Taxi.«

Harry sah sie immer noch schockiert an, nickte ihr aber ermutigend zu. »Viel Glück.«

Jen zwang sich zu einem Lächeln. »Danke.« Sie trat durch die Schwingtüren in den Gastraum, sah Emily hinter der Bar und Linda Bestellungen aufnehmen. Oliver saß in einer leeren Tischnische über Ordner und Papierstapel gebeugt, er wirkte ganz vertieft und sah nicht zu ihr her. Jen überlegte, zu ihm zu gehen und ihm von den Neuigkeiten zu erzählen, aber sie musste weiter. Harry würde ihm schon Bescheid sagen, ansonsten könnte sie ihn später auch anrufen. Sie wusste, wie wichtig Winnie ihm war, auch wenn sie in letzter Zeit kaum miteinander gesprochen hatten. Sie wusste auch, wie wichtig sie ihm war. Sie zweifelte nicht mehr daran, dafür waren seine Blicke zu eindeutig. Niemand im Dragon's Lair wusste, was zwischen ihnen vorgefallen war, und die letzten Wochen waren sehr aufregend gewesen. Auch wenn

Jen mit Vorbereitungsterminen im Krankenhaus und für *Ava's Paradise* so beschäftigt gewesen war, dass sie kaum an ihr Liebesleben hatte denken können, waren Tagträume nicht gänzlich ausgeschlossen gewesen, schon gar nicht, wenn sie seinen Blick auf sich gespürt hatte. Sie hatten jedoch immer noch kein Gespräch darüber geführt, was das eigentlich zwischen ihnen war.

Winnie würde sich vermutlich freuen, wenn Oliver mehr als nur ein Freund der Familie werden würde, aber sollte die Sache böse enden … das würde sie nicht verkraften, nicht schon wieder. Und sie selbst ehrlich gesagt auch nicht. Vorher musste sie aber ohnehin die Operation überstehen.

Jen trat auf die Straße, auf der an diesem strahlenden Herbsttag der Sommer zurückgekehrt war. Es war aber nicht mehr so viel los wie noch vor ein paar Wochen, und so hatte Jen einen guten Blick die Straße hinunter, wo Winnies Bushaltestelle lag.

Nur da war niemand.

Jen sah erneut auf die Uhr, hatte der Bus Verspätung? Sollte sie ihr entgegengehen? Bei der Haltestelle hielten für gewöhnlich öfter Taxis, Winnie würde sich also den Rückweg dorthin sparen, wenn Jen gleich dorthin ging. Aber was, wenn sie inzwischen hier auftauchte? Nein, sie konnte aus keiner anderen Richtung kommen.

Jen atmete tief durch, versuchte ruhig zu bleiben und machte sich auf den Weg. Sie durfte nicht nervös werden, wenn Winnie sie sah, musste sie Zuversicht und Stärke ausstrahlen, keine Hilflosigkeit. Aber sie spürte den Schweiß auf ihrer Stirn, und es kam ihr so vor, als starrten die Passanten sie an, Schemen mit vorwurfsvollen Augen. Als wüssten sie, dass sie einer Panik nahe war, dass sie schwächelte.

Das Gefühl wurde nicht besser, als sie die Bushaltestelle erreichte und immer noch keine Spur von Winnie entdeckte.

Erneut sah sie auf die Uhr, Winnie hätte vor zehn Minuten zu Hause sein sollen! Wo war sie? Warum hatte Jen sie nicht abgeholt? Warum ließ sie ihr krankes Kind allein mit dem Bus fahren und zu Fuß gehen, noch dazu, wo sie auf eine neue Lunge wartete? Zählte es jetzt noch, dass Winnie es sich so gewünscht hatte und Jen ihr so viel Normalität wie möglich bieten wollte? Was, wenn sie entführt worden war? Wenn sie einen Schwächeanfall erlitten und irgendwo in einem Graben lag? Wenn sie einen Unfall gehabt hatte? Vielleicht war sie vor ein Auto gelaufen?

Sirenen erklangen in dieser großen Stadt immer mal wieder, Jen hörte meist gar nicht mehr hin, aber jetzt ging ihr das ferne Heulen durch und durch.

Das Zuschlagen der Tür! War es wirklich Oliver gewesen? Oder doch Winnie? Hatte sie das Gespräch mit angehört und Angst bekommen? Bei den Vorbereitungsterminen und den psychologischen Sitzungen hatte sie jedes Mal einen sehr gefassten Eindruck gemacht. Zu gefasst vielleicht schon für ein Kind. Hätte sie mehr auf sie einwirken müssen, sie zwingen, über ihre wahren Gefühle zu sprechen? Großer Gott, wo war sie nur?

Jen konnte nicht länger auf den Bus warten, sie rannte zurück, die schwere Tasche rutschte ihr immer wieder von der Schulter, schlug gegen ihre Beine, und diesmal starrten die Passanten sie wirklich an, aber Jen hatte keinen Blick für sie übrig. Sie steuerte auf den Pub zu, drängte sich an einem Ehepaar, das gerade eintreten wollte, vorbei, ließ die Tasche im Vorraum unter die Garderobe fallen, prallte durch die Schwingtüren und rannte direkt zu Olivers Tisch.

»Warst du vorhin in der Wohnung?«

Oliver sah von seinen Papieren hoch, einen Moment schien er verwirrt, dann sprang er auf, kam aus der Nische und legte ihr die Hand auf die Schulter. »Was ist passiert?«

Jen schüttelte den Kopf. »Warst du vorhin oben in der Wohnung?«

»Ich bin seit über einer Stunde hier. Was ist …«

Jen fuhr sich panisch durchs Haar. »Sie ist nicht da … ich weiß nicht … vielleicht hat sie gehört, dass sie eine neue Lunge bekommt, und ist weg. Ich hätte es wissen müssen, ich hätte ihr sofort hinterher müssen, wo kann sie nur hin sein … wo …«

Starke Hände schlossen sich um ihre Handgelenke, zogen ihre Arme hinunter. »Jen, beruhig dich, sag mir, was passiert ist, du machst mir Angst.«

Seine Stimme war weit weg, drang kaum durch das Rauschen in ihren Ohren. Sie sah ihr verängstigtes Kind durch die Straßen von Cardiff irren, weinend und verzweifelt. Wenn ihr etwas passierte …

»Ich muss los.« Jen drehte sich um, sie musste Winnie finden, aber Oliver hielt sie fest, drückte sie unsanft auf die Bank nieder und kniete sich vor sie hin. Seine grauen Augen fixierten sie.

»Jen, wo ist Winnie?«

»Ich weiß nicht. Weg.«

Er nickte langsam. »Sie ist nicht von der Schule gekommen?«

»Doch, vielleicht, ich hab die Tür gehört, aber dann war sie nicht da. Aber sie … ich glaube, sie hat mich telefonieren gehört und hat Angst bekommen …« Sie hielt inne, versuchte den Ablauf noch einmal in ihrem Kopf zu rekonstruieren, aber das alles ergab keinen Sinn! Winnie musste doch hier durchgekommen und dann in die Küche gegangen sein. Oliver war vielleicht zu vertieft gewesen, um sie zu bemerken, aber Harry …

Jen sprang auf, drängte sich unwirsch an Oliver vorbei, rannte um die Theke herum, egal, ob andere sie für verrückt hielten, und stürmte in die Küche.

»Ist Winnie hier vorbeigekommen?«

Harry sah vom Grill auf und an ihr vorbei zu Oliver, der ihr gefolgt war, und schüttelte den Kopf. »Du wolltest ihr doch entgegengehen, ist sie nicht von der Schule …?«

»Sie muss nach Hause gekommen sein, sie ist hoch, hat mich telefonieren hören, und dann ist sie wieder weg! Aber dafür muss sie zweimal durch die Küche gegangen sein!«

Harry zog die Brauen zusammen, dann weiteten sich seine Augen. »Ich war mindestens zehn Minuten im Lager!«

Oliver nahm ihren Arm, drehte Jen zu sich herum, sie hatte ihn noch nie so blass gesehen. »Wohin geht sie für gewöhnlich gerne? Hat sie irgendeine Freundin, bei der sie sein könnte? Wir rufen alle Eltern aus ihrer Klasse an und … nein, warte.« Er zog sein Handy aus der Hosentasche, es war nicht zu übersehen, wie sehr seine Hände zitterten. »Wir rufen sofort die Polizei an.«

»Aber muss ein Kind dafür nicht vermisst sein?«, ließ sich Harry vernehmen.

Oliver schoss ihm einen tödlichen Blick zu. »Sie *ist* vermisst, verdammt noch mal! Sie muss ins Krankenhaus, sofort, aber stattdessen rennt sie verstört und voller Angst durch die Stadt, wo ihr wer weiß was passieren kann!« Er machte Anstalten den Notruf zu wählen, aber Jen legte ihre Hand auf seine.

»Nein.« Ihre Stimme war ganz ruhig, was sie selbst ziemlich überraschte. Aber Olivers Panik holte sie irgendwie zurück aus dem Nebel der Angst, der ihre Gedanken umhüllt hatte.

»Nein?« Er sah sie verständnislos und auch ein wenig wütend an, so als wollte er sie am liebsten schütteln, aber gerade seine Angst um Winnie, seine Liebe, gab ihr Kraft.

»Ich gehe los und suche sie, ich denke, sie treibt sich irgendwo im Park herum, dort ist sie gerne. Du bleibst hier, für den Fall, dass sie doch noch zurückkommt.«

Oliver schüttelte entschieden den Kopf. »Das kann Harry machen, ich sage auch Linda und Emily Bescheid. Ich gehe mit dir.« Seine Worte duldeten keine Widerrede. Einen Moment lang sahen sie sich in die Augen, beide mit demselben Ziel, dann drehten sie um und stürmten aus dem Pub. »Ich gehe den Schulweg ab, vielleicht ist sie zurück dorthin«, sagte Oliver noch, ehe er ihr noch einmal die Hand auf die Schulter legte und loslief.

Jen nickte nur, auch wenn er das nicht mehr sah. »Wir finden sie«, murmelte sie und klammerte sich krampfhaft an diese Worte.

* * *

Lynne zog das Badetuch fester um sich und schmiegte sich in Reeds Arme, als gehöre sie genau dorthin. Und das tat sie auch. Er hielt sie fest und verfluchte stumm die Halskrause, da sie seine Bewegungen einschränkte und er sie nicht so halten konnte, wie er wollte. Aber das hatte Zeit. Gerade war er mit der Welt völlig zufrieden. Der dampfende Raum, der seine vom Liegen verspannten Muskeln wärmte, die Zufriedenheit nach atemberaubendem Sex, einer heißen Dusche, die zu noch mehr Sex geführt hatte, Lynnes Nähe, die alle Lücken in seinem Inneren füllten …

Ihm war klar, dass das zwischen ihnen kompliziert war, dass sich in Wirklichkeit nichts geändert hatte. Aber er nahm, was er kriegen konnte. Im Moment fühlte es sich einfach so an, als fiele alles an seinen Platz.

»Ich könnte mich daran gewöhnen«, schnurrte sie und hauchte einen Kuss auf seine Brust.

»An was könntest du dich gewöhnen?« Er ließ seine Finger in ihren Nacken gleiten, massierte sie. »Die Suite? Oder das hier?« Seine andere Hand glitt unter das Badetuch. Ein Seufzen entfuhr ihr, und Reed kämpfte um seine Selbstbeherrschung. Nicht dass er davon auf der Couch und in der Dusche noch besonders viel gehabt hätte.

Sein Körper verkrampfte sich. Ein lange vergessener Druck breitete sich in seiner Brust aus, den er einst viel zu oft gespürt hatte – die Angst, sie körperlich zu verletzen. Er hatte schon so lange nicht mehr daran gedacht, aber Lynne brachte dieses Bangen zurück.

Früher war es ihm schwergefallen, auf Situationen angemessen zu reagieren. Sie hatte etwas gesagt, das ihm nicht gefiel, und schon hatte er ihr einen Bleistift in die Hand gerammt – na gut, damals war er acht gewesen. Aber auch danach hatte er oft nicht gewusst, was sein Körper tat, und sich hinterher gefragt, wie das nur hatte passieren können.

Sein früherer Psychologe hatte gesagt, dass ADHS-Betroffene auch im Erwachsenenalter eine höhere emotionale Intensität hatten und besonders negative Gefühle schlecht regulieren konnten. Man fühlte sich oft überflutet von Emotionen und hatte eine Neigung zu spontanen Entscheidungen und unüberlegten Handlungen. In vielem davon fand er sich selbst wieder, aber er hatte sich schon lange im Griff, er hatte daran gearbeitet. Noch nicht einmal beim Sex, wenn das Denken in den Hintergrund geriet und der Körper einen Großteil übernahm, hatte er je das Gefühl gehabt, die Kontrolle zu verlieren. Zumindest nicht bei anderen Frauen. Aber Lynne … bei ihr erinnerte er sich zu genau, was es hieß, von Emotionen überflutet zu werden.

Er schlang seine Arme um sie und wunderte sich, dass seine Worte bei der Hochzeit tatsächlich der Wahrheit entsprachen, dass er seinen Frieden mit seiner Vergangenheit gemacht hatte. Wo war all der Zorn hin, den er über Jahre genährt hatte, nachdem sie ihn einfach so verlassen hatte? Sein Wunsch, es ihr heimzuzahlen? Er war wirklich nicht mehr derselbe, er hatte den wütenden Teenager hinter sich gelassen. Jetzt wollte er sie nur noch halten, der Gedanke, sie auf irgendeine Weise zu verletzen, bescherte ihm eher Übelkeit.

Sie schob sich von ihm weg und sah zu ihm auf, etwas Wachsames lag in ihrem Bernsteinblick. »Was ist los?«

Er zuckte mit den Schultern. »Nichts.«

»Hast du Schmerzen?«

Sie legte ihre Hand in seinen Nacken, er spürte es trotz der Halskrause und lächelte. »Nur Schmerzen von der guten Sorte.«

Sie verdrehte die Augen und befreite sich ganz aus seiner Umarmung. »Damit ist jetzt Schluss, du musst dich ausruhen und …«

»Ausruhen kann ich mich, wenn ich alt und grau bin, aber jetzt …« Er streckte den Arm nach ihr aus, aber Lynne machte noch einen Schritt zurück. Nackt unter dem dunkelblauen, flauschigen Badetuch, ihre Haut blass im künstlichen

Licht und die braunen Locken nass um ihr Gesicht wirkte sie unglaublich verletzlich.

»Komm her.«

»Oh nein. Das gerade war schon ziemlich heftig, …«

»Heftig?«

Ihre Augen verengten sich verwirrt über seinen erschrockenen Ton.

»Ich meine … intensiv. Nicht gerade die Erholung, die du jetzt brauchst. *Mir* tun ja schon alle Knochen weh, wie kannst du dann noch …«

Er ging auf sie zu. »Das wollte ich nicht, Lynne. Wenn ich dir wehgetan habe, dann …«

Lynne schüttelte den Kopf. »Nein, Reed!« Sie legte ihre Hände auf seine Brust, stellte sich auf die Zehenspitzen und sah ihn eindringlich an. »Du hast mir nicht wehgetan, wie kannst du das heute noch … Hör auf, Angst vor dir selbst zu haben, schon gar nicht meinetwegen!« Sie umfasste sein Gesicht mit beiden Händen. »Ich liebe dich so, wie du bist, und nie würde ich wollen …«

Sie fuhr zurück, und Reed erstarrte. Überrascht sah er sie an. Hatte sie das gerade wirklich gesagt?

Ein schrilles Klingeln erscholl, Lynne zuckte zusammen, und Reed fluchte stumm. Verdammtes Telefon.

Lynne sah von der Badezimmertür zu ihm und wieder zur Tür, hinter der es ununterbrochen klingelte. »Willst du nicht rangehen?«

»Ist nur der Portier. Die am Empfang sind so gut wie die Einzigen, die diese Nummer haben. Vermutlich ist es wieder die Presse. Hast du das gerade …«

Sie riss die Hand hoch. »Dann wird es wichtig sein, du solltest wirklich rangehen.«

Reed musterte sie, vermutlich sollte er ihr Zeit geben, sich zu sammeln. »Eine Sekunde.« Er zeigte mit dem Finger auf sie. »Bleib, wo du bist.«

Nur mit einem Handtuch um die Hüften rannte er in den Vorraum und nahm den Hörer von der Kommode. »Ja?«

Ein Räuspern erklang. »Mr Rivers, bitte verzeihen Sie die Störung, hier ist ein junges Mädchen, das darauf besteht, Sie zu sehen.«

»Ein junges Mädchen?« Kurz fragte er sich, ob man irgendeine seiner alten Flammen als »junges Mädchen« bezeichnen könnte, aber das traf wohl kaum für Anfang Zwanzigjährige zu. Außerdem hatte er sich in Wales auf niemanden eingelassen, und es würde wohl kaum jemand von Neuseeland hierherfliegen, nur weil er bei einem Spiel ausgeknockt worden war. So weit hatten seine oberflächlichen Bekanntschaften nie gereicht.

»Sie ist alleine hierhergekommen und behauptet, eine Freundin von Ihnen zu sein. Sie verrät uns ihr Alter nicht, sagt, das gehe uns nichts an«, die Stimme klang amüsiert, »aber wir schätzen sie so auf sieben oder acht? Sie heißt Winnie Griffin.«

»Winnie?« Damit hatte er nicht gerechnet. »Winnie Griffin ist unten? Ganz allein?«

Noch ein Räuspern. »Ähm … ja, Sir.«

»Schicken Sie sie hoch.« Er legte auf und starrte das Telefon einen Moment lang perplex an. Dann sammelte er schnell Lynnes Klamotten ein, rannte zurück ins Badezimmer und hob seine eigenen Kleider vom Boden auf. »Planänderung. So wie es aussieht, habe ich Besuch von einer süßen Blondine, und du musst dich hier im Bad einsperren, damit sie dich nicht sieht.«

Lynne verdrehte die Augen. »Ich habe dich gehört. Was macht Winnie hier?«

Er lächelte, er wusste nicht, warum, aber er fand es unwiderstehlich, dass sie ihm nicht glaubte. Im Moment musste er sich aber beeilen. »Das werde ich herausfinden.« Er richtete sich auf, zog die Hosen hoch und schlüpfte in die Kapuzenjacke. »Mach's dir inzwischen hier gemütlich, lass dir Zeit, ich rufe gleich ihre Mutter an und kläre die Situation.« Er legte seine Hand in ihren Nacken, berührte mit seinen Lippen ihre Stirn. »Wir reden nachher weiter.« Er trat einen Schritt zurück und sah ihr nachdrücklich in die Augen. »Okay?«

Lynne nickte, die Lippen zu einer schmalen Linie zusammengepresst. Das musste ihm als Zustimmung genügen. Er schloss die Badezimmertür hinter sich, um Winnie nicht den Blick auf eine nackte Miss Padrig von der Wunschagentur zu bieten, und eilte zur Eingangstür. Er legte gerade die Hand auf die Klinke, als es auch schon klopfte.

Und tatsächlich, Winnie Griffin und der Portier standen auf der anderen Seite und sahen ihm entgegen. Winnies Augen waren gerötet, der Pferdeschwanz zerzaust, ihre Wangen glühten, sie amtete viel zu schnell. Erschrocken streckte er die Hand nach ihr aus, was war passiert?

»Danke, ich übernehme von hier.« Er führte Winnie in die Suite und schloss die Tür, dabei bemerkte er, dass sie immer wieder unterdrückt schluchzte.

»Was ist los, Winnie?«

Sie schüttelte den Kopf, starrte zu Boden. Angst machte sich in ihm breit. »Bist du verletzt? Tut dir irgendetwas weh?«

Noch ein Kopfschütteln. »Wie bist du hierhergekommen? Woher weißt du überhaupt, wo ich wohne?«

Winnie wischte sich über die Nase, ihre Stimme war so leise, dass er sie kaum hörte. »Hast mal beim Training erwähnt, dass du hier wohnst.«

Reed nickte und sah auf sie hinunter, nicht wissend, was er mit ihr anstellen sollte. »Weiß deine Mum, dass du hier bist?«

Wie erwartet schüttelte sie den Kopf.

»Du weißt, dass ich sie anrufen muss.«

Diese Worte schienen sie ein wenig aufzuwecken, denn ihr Kopf fuhr hoch. »Nein!«

»Sie macht sich bestimmt große Sorgen … und ich auch.« Er wies auf ihren Schulrucksack, den sie über eine Schulter geworfen hatte. »Du warst nicht mal zu Hause, oder?«

»Doch, aber … sie hat gesagt … die haben angerufen und …« Erneut das Beben, und Reed ballte die Hände zur Faust, unterdrückte ein Fluchen. Er konnte gut mit Kindern auf dem Rugbyfeld, aber nicht bei sich zu Hause, während eine nackte, komplizierte Frau in seinem Badezimmer stand. Ihr Anblick schnürte ihm die Kehle zu – mehr noch als die verdammte Halskrause.

»Komm mit.« Er ging in die Küche und suchte nach Saft, er musste irgendetwas tun, sie irgendwie zum Reden bringen. Leider offenbarte ein Blick in seinen Kühlschrank, dass er nur abgelaufene Milch und Bier hatte. »Wie wär's mit einem Wasser.« Er wartete auf keine Antwort, füllte ein Glas und stellte es ihr auf die Arbeitsplatte der Kochinsel.

»Und jetzt erzähl, was los ist.«

»Nur wenn du versprichst, nicht meine Mutter anzurufen.«

Reed steckte die Hände in die Taschen seiner Kapuzenjacke. »Kann ich nicht versprechen.«

Sie senkte den Blick, starrte auf ihre Schuhe hinab. »Aber dann holt sie mich ab und bringt mich ins Krankenhaus.«

»Ins Krankenhaus? Wieso …?« Langsam dämmerte es ihm. Er beugte sich zu ihr hinab und versuchte ihren Blick einzufangen. »Darling, bekommst du eine neue Lunge?« Mrs Griffin hatte ihm bei einem Training mit Winnie gesagt, dass sie auf der Liste stand.

Ein Schniefen war alles, was er als Antwort bekam, und Reed sah sich nach seinem Handy um. Er wusste, dass die Transplantation bald stattfinden musste, gleichzeitig konnte er sich Winnie kaum über die Schulter werfen und sie gegen ihren Willen dorthin schleppen, wenn sie so verängstigt war.

»Winnie, du musst jetzt tapfer sein.« Er schob ihr den Schulrucksack von der Schulter und hob ihr Kinn an, damit sie ihn ansah. »Ihr habt so lange darauf gewartet, und jetzt ist der Moment da.«

»Ich habe nicht darauf gewartet.«

»Ach nein?«

»Nein, denn …« Sie sah ihm geradewegs in die Augen. »Dann sterbe ich.«

Reed sank zurück, ihm brach das Herz, wenn er sie so tiefverzweifelt vor sich sah. Zudem hatte er keine Ahnung, was er einer Neunjährigen über eine derart gruselige Operation sagen sollte. Aber er selbst hatte als Kind lieber die Wahrheit gehört als irgendwelche Ausflüchte von Erwachsenen. Er war sich immer vorgekommen, als würde er für dumm verkauft, wenn andere etwas in Watte verpackten. Und so, wie er Winnie kennengelernt hatte, war sie ihm in vielen Belangen ähnlich.

»Vielleicht«, sagte er also und hatte damit ihre volle Aufmerksamkeit. »Zu sterben ist immer eine Möglichkeit – die bestand auch, als ich beim Spiel neulich aufs Feld gegangen bin.« Er tippte an seine Halskrause. »Ich bin auch operiert worden, schon vergessen? Und jetzt stehe ich putzmunter vor dir. Es kann immer etwas passieren, sogar wenn man morgens aus dem Bett steigt, auch wenn eine Neunjährige sich nicht damit beschäftigen sollte. Aber so ist es. Man kann sich an einem Stück Apfel verschlucken und ersticken.«

»Das ist etwas anderes.«

»Ist es das?«

Winnie wandte sich ab, sah zurück zur Tür. »Mum glaubt auch, dass ich sterben werde.«

»Wie kommst du denn darauf?«

»Weil sie mich so ansieht.«

Reed nickte nachdenklich, das wurde immer schwieriger. Mit einem Seufzen stand er auf und tippte eine SMS an Mrs Griffin. »Winnie ist bei mir. Krankenhaus ist gleich um die Ecke. Bringe sie dorthin.« Er steckte das Handy weg und legte Winnie eine Hand auf die Schulter. »So, Darling, hör mir mal zu …«

* * *

Lynne zog sich an, trocknete ihre Haare und versuchte ihre nervösen Hände unter Kontrolle zu halten. Sie hatte es getan, sie hatte ihn zurück in ihr Leben gelassen. Und jetzt hatte sie ihm auch noch gesagt, dass sie ihn liebte. Kurz lächelte sie beglückt, denn eines war ihr nun völlig klar – das tat sie. Sie liebte ihn. Sie liebte ihn von ganzem Herzen.

Andererseits gab es jetzt kein Zurück mehr, er würde nun bestimmt Antworten verlangen. Sie musste es ihm sagen, aber allein der Gedanke daran ließ sie zittern. Sie hatte Ava alles anvertraut, und die Welt war nicht untergegangen. Sie hatte es schon einmal geschafft darüber zu sprechen. Aber bei Reed war das etwas anderes.

Sie hörte Stimmen von draußen, Reeds tiefe und Winnies kindliche, nur ganz leise. Was machte sie nur hier? War etwas passiert? Wieso kam sie dann hierher?

Lynne schob die Tür auf, sah in den großen, blendenden Wohnraum und erkannte Reed und Winnie neben der Küche. Winnie stand da, die Schultern hängend, den Kopf gesenkt, Reed kniete vor ihr. Sie hätten Vater und Tochter sein können, beide mit dem blonden Haar und der Art, wie sie sich vertrauensvoll ansahen. Hätte Reed so mit April ausgesehen? Er wäre kein fehlerfreier Vater gewesen, wer war das schon? Aber er hätte sich eher einen Arm ausgerissen, als dass ihr oder April etwas geschah. Er hätte ihr kleines Baby beschützt. Wenn er damals da gewesen wäre, wenn …

Winnie schluchzte auf, und das Geräusch fuhr ihr durch und durch. Dieses unschuldige, leidende Mädchen zu sehen, das wie ein Engel aussah, war beinahe mehr, als sie ertragen konnte.

»Du verstehst das nicht«, japste Winnie, hörbar um jedes Wort kämpfend, als wäre sie zu stolz, sich ihr Weinen anmerken zu lassen. »Mum ist anders seit diesem Termin im Krankenhaus, sie sieht mich an, als … als stünde sie an meinem Grab.«

»Sie hat Angst um dich, das ist ganz normal.«

»Aber wenn *sie* schon Angst vor der OP hat – und du kannst mir glauben, sie hat sonst vor nichts Angst –, wie soll ich dann da hingehen und … und mich aufschneiden lassen?«

Reed legte beide Hände auf ihre Schultern. »Du vertraust deiner Mum doch?«

Winnie nickte.

»Dann glaubst du wirklich, sie würde dich in dieses Krankenhaus bringen, wenn sie wirklich fürchtete, dass du die OP nicht überlebst? Wenn sie nicht felsenfest davon überzeugt wäre, dass es dir danach bessergeht?«

Die großen blauen Augen verengten sich, noch mehr stumme Tränen flossen über die geröteten Wangen, und Lynne musste sich die Faust gegen den Mund pressen, um nicht mitzuweinen. Nicht nur wegen der Erinnerungen an April, sondern für dieses Mädchen. Zum ersten Mal. All die Kinder in der Agentur waren für sie stets auf eine Art wandelnde Erinnerungen an April gewesen, der Beweis dafür, wie ungerecht die Welt war, wie schnell es vorbei sein konnte. Sie hatte keines der Schicksale wirklich an sich herangelassen, das hätte sie nicht ausgehalten. Aber da stand Winnie Griffin, ein neunjähriges Mädchen, das schwerkrank war und eine riesige Operation vor sich hatte, und das so tapfer war, so willensstark. Es brachte sie gleichzeitig zum Verzweifeln und gab ihr auch Kraft. Ein Mädchen wie sie könnte es schaffen, oder? Konnte das Wunder vollbringen und wieder völlig gesund werden.

»Wenn sie glaubt, dass mir nichts passiert, wieso sieht sie mich dann so an?«

Reed lächelte, sie hatte gar nicht gewusst, dass er so mitfühlend lächeln konnte. »Sie macht sich Sorgen. Mütter machen sich ständig und überall Sorgen um ihre Kinder, das liegt in ihrer Natur. Sie machen sich Sorgen, wenn ihre Kinder auf dem Klettergerüst sind, wenn sie mit der Zahnbürste in der Hand zu schnell laufen, wenn sie ein bisschen Bauchweh haben.« Er lachte leise. »Natürlich sieht sie dich jetzt voller Angst an, ihr ist bestimmt nicht wohl dabei, dich da ganz allein in einen OP zu schicken, wo sie nicht bei dir sein kann und keinen Einfluss hat. Sonst wäre sie ja nicht normal. Aber das heißt nicht, dass sie nicht tief im Inneren daran glaubt, dass du das schaffst.«

Meinte er das ernst? Wie konnte er auf diese Weise von Müttern sprechen, wenn er selbst nie diese Erfahrungen gemacht hatte? Um Reed hatte sich nie jemand gesorgt. Wie schaffte er es, die Worte ohne jeglichen Zynismus auszusprechen? Er überraschte sie immer wieder aufs Neue, was sie mit einem Funken Hoffnung erfüllte. Vielleicht könnte er die Wahrheit um April verkraften. Vielleicht würde er sie ja doch verstehen.

»Du glaubst also nicht, dass ich sterben werde?«

Reed sah sie ernst an. »Nein, das glaube ich nicht. Ansonsten würde ich mich hier drin mit dir verbarrikadieren, anstatt dich jetzt ins Krankenhaus zu fahren.« Er erhob sich, streckte ihr die Hand entgegen. »Komm, Darling. Eine neue Lunge wartet auf dich, ein Leben ohne dieses scheußliche Ding, das du ständig mit dir herumschleppst. Ich glaube, aus dir wird doch noch ein Rugbystar …«

»Ich weiß nicht, ob ich das schaffe.«

»Aber ich weiß es. Und ich werde die ganze Zeit dableiben und auf dich warten.«

»Ich komme mit.« Lynne machte einen entschlossenen Schritt in den Raum.

Winnie sah sie aus großen Augen an. »Miss Padrig!«

»Hi, Winnie.« Sie hob die Hand, winkte etwas linkisch und suchte gleichzeitig fieberhaft nach einer Erklärung für ihr Auftauchen. Winnie ließ ihr aber keine Zeit.

»Was machen Sie denn hier?«

Reed und sie tauschten einen Blick, er grinste, aber Lynne

fand im Moment nichts komisch. »Reed und ich sind alte Freunde. Ich habe ihn vom Krankenhaus nach Hause gefahren.«

»Wieso sind Ihre Haare nass?«

Reed lehnte sich gegen die Kochinsel. »Ja, Lynnie, wieso?«

Sie schoss ihm einen tödlichen Blick zu. »Ich … ein kleines Missgeschick … ich wollte nur mal … ich hab gekleckert, also musste ich baden.« Sie zuckte hilflos mit den Schultern.

Winnie sah sie noch einen Moment kritisch an, dann wandte sie sich Reed zu. »Ich bin neun, nicht blöd.«

Reed lachte. »Glaub mir, Darling, das weiß ich!«

Sie fiel nicht in das Lachen mit ein, sondern sah ernst zwischen ihnen beiden hin und her. Dann nickte sie. »Okay. Lasst uns fahren.«

Kapitel 14

Lynne fühlte sich ausgelaugt, als hätte jemand jegliche Energie aus ihrem Körper gezapft. Sie fiel in Reeds Wagen und war froh, dass er fuhr. All die Stunden im Warteraum neben Winnies Mutter, in denen sie sich bestimmt alle die schrecklichsten Szenarien ausgemalt hatten, waren nicht spurlos an ihr vorübergegangen.

Wie war es Mrs Griffin dabei ergangen, wenn Lynne schon ein Häufchen Elend gewesen war? Wie hatte sie es geschafft, nicht durchzudrehen? Eher war sie die Ruhe selbst gewesen, ihre Hand in der des Mannes, der sich als Oliver vorgestellt hatte. Dieser Mann war ihr nervöser vorgekommen, er war jedes Mal aufgesprungen, wenn ein Arzt den Raum betreten hatte.

Aber die OP war gut verlaufen, jetzt hing alles davon ab, dass Winnie sich erholte und ihr Körper das Organ annahm. Keine leichte Zeit, und Lynne wusste, sie würde sich noch öfter im Krankenhaus wiederfinden. Dabei hatte sie sich nach Reeds Unfall geschworen, diesen Ort in Zukunft zu meiden. Aber ihr Herz war verräterisch, nicht nur, was Reed anging, sondern auch, was kleine Mädchen betraf.

Es tat gut, Reed neben sich zu wissen, doch all die Umstände um Winnie hatten ihr nur noch einmal die Schwere ihres Geheimnisses aufgezeigt. Sie wusste nicht, wie sie es ihm sagen sollte. Sie brauchte Zeit und konnte nur hoffen, dass Reed bereit war, sie ihr zu geben. »Worüber denkst du so angestrengt nach?«

Lynne zuckte zusammen, sie wagte es nicht, Reed anzusehen, auch wenn sie ihn im blassen Licht der vorbeiflitzenden Straßenlaternen kaum ausmachen konnte. »Die OP«, murmelte sie.

Reeds Hand legte sich auf ihren Oberschenkel, so selbstverständlich, als wären sie seit Jahren ein glückliches Paar. Es half ihrem ohnehin malträtierten Herzen nicht gerade, ruhiger zu schlagen. »Die Kleine schafft das, sie ist tough.«

Lynne nickte und sah aus dem Fenster. Sie bemerkte erst, dass Reed sie nicht nach Hause, sondern zu sich gefahren hatte, als er auf dem Parkplatz vor dem Hochhaus stehen blieb. Sie war aber nicht unfroh darüber, denn obwohl sie Zeit zum Nachdenken gebrauchen konnte, graute ihr vor dem Gedanken, allein in ihrer finsteren Wohnung zu sitzen.

Schweigend begleitete sie Reed hoch in die Suite, die mitten in der Nacht im sanften Licht der Halogenleuchten und mit all den funkelnden Beleuchtungen der Stadt hinter der Glasfront noch beeindruckender wirkte. Nur kam ihr das alles bedeutungslos vor, während ein Mädchen ums Überleben kämpfte und eine Mutter die schlimmsten Stunden durchmachte, die man sich vorstellen konnte. Lynne erinnerte sich genau daran, wie es sich anfühlte, wenn sich eine eiserne Faust ums Herz schloss und unnachgiebig zudrückte.

»Du brauchst Schlaf.« Starke Arme umfingen sie, und ihr ging auf, dass sie verloren und leer vor sich hinstarrend mitten im Raum stand. Seine Hand streichelte ihren Nacken, massierte ihn sanft, und ein Seufzen kam ihr über die Lippen, als ihre Stirn an seine Brust sank.

Er hob sie hoch, nur diesmal war sie zu erschöpft, um zu

protestieren. Sie hatte nicht einmal einen Blick für das gigantische Schlafzimmer mit dem Kingsize-Bett, es waren nur Schleier, die an ihr vorbeizogen.

Vorsichtig ließ er sie auf die Decken gleiten, zog ihr die Schuhe und Kleider aus und legte sich an ihre Seite. Er hielt sie eng umschlungen, und eingehüllt in seine Wärme fiel sie sofort in einen tiefen, tröstenden Schlaf.

* * *

Reed wachte von Muskelschmerzen auf, aber das war nichts Neues. Neu war, dass sein Arm eingeschlafen war, weil eine wunderschöne Frau darauf lag – es war nicht seine Art, mit jemandem einzuschlafen. Es war immer nur um Sex gegangen, und danach hatte er nicht das Bedürfnis gehabt zu bleiben. Das war jetzt anders.

Er drehte den Kopf zur Seite, um Lynne anzusehen, aber er hatte nur ihre lichtbraunen Locken vor sich. Ihr Kopf lag auf seiner Schulter, sein Arm hielt ihren Körper immer noch umschlungen und eng bei sich. Es kam ihm unwirklich vor, Lynne wieder so nahe zu sein. Er dachte an den Bahnhof, wie er davon geträumt hatte, sein ganzes Leben mit ihr zu verbringen. Er war sich so sicher gewesen. Und der Traum war wie eine Seifenblase zerplatzt.

Und obwohl er über diesen Schmerz hinweg war, er ihm nicht mehr wie ein Rammbock in die Brust fuhr, war da nun eine neue Angst. Zwar schien ihm Lynne nicht mehr so entschlossen, ihn aus ihrem Leben zu verbannen wie auf der Hochzeit, aber die Zweifel blieben. Irgendwie konnte er nicht glauben, dass sie diesmal blieb.

Mit einem Seufzen griff er mit der freien Hand nach seinem Handy. Er musste sich erst mal mit einer anderen Herzensangelegenheit beschäftigen. Er musste wissen, ob mit Winnie alles in Ordnung war. Ihre Mutter hatte ihm versprochen, ihn auf dem Laufenden zu halten, aber er hatte keine Nachrichten. Das bedeutete wohl, dass ihr Zustand unverändert war. Das war gut – hoffte er.

Er wusste nicht, weshalb Winnie ihm so viel bedeutete, sie hatte sich einfach in sein Herz geschlichen, und das vom ersten Moment an. Lag es daran, dass er ohnehin durch das Wiedersehen mit Lynne an diesem Tag durcheinander und verwundbar gewesen war? Hatte ein krankes Kind ihn deshalb so berührt? Er wusste nur, dass Winnie den Wunsch in ihm weckte, selbst ein Kind zu haben – ein Gedanke, der ihm früher nie gekommen war. Zu groß war die Furcht gewesen, dass er ein genauso mieser Vater sein würde wie sein Dad, dass er den Stress nicht handeln konnte und vielleicht die Kontrolle verlor. Gerade Winnie sollte ihn abschrecken, zeigte sie ihm doch, wie schwer es sein konnte, sich um ein Kind zu kümmern, wie die Sorgen einen um den Verstand bringen konnten. Aber sie zeigte ihm auch, wie leicht es war, ein Kind zu lieben.

Sein Blick fiel erneut auf Lynne, und ihm war klar, dass sie eine Rolle in seinem plötzlichen Wunsch nach Familie spielte. Ob das gesund war, musste er noch herausfinden, aber er konnte die Tatsache einfach nicht verleugnen. Er zog sie etwas näher an sich, und sie regte sich, sah zu ihm hoch. Er lächelte. »Hi.«

Ihre Augen weiteten sich. »Hi.« Sie sah sich in dem Raum um, er sah Angst in ihrem Blick, und er wusste, dass sie gerade in Panik geriet. Er kannte das schon, sie kam ihm nahe und machte einen Rückzieher. Nur dieses Mal war er nicht bereit, ihr das durchgehen zu lassen. Er wollte gerade etwas sagen, als sie sich abrupt aufsetzte. »Was ist mit Winnie? Hast du etwas von ihr gehört?«

Er hielt inne, in seinem Kopf war gerade eine ganze Überzeugungsrede abgelaufen, aber mit ihrer Sorge um Winnie hatte er nicht gerechnet. »Keine Nachricht.« Er nahm ihr Gesicht in seine Hand, streichelte mit dem Daumen über ihre Lippen. »Das ist ein gutes Zeichen, denke ich. Ich werde mittags mal anrufen, ich will jetzt nicht stören, falls sie schlafen gegangen sind.«

Lynne nickte, lehnte ihren Körper ein wenig zurück, sodass sie seiner Hand entging, und krabbelte schließlich aus dem Bett. Sie sah sich auf dem Boden nach ihren Kleidern um und sammelte sie auf.

»Es ist Samstag, musst du dringend irgendwo hin?« Er setzte sich auf.

Lynne sah ihn nicht an, er hatte also doch nicht so falschgelegen. Nicht nur Winnie geisterte durch ihren Kopf.

»Bin gleich wieder da.« Und mit diesen Worten und beide Hände um ihre Klamotten geschlungen verschwand sie im Bad.

Reed ließ sich zurück ins Bett sinken und legte sich den Unterarm über die Augen. Er hatte ihre Reaktion erwartet, trotzdem stieß sie ihn vor den Kopf. Es war ja schon schwer genug gewesen, sie in sein Bett zu bekommen – dass sie gleich wieder daraus verschwinden wollte, war nicht besonders schmeichelhaft.

Reed ging ins Gästebad auf der anderen Seite der Suite, eine Dusche würde ihm guttun, während sie sich versteckte. Zur Sicherheit sperrte er aber die Eingangstür zu, damit sie das Rauschen des Wassers nicht nutzen und sich hinausschleichen konnte.

Er ließ gerade das heiße Wasser auf seine Haut prasseln, als ein Klopfen erklang. Reed öffnete die Augen und wusste nicht, ob er lachen oder genervt sein sollte. Fertig angezogen, mit Jacke, Schuhen und dem Autoschlüssel in der Hand stand sie auf der anderen Seite der beschlagenen Duschwand und durchbohrte ihn mit ihrem zornigen Blick.

»Hi.« Er versuchte unschuldig zu klingen und schob einladend die Glastür auf

»Die Tür ist zugesperrt.«

Reed kämpfte gegen ein Grinsen. »Natürlich, Honey, das ist eine große, gefährliche Stadt, glaubst du etwa, ich lasse sie über Nacht offen?«

»Der Schlüssel ist weg.« Sie sah sich in dem verhältnismäßig kleinen Raum um, in dem es nur eine Dusche und ein Waschbecken gab, als könnte sie den Schlüssel entdecken und türmen.

Reed lehnte sich mit der Schulter gegen die Umrahmung der Tür. »Wirklich?«

»Reed …« Die Drohung in ihrer Stimme war irgendwie süß, wenn man bedachte, dass sie vielleicht die Hälfte von ihm wog.

»Lass mich nachsehen.« Provozierend gemächlich trat er aus der Dusche und blieb triefend und nackt vor ihr stehen. Er hob die Hände und sah an sich hinab. »Hm. Ich hab ihn nicht.«

Ein Schlag traf ihn gegen die Brust. »Hör auf mit diesem Unsinn! Wieso musst du das immer machen?«

Das Lächeln gefror in seinem Gesicht. Er griff nach einem Handtuch und trocknete sich ab. »Was mache ich *immer*?«

Sie warf die Hände in die Luft. »Du triffst Entscheidungen aus einem Impuls heraus, ohne nachzudenken!«

»Oh, glaube mir, ich habe sehr gründlich nachgedacht, über alles, was wir beide jetzt besprechen werden.« Er hob seine Klamotten auf und schlüpfte hinein.

»Ich kann jetzt nicht reden, ich habe noch etwas vor.«

»Davonlaufen?«

Ihre Augen blitzten auf. »Reed, ich will jetzt einfach nicht reden, das war eine harte Nacht, und ich muss nachdenken.«

»Glaubst du, ich lasse dich alleine zu Hause grübeln, damit du dir alles, was zwischen uns war, wieder ausreden kannst?«

»Das hast nicht du zu entscheiden.«

»Zum Teil schon.«

Sie stieß einen frustrierten Laut aus. »Genau das ist es! Du wunderst dich, warum ich jetzt nicht mit dir reden will, wenn man mit dir gar nicht reden kann! Du entscheidest, wie etwas abläuft, und wenn du deinen Willen nicht bekommst, drohst du mit einem Antrag in einem vollen Stadion oder sperrst deine Wohnung zu! Wie soll ich dir vertrauen? Vielleicht habe ich dir ja wirklich etwas zu sagen, aber woher soll ich wissen, wie du reagierst? Vielleicht hüpfst du ja einfach aus dem Fenster!«

»Was hast du mir zu sagen, Lynne?« Er sprach ruhig, ließ sich nicht anmerken, wie sehr sie ihn aus der Fassung brachte, und sah sie unverwandt an.

Sie konnte seinen Blick nicht erwidern, mit einem Schnauben wandte sie sich ab und stürmte aus dem Bad. »Gut, du willst es nicht anders, ich kann auch irrational sein! Ich rufe jetzt die Polizei!«

Reed ließ sich die Worte einen Moment lang durch den Kopf gehen, wog ab, ob sie dazu wirklich fähig wäre, und sah eine vierzehnjährige Lynne vor sich, die ihrem Bruder die Schlüssel klaute, um sein Auto gegen einen Baum zu fahren. Mit einem Fluch auf den Lippen stürmte er aus dem Bad, sah, wie Lynne gerade ihr Handy aus der Jacke zog und wählte. Er war schnell, sogar jetzt, wo er verletzt war. Er fischte ihr das Handy aus der Hand, drückte die Zahlen fort, die tatsächlich die des Notrufs waren, und sah sie entgeistert an. »Bist du verrückt geworden?«

»Lass mich hier raus!«

Reed breitete die Hände aus. »Herrgott, Lynne, du bist hier nicht eingesperrt, ich will doch nur mit dir reden.«

»Nicht jetzt!«

»Du hast gesagt, du liebst mich!«

Der Mund blieb ihr offen stehen, was auch immer sie hatte zurückschreien wollen, blieb ihr im Halse stecken. Sie wandte den Blick ab, zuckte mit den Schultern. »Du weißt, dass ich das tue, aber das ändert nichts.«

»Ach nicht? Ich würde sagen, es ändert alles.«

Sie warf ihm einen Blick zu, etwas Trauriges lag nun in ihren Augen, ihre Stimme wurde sanfter, was sich irgendwie schlimmer anfühlte, als wenn sie ihn anschrie. »Reed, ich brauche einfach etwas Zeit.«

»Und ich wünschte, ich könnte sie dir geben. Ich wünschte, ich könnte dich hier rausspazieren lassen, ohne zu glauben, dass du auf Nimmerwiedersehen verschwindest.«

»Du vertraust mir also nicht.«

»Nein.«

Sie zuckte zusammen, und er selbst war von der Härte in seiner Stimme überrascht, aber es war die Wahrheit, und sie hatten nur eine Chance, wenn endlich alles auf den Tisch gelegt wurde.

Sie sah ihn an, mit einem langsamen Nicken. »Ein Grund mehr, in Ruhe nachzudenken, was wir hier eigentlich tun.« Sie hob die Hände, deutete zwischen ihnen beiden hin und her. »Zwischen uns liegen Welten. Da ist diese riesige Lücke in unserer beider Leben, über ein Jahrzehnt, und ich habe keine Ahnung, was du in dieser Zeit gemacht hast, was du gefühlt, wie du gelebt hast, ob es besondere Menschen für dich gab oder gibt, ob …«

»Ich habe Rugby gespielt, und falls du fragst, ob ich kurz davor war zu heiraten oder mich längerfristigen Beziehungen hingegeben habe, die Antwort lautet Nein. Frauen kamen und gingen, für keine habe ich etwas empfunden.«

Sie schloss die Augen, atmete sichtbar ein. »Du hast auch keine Ahnung, wie mein Leben war.«

»Dann erzähle es mir.«

Sie sah ihn trotzig an, ein Ausdruck, den er sehr gut kannte. »Wie können wir einfach da anschließen, wo wir aufgehört haben? Wie soll das möglich sein, nach allem, was ich dir angetan habe! Du sagst, du vertraust mir nicht, und in Wahrheit hast du mir gar nicht verziehen, das geht überhaupt nicht!« Sie machte einen Schritt auf ihn zu. »Sei ehrlich zu dir selbst.«

Er sah sie überrascht an, wusste aber, dass ihre Vermutung noch vor einer Weile gar nicht so weit hergeholt war. Dass er lange Zeit nichts mehr mit ihr zu tun hatte haben wollen. Nur hatte er dabei unterschätzt, wie tief sie noch in seinem Herzen verankert war und wie sehr er die Vergangenheit einfach hinter sich lassen wollte. »Ich habe dir gesagt, dass du mir immer noch die Welt bedeutest.«

»Vielleicht, aber es ist seither trotzdem zu viel passiert. Wir … wir gehen das Ganze falsch herum an. Wir haben uns wiedergesehen und einfach weitergemacht, als wäre nie etwas gewesen. Das ist genauso meine Schuld, ich war … dich wiederzusehen war … dann der Unfall … vielleicht sollten wir es einfach langsam angehen. Wenn es dir wirklich ernst ist, sollten wir uns vermutlich neu kennenlernen, uns vertrauen lernen und …«

»Lynnie …« Er legte seine Hände auf ihre Schultern, beugte sich zu ihr hinab. »Was ist in den letzten Jahren passiert? Irgendetwas … du hast gesagt, es gibt da etwas, worüber du mit mir sprechen musst, und ich muss es wissen.«

»Nein.« Sie drehte sich aus seinem Griff und ging zur Fensterfront, um auf den Fluss hinauszusehen. »Ich kann nicht mit dir reden. Nicht wenn du so bist, wenn du mich einsperrst, wenn … ich kann nicht. Das alles zwischen uns … es hat damals nicht funktioniert, und sieh uns jetzt an. Wir sind eine Katastrophe, seit wir uns das erste Mal wiedergesehen haben.«

Reed biss die Zähne zusammen, ging zur Kochinsel und nahm den Wohnungsschlüssel in die Hand. »Liebe ist nicht immer Blumenwiesen und Regenbogen. Und zwischen uns wird es das wohl nie sein.« Er bewegte sich auf sie zu, wachsam, den Wunsch niederkämpfend, sie zu schütteln. »Wir werden streiten, uns gegenseitig zur Weißglut bringen, uns anschreien, aber …« Er hob seine Hand, legte sie in ihren Nacken, ganz vorsichtig, strich unter ihr Haar, streichelte mit dem Daumen ihre Haut. »Wir werden uns auch lieben, wir werden kämpfen und das hier zusammenhalten.« Er legte seine andere Hand mit dem Schlüssel auf ihre Schulter, drehte sie langsam zu sich herum. »Wir sind diesen Kampf wert, Lynne. Das wusste ich damals, das weiß ich heute. Glaube nicht, dass mir nicht lieber wäre, ich könnte dich als alte Flamme sehen und mit einem Schulterzucken abtun. Es wäre definitiv angenehmer. Aber ich will nicht angenehm, ich will nicht lauwarm, ich will alles.«

Sie hob den Kopf, starrte ihn an, Tränen funkelten in ihren Augen und ließen sie wie flüssiges Gold schimmern. Quälend lange Sekunden des Schweigens vergingen, es hätte ihn nicht gewundert, wenn die Zeit stehengeblieben wäre, dann holte sie Luft. »Ich war schwanger.«

Die Worte standen seltsam schwebend in der Luft, Reeds Arme sanken an seine Seiten, er wusste nicht, ob er sie richtig verstanden hatte.

»Ich war schwanger von dir, und als ich davon erfuhr, habe ich versucht dich anzurufen, aber ich konnte dich nicht erreichen.«

Er ging einen Schritt von ihr weg, Rosemarie Simmons Worte hallten durch seinen Kopf: »Sie wären ein guter Vater geworden.« Genauso die seiner Schwester über Lynnes Gewichtszunahme und ihren überstürzten Aufbruch nach Cardiff. Wie hatte er es nicht ahnen können? Oder hatte er es geahnt, aber die Vorstellung war zu ungeheuerlich gewesen, um sie überhaupt zuzulassen?

»Niemand wusste davon.« Sie bewegte sich nicht von der Stelle, hielt seinen starren Blick aus, als wollte sie sich damit bestrafen. »Nur meine Eltern. Ich … ich entschied mich, das Baby zur Adoption freizugeben.«

Er zuckte zusammen und sie ebenfalls, als fürchtete sie seine Reaktion. »Adoption?« Das Wort war kaum mehr als ein Krächzen, er hatte das Gefühl, sie drückte ihm die Kehle zu, und die Halskrause kam ihm plötzlich unerträglich eng vor. Mit einem Ruck zerrte er sie herunter und schleuderte sie zur Seite.

Sie reckte ihr Kinn vor, Angst schimmerte in ihren Augen, aber sie schien fest entschlossen standzuhalten. »Ich war kaum sechzehn und allein. Ich bin auch adoptiert, und es ging mir meine ganze Kindheit über hervorragend. Ich wollte, dass sie ein gutes Leben hat, dass ihr alles geboten wird, dass …«

»*Sie*?« Er schwankte leicht, alles begann sich im Kreis zu drehen. Eine Tochter! Er hatte eine Tochter!

»Ich nannte sie April … weil sie … weil sie im April zur Welt kam.«

»April …« Er fasste zur Seite zum Polstersessel vor dem Fernseher, er musste sich irgendwo festhalten. »Wo … wo ist sie jetzt? Wohin kam sie? Wer hat …«

»Reed …« Ihre Stimme war gepresst, als kämpfte sie gegen ein Schluchzen, aber noch hatte sich keine Träne befreit.

Er sah sie abwartend an, aber sie schloss die Augen, ein Zittern lief durch ihren Körper. »Lynne, wo ist sie?«

Sie schüttelte den Kopf, presste die Lippen aufeinander und wurde ganz still, als atmete sie gar nicht mehr. Dann sah sie auf, ihr Gesicht ein Abbild der Verzweiflung, und eine fürchterliche Vorahnung befiel ihn. Vielleicht weil er immer vom Schlimmsten ausging.

»Die Wehen setzten ein«, begann sie, ihre Lippen zitterten, was ihr das Sprechen hörbar erschwerte. »Mum und Dad waren in Griechenland. Ich fuhr allein ins Krankenhaus, und dort traf ich Rosemarie.« Sie schluckte sichtlich, atmete tief ein und fuhr schließlich fort. »Wir redeten stundenlang, sie öffnete mir die Augen.« Wieder Stille, und Reed kämpfte erneut gegen den Drang, sie kräftig zu schütteln. Gleichzeitig wollte er sie in seine Arme schließen und halten, die Zeit rückgängig machen. Wieso hatte er sein Handy weggeschmissen? Sie hatte ihn gebraucht, war allein gewesen in einer unmöglichen Situation. Er hätte bei ihr sein müssen.

»Inwiefern hat sie dir die Augen geöffnet?«

Sie schüttelte den Kopf.

»Lynne!«

»Sie hat mir aufgezeigt, dass ... dass ich sie wollte, dass ich April nicht weggeben wollte.« Sie sah ihm direkt in die Augen, und einen flüchtigen Moment lang flackerte Hoffnung in ihm auf. Aber die Tatsache, dass er Lynne nie mit einem elfjährigen Kind gesehen und sie Kinder auch nie erwähnt hatte, vernichtete diesen Funken sofort wieder.

»Rosemarie blieb die Geburt über bei mir – ich weiß nicht, warum sie das machte, warum ich es zuließ, aber sie war wie eine gute Fee für mich. Sie gab mir Kraft, sie verstand mich. Dann sah ich unsere winzig kleine, süße April, und wenn ich mich nicht schon zuvor gegen die Adoption entschieden hätte, dann spätestens in diesem Moment.« Ein Lächeln, das ihm ins Herz schnitt, spielte um ihren Mund. »Sie hatte kaum Haare, nur einen goldenen Flaum – sie wäre wohl blond geworden, so wie du.«

Die Worte drangen durch sein Innerstes wie glühende Nadeln. Sie *wäre* blond geworden. Nein, das durfte nicht wahr sein.

»Ich hatte zwei Tage mit ihr, dann ...« Sie holte zittrig Luft, ihre Stimme wurde tonlos. »Dann bemerkte ich, dass sie nicht mehr atmete, dass sie kalt war. Sie wachte nicht auf, sie sah aus, als schliefe sie, aber ...«

»Lynne ...«

»SIDS sagen die Ärzte – plötzlicher Kindstod. Niemand weiß, warum sie gegangen ist.« Etwas Hartes trat in ihre

Augen, sie machte einen energischen Schritt auf ihn zu. »So, jetzt weißt du es.« Sie riss ihm den Schlüssel aus der taub gewordenen Hand und stürmte an ihm vorbei. Er hörte nur noch die Tür zufallen, aber das Geräusch war weit weg.

* * *

Lynne wusste nicht, ob der Regen ihr Gesicht nass benetzte oder die Tränen. Aber sie hatte nicht an einen Schirm gedacht, als sie auf direktem Weg zu Rosemarie gefahren und die Straße hinunter zu ihrem Reihenhaus gelaufen war. Die Welt war grau und düster, und es fühlte sich an, als tobte ein Gewitter in ihr drinnen, Blitz und Donner erschütterten sie jede Sekunde, wenn sie sich Reeds Gesicht vorstellte. Nie zuvor hatte sie ihn so verletzt gesehen, noch nicht einmal damals am Bahnhof.

Darauf zu warten, was er sagte, wie er reagierte, wenn er die Wahrheit erst richtig begriff, hatte sie nicht geschafft. Das Gefühl eingesperrt zu sein war schon schlimm genug gewesen, und dann Reeds Fragen und seinen Schmerz aushalten zu müssen, der auch ihren eigenen Schmerz wieder hervorholte, wäre zu viel gewesen.

Mit einem unterdrückten Schluchzen betätigte sie die Klingel, es dauerte nicht lange, als Rosemarie auch schon die Tür öffnete und erschrocken nach Luft schnappte.

»Himmel, Kind, was ist passiert?«

»Er weiß es.« Lynne stieß einen verzweifelten Laut aus und hob hilflos die Hände. »Ich habe es ihm gesagt, und jetzt ... jetzt ist er genauso zerstört wie ich, jetzt wird er mich für immer hassen, wenn er erst mal versteht, dass ich schuld bin, dass ...«

»Was redest du denn da für einen Unsinn?« Rosemarie

packte unsanft ihren Arm und zerrte sie, nass wie sie war, in ihr penibel sauber gehaltenes Haus, mitten auf den weißen Langflorteppich. Ein großer, rechteckiger, mit Halogenleuchten erhellter Spiegel prangte über einer mit kunstvollen Schalen dekorierten Kommode, und Lynne sah nicht schnell genug weg, um sich ihren furchterregenden Anblick zu ersparen. Kein Wunder, dass Rosemarie sich so erschrocken hatte, ihre Augen waren gerötet, ihre Schminke zerlaufen und ihre Haare platt auf ihrem Kopf und an ihren Wangen klebend.

Lynne bückte sich, um aus ihren Schuhen zu schlüpfen, aber sie hatte keine Chance, Rosemarie zog sie weiter, für ihr Alter war sie erstaunlich stark, den langen Flur entlang, vorbei an der offenstehenden Küchentür und ins Wohnzimmer. Mit einem kräftigen Schubs landete sie auf der Couch, und im nächsten Moment standen auch schon eine Packung Taschentücher und ein Glas Whiskey vor ihr auf dem Beistelltisch.

Lynne wischte sich notdürftig das Gesicht ab und putzte sich die Nase. »Einen Mopp bräuchte ich noch.« Sie zeigte auf die nassen Schuhabdrücke auf dem Parkett, aber Rosemarie sah sie nur streng an.

»So, jetzt noch einmal von vorne. Was weiß Reed, und bei Gott, an was bist du schuld – und sage lieber nicht schon wieder, was ich glaube, dass du sagen wirst!«

»April. Er weiß von April!«

»Nun, ich denke, es wurde Zeit. Wenn Reed und du wirklich weiterkommen wollt, dürfen keine Geheimnisse zwischen euch stehen.«

Lynne strich sich über die Augen. »Aber ich will nicht mit ihm weiterkommen, ich will … ja, ich will ihn, aber es ist alles so … ich weiß es nicht! Es sollte einfach nicht so sein, wieso kann es nicht einfach sein, wieso müssen wir das alles aushalten, wieso können wir nicht ganz einfach …«

»Das Leben ist nicht einfach, Darling, für niemanden, denn ansonsten wäre es ja langweilig.«

»Im Moment hätte ich nichts gegen ein wenig Langeweile einzuwenden.«

Rosemarie ließ sich neben ihr nieder und legte einen Arm um ihre Schultern, als wäre sie wieder das sechzehnjährige Mädchen von einst. Im Moment fühlte sie sich auch so.

»Ich weiß, aber wenn der Schock erst mal verflogen ist, bei euch beiden, wirst du froh sein, dass die Wahrheit draußen ist. Ihr könnt nun beide anfangen, alles aufzuarbeiten.«

»Wie sollen wir das aufarbeiten?« Lynne schob sich von ihr und sah sie durch einen Tränenschleier hindurch an. »Ich wollte sie zur Adoption freigeben! Ich wollte sie nicht, Rosemarie. Reeds Baby! Mein Baby! Meine Tochter! Sie … sie muss das gespürt haben, Babys brauchen die Nähe ihrer Mutter, sie müssen sich sicher fühlen, gewollt und geliebt …«

»Lynne, was erzählst du da? Ich war doch dabei, ich habe dich mit ihr gesehen. Hättest du noch mehr Liebe für dieses kleine Geschöpf verströmt, wäre das ganze Krankenhaus rosa angelaufen. Du warst ein Kind, du hattest ein Recht darauf, verwirrt und überfordert zu sein, du wolltest immer nur das Beste für April. Aber du hast dich für sie entschieden, du warst bereit, Mutter zu werden, und du wärst eine hervorragende Mutter geworden.«

»Nein.« Die Tränen befreiten sich erneut, sie konnte nichts dagegen unternehmen. »Das alles … es war zu spät. Die ganze Schwangerschaft hindurch habe ich mir nicht erlaubt, mich auf sie einzulassen, ich dachte mir, ich gebe sie ja sowieso fort und dann … das ist der Grund, weshalb sie gegangen ist, Rosemarie, verstehst du denn nicht? Sie war nicht gewollt, und deshalb ist sie gegangen, also sag noch einmal, dass ich nicht schuld bin.«

Rosemarie sah sie schweigend an, mit einem derart strengen Blick, dass Lynne sich noch mehr wie das verlorene Mädchen von damals fühlte. »Weißt du, Lynne, ich habe dich immer wie eine Tochter gesehen, aber im Moment drängt sich mir der Wunsch auf, dir eine Ohrfeige zu verpassen.«

»Was?« Lynne rutschte etwas zurück, nur zur Sicherheit.

»Du bist eine so kluge Frau, und dann redest du derartigen Stuss. Meine Hand juckt schon, um dir diesen Müll aus dem Kopf zu schütteln.«

»Rosemarie!«

»Nein!« Die Dame stand auf und zeigte mit dem Finger auf sie. »Sage nicht, dass du all die Jahre mit dem Gedanken gelebt hast, schuld am Tod deines Mädchens zu sein, denn dann … dann muss ich an deinem Verstand zweifeln und an meinen Augen.« Sie kam auf sie zu, ließ sich ihr gegenüber auf dem Beistelltisch nieder und umschloss ihre kalten Hände mit ihren tröstenden warmen. »Lynne, sag mir nicht, dass ich so blind war, dass du so eine Bürde mit dir herumgetragen hast und ich nichts dagegen unternommen habe.« Plötzlich funkelten auch in den Augen der unerschütterlichen Rosemarie Tränen, und Lynne glaubte zu ersticken. Was war hier los?

»Du bist doch keine Hellseherin«, flüsterte sie und fühlte sich gleich noch schlechter, weil sie die gütigste Frau, die sie kannte, in ihren Kummer mit hineinzog.

»Ich bin für dich verantwortlich, ich habe dich von deinem behüteten, idyllischen Zuhause mitgenommen in diese

Stadt, ich habe deinen Eltern versprochen, auf dich achtzugeben.«

»Ich war sechzehn, jetzt bin ich siebenundzwanzig, du musst doch nicht …«

»Das macht keinen Unterschied, Alter ist nur eine Zahl. Deine Eltern haben sich auf mich verlassen, es war nicht leicht für sie, dich gehen zu lassen, aber sie haben gesehen, dass du den Ortswechsel brauchtest.« Sie drückte ihre Hände. »Ich hatte nie Kinder, Lynne, das weißt du, aber als ich dich da ganz allein und verloren in diesem Krankenhaus sah, wusste ich, dass ich mich um dich kümmern musste. Ich habe viel und oft mit Kindern zu tun, aber du warst anders, du hast mich auf andere Weise gebraucht und ich dich. Du hast Schreckliches erlebt, aber du darfst dir nicht die Schuld daran geben. Es gibt keinen Grund für Aprils Tod, was es nicht leichter macht, aber keines dieser Kinder, die der liebe Gott viel zu früh holt, gehen durch irgendeine Schuld, aus irgendeinem Grund – zumindest aus keinem, den wir verstehen. Und ich bin mir sicher, dass Reed das weiß, dass er nie auch nur eine Sekunde denken würde, dass du irgendetwas falsch gemacht hast.«

»Du hast sein Gesicht nicht gesehen …«

»Ich habe sein Gesicht gesehen. Ich weiß, dass er dich liebt.«

Lynne lehnte sich ein wenig zurück. »Das kannst du nicht wissen, du kennst ihn kaum.«

»Du hast mir genug über ihn erzählt, und vergiss nicht, ich habe ihn getroffen. Ihr beide … ihr habt so vieles abzuschließen, selbst wenn du nicht mehr mit ihm zusammen sein willst oder wenn er sich dagegen entscheidet, müsst ihr diesen Ballast aus der Vergangenheit aus dem Weg räumen.«

Lynne starrte auf ihren Schoß hinab. »Ava sagt dasselbe, aber das ist nicht so leicht. Wenn wir zusammen sind … da kollidiert irgendetwas, wir prallen wie zwei Magnete zusammen, nur um uns sofort wieder voneinander abzustoßen.«

»Umso mehr Grund, euch endlich zusammenzusetzen und zu reden.« Sie kniff ihr leicht in die Wange, und Lynne wusste nicht, ob sie empört nach Luft schnappen oder lachen sollte.

»Komm schon, Darling, reiß dich zusammen, wir brauchen den Jungen für dein neues Projekt. Jetzt hast du Kevin Adams an die Leine gelegt, da darfst du Reed Rivers nicht sausen lassen.«

Lynnes Mundwinkel hoben sich, Rosemaries Wirkung war schon unglaublich. »Fürs Projekt, hm?« Sie ließ sich nach vorne sinken und legte ihre Stirn auf Rosemaries Schulter. »Vorher darf ich mich aber noch eine Weile hier verstecken, oder?«

»So lange du willst.«

Kapitel 15

Jen konnte den Blick nicht von ihrem kleinen Schatz abwenden. Sie da liegen zu sehen, künstlich beatmet, mit all den Schläuchen und Monitoren – es kostete sie übermenschliche Kräfte, nicht die Fassung zu verlieren. Ständig ging irgendein Alarm los, zwar nicht bei Winnie, aber draußen im Flur, von anderen Zimmern. Es war die Intensivstation, die Schwestern hatten sie darauf vorbereitet und gemeint, es gäbe immer mal wieder Fehlalarme, sie sollte sich davon nicht schrecken lassen, aber es war furchtbar. Die Dämpfe des Desinfektionsmittels brannten ihr in den Augen, auch ihre Hände waren vom übermäßigen Gebrauch schon ganz rissig. Sie wusste nicht, wie sie das hier jeden Tag schaffen sollte. Die vielen Stunden, in denen Winnie operiert worden war, in denen sie voller Angst gewesen war, ihr Kind könnte allein auf einem kalten OP-Tisch sterben, hatte ihr alle Kraft geraubt. Sie hatte gedacht, wenn sie nur hörte, dass Winnie die Prozedur überstanden hatte, würde sie ruhiger werden. Aber nun galt es noch so viele Hürden zu überwinden. Das hatte sie alles gewusst, aber nicht geahnt, wie schneidend ihr jede Sekunde durch die Brust fuhr.

»Sie ist stark.« Oliver griff nach ihrer Hand und drückte sie. »Sie schafft das.«

»Sie ist noch so klein.« Jen kämpfte gegen Tränen, sie konnte einfach nichts dagegen machen, sie hatte keine

Ahnung, wann sie das letzte Mal geschlafen hatte. Sie wusste, sie musste sich auf das Positive konzentrieren, darauf, dass sie den schwierigsten Schritt überstanden hatten, aber Winnies Anblick tat einfach so schrecklich weh.

»Ich weiß, du würdest diesen Raum niemals verlassen …«

Jen warf Oliver an ihrer Seite einen Blick zu. Er sah genau so aus, wie sie sich fühlte: wie durch den Fleischwolf gedreht, Schatten unter den Augen, Bartstoppeln, blass, besorgt, sein sonst so sorgfältig gebügeltes Hemd unter dem Plastikkittel zerknittert.

»Ganz bestimmt nicht.« Etwas Schneidendes lag in ihrer Stimme, das sie selbst störte, es hörte sich fremd an, gehörte nicht zu ihr, aber im Moment fühlte sie sich auch nicht wie sie selbst. Bemüht sanft fügte sie hinzu. »Ich weiß, dass die Ärzte sie noch lange nicht aufwachen lassen, aber es ist einfach … du hast die Schwestern doch gehört. Es lässt sich nicht beweisen, aber sie glauben alle, dass sich die Nähe von geliebten Menschen positiv auf die Patienten im Tiefschlaf auswirkt. Winnie weiß, dass ich hier bin, sie darf nicht das Gefühl haben, allein zu sein. Sie war so lange allein, die OP und all die Vorbereitungen und … sie hat bestimmt solche Angst gehabt, ich könnte nie …«

Oliver hob einen Finger an ihre Lippen und ließ sie damit sofort verstummen. »Ich weiß, Jen, es geht mir ja ganz genauso. Ich meinte einfach nur … ruhe dich etwas aus, versuche ein wenig zu schlafen.« Er rutschte mit seinem Stuhl näher an sie heran und tippte auf seine Schulter. »Ich habe mir sagen lassen, dass ich ziemlich bequem bin, und ich schwöre dir, ich lasse Winnie keine Sekunde aus den Augen. Wenn sich irgendetwas tut, wecke ich dich sofort auf.«

Jen sah ihn skeptisch an. Sein Angebot klang verlockend, aber irgendetwas hielt sie davon ab, einfach ihren Kopf auf seine Schulter zu legen und abzuschalten.

»Komm schon, Jen, ich habe kaum Hintergedanken.«

Ein Lächeln zog ihre Mundwinkel nach oben, es fiel vermutlich erbärmlich aus, aber es war ein flüchtiger Sonnenstrahl, der sie streifte. »Kaum, hm?«

»Mein Plan ist, es dir ziemlich schwer zu machen, dich nicht in mich zu verlieben.« Er hob seine Hand an ihre Wange, strich ihr die aus ihrem Knoten gelösten Haarsträhnen zurück. »Allein schon, um dich ein wenig abzulenken. Und mich«, fügte er mit einem ebenso kläglichen Lächeln hinzu.

»Ziemlich unpassend, jetzt mit mir zu flirten.«

Er zuckte mit den Schultern, seine grauen Augen hielten ihren Blick gefangen, so vertraut und nah – es war ein Déjà-vu, sie hatten schon mal in einem Krankenhaus zusammengesessen, nur war Jen mit sich selbst beschäftigt gewesen und mit der Frage, wann Jack endlich kommen würde, wie sie ihn erreichen könnte. Dieses Problem hatte sie jetzt nicht mehr. Oliver war da.

Er sah zu Winnie, so ergeben, wie nur ein Vater seine Tochter ansehen konnte. Er hob seine große, schlanke Hand und streichelte ihre kleine, zarte.

Jen presste die Lippen aufeinander, um nicht zu schluchzen. Diesmal vor überschäumender Dankbarkeit. Es würden schwere Wochen und Monate werden, aber sie konnten es durchstehen und danach … stand ihnen die ganze Welt offen.

Oliver wandte sich ihr zu, eine Augenbraue auffordernd hochgezogen, und Jen rutschte näher an ihn heran, legte ihren Kopf auf seine Schulter und schloss die Augen. Es fühlte sich himmlisch an. Als strömten all ihre Sorgen und Ängste, all ihre Schwächen zu ihm. Ein Partner, der die Last mittrug.

* * *

Lynne ließ sich auf dem ungemütlichen Plastikstuhl nieder und blickte Winnie ins schlafende Gesicht. »Hi, Kleine.« Sie flüsterte, auch wenn niemand sonst hier war und Winnie sie vermutlich ohnehin nicht hören konnte. Die Operation lag noch nicht lange zurück, und Winnie befand sich immer noch im Tiefschlaf, künstlich beatmet und mit allen möglichen Hürden vor sich, die sie noch überstehen musste.

»Deine Mum kommt gleich wieder zurück. Sie und Oliver sind für ein paar Minuten an die frische Luft gegangen, aber du bist nicht allein, das habe ich ihnen versprochen. Ich lasse dich keine Sekunde lang allein.«

Sie hob ihre Hand und wollte Winnies kleine Finger umschließen, aber ehe sie sie berührte, hielt sie sich davon ab. Es wäre vielleicht unklug, auch wenn sie sich die Hände gründlich desinfiziert hatte, wie auf der Intensivstation erforderlich. Aber Winnie kam ihr einfach so zart und fragil vor, sie hatte Angst, dass ihr Ausatmen sie schon davonwirbeln könnte. Ihre Haut war so blass, das blonde Haar lag um sie herum ausgebreitet, sie sah aus wie ein Engel. Dieser Vergleich machte ihr Angst, denn nur zu leicht könnte Gott seine Hand herabstrecken und sie zu sich holen.

Nicht schon wieder, betete sie stumm, obwohl sie eigentlich aufgehört hatte, an Gott zu glauben. *Lass sie bei uns, sie wird hier noch so sehr gebraucht, von uns allen. Sie ist erst neun Jahre alt und hat es mit dem Geschäftsführer einer gigantischen Firma aufgenommen. Stell dir doch mal vor, zu was sie in ein paar Jahren fähig ist. Sie ist etwas Besonderes, du kannst sie noch nicht haben.*

Sie schluckte, tastete nach Aprils Krankenhausarmbändchen in ihrer Hosentasche und konzentrierte sich auf einen ruhigen Atem. *April muss dir genügen, du hast schon meinen Engel, es ist genug.*

Lynne wusste nicht, warum sie das Bändchen eingesteckt hatte, um Winnie zu besuchen, aber sie hatte das Gefühl gehabt, dass April dabei sein musste. Es war ein Gedanke, der sie immer öfter befiel. April war plötzlich nichts mehr, das sie verschlossen in einem Schuhkarton in ihrem Schrank aufbewahrte, sondern eine Erinnerung, die zwar wehtat, die sie aber spüren wollte. Dabei wusste sie nicht, ob das ein Fortschritt oder ein Rückschritt war, nur dass es eben so war. April beherrschte ihre Gedanken, und sie ließ das zu. Das hatte sie vor allem diesem Kind hier zu verdanken.

»Weißt du, Winnie, ich habe eigentlich nie an Wunder geglaubt, Hoffnung ist für mich ein Fremdwort. Schon seltsam, bei dem, was ich tue. Aber du bist so stark und tapfer, wenn ich dich ansehe, dann ... dann fange ich wieder an zu glauben – und denke nicht, dass ich das toll finde. Es macht mir eine Heidenangst, aber ich kann nichts dagegen unternehmen. Du und dein Rugby und dein Lächeln und deine Stärke ... Du bist ein leuchtender Stern für mich.«

Sie sah Winnie ins friedlich schlafende Gesicht, irgendwie wartete sie auf eine Reaktion, auch wenn keine kommen konnte, aber das machte nichts. Es tat gut, die Wahrheit auszusprechen, sie zu akzeptieren, egal, wie schmerzhaft sie war.

»Es ist schon komisch«, sprach sie leise weiter, da es gut für die Patienten sein sollte, wenn man mit ihnen redete.

»Du hast dir ausgerechnet Rugby ausgesucht, ausgerechnet zu dem Zeitpunkt, an dem ich statt Rosemarie den Wunsch leiten sollte, ausgerechnet dann, als Reed aus Neuseeland zurückgekommen ist. Du hast uns dort zusammengeführt.«

»Das tut sie auch jetzt noch.«

Obwohl sie ihn an der Stimme erkannt hatte, zuckte Lynne zusammen, als sie Reed in der Tür stehen sah. Er hatte dieselbe Schutzschürze über Jeans und Pullover umgebunden, die auch Lynne trug, auch die Halskrause war noch da, als ständige Erinnerung an seinen Unfall. Einen Moment lang konnte sie ihn nur anstarren, all die Bilder ihres gestrigen Gesprächs kehrten zurück, und sie wusste nicht, was sie sagen sollte. Zum Glück fand Reed schneller Worte.

»Wie geht es ihr?« Er wies auf Winnie und trat zögerlich näher.

Lynne nahm das Thema dankbar an. »Gut, denke ich. Also unverändert. Aber das heißt gut, haben sie gesagt. Jen und Oliver sind mal kurz raus, sie haben das Krankenhaus seit der OP nicht mehr verlassen. Ich habe ihnen versprochen, in der Zwischenzeit bei Winnie zu bleiben.«

Reed nickte, zog sich einen Stuhl heran und ließ sich in einigem Abstand von ihr darauf nieder. »Sie schafft das, da bin ich mir sicher.«

Lynne betete, dass er recht behielt. Sie suchte nach weiteren Worten, aber es war still, das Piepen der Monitore das einzige Geräusch zwischen ihnen. Lynne wusste nicht, wie viel Zeit verging, in denen sie Winnie einfach nur ansahen. Schließlich hielt sie es nicht länger aus: »Rosemarie hat mir nahegelegt, dich nicht vom Haken zu lassen, was das Projekt betrifft.«

Er sah sie an. »Ich habe dir mein Wort gegeben, ich bin dabei.«

Ein Lächeln erhellte ihr Gesicht. »Wenn du wüsstest, was ich alles vorhabe, würdest du das nicht so leichtfertig sagen. Und deine Schwester würde ihre Adresse und Nummer ändern, denn auf sie habe ich auch noch ein Attentat vor.«

»Dann solltest du hinfahren und persönlich mit ihr reden.«

Lynne senkte den Blick und seufzte. »Ja, das sollte ich. Ich muss mich sowieso öfter zu Hause blicken lassen.«

Sein Blick ruhte auf ihr, sie spürte es deutlich. »Wann warst du das letzte Mal dort? Vor der Hochzeit meine ich.«

Bilder flackerten vor ihrem geistigen Auge auf, ein winziger Sarg. »Ich war seit Aprils Beerdigung nicht mehr dort.«

Es wurde wieder still, und Lynne knetete ihre Hände. Schließlich hörte sie ihn tief einatmen. »Lynne …«

Sie schüttelte den Kopf. »Nicht hier, nicht jetzt.«

Aus den Augenwinkeln bemerkte sie, dass er nickte, und sie wusste nicht wieso, aber gerade dieses untypische Akzeptieren ihres Wunsches erweckte das Verlangen in ihr, doch darüber zu sprechen.

»Es tut mir leid«, flüsterte sie und sah wieder zu Winnie, deren Körper im Moment ums Leben kämpfte, der ein fremdes Organ abstoßen wollte, während Medikamente ihm sagten, dass er das nicht durfte. »Ich hätte es dir eher sagen sollen.«

»Wieso hast du es nicht getan?« Auch er sprach vollkommen ruhig, und das gab ihr den Mut offen zu sprechen.

»Ich wollte dich nicht verletzen. Ich sah keinen Grund, warum du etwas gewinnen und sofort wieder verlieren solltest. Außerdem habe ich so lange mit niemandem über April gesprochen, dass ich nicht wusste wie … und vor allem hatte ich Angst, wie du reagieren würdest.«

»Du dachtest, ich springe aus dem Fenster.« Seine Worte

waren so nüchtern, ohne jeglichen Humor, dass sie ihm einen Blick zuwarf, um sein Gesicht zu sehen. Auch das war vollkommen ernst, und sie erinnerte sich, wie sie diese Worte in der Wohnung zu ihm gesagt hatte – mehr als Scherz.

»Manchmal bist du schwer einzuschätzen«, sagte sie ehrlich, gleichzeitig fürchtend, ihn zu verletzen. Sie wusste, wie sensibel er auf dieses Thema reagierte, wie nahe es ihm ging. »Eine derart heftige Nachricht – ich wusste nicht, wie du mit ihr umgehen würdest, wo ich doch auch so unfähig bin, die Sache richtig zu verarbeiten.«

»Ich weiß.« Er streckte die Hand nach ihr aus, ließ sie aber gleich wieder zurück in seinen Schoß sinken. »Es ist schwer, dir zu beweisen, dass ich nicht mehr der Junge von einst bin, denn du hast recht: das Stadion, die Wohnung, mein jahrelanges Schweigen – wenn es um dich geht, fällt es mir schwer, klar zu denken. Ich verstehe, warum du mir nicht vertrauen konntest … kannst.«

»Ich vertraue dir.«

Er hob eine Augenbraue, und sein Lächeln zeigte deutlich seine Zweifel.

»Ich *will* dir vertrauen«, korrigierte sie sich, »und in vielen Belangen tue ich es auch. Die Sache mit April war einfach nur etwas, von dem ich geglaubt habe … ich dachte, es macht alles wieder kaputt, was zwischen uns ist, dass es dich genauso zerstört wie mich. Aber jetzt habe ich komischerweise das Gefühl, dass es mir hilft zu heilen, dass du die Wahrheit kennst.«

Er lächelte zaghaft. »Die Wahrheit wird uns nicht zerstören, Lynne, und du wirst mich auch nicht mehr so schnell los. Früher dachte ich, alle sind besser dran ohne mich, aber du hättest mich gebraucht. Am Bahnhof … Ich habe mich umgedreht und bin verschwunden, weil es so leichter war, aber das bin ich nicht mehr. Ich will für dich da sein, zusammen sind wir stärker. Ich bin auch nur ein Mensch, ich werde manchmal wütend, ich mache Fehler, aber ich verliere schon lange nicht mehr die Kontrolle. Du weißt selbst, dass ich ständig Angst davor hatte, aber seit gestern weiß ich mehr denn je, wer ich bin. April … als du mir das gesagt hast – ich dachte, es bringt mich um. Aber das hat es nicht. Ich habe darauf gewartet, dass ich irgendetwas Unüberlegtes, irgendetwas Impulsives tue, aber das habe ich nicht. Ich konnte damit umgehen, es tut verdammt weh, und wir müssen noch über so vieles reden, aber du kannst mir vertrauen, wir können darüber reden. Du musst nicht mehr deine und meine Probleme tragen wie früher. Ganz im Gegenteil – lass mich deine Last mittragen.«

Ihr Hals schnürte sich verdächtig zu – nicht schon wieder weinen. Sie war so froh und stolz, ihn das sagen zu hören, denn sie wusste, es war die Wahrheit. »Ich weiß, dass du das kannst, und ich glaube, ich kann mit dir über sie sprechen. Ich *will* mit dir über sie sprechen. Ich wollte, glaube ich, immer nur mit dir über sie sprechen. Diese Erinnerung, der Schmerz, er hat mich so einsam gemacht, weil ich mit der einzigen Person, die den Schmerz teilen und verstehen hätte können, nicht reden konnte.«

Reed rückte seinen Stuhl näher an sie heran, und diesmal nahm er, ohne zu zögern, ihre Hand in seine. »Hast du ein Foto von ihr?«

Lynne schluckte und nickte langsam. Das Foto war ebenfalls in der Schuhschachtel, aber anders als all die anderen Dinge hatte sie es nie fertiggebracht, es wieder anzusehen. Sie wusste ohnehin noch zu genau, wie es ausgesehen hatte.

April lag in ihrem Arm, noch im Kreißsaal, gleich nach der Geburt. Ihr Fußabdruck prangte daneben, und darunter standen all ihre Daten.

»Ich habe es zu Hause, aber …« Sie zog das Krankenhausbändchen aus ihrer Hosentasche und fragte sich plötzlich, ob sie es aus diesem Grund instinktiv mitgenommen hatte. »Ich habe das hier.«

Reed nahm das rosa Plastikbändchen entgegen, sein Kiefermuskel spannte sich deutlich an, und seine grünen Augen glänzten verdächtig, ehe er den Blick senkte. »Ich will zu ihr.« Er hob den Kopf und nahm erneut ihre Hand in seine, sein Daumen streichelte über ihre Haut. »Ich will ihr Grab besuchen.«

Lynne fuhr zurück und entzog ihm ihre Hand. »Was?« Ihr wurde übel, heiß und kalt zugleich, und ein Zittern überfiel ihren Körper. Sie wusste, dass es Panik war, die in ihr hochkroch, aber sie konnte nichts dagegen unternehmen. Nur Reed konnte es. Er schlang einen Arm um sie, zog sie an seine Brust, streichelte durch ihr Haar und hielt sie fest.

»Wir können das, Lynne, gemeinsam. Lass uns nach Hause gehen und von vorne anfangen.« Er bewegte sich, sie wusste nicht, was er vorhatte, aber plötzlich schob er sie von sich und hielt ihren Verlobungsring mit dem Delfin in der Hand.

Fast wäre sie vom Stuhl gefallen. »Wie … woher …?«

»Rosemarie war so freundlich, ihn mir zu geben – sie hat einen Schlüssel für deine Wohnung und wusste anscheinend genau, wo sie suchen musste. Sie gab mir auch noch ein paar Worte mit auf den Weg. Zusammengefasst so etwas in der Art wie: Lass sie nicht noch einmal entwischen.« Er nahm ihre zitternde Hand und sah ihr in die Augen.

»Ich will die Sache mit unserer Verlobung nicht klarstellen, Lynne, weil es für mich nichts klarzustellen gibt. Du bist meine Verlobte, du bist es immer gewesen, und dieser Ring gehört an deine Hand.«

Lynne hatte Mühe zu atmen, sie hörte Ava und Rosemarie, die ihr sagten, dass sie diese Sache endlich klären musste, und sie wusste auch noch, was ihre Antwort gewesen war: Das ist nicht so einfach, es ist kompliziert … Aber in diesem Moment kam ihr alles ganz einfach vor, die Antwort erschien ihr so klar. Sie wollte mit Reed zusammen sein und nach Hause gehen, um sich endlich zu stellen. Sie wollte nicht länger wegrennen und sich verstecken. Winnie, die sich so tapfer ihrer Operation gestellt hatte und nun neben ihr lag und um ihr Leben kämpfte, hatte das auch nicht getan. Und wenn ein neunjähriges krankes Kind sich seinen Ängsten stellen konnte, dann musste sie doch auch dazu fähig sein!

Sprechen konnte sie nicht, sie nickte nur, aber das war genug, um Reed hörbar nach Luft schnappen zu lassen.

»Heißt das … wir sind wieder verlobt?« Er hob ihr Kinn an, damit sie ihn ansehen musste. »Wir werden heiraten?«

Noch ein Nicken, und Reed sah aus, als blickte er auf eine Erscheinung. Er lehnte sich nach vorne, als wollte er sie küssen, aber im letzten Moment fuhr er zurück. »Oh, warte.« Er steckte ihr den Ring an, mit einem seltsam entrückten Blick, und auch Lynne war sich nicht ganz sicher, ob das hier echt war. Bilder wirbelten durch ihre Gedanken, vom Motel, von seinem ersten Antrag, von all ihren Zukunftsplänen. War es wirklich möglich, dass sie dahin zurückkehren konnten? Dass sie eine zweite Chance bekamen, um alles besser zu machen?

»Du hattest recht.« Sie musste sich räuspern, um ihrer

Stimme etwas Kraft zu geben. »Damals … vor zwölf Jahren … ich hatte Angst, ich wollte nie von zu Hause fort. Ich ging mit dir, weil ich mich verpflichtet fühlte. Du hattest recht.«

Reed presste seine Lippen auf den Ring. »Ich weiß. Und das ist nichts, das ich dir vorwerfen kann. Das habe ich mittlerweile verstanden.« Er lehnte sich nach vorne, hob seine Hand an ihre Wange, ließ sie zurück in ihren Nacken gleiten und zog sie sanft zu sich. Lynne schloss die Augen, es gab keine Worte, die beschreiben konnten, wie sehr sie diesen Kuss herbeisehnte. Sie spürte seine Lippen fast schon auf ihren, warm und bindend, als unvermittelt die Tür aufflog.

Lynne fuhr zurück, und ihr Herz machte einen Satz, als sie ein ganzes Ärzteteam im Raum stehen sah. Verwirrt sahen die Männer und Frauen zwischen ihnen hin und her, dann warfen sie einen Blick auf Winnie und wandten sich schließlich wieder ihnen zu. Der Oberarzt trat näher, lächelnd. Es war ein Lächeln, das all die grauen Wolken endgültig zu vertreiben schien. »Wer von Ihnen macht sich für mich auf die Suche nach Mrs Griffin? Es ist Zeit, die kleine Maus aufzuwecken.«

Kapitel 16

Jen glaubte, davonschweben zu können. Sie musste sich zusammenreißen, um nicht mitten auf der Straße loszutanzen. Oliver warf die Autotür zu und kam mit einem breiten Grinsen um den Wagen herum auf sie zu. Sie wusste nicht, ob sie ihn je so glücklich gesehen hatte, nur dass sie selbst vor Freude fast schon platzte.

»Sie ist wach, sie hat gesprochen, Oliver!«

Er grinste und öffnete die Tür zum Pub. »Ich war dabei, schon vergessen?«

»Ja, aber … sie ist wach!« Der Lärm des gut besuchten Gastraums ließ sie verstummen, da ihre Worte ohnehin untergehen würden, aber das machte nichts. Ihr Freudentaumel ging einfach in Gedanken weiter. Die Ärzte hatten gesagt, es hätte nicht besser laufen können! Winnie war noch etwas heiser und natürlich schwach, aber sie hatte schon gelächelt und sogar die Schwester gefragt, wann sie denn wieder Rugby spielen könnte. Es wurde alles gut! Winnie bekam noch Sauerstoff, aber in gut einer Woche würde sie schon auf die normale Station verlegt werden! Sie hatte eine gesunde Lunge, der ihre Krankheit nichts anhaben konnte! Sicher, sie musste ihr restliches Leben Medikamente nehmen, damit der Körper die Lunge nicht abstieß, aber das war für Winnie wegen der Mukoviszidose ohnehin nichts Neues. Es gab noch so viele Risiken, so viele mögliche Rückschläge, sogar das Krebsrisiko war durch die Medikamente erhöht, aber Herrgott, das Krebsrisiko war wegen allem, was in der Luft und im Essen war, schon erhöht. Sie wollte sich jetzt nicht auf das Negative konzentrieren, nur darauf, dass es jetzt aufwärtsging, dass sie ihr Mädchen ohne Sauerstoff herumlaufen sehen würde.

»Hey, ihr zwei!« Linda stellte ihr Tablett auf der Theke ab und eilte zu ihnen. »Wie geht es ihr? Naja, so wie ihr strahlt, kann es ja nur gute Nachrichten geben, oder? Ihr schaut übrigens schrecklich aus, wann habt ihr das letzte Mal geduscht?«

Jen und Oliver tauschten ein Lächeln und nickten gleichzeitig. Dann fingen sie an zu lachen. Es sprudelte einfach so heraus, all die Anspannung und Sorgen und Müdigkeit machten sich Luft. Oliver bekam sich schnell wieder in den Griff, aber Jen konnte nicht aufhören, unkontrolliert zu kichern.

Auch Gwen kam zu ihnen, und ein paar Stammgäste wandten sich ihnen zu. »Die Ärzte haben sie heute Vormittag aufgeweckt, und sie kann schon alleine atmen«, sagte Oliver und nahm Jens Hand in seine. Jen fand die Geste zu natürlich, um sich groß Gedanken darüber zu machen.

»Heute Nachmittag konnte sie sich sogar ein wenig aufsetzen«, erzählte sie stolz. »Jetzt schläft sie wieder, und wir genehmigen uns ein paar Stunden Pause und eine Dusche.« Sie zwinkerte Linda gut gelaunt zu. »Wir haben aber versprochen, dass wir morgen früh gleich wieder hinfahren.«

Linda schlug die Hände zusammen. »Das ist fantastisch. Darf man sie denn schon besuchen?«

»Im Moment kämpfen wir selbst schon darum, nicht ständig rausgeschmissen zu werden. Aber wenn sie nicht mehr auf der Intensivstation liegt, wird sie sich sehr über Besuch freuen. Dann bekommt sie auch schon etwas mehr davon mit.«

»Nun, als Erstes solltet ihr wirklich duschen«, ließ sich Harry vernehmen, der aus der Küche getreten war. »Bei eurem Gestank vergrault ihr noch die Gäste.« Er zeigte auf Oliver. »Und wie du siehst, ist der Laden ohne dich bislang noch nicht untergegangen.«

»Jaja, schon gut.« Oliver hob ergeben die Hände und nahm mit einem dankbaren Nicken das Bier entgegen, das Gwen ihm brachte. Jen drückte noch einmal Olivers Hand, dann ging sie um die Theke herum, presste Harry einen Kuss auf die Wange und ging durch die Küche ins finstere Treppenhaus. Sie brauchte wirklich dringend heißes Wasser und Seife.

Beschwingt und gut gelaunt ging sie die Treppe hoch.

Nur taten ihr das heiße Wasser und das Gefühl, endlich wieder sauber zu sein, nicht so gut, wie sie gedacht hatte. Die Wohnung war plötzlich zu leer und zu still, der Blick ins Kinderzimmer, in das verlassene Bett, raubte ihr schier den Verstand. Wie eine eingesperrte Raubkatze tigerte sie durch die Wohnung, putzte hier und da etwas und hatte trotzdem immer mehr das Gefühl zu ersticken. Sie musste hier raus, vielleicht runter in den Pub, aber der schloss jetzt bald um Mitternacht. Wie sollte sie die restlichen Stunden überstehen?

Mit nassen Haaren und nur in Jogginghosen und Sweatshirt schob sie vorsichtig die Wohnungstür auf und spähte in den dunklen Flur hinaus. Sie lauschte auf die Geräusche des Pubs, auf die Musik, das Lachen und die Gespräche, und sah schließlich zur gegenüberliegenden Tür. War Oliver noch unten? Oder auch schon zu Hause? War es überhaupt wichtig? Er wollte vermutlich seine Ruhe, ein wenig ausspannen. Hatte er überhaupt vor, morgen wieder mitzugehen ins Krankenhaus? Er hatte hier Arbeit zu erledigen, und was war eigentlich mit ihrer Arbeit? Wie lange konnte sie es sich leisten, den ganzen Tag im Krankenhaus zu sein? Die Zeichen- und Näharbeit für Mrs Quinn könnte sie ab nächster Woche, wenn Winnie auf der normalen Station war, mitnehmen, aber der Pub … Natürlich, es war praktisch, dass ihr Boss gleichzeitig auch ein Freund war, aber sie wollte ihn nicht ausnutzen. Vermutlich sollten sie über all diese Dinge sprechen, und zwar jetzt gleich, bevor sie in ihrer Wohnung noch durchdrehte.

Entschlossen ging sie zu seiner Tür und klopfte an. Sie horchte und wartete, aber da war nichts. Kein Geräusch von der anderen Seite.

Was jetzt? Sie warf einen Blick das dunkle Treppenhaus hinunter und seufzte beim Gedanken, sich jetzt den Menschenmassen stellen zu müssen, außerdem müsste sie sich noch umziehen oder zumindest ihre Haare trocknen.

Aber zurück in ihr einsames Loch? Nein.

Mit zitternder Hand, als täte sie etwas Verbotenes – nun, streng genommen tat sie das auch –, drückte sie die Türklinke hinunter. Sie hielt den Atem an, stieß leicht dagegen, und ihr Herz machte einen Satz, als sie sich öffnete. Wieso sollte Oliver auch absperren, hier oben wohnte außer ihm nur sie, und jeder andere Besucher müsste erst an Harry vorbei.

»Oliver?« Im Wohnzimmer brannte Licht, war er doch hier? Sie machte ein paar vorsichtige Schritte in die Wohnung hinein und hörte Wasser rauschen. Er war also auch schon unter die Dusche gesprungen.

Ihr Blick wanderte durch den Raum, alles wirkte seltsam leer, die Vorhänge waren alle abgenommen, auf den wenigen Regalen waren nur ein paar Bücher und ein Bild von Winnie zu finden. Neben der Spüle der Küchenzeile stand ein einziges Glas, der Kühlschrank surrte. Auf dem Esstisch lag die Post der letzten Tage, hauptsächlich Werbung, aber damit könnte sie sich ihre Wartezeit vertreiben.

Jen nahm einen der Prospekte in die Hand, lehnte sich gegen den Tisch und sah sich die Sonderangebote an. Es würde seltsam werden, über so lange Zeit hinweg nur für sich selbst einzukaufen und zu sorgen, Winnie würde noch mehrere Wochen im Krankenhaus bleiben.

»Jen?«

Sie fuhr zusammen wie ertappt, ließ den Prospekt fallen und setzte ein unschuldiges Lächeln auf. Das gefror ihr aber augenblicklich, als sie Oliver sah, nass und nur mit einer dunklen Boxershorts bekleidet in der Tür stehend. Verdammt, wieso hatte ihr nie jemand gesagt, dass ihr Boss in Wirklichkeit Adonis war? Dann hätte sie es vielleicht geschafft, ihren Mund wieder zu schließen. Sicher, sie hatte immer gewusst, dass er attraktiv war, auf eine »sexy Manager« Art und Weise. Aber im Moment war attraktiv die Untertreibung des Jahrhunderts. Heiß, atemberaubend, umwerfend gingen ihr eher durch den Kopf. Mit seinen nassen, zu Berge stehenden Haaren, seinem trainierten Oberkörper, den vereinzelten dunklen Brusthaaren und diesem teils überraschten, teils verwegenen Blick – als gingen ihm in diesem Bruchteil der Sekunde dieselben Gedanken durch den Kopf wie ihr.

Ihre Fantasie ging mit ihr durch, sie stellte sich vor, zu ihm zu gehen, ihre Hand auf seine nasse Haut zu legen, ihn überall zu berühren, seine Wärme zu spüren, ihn zu küssen und dann …

»Ähm … hi.« Sie hob die Hand und winkte wie ein Idiot, mit der anderen klammerte sie sich an den Tisch, sich fest vornehmend, nicht einen Schritt näher auf ihn zuzugehen.

»Jen, ist etwas passiert? Hat das Krankenhaus …«

»O Gott, nein, es ist alles in Ordnung!«

Seine Augen verengten sich verwirrt, und Jen suchte verzweifelt nach Worten. »Es war einfach so leer in der Wohnung so ohne Winnie, und da … ich bin hergekommen, weil … ich muss mich ein wenig ablenken.«

Seine Augenbrauen hoben sich fragend, und Jen verbiss sich einen Fluch. Wieso stammelte sie wie eine Verrückte herum? »Die Arbeit!« Sie hob beschwichtigend die Hände. »Wir sollten über die Arbeit reden.«

»Was ist mit der Arbeit?«

»Naja, zum einen meine Abwesenheit – wir haben irgendwie nie besprochen … also, ich bin ja immer im Krankenhaus, und das wird sich die nächsten Wochen kaum ändern und …«

»Darüber musst du dir keine Gedanken machen.«

»Natürlich muss ich das! Ich habe schon so viel Urlaub verbraucht mit den ganzen Voruntersuchungen, und ich weiß nicht, wie ich diese Fehlstunden jetzt wieder reinbringen soll.«

»Du musst sie nicht reinbringen.«

Jen stemmte ungeduldig die Hände in die Seiten. »Glaubst du, meine Rechnungen lösen sich plötzlich alle in Luft auf?«

Oliver seufzte ungeduldig und sah zur Tür, als wüsste er immer noch nicht, was sie hier zu suchen hatte. »Du bekommst dein Gehalt wie immer, mach dir also keine Gedanken.«

Jen verstummte, sah ihn an. Sie wusste nicht wieso, aber eine unbändige Wut machte sich in ihr breit. »Oh nein.« Sie zeigte mit dem Finger auf ihn. »Glaube ja nicht, dass ich mich von dir aushalten lasse, so gut solltest du mich inzwischen kennen! Du hast mir schon viel zu oft ausgeholfen in Notsituationen, wo kein Platz mehr für meinen Stolz war, aber noch habe ich ein bisschen übrig und …«

Oliver verzog nachdenklich den Mund und führte seine Hand ans glatt rasierte Kinn – oh Gott, der frische Geruch seines Duschgels drang langsam selbst über die Distanz hinweg an ihre Nase. »Also gut, Jen, wo ziehst du die Grenze?« Sein Ton wurde etwas schärfer. »Wann darf ich dir helfen, bis zu welchem Betrag, wie viel ist dein Stolz wert?«

Jen schnappte nach Luft, sie klammerte sich noch fester an den Tisch. »Das ist nicht lustig! Ich weiß wirklich zu schätzen, was du alles für uns tust …«

»Aber?« Oliver breitete die Arme aus. »Ich verstehe das Problem nicht, Jen. Du brauchst Hilfe, ich will dir helfen, das hat doch nichts mit Stolz zu tun, nur mit gesundem Menschenverstand.«

»Das ist sehr wohl eine Angelegenheit des Stolzes! Wieso solltest du dich von einer Schmarotzerin ausnutzen lassen, wieso …«

»Hör auf, solchen Unsinn zu reden, du bist alles andere als eine Schmarotzerin, und dafür, dass das Leben dir immer wieder Steine in den Weg legt, kannst du nichts. Es ist kein Ausnutzen, wenn du annimmst, was dir angeboten wird.«

»Aber wie kommst du dazu? Du bist nicht mein Ehemann und auch nicht Winnies Dad, du …« Sie zuckte zurück, bereute die Worte, noch ehe sie die Betroffenheit in Olivers Gesicht las, aber es war zu spät.

Was war nur in sie gefahren? Wieso zettelte sie diesen merkwürdigen Streit an? Weil sie sich wünschte, dass er ihr Ehemann und Winnies Dad war, oder weil sie Angst davor hatte, dass er es werden wollte? Wie verkorkst war sie eigentlich?

»Oliver …«

Er hob die Hand, seine Brust hob und senkte sich deutlich, aber seine Stimme war ruhig. »Das ist mir durchaus bewusst, Jen.« Er sah an sich hinab, und ein Schnauben, das nicht selbstverachtender hätte sein können, erfüllte die Stille. Es schnitt ihr mitten ins Herz. »Ich gehe mir was anziehen.«

»Warte!« Ihre Hände lösten sich von der Tischplatte, sie flog durch den Raum auf ihn zu und umklammerte seinen Arm. »Ich habe das nicht so gemeint!«

»Ist schon gut, du musst dich nicht erklären.« Er schob sie von sich, wollte zurück ins Bad, aber Jen hielt ihn fest, Verzweiflung machte sich in ihr breit. Sie konnte Oliver nicht verlieren! Und das hatte überhaupt nichts damit zu tun, dass er Winnie und sie unterstützte, dass er mit ihr in Krankenhäusern saß und sie dank ihm einen Job und eine Wohnung hatte. Sie wusste plötzlich ganz genau, dass sie sich einfach nicht vorstellen konnte, seine Stimme nicht mehr zu hören, nicht mehr seinen grimmigen Gesichtsausdruck zu sehen und ihm nie wieder eins seiner seltenen Lächeln zu entlocken. Ihr wurde übel, wenn sie daran dachte, sich nie wieder in seine Arme flüchten zu können, nicht mehr seinen Halt zu spüren oder bei der Arbeit nicht mehr mit ihm zu plaudern. Es tat ihr schon körperlich weh zu denken, sie hätte ihre Chance verspielt, sie könnte ihm nie mehr wirklich nahkommen. Sie wollte einfach nur mit ihm zusammen sein, jetzt und für immer und …

Ihre Hand sank hinab, sie trat einen Schritt zurück. »O mein Gott.«

Oliver hielt inne und sah auf sie hinab, jetzt weniger Zorn als Sorge in seinem Blick. »Was ist?«

Sie sah ihm in die Augen, in die vertrauten Gewitteraugen und konnte es nicht fassen. »Ich will dich nicht verlieren.«

»Du wirst mich nie verlieren, darum geht es doch gar …«

Aber Jen ließ ihn gar nicht ausreden. »Nein, Oliver.« Sie trat noch näher an ihn heran, legte beide Hände auf seine Brust und spürte, wie er erstarrte, wie sein Herzschlag sich plötzlich beschleunigte. »Ich will *dich* nicht verlieren. Das hat nichts mit der Arbeit zu tun, mit der Wohnung oder deiner Hilfe. Es geht nur um dich! Verstehst du?«

»Ehrlich gesagt, nein.«

Ihre Hände wanderten hoch zu seinen Schultern. »Ich will dich!« Sie hielt den Atem an, wartete auf seine Reaktion, aber Oliver starrte sie nur an, regungslos, als hätte er ihre Worte gar nicht gehört.

Schließlich räusperte er sich. »Okay …«

»Okay?!« Ihre Stimme wurde seltsam hoch. »Was soll das heißen – okay?«

»Was willst du denn hören?«

»Keine Ahnung!« Sie trat wieder zurück und fuhr sich durch die Haare. »Vielleicht ›großartig‹, vielleicht ›ich habe mehr als ein Jahrzehnt darauf gewartet‹, oder vielleicht solltest du weniger etwas sagen als etwas tun.«

»Etwas tun …« Er sprach langsam, jedes Wort gedehnt und betonend.

»Oliver!« Sie war in Versuchung, ihm an die Gurgel zu springen, aber da nahm er sie bei den Schultern und lehnte sich zu ihr hinab.

»Es tut mir leid, Jen, es ist einfach so, ich bin mir nicht sicher, ob das gerade echt ist. Wenn du wüsstest, wie oft du das in meinen Träumen schon gesagt hast … aber ich bin mir noch nicht einmal sicher, was du genau sagst.«

Jen biss sich auf die Unterlippe und dachte sehr genau über ihre Worte nach. »Ich glaube, ich liebe dich.«

Oliver legte den Kopf schief. »Du glaubst?«

»Herrgott, du machst es mir wirklich nicht leicht! Das alles ist auch für mich ziemlich neu und überraschend und beängstigend, was erwartest du von mir? Ich kann dir keine Garantie geben, kein Gutachten, das genau den Grad meiner Gefühle zu dir ermittelt. Du willst eine Zahl? Okay! Zwölf! Bist du zufrieden? Auf einer Skala von eins bis zehn, liebe ich dich zwölf! Und das nicht gerade seit eben, mir geht es schon viel länger so, aber ich …«

Oliver machte einen Schritt auf sie zu, und Jen wich automatisch weiter zurück. Sie musste alles aussprechen, jetzt sofort, ehe sie den Mut verlor. »Ich will es versuchen, Oliver, ich will mit dir zusammen sein … aber Winnie darf noch nichts davon wissen.«

»Okay.« Noch ein Schritt, sein Blick gerade auf sie gerichtet, als fixierte er ein Ziel. Ihr Herz begann immer schneller zu schlagen.

»Sie muss erst gesund werden, sie darf sich nicht aufregen, und was, wenn es nicht funktioniert …«

»Okay.« Er kam noch näher.

»Wir müssen es einfach langsam angehen, sehen, wohin das alles führt und …« Sie stieß gegen den Tisch in ihrem Rücken, und Oliver blieb vor ihr stehen.

»Okay.« Er lächelte – Himmel, da war es wieder –, nahm ihr Gesicht in beide Hände und beugte sich zu ihr hinab.

Ihr Herz machte Loopings, so lange hatte sie von diesem Moment geträumt. »Du wirst uns nicht aushalten, ich werde alles abarbeiten oder zurückzahlen. Das hier ändert gar nichts.«

Oliver hielt inne und sah sie ungeduldig an. »Nicht okay.« Und mit diesen Worten, ehe sie weiter protestieren konnte, küsste er sie, genauso wie damals in seiner Wohnung und im Flur und auch wieder nicht. Zuvor hatte er einen Standpunkt vertreten, gleichzeitig war eine Frage darin gesteckt, jetzt küsste er sie, als gehöre sie ihm, und es zog ihr den Boden unter den Füßen weg. Wie hatte sie nur so lange überleben können, ohne ihn zu küssen? Sie hatte das Gefühl sich aufzulösen, doch seine Arme hielten sie fest umschlungen.

»Oliver …« Sein Name fühlte sich so gut an, während sie ihn gegen seine Lippen hauchte, sie atmete seinen Duft nach Duschgel, seine feuchte Haut war kühl unter ihren Händen, und trotzdem wurde ihr immer heißer. Sie wollte nie aufhören.

»Du willst es also langsam angehen?«, murmelte Oliver an ihrem Hals.

Jen blinzelte, um zurück in die Wirklichkeit zu gelangen. »Habe ich das gesagt?«

Er küsste sie erneut, nur ganz kurz, ehe sein Mund wieder zu ihrem Hals wanderte. »Ja, hast du.«

Sie gab einen frustrierten Laut von sich, packte ihn bei den Schultern und küsste ihn, hungrig und ohne jede Scheu, so wie sie es eigentlich damals bei ihrem ersten Kuss erwartet hatte. Und er erwiderte ihren stürmischen Vorstoß mit demselben Drängen. Er hielt sie am Hinterkopf fest, drang mit seiner Zunge in ihren Mund ein und schlang einen Arm um sie. Es blieb keine Zeit mehr nachzudenken, sie hatten zu lange auf diesen Moment gewartet – Oliver weitaus länger als sie, und diese langjährige Geduld löste sich nicht allmählich auf, sondern explodierte förmlich.

Jen wusste gar nicht, wie ihr geschah, mit einer Hand fegte er die Prospekte davon, und im nächsten Moment saß sie auf dem Tisch. Oliver trat zwischen ihre Beine, zog ihre Hüften näher zu sich heran und beugte sich über sie. An seinem Kuss gab es keine Sanftheit mehr, er drängte sie zurück, bis sie unter ihm lag, mitten auf dem Esstisch, seine Härte zwischen ihren Beinen, nur durch das bisschen Stoff getrennt. Sein nackter Oberkörper lag auf ihr, seine Hand an ihrer Wange, die andere glitt an ihr hinunter, zog das Bündchen ihrer Trainingshosen auf.

Jen keuchte auf, schlang ihre Beine um ihn, presste ihn fester an sich, als genüge es, dass sie die hindernden Kleidungsstücke einfach fortwünschte. Sie konnte sich nicht erinnern, je einen Mann so sehr gewollt zu haben, sie glaubte durchzudrehen, wenn sie nicht endlich eins wurden.

Oliver stieß ein tiefes Stöhnen aus, aber er hörte nicht auf, sie zu küssen, ihren Mund, ihren Hals, als wollte er sie verschlingen, und Jen ging es genauso. Sie vergrub ihre Hände in seinem feuchten Haar, ließ sie über seine Schultern gleiten, seinen Rücken hinunter, krallte sich an ihm fest. Plötzlicher Regen prasselte gegen das Fenster, das Geräusch verband sich mit ihrer beider verzweifelten Versuche Atem zu holen.

»Jen …« Er zog ihr Sweatshirt hoch, Jen versuchte sich aus den Hosen zu befreien, und nach einer halben Ewigkeit des Zerrens lag sie endlich nur noch in Unterwäsche vor ihm. Ein Moment, der sie früher bei Jack immer etwas peinlich berührt hatte. Schließlich war sie zu dünn, mit viel zu kleinen Brüsten. Aber jetzt verschwendete sie keinen Gedanken daran, dass sie ihm nicht gefallen könnte. Sobald seine Haut ihre Haut berührte, gab es kein Halten mehr.

Ihre Münder fanden erneut zueinander, Jen schob ihr Höschen zur Seite, Oliver zog seine Boxershorts hinunter, und im nächsten Moment schob er seinen Arm unter ihr Knie, hob es an und drang mit einem derart heftigen Stoß in sie ein, dass ihr ein teils erschrockener, vor allem aber lustvoller Schrei entfuhr. Sie riss die Augen auf, die ganze Welt schien stehenzubleiben, und auch Oliver war wie erstarrt, sah sie nur an.

Sie wusste nicht, wie lange sie sich nicht bewegten und einfach nur den Moment in sich aufnahmen, als Olivers Blick plötzlich an ihr hinabglitt, über ihren Körper wanderte, mit so viel Bewunderung, dass ihr Herz anschwoll. Er nahm seine Hand von ihrer Hüfte und strich derart sanft mit den Fingerknöcheln über ihren Bauch und hoch zu ihrer Brust, dass sie am ganzen Körper eine Gänsehaut bekam. Er lehnte sich zu ihr hinunter, schob seine Hand unter ihren Rücken, drückte sie ein wenig hoch zu sich und öffnete ihren BH. Dann ließ er sie wieder vorsichtig zurückgleiten, schob die Träger von ihren Schultern und zog den BH fort.

Er streichelte sie, von der Gier von vorhin war nichts mehr da, stattdessen begann er, sich ganz langsam in ihr zu bewegen. Er quälte sie, glitt in Zeitlupe aus ihr hinaus und wieder hinein, dabei küsste er sie ebenso langsam und betörend, es brachte sie schier um den Verstand. Sie wollte seine Hüften packen, wollte ihn zwingen, sie zu erlösen, aber er machte weiter, der feine Schweißfilm auf seinem Körper und sein abgehackter Atem der einzige Beweis dafür, wie viel ihm diese Zurückhaltung abverlangte. Und Jen gab auf. Sie schloss die Augen, sank zurück, all die Anspannung wich aus ihrem Körper, sie zerfloss. Sie gab sich dem sanften Rhythmus hin, der sie immer weiter hochschaukelte, in Höhen, die sie nie zuvor erreicht hatte, und schließlich fielen sie gemeinsam in eine Dunkelheit voller Feuerwerke.

Sie brauchte eine Weile, um wieder zu Atem zu kommen, und auch Oliver hatte es nicht eilig, sich von ihr zu lösen. Er stützte sich auf einen Ellbogen auf, strich ihr das Haar zurück und sah sie grinsend an.

Jen musste lächeln. »Glaubst du jetzt, dass das hier echt ist?«

Ein leises Lachen ließ seine Brust vibrieren. »Noch weniger als zuvor.«

»Was kann ich tun, damit du wieder in die Realität kommst?«

Er lehnte sich vor, küsste sie sanft und sah sie wieder an, etwas ernster diesmal. »Versprich mir, dass du das nie machen wirst. Ich will hierbleiben, in einer Welt, in der wir beide Sex auf dem Esstisch haben.«

Jen bewegte ihre Schultern hin und her. »Aber so langsam wird es hier ungemütlich.«

»Schlafzimmer?«

Sie nickte lächelnd. »Wir haben noch ein paar Stunden, bis ich wieder ins Krankenhaus muss.«

»Bis *wir* wieder ins Krankenhaus müssen.«

»Aber der Pub …«

»Hast du nicht gesehen? Man kommt ausgezeichnet ohne mich klar. Und ich habe Urlaub eines Jahrzehnts aufzubrauchen.«

»Als Chef hat man Urlaub?«

»Der wird gerade eingeführt.« Er lächelte wieder, und

plötzlich, so nahe bei ihm, sah sie, dass sich winzige Grübchen in seine Wangen bohrten. Entzückt strich sie mit dem Finger darüber.

»Ich liebe dich, Oliver.«

Er erstarrte, seine Augen verengten sich zu einem prüfenden Blick.

Sie lachte. »Ich liebe dich. Gewöhne dich daran.«

»Eine wundersame Welt ist das, wirklich.« Er richtete sich auf und zog sie mit hoch.

»Wie war das mit dem Schlafzimmer?« Sie legte den Kopf schief, und Oliver grinste. Er grinste! Daran würde sie sich nie sattsehen können.

»Wie Madame wünschen.« Er hob sie hoch und trug sie ins finstere und kühle Schlafzimmer, in dem es nach dem Regen von draußen duftete. Mit einem Kuss ließ er sie aufs Bett sinken, dann richtete er sich wieder auf und verschwand im Bad. Jen kuschelte sich in die Decke hinein und dachte daran, wie sich alles zum Guten wendete. Es waren wohl nur ein paar Sekunden, bis Oliver zurückkam, aber sie bekam es nicht mehr richtig mit. Ihr fielen die Augen zu, und sie sank in einen zufriedenen, seligen Schlaf.

Kapitel 17

Reeds Hände krampften sich ums Lenkrad, und je näher sie den vertrauten Flusstälern kamen, die einst sein Zuhause gewesen waren, desto angespannter wurde auch der Rest seines Körpers. Er war gerade erst hier gewesen, und es war nicht so schmerzhaft gewesen, wie er lange befürchtet hatte. Es waren ja auch schöne Ereignisse gewesen, an die er gerne zurückdachte – die Verlobungsfeier, die Hochzeit, seine Aussprache mit Alis. Aber jetzt ging er zurück, um sich einer ganz anderen Vergangenheit zu stellen – einer Vergangenheit, von der er bis vor Kurzem nicht einmal etwas gewusst hatte. Diese Last war allein Lynnes Bürde gewesen.

Er warf ihr einen Blick zu, sie starrte geradeaus, blass, die Lippen zusammengepresst. Auch sie hielt sich mit der linken Hand an der Tür fest, als würde diese ihr Halt geben. Er wollte sie berühren, sie irgendwie trösten, aber er fürchtete, sie würde ihm aus dem Auto springen, wenn er sie aufschreckte. Also konzentrierte er sich weiterhin auf die Straße, die nun von der Autobahn auf die Süd-Pembrokeshire-Road führte.

Es war nicht mehr weit. Die ganze Fahrt von Cardiff dauerte je nach Verkehr mehr oder weniger zwei Stunden, aber für ihn lag am Ende dieser Strecke eine verwirrend schmerzhafte und gleichzeitig schöne Welt. Sie hatten sich lange in nordwestlicher Richtung gehalten, aber nun ging es zurück in den Süden, an die Küste. Die Landschaft veränderte sich von ausgeprägten, felsigen Hügeln in sanfte grüne Wellen, auf denen Schafe und Kühe weideten. Sie passierten einen Kreisverkehr nach dem anderen, hohe Böschungen säumten die Straßen, und nur die zwischenzeitlichen Viehgatter offenbarten den Blick auf unendliches Grün.

»Willst du zuerst nach Hause? Oder zu Alis?«

»Zum Friedhof.« Sie warf ihm einen Blick zu, aus so traurigen Augen, dass er am liebsten den Wagen links rangefahren hätte, um sie festzuhalten und vor all den schrecklichen Erinnerungen abzuschirmen. Aber er nickte nur, es war wohl das Beste, wenn sie es nicht länger hinauszögerten. Er konnte sich ebenfalls nicht vorstellen, mit den Padrigs oder mit seiner Schwester Smalltalk zu betreiben, während er die ganze Zeit darauf wartete, das Grab seiner Tochter zu sehen.

Heute war es nicht merkwürdiger als noch im Sommer, die vertrauten Straßen entlangzufahren, auf denen er einst mit dem Fahrrad unterwegs gewesen war. Er kannte all die Schleichwege und Abkürzungen, als wäre er nie fort gewesen, und so dauerte es nicht lange, bis sie am Friedhof angekommen waren.

Reed stellte den Motor ab und ließ die Hände sinken. Dort draußen sah es viel zu idyllisch aus für einen von Trauer geprägten Ort. Die Sonne schien an diesem Spätseptembertag und tauchte die bunt gefärbten Laubbäume zwischen der Kirche und dem Friedhof in goldenes Licht. Das riesige, aus weißem Stein errichtete Kriegsdenkmal leuchtete hinter dem Zaun hervor, ein bunter Laubteppich hatte sich auf dem Boden ausgebreitet.

»Bist du bereit?« Er wandte sich Lynne zu, die immer noch geradeaus starrte.

»Nein.« Sie sah ihn an, und ein klägliches Lächeln verzog ihre Lippen. »Aber ich will es trotzdem hinter mich bringen.«

Reed hob seine Hand an ihre Wange. Die letzten Tage hatten sie gemeinsam verbracht, sie waren zwischen dem Krankenhaus und seiner Wohnung hin- und hergependelt. Winnie machte rapide Fortschritte, es war schon unglaublich, wozu der menschliche Körper imstande war und wie schnell sich besonders Kinder erholten. Winnie gab ihm Hoffnung, und er hatte das Gefühl, dass sie auch Lynne dabei half, sich der Vergangenheit zu stellen. Insbesondere zu erkennen, dass nicht alle Kinder so wie April einfach schwanden – dass die Welt kein so dunkler Ort war. Zu Hause hatten sie viel geredet und sich jede freie Minute geliebt. Mal stürmisch und zornig, dann wieder langsam und voller Liebe. Sie hatten noch so einiges aufzuarbeiten, aber das hier war ein erster Schritt.

»Hättest du etwas dagegen …« Er räusperte sich, musste sich zwingen, die Worte auszusprechen. »Wäre es in Ordnung, wenn ich vorher noch woanders hingehe?«

»Zu deinen Eltern?«

Er nickte, und Lynne griff nach seiner Hand. »Willst du, dass ich mitkomme?«

»Ich glaube, ich muss da alleine hin.«

Sie sah ihn schweigend an, und er fragte sich, was sie wohl dachte. Aber dann lehnte sie sich nach vorne und küsste ihn. »Wir tun das Richtige, Reed. Wenn du mich brauchst, ich bleibe in der Nähe.« Sie griff zur Seite und wollte die Autotür öffnen, aber Reed zog sie zurück und küsste sie noch einmal, länger und bindender. Dann war er bereit sich zu stellen.

Er war nie am Grab seiner Eltern gewesen, er wusste nur ungefähr, wo es sich befand. Aber die Suche störte ihn nicht, das Entlangschlendern zwischen Grabsteinen und Lesen der

Inschriften hatte etwas Beruhigendes. Es gab ihm Zeit sich vorzubereiten, während die Sonne warm auf ihn herabschien und das Laub in den Bäumen in der leisen Brise raschelte.

Plötzlich entdeckte er den Namen Rivers und blieb abrupt stehen, er schluckte gegen die schlagartige Enge in seiner Kehle. Er war heute ein erwachsener Mann, aber im Moment kam er sich wieder wie der unverstandene, ungeliebte Junge von einst vor.

»Also gut, bringen wir es hinter uns.« Er straffte die Schultern und machte einen Schritt vor den anderen. Das Grab war gepflegt, frische Blumen säumten es, wobei er sich nicht vorstellen konnte, dass Alis regelmäßig hierherkam. Vielleicht war es Rhys, der sich darum kümmerte und noch wusste, dass seine Mutter Lilien gemocht hatte. Lynnes Bruder hatte immer eine bessere Beziehung zu seinen Eltern gehabt als die eigenen Kinder.

Mit zusammengepressten Lippen, die Hände in den Hosentaschen, stand er da und sah auf die beiden Namen. Er kannte die Geschichte seiner Eltern nur zu gut: Die beiden waren unsterblich ineinander verliebt gewesen, hatten sich die Pferdefarm aufgebaut und den Traum einer eigenen kleinen Familie erfüllt. Mit Alis.

Alles war perfekt gewesen, bis seine Mutter erneut schwanger geworden war, ein Unfall, schon bald nach Alis' Geburt. Deshalb waren Alis und er auch nur ein Jahr auseinander. Von da an war alles bergab gegangen. Joan Rivers hatte eine schwere Schwangerschaft gehabt, die in einem Notkaiserschnitt gegipfelt war. Er war ein Schreibaby gewesen, und dann hatte es auch noch ein Kleinkind gegeben, das gerade anfing zu gehen. So schnell war die friedliche Idylle dahin gewesen, und Reeds erste Erinnerungen bestanden darin, wie seine Eltern ihn fortwünschten, wie sie den Zeiten nachhingen, bevor er geboren worden war.

Jetzt waren sie beide fort und er immer noch hier. Einst hatte er so viel Zorn in sich gehabt, aber wenn er jetzt auf das Grab sah, war da eher Traurigkeit. Seine Eltern waren keine schlechten Menschen gewesen, das wusste er jetzt, sie hatten Fehler gemacht, waren überfordert gewesen, aber sie hatten es nicht verdient, so früh aus dem Leben gerissen zu werden.

Die Nachricht vom Tod seines Dads nach seinem Davonlaufen hatte ihn ziemlich unberührt gelassen, er hatte sich gar nicht erlaubt, das Ganze an sich heranzulassen. Auch als seine Mutter vor Kurzem gestorben war, hatte er kaum etwas gefühlt. Und jetzt – er hatte erwartet, dass ihn dieser Besuch wie ein Schlag treffen würde, dass er sogar um die beiden weinte, jetzt, da er zuließ, etwas zu empfinden, aber da war nichts. So lange hatte er sich vor diesem Friedhof versteckt, hatte den Moment gemieden, in dem er sich stellen musste, und jetzt war er hier, und es passierte nichts. Er sah sich auf dem hügeligen Gelände um, als verpasste er irgendein Zeichen. Die gütige Hand seiner Mutter, die ihm zeigte, dass sie ihn doch immer geliebt hatte – einst hätte er über diesen Gedanken gelacht, heute zweifelte er nicht mehr so sehr daran. Alis hatte ihm gesagt, dass seine Mutter seine Spiele immer verfolgt hatte, dass er ihr wichtig gewesen war. Und vielleicht stimmte es, vielleicht war es ihr einfach nur nicht möglich gewesen, es zu zeigen. Aber das spielte heute keine Rolle mehr.

Er versuchte sich an schöne Momente mit den beiden zu erinnern, nur fiel ihm nichts ein. All das Schöne seiner Kindheit hatte mit seiner Schwester oder mit Lynne zu tun. Aber er fühlte sich nicht länger bitter deswegen, eher dankbar, dass er die beiden gehabt hatte. Im Moment schien ihm nicht mehr so wichtig, was ihm gefehlt hatte, sondern wie reich er gewesen war. Lynnes Liebe war damals wie heute sein Anker.

Eine Hand schob sich in seine, und Reed drehte den Kopf, in der Erwartung, Lynne zu sehen, aber es war Alis, die zu ihm aufsah.

»Ich dachte mir schon, dass du irgendwann hierherkommst.«

Reed blinzelte, er hatte überhaupt nicht mit seiner Schwester gerechnet. »Ich dachte, du musst heute arbeiten. Wir wollten uns doch abends treffen.«

»Wenn mein Bruder sagt, er kommt nach Hause, dann nehme ich mir frei.«

Reed spürte, wie sich seine Mundwinkel hoben. »Und das geht so einfach? Bist du nicht unentbehrlich, oder gibt es heute keine Leben zu retten?«

»Ich habe ein Memo rausgeschickt, dass es heute verboten ist zu ertrinken oder Schiffbruch zu erleiden.« Sie verzog keck ihren Mund, ihr blondes Haar leuchtete in der Sonne, genauso wie die grünen Augen. Sie sah noch genauso aus wie früher, als sie am Kamm der Klippen gestanden hatten, bereit für den Sprung, und Reed konnte nicht an sich halten. Er zog sie fest in seine Arme.

Alis schmiegte sich einen Moment lang an ihn. Dann boxte sie ihm gegen den Arm. »Wenn du mich zerquetschst, werde ich länger bei der Arbeit fehlen, und der zweite Bootsführer wird mir das Kommando abnehmen. Der hat's schon länger auf meinen Job abgesehen.«

Einen Moment lang sahen sie sich einfach nur grinsend an, dann blickte Alis auf das Grab hinunter. »Ich war nicht mehr hier seit der Beerdigung.« Sie schüttelte den Kopf. »Ich dachte auch nicht, dass ich dich je hier sehe. Als du am Telefon gesagt hast, du willst mit Lynne den Friedhof besuchen, hielt ich es fast für einen Scherz – aber es war ein guter Grund, mir endlich mal Urlaub zu nehmen und es mit eigenen Augen zu sehen. Apropos: Wo ist Lynnie?«

Reed sah sich um, ließ seinen Blick zur Kirche und zu den Bäumen gleiten, aber er konnte sie nirgends entdecken. »Irgendwo hier, nehme ich mal an. Und ich bin auch nicht nur wegen Mum und Dad gekommen.«

Sie sah ihn verwirrt an, und Reed fiel ein, dass Lynne ihre Schwangerschaft geheim gehalten hatte. Noch nicht einmal ihr Bruder wusste davon. In den letzten Tagen hatte sie ihm alles darüber erzählt, und nicht nur einmal hatte er sich verflucht, weil er so stur gewesen war und sein Telefon weggeworfen hatte, ehe er ihre Nachrichten hatte abhören können.

Wie anders ihr Leben verlaufen wäre, wenn er die paar Worte auf seinem Handy gehört hätte. Er wäre zurückgegangen, daran hatte er keinen Zweifel. Er hätte sein unerträgliches Leben auf der Farm weitergeführt, sich vermutlich irgendwann einen Job gesucht, um von zu Hause wegzukommen und sich um Lynne und das Baby kümmern zu können. Stattdessen hatte er Karriere als Rugbyspieler gemacht. Das sah auf den ersten Blick vermutlich wie der bessere Deal aus, aber in Wahrheit hätte er Lynne und April ohne zu überlegen vorgezogen. Wenn er seine Kleine auch nur eine Sekunde hätte sehen können, egal, wie viel schmerzhafter der Verlust dann war, er würde auch noch heute alles andere dafür aufgeben.

»Ich glaube, ich sollte Lynne finden.« Er war sich nicht sicher, ob sie April weiterhin geheim halten wollte, und so wandte er sich ab. Aber Alis umschloss seinen Arm und hielt ihn auf.

»Du und Lynne … ihr beide seid also wirklich wieder zusammen.« Sie lachte und schlug ihm gegen den Arm. »Gut gemacht.«

Reed nahm den Themenwechsel dankbar an und schlenderte den gepflasterten Pfad zurück zu den Parkplätzen. »Noch nicht lange … und auch wieder schon. Irgendwie war sie immer aktuell.«

Alis nickte verständnisvoll. »Wäre ja auch ein merkwürdiges Universum gewesen, wenn es euch beide nicht wieder zusammengeworfen hätte.« Sie tippte ihm auf die Halskrause. »Und wie sieht es hier aus? Wann bist du wieder fit?«

Es war eine Frage, die ihm noch vor Kurzem eine Heidenangst eingejagt hatte, das Bangen, ob er je wieder fit werden würde und wenn ja, mit welchen Abstrichen. Nur jetzt störte sie ihn nicht mehr. »Ein paar Wochen, dann brauche ich das Ding nicht mehr.«

»Dann kannst du wieder spielen?« Sorge lag in ihren Augen, die ihn lächeln ließ, denn es gab keinen Grund dafür. Er blickte mit Freude in die Zukunft.

»Nein, Alis. Ich höre auf.«

Sie schlug sich die Hand vor den Mund, aber er schüttelte den Kopf. »Kein Grund zur Aufregung, ich habe mich entschieden und werde sobald wie möglich mit den Trainern sprechen – meine Karriere ist vorbei und: Es macht mir nichts aus.«

Misstrauisch sah sie ihn an, versuchte anscheinend ihm am Gesicht abzulesen, ob er nur tapfere Miene zum bösen Spiel machte oder seine Worte ernst meinte. »Aber … Rugby und du – du hast dafür gelebt!«

»Ich habe Rugby benutzt.« Sie gingen unter einem Baldachin aus bronzenen Laubkronen hindurch, und Reed öffnete das schmiedeeiserne Friedhofstor, um hinauszugelangen. »Früher, als ich noch hier war, da war Rugby etwas, das mich abgelenkt hat, ich mochte den Schmerz, das Adrenalin, wie mein Kopf frei wurde. Ich spielte, weil ich zornig war, auf Mum und Dad, auf die Welt. Und danach … danach spielte ich, weil ich zornig war auf Lynne, weil sie mich sitzengelassen hatte, weil mir das Leben so übel mitspielte. Ich dachte immer, Rugby und ich, das gehört zusammen, ich habe es von so vielen Leuten gehört, ich dachte, ich brauche es, aber jetzt … Ich habe kein Bedürfnis mehr danach. Sicher, das Spiel, das Team, die Zuschauer, der Hype, das wird mir ein wenig fehlen. Aber ich sehe mich nicht mehr dort, sondern irgendwo, wo ich nützlich sein kann, wo meine Energie bessere Verwendung findet. Bei etwas, das ich nicht tue, um angestaute Aggressionen loszuwerden, sondern weil ich daran glaube, dass es einen Unterschied macht.«

Alis blieb stehen, und er sah tatsächlich Tränen in ihren Augen schimmern. Sie legte ihre Hände auf seine Brust und schüttelte mit einem Laut, halb Lachen, halb Schluchzen, den Kopf. »Mein kleiner Bruder. Endlich bist du angekommen.«

Er lachte leise. »Noch nicht ganz, aber ich glaube, ich bin auf dem richtigen Weg. So wie du.« Er sah über sie hinweg. »Wo ist überhaupt dein nervtötender Tierarzt?«

Sie verdrehte grinsend die Augen, und es war kaum zu fassen, aber er sah Herzchen darin funkeln – seine Schwester hatte tatsächlich die große Liebe gefunden. »Der hat keine Pause vom Lebenretten, aber er kommt später auf der Farm vorbei.« Sie gab ihm einen Klaps gegen die Brust. »Und er ist nicht nervtötend.«

»Du warst in Neuseeland nicht dabei.«

»Er hat dich nach Hause gebracht, dafür verdient er einen Orden.« Sie stellte sich auf die Zehenspitzen und küsste ihn auf die Wange. Sie ließ sich gerade wieder zurück auf die Füße sinken, als sie innehielt. Ihre Augen verengten sich, sie legte den Kopf ein wenig schief, und Reed sah sich um. Es war aber nichts, das er sehen konnte, sondern was er hörte – schnelles, keuchendes Atmen.

»Lynne?!« Er lief an ein paar Autos vorbei, umrundete seinen Wagen und erstarrte. Lynne kauerte an die Tür gelehnt auf dem roten Pflaster, die Augen weit aufgerissen starrte sie ins Leere, Tränen flossen ihre Wangen hinab, und jeder Atemzug erschütterte ihren Körper, sie gab nur noch japsende Geräusche von sich.

»Lynne!« Er rannte auf sie zu, fiel neben ihr auf die Knie, packte ihre Schultern und versuchte ihren Blick einzufangen, aber sie starrte weiterhin blind vor sich hin.

»Was ist los, komm schon, sag etwas!« Er zog sie an seine Brust und sah verzweifelt zu Alis hoch, die erschüttert dastand.

»Soll ich einen Krankenwagen rufen?« Sie zog ihr Handy aus der Jackentasche, aber Reed hob die Hand, bedeutete ihr zu warten.

»Lynne, beruhige dich, sag mir, was los ist.« Er schob sie wieder von sich, um sie anzusehen. »Wir haben alle Zeit der Welt, wir müssen heute gar nichts machen.«

»Sie war so kalt, Reed …« Kaum mehr als ein Flüstern. »So klein, ihre Fingerchen, die sie immer in den Mund gesteckt hat, wenn sie Hunger hatte, ihre goldenen Härchen … Ich kann da nicht hin, ich kann nicht.«

Reed spürte, wie ihm ebenfalls Tränen in die Augen

schossen. Der Gedanke an seine Lynne, die so gelitten hatte, an die kleine April … Er vergrub sein Gesicht in ihrem Haar, hielt sie ganz fest bei sich und weinte. Er wusste nicht, wann er das letzte Mal geweint hatte, ob er überhaupt je geweint hatte, aber hier saß er auf dem Boden, mit einer schluchzenden Lynne in den Armen, seine Schwester, die besorgt über ihm stand, und er weinte um seine Tochter, die er nie hatte kennenlernen dürfen.

* * *

Sie hatte geglaubt, sie schaffte das, sie könnte einfach auf diesen Friedhof gehen und Aprils Grab besuchen. Es war so lange her, sie hatte Reed an ihrer Seite, es würde einfacher sein als befürchtet. Aber dann war Reed gegangen, sie hatte zum Kinderfriedhof geblickt, hatte erneut den winzigen Sarg vor sich gesehen und sich vorgestellt, wie ihr kleines Mädchen darin lag, unter der Erde. Es waren dieselben unvorstellbar grausamen Gedanken wie einst bei der Beerdigung, nur damals hatten Medikamente sie ruhiggestellt. Heute waren ihr elf Jahre des Verdrängens in die Brust gefahren, die es sich anfühlen ließen, als wäre überhaupt keine Zeit vergangen, als wäre sie in der Zeit zurück zu diesem schrecklichen Moment gereist.

Reed hielt sie so fest, dass ihr das Atmen noch schwerer fiel, aber gleichzeitig empfand sie den Druck auf ihren Körper als beruhigend, beschützend. Sie spürte das Beben seines Körpers, vielleicht war es auch ihrer, sie wusste es nicht.

Reed war wieder in ihrem Leben, und das allein stellte schon einen Aufruhr der Gefühle dar. Sie kam sich vor wie in einem Wirbelsturm. Sie hatten so vieles miteinander erlebt, und so vieles hatten sie ohne einander durchgestanden.

Für sie gab es nur Reed, es hatte immer nur ihn gegeben, und es würde immer nur er sein. Aber jetzt auch noch mit April konfrontiert zu werden war zu viel.

»Ich will hier weg.« Sie schob sich ein wenig von ihm und sah ihm in die von Tränen funkelnden grünen Augen. »Lass uns fahren, bitte.«

Reed nickte und sah über sie hinweg. »Bist du mit dem Auto da, oder soll ich dich heimfahren?«

»Ich bin von der Farm mit dem Rad hergekommen … Reed, was ist los?«

Lynne drehte sich um, sie hatte gar nicht mitbekommen, dass jemand anderes hier war, und sie versuchte sich an einem Lächeln, als sie Alis da stehen sah. »Es geht schon wieder.« Sie rappelte sich auf, Reed zog sie das letzte Stück hoch.

Alis sah zwischen ihnen beiden hin und her. »Deine Eltern sind bestimmt zu Hause, vielleicht …«

Aber Reed schüttelte den Kopf. »Ich weiß schon, wohin wir fahren.«

Lynne sah fragend zu Reed auf, und Alis musterte ihren Bruder mit einem seltsamen Blick, misstrauisch fast schon. Dann klopfte sie auf die hintere Wagentür. »Weißt du was, Brüderchen? Ich komme mit, wozu habe ich mir freigenommen?«

Reed und Lynne tauschten einen Blick, er schien anzunehmen, dass sie allein sein wollte, aber Lynne nickte. Sie hatte nichts dagegen, wenn Alis mitkam, jede Ablenkung war ihr jetzt willkommen. Und vielleicht war es Zeit, dass Alis von April erfuhr. Schließlich war es ihre Nichte gewesen. Auch Rhys sollte vermutlich die Wahrheit kennen. Ihr eigener Bruder wusste nicht, dass sie ein Baby bekommen hatte. Ob er ihr das verzeihen konnte? Aber eines nach dem anderen …

Eine Weile fuhren sie schweigend die schmalen, von überwachsenen Mauern gesäumten Straßen entlang, und Lynne bereute, dass sie zugestimmt hatte, ihr Auto in Cardiff zu lassen. Mit Reeds Monstrum wurde jede Kurve zum Abenteuer, und ein entgegenkommender Wohnwagen stellte sich als echte Herausforderung dar. Sie mussten so weit zurücksetzen, bis sie einen der Ausweichplätze erreicht hatten, und selbst da streiften beide Wagen durch den Efeu.

Es waren vertraute Straßen, die ihr als langjähriger Stadtmensch nun eher wie Feldwege vorkamen. Aber gerade die Natur, diese Abgeschiedenheit, der wenige Verkehr, die Stille taten an einem Tag wie diesem gut. Die überall hochsprießenden Weißdornbäume hatten ihre prachtvollen Blüten verloren, die sie im Sommer wie mit Schnee bedeckt aussehen ließen, jetzt leuchteten stattdessen die roten Früchte im Sonnenlicht. Es war eine Umgebung, die es leichter machte, Aprils Geschichte noch einmal zu durchleben. Es war Reed, der sprach, Lynne hörte zu und konzentrierte sich auf den friedlichen Blick aus ihrem Fenster. Sie schaffte es zumindest, nicht mehr in Tränen auszubrechen, wenn Alis ihr kummervolles Schweigen mit einem gelegentlichen Luftschnappen brach.

Statt bei der Pferdefarm abzubiegen, wie Lynne erwartet hatte, fuhr Reed weiter die Küstenstraße entlang. Hin und wieder gab eine Öffnung in den Böschungen den Blick auf das in der Ferne himmelblau leuchtende Meer frei, und Lynne überschwemmten Erinnerungen an die langen Sommer hier, an die Boote dort draußen, die Delfine, die Picknicks, die Radtouren und Spaziergänge, das erste heimliche

Bier, die vielen verstohlenen Küsse. Das ganze Jahr war wie ein Traum gewesen, sie hatten auch im Winter jede freie Minute miteinander verbracht, einmal hatte es sogar geschneit. Aber die Sommer waren ihr am hellsten in Erinnerung geblieben. Und in einer dieser leuchtenden Sommernächte war April entstanden.

Lynne presste sich die Faust gegen die Brust, als könnte sie den Schmerz darin auslöschen, aber sie kam sofort wieder zu sich, als sie bemerkte, wohin Reed fuhr.

Er nahm die Straße zu einem Ort, den sie früher nur zu Fuß besucht hatten. Vor dem Militärstützpunkt zur Luftwaffenabwehr bog er ab und hielt direkt auf die Küste zu. Auf einen der kleinen Parkplätze, auf denen sich im Sommer oft Wohnwagen und Touristenautos tummelten, hielt er an.

»Was willst du hier?« Wachsamkeit klang aus Alis' Stimme, aber Reed ignorierte sie und bedeutete Lynne auszusteigen. »Komm, wir machen einen kleinen Spaziergang.«

Lynne nickte, ihr war alles lieber, als nach Hause oder zur Farm zu fahren, ein wenig frische Seeluft taten ihr jetzt bestimmt gut. Die dramatischen Klippen zwischen Skrinkle Haven und Lydstep Point waren dafür genau das Richtige. Es war früher einer ihrer Lieblingsplätze gewesen, um allem zu entrinnen.

Mit einem Lächeln, damit er sich keine Sorgen mehr um sie machte, nahm sie Reeds dargebotene Hand und ließ sich von ihm den Grashügel hinunter auf den Küstenpfad führen. Auf der einen Seite weideten Kühe hinter einem Maschendrahtzaun, auf der anderen trennte sie lediglich ein wildverwachsener Streifen vom Abgrund. Die Wellen rauschten gegen die Klippen, der Wind streichelte über den Strandhafer, der nur wenig von seiner goldenen Pracht verloren hatte. Möwen kreischten und zogen ihre Kreise über einem aus der Küstenlinie emporragenden, runden Felsen. Er war nur teilweise grasbewachsen, der vordere Teil, der schon über den Abgrund hinausragte, war felsig und schroff, hier und da hatte sich Stechginster darauf ausgebreitet. Lynne kannte diesen Felsen sehr gut, und Alis' warnendes, langgezogenes »Reed« bestätigte ihre Befürchtungen.

»Sag nicht, dass du vorhast, was ich glaube, dass du vorhast.« Lynne blieb stehen, aber Reed schnaubte nur belustigt und zog sie weiter, direkt zu dem Gesteinsbrocken, den Alis und er früher als Absprungplatz benutzt hatten. Nicht nur einmal waren sie die bestimmt dreißig Meter hinuntergesprungen, einfach nur zum Spaß, während Lynne oben gewartet hatte und verrückt vor Sorge hin und her getigert war.

Ein Knall erscholl, und Lynne zuckte zusammen. Sie war nicht mehr an die Nähe eines Militärstützpunktes gewöhnt, damals hatte sie die sporadischen Donner gar nicht mehr bemerkt. Heute aber machte sie alles nervös.

»Reed, hör auf!« Diesmal war es Alis, die ihn aufzuhalten versuchte. Sie rannte an ihm vorbei und stellte sich ihm in den Weg, bevor er den Felsen betreten konnte. »Das ist nicht witzig.«

Aber Reed ignorierte sie, wandte sich Lynne zu und streckte seine Hand aus. »Ich glaube, du musst einmal über deine Grenzen hinausgehen, musst dieses Gefühl erleben, spüren, dass du nicht so zerbrechlich bist, wie du denkst, und dann kannst du dich allem stellen.« Er drückte ihre Hand. »Spring mit mir zusammen.«

Lynne fuhr zurück und versuchte sich zu befreien, aber er

ließ nicht los, und eine leise Panik stieg in ihr hoch. Das Rauschen und Donnern kam ihr nun noch lauter vor, die Möwen schienen sie mit ihrem Geschrei zu verspotten.

»Nie im Leben!« Sie schob ihre Füße zurück, und Alis packte ihren Bruder bei der Schulter.

»Wie kannst du auch nur daran denken?« Sie drehte ihn ein wenig zu sich um, dabei war sie blass und sah mindestens genauso verängstigt aus, wie Lynne sich fühlte. »Weißt du nicht mehr, was das letzte Mal passiert ist, als ich gesprungen bin?«

»Das weiß ich sehr genau, aber das tut überhaupt nichts zur Sache. Uns beiden ist nie etwas passiert.«

»Ich lasse euch da bestimmt nicht runterspringen! Mein Job ist es, solche Idioten wie dich aus dem Meer zu fischen – und das nicht immer lebendig! Wirklich Reed, du bist nicht mehr fünfzehn, du hast dir gerade erst das Genick gebrochen! Bist du so scharf darauf draufzugehen?«

Lynne stellte sich ein wenig näher zu Alis. »Ich bin ganz bei ihr.«

Reed ignorierte seine Schwester und legte Lynne beide Hände auf die Schultern. »Lynne, ich weiß, was ich tue. Das Wasser hat genau den richtigen Stand, es ist vielleicht ein bisschen kalt …«

»Wir haben Spätherbst, es ist eiskalt! Es wird nicht mal im Sommer richtig warm!«

»Eben. Uns eingefleischten Walisern macht das nichts aus. Schau hinunter, es ist spiegelglatt, wir haben kaum Wellen, die Strömung trägt uns herum zum Strand, und wir kommen die Treppen wieder hoch. Ganz einfach.«

Lynne schüttelte energisch den Kopf. »Du hast mich damals nicht dazu gebracht zu springen, das wird heute nicht anders aussehen. Schon allein deinetwegen! Alis hat recht, du bist immer noch verletzt.«

»Ein kleines Bad schadet nicht.«

»Der Aufprall aber schon! Reed, aus dieser Höhe, das ist, als schlägt man auf Zement.«

»Nur, wenn man es falsch macht.«

»Aber …« Sie suchte nach weiteren Argumenten, kaute auf ihrer Lippe, sah an ihm vorbei zum Felsen. Und wenn sie es wirklich riskierte? Wenn sie den Kick spürte, für den Reed so gebrannt hatte? Wenn sie eine ihrer größten Ängste überwand und sie wirklich stärker daraus hervorging? Hier, an dem Ort, wo alles begonnen hatte, ihre Freundschaft, ihre Liebe …

Sein grüner Blick hielt sie gefangen, er hatte immer noch dieselbe Wirkung auf sie wie einst. Vielleicht sogar eine noch stärkere. Damals hatte sie strikt an der Vernunft festgehalten, Klippenspringen war eine Grenze gewesen, die sie nicht zu überschreiten bereit gewesen war. Die Höhe, die Macht des Wassers, das Ungewisse … Aber heute war sie nicht mehr dieselbe, sie war bereits in so viele Abgründe gestürzt, vielleicht sollte sie sich wirklich bewusst in einen stürzen, um endlich wieder die Macht über ihr Leben zurückzubekommen.

»Das ist verrückt.« Ihre Lippen hoben sich zu einem Lächeln, sie wusste nicht, was mit ihr los war. Plötzlich erfüllte sie der Gedanke dieser gänzlich hirnrissigen Aktion mit einer berauschenden Freiheit.

Reed schob ihr eine Haarsträhne zurück. »Vertrau mir.«

Alis warf neben ihnen die Hände in die Luft. »Ich kann nicht glauben, dass ich mir das anhöre! Ich sollte euch einweisen lassen! Die Polizei anrufen! Gleich auf der Arbeit anrufen, damit sie das Lifeboat starten, die können euch dort unten gleich wieder einsammeln!«

Reed warf ihr ein freches Grinsen zu. »Oder du könntest einfach mit uns springen.«

Alis' Gesichtsausdruck wurde noch empörter. »Oh nein, vergiss das lieber gleich. Nicht nach dem, was das letzte Mal passiert ist, wie kannst du …«

»Das ist genau der Grund, weshalb du diesen Sprung genauso bitter nötig hast wie wir beide. Wir drei, wir waren so oft hier zusammen. Dieser Platz soll nicht mehr der Ort sein, wo Dad gestorben ist, sondern wo wir wieder zueinanderfinden.«

»Herrgott, wer bist du, und was hast du mit meinem Bruder gemacht? Ich glaube, du hattest eine Gehirnerschütterung zu viel.«

Reed lachte. »Oder vielleicht gerade genug, um mir den Kopf zurechtzurücken.« Er streckte seine freie Hand Alis entgegen. »Komm schon, Schwesterherz, du kannst uns unmöglich alleine springen lassen, das wäre unverantwortlich.«

Lynne nickte bekräftigend. »Wenn du springst, springe ich auch.«

»Hey!« Reed gab ihr einen leichten Schubs. »Das solltest du eigentlich zu mir sagen!«

Sie lächelte ihn an. »Alis ist die Vernünftige, sie ist diejenige, die diese Gewässer in- und auswendig kennt. Du warst auf der anderen Seite der Welt. Wenn sie sagt, es ist sicher, dann springe ich.«

Aber Alis schüttelte den Kopf. »Sicher ist es nie, es kann immer etwas passieren, aber …« Sie machte einen Schritt auf den Felsen zu und seufzte. »Wartet hier. Ich sehe mir das mal genauer an.« Sie trat auf die Erhöhung und bewegte sich langsam hinaus bis zum Rand, dort stand sie und starrte hinunter. Der Wind zerrte an ihren Haaren und der Kleidung, und Lynne wusste, wie viel es sie kostete, überhaupt dort oben zu stehen. Für Alis hatte dieser Ort wohl denselben Schrecken wie der Friedhof für Lynne. Reed hatte ihr erzählt, dass Alis sich bittere Vorwürfe machte. Nach Reeds Davonlaufen war sie hierhergekommen und gesprungen, wie so viele Male zuvor mit Reed. Ihr Vater war ihr gefolgt, weil er sich Sorgen um sie gemacht hatte. Er hatte sie springen sehen und gedacht, sie wollte sich umbringen. Betrunken war er ihr hinterhergesprungen und nicht mehr aufgetaucht.

Sie verlangten viel von ihr. Noch einmal zu springen war eine gigantische Überwindung. Aber vielleicht hatte Reed recht. Wenn sie alle einen Neuanfang wollten, mussten sie womöglich den ersten Schritt genau hier machen, über die Kante.

Reed legte einen Arm um Lynnes Schultern, presste seine Lippen auf ihren Scheitel. »Du hast keine Ahnung, wie viel es mir bedeutet, wieder mit dir hier zu sein.« Er drehte sie herum, sodass sie ihn ansah. »Dass du mir vertraust.«

Sie legte ihre Hand auf seine Brust. »Es tut mir leid, dass ich nicht ans Grab gehen konnte. Ich weiß, dir war wichtig, sie zu besuchen.«

»Wir haben alle Zeit der Welt. Und wenn du erst mal fliegen gelernt hast, schaffst du alles.« Er zwinkerte ihr zu und wandte sich zum Felsen, wo Alis immer noch in die Tiefe sah. Er drückte kurz ihre Schulter, dann ließ er sie los, ging zu Alis und nahm sie in den Arm. Lynne konnte die Worte nicht verstehen, die er murmelte, aber sie wusste, dass es die richtigen waren, denn Alis nickte zögerlich, schälte sich aus ihrer Jacke und warf sie zurück ins Gras.

»Also gut. Lynne, bist du bereit?« Die beiden streckten ihr die Hand entgegen, und Lynne atmete tief durch. Sie entledigte sich ebenfalls unnötiger Kleidungsstücke, bis sie nur noch ihre Hose und das T-Shirt anhatte, und Reed warf seine Halskrause fort. Die Sonne brannte auf sie herunter, für den Spätherbst hatte sie noch erstaunliche Kraft, aber gleichzeitig fegte die kühle, salzige Brise vom Meer über sie hinweg.

Bitte lass das keine Dummheit sein, betete sie stumm, zumindest keine fatale. Denn dass ihr Vorhaben idiotisch war, daran gab es keinen Zweifel.

Reed und Alis nahmen sie in die Mitte, hielten ihre Hände fest. Für die beiden war es nicht das erste Mal, auch wenn ihr letzter Sprung viele Jahre zurücklag. Aber Lynne glaubte trotzdem, dass sie wussten, was sie taten, dass sie zwischen ihnen sicherer war.

»Ihr springt nicht, bevor ich bereit bin!« Sie sah hinunter auf die weißen, tanzenden Schaumkronen, das Wasser sah tatsächlich nicht zu aufgepeitscht aus, es platschte ganz gelassen gegen die Klippen. Seitlich des Felsens führte ein Riss in die Küstenlinie hinein, der mit Geröll gefüllt war und über das das Wasser nur etwas leckte. Dahin zu fallen wäre nicht sehr angenehm. Sie mussten nach vorne, ins Tiefe.

»Bist du sicher, dass gerade Flut ist?«

Reed drückte ihre Hand. »Alis ist ein wandelnder Gezeitenplan.«

»Das stimmt.« Alis zeigte hinunter auf den dunkleren Streifen im Meer. »Wir springen direkt in den Brandungsrückstrom. Der ist tiefer, und er treibt uns hinaus, weg von den Felsen. Dann bewegen wir uns seitlich heraus und lassen uns mit den Wellen an den Strand tragen.«

»Das ist ziemlich weit.«

Alis grinste sie an, es war ein etwas zitterndes Grinsen, und ihre Blässe zeigte, dass ihr dieser Schritt mindestens genauso viel abverlangte, aber sie war entschlossen. Und diese Entschlossenheit gab auch ihr Kraft.

Sie sah zu Reed hoch, so oft war sie schon hier gestanden und hatte einen Rückzieher gemacht. Das Springen war Geschwistersache gewesen, etwas zwischen ihm und Alis. Jetzt war sie dabei, weil sie es brauchte.

Sie stieß Reed an. »Wenn wir dabei draufgehen, bring ich dich um.«

Reed lachte, beugte sich zu ihr hinab und küsste sie, was Alis hörbar seufzen ließ.

»Kommt schon, ihr beiden, ihr seid kitschiger als jede Liebesschmonzette. Lasst uns endlich springen, bevor ich es mir anders überlege.«

Lynne straffte die Schultern, schloss ihre Linke fester um Alis' Hand und ihre Rechte um Reeds. Sie sah geradeaus zum Horizont, ein ferner Schatten im Meer zeigte ihr Caldey Island. Auf der Insel befanden sich ein Kloster und eine kleine Schokoladenfabrik. In ihrer Schwangerschaft hatte sie sich manchmal vorgestellt, eines der kleinen Ausflugsboote zu nehmen und mit ihrem Kind dorthin zu fahren. Aber es waren Gedanken gewesen, die sie gleich wieder verdrängt hatte, da sie ihr Baby ja zur Adoption hatte freigeben wollen. Vielleicht könnte sie in Zukunft mal dorthin fahren … vielleicht, wenn sie eine Familie hatte und …

Sie erstarrte. Nie zuvor war ihr der Gedanke gekommen, noch einmal ein Baby zu bekommen. Zu schmerzhaft und furchterregend war allein die Vorstellung gewesen. Aber während sie jetzt hier stand, kam es ihr plötzlich wie ein schöner Gedanke vor, ein Hoffnungsschimmer.

»Ich zähle bis drei.« Reed ging weiter nach vorne, und Lynne und Alis folgten ihm, beide zitternd. Nur Reed blieb ganz entspannt, dabei war er es ja, der erst vor ein paar Wochen dem Tod von der Schippe gesprungen war. Aber vielleicht hatte er auch gerade deswegen keine Angst.

Lynne starrte hinab auf das dunkle Wasser, das von türkisfarbenen, schaumgekrönten Wellen gesäumt wurde. Es sah verlockend aus, wie ein Brunnen des Vergessens.

»Eins.«

Ihr Herz beschleunigte seinen Schlag, der Atem stockte ihr in der Kehle, und Tausende Schmetterlinge flatterten durch ihren Bauch.

»Zwei.«

Alis' Hand zerquetschte ihre, und Lynne klammerte sich an Reed, alles verschwamm vor ihren Augen, die Worte für einen Rückzieher lagen ihr auf der Zunge. Sie sah geradeaus zum Funkeln auf der Meeresoberfläche und zwang sich, ruhig einzuatmen.

»Drei.«

Ihr Verstand setzte aus, alles vernebelte, Alis schrie auf, es klang weniger verängstigt als aufgeregt, sie und Reed traten einen Schritt vor, und Lynnes Körper folgte ihnen ganz von selbst. Sie trat über die Kante ins Nichts und sie fiel.

Ein Sturm rauschte über ihren Körper, fegte ihr durchs Gesicht, trieb ihr Tränen in die Augen, riss ihr jeden Luftzug von den Lippen, dröhnte in ihren Ohren. Sie war schwerelos, Farben zogen in irrsinniger Geschwindigkeit an ihr vorüber, sie spürte Reeds und Alis' Hand, alles in ihr drinnen kribbelte, und dann schlug plötzlich Kälte über ihr zusammen.

Ihr Mund klappte auf, die Luft presste sich aus ihrer Lunge, ihr Brustkorb zog sich zusammen. Die Welt wirbelte durcheinander, sie wusste nicht mehr, wo oben oder unten war, sie tastete nach Reed, aber er war nicht mehr da, Alis auch nicht. Es war so eisig kalt, ihre Arme, ihre Beine, nichts funktionierte mehr.

Sie riss die Augen auf, das Salzwasser brannte, und es war schwer, sie geöffnet zu halten, aber sie sah ein Licht. Ein goldenes, glitzerndes Licht.

April. Die Erinnerungen schwemmten über sie hinweg und durch sie hindurch wie das eisige Wasser, jede Sekunde, die sie mit ihrer kleinen Tochter verbracht hatte, von der Geburt bis zu ihrem letzten Kuss.

April … April … April … der Name erklang wie Sirenengesang in ihrem Kopf, und Lynne klammerte sich daran fest. Sie machte einen Schwimmzug, direkt auf das Licht zu, dann noch einen und noch einen, und plötzlich war da Luft, die ihr ins Gesicht fuhr, Sonnenstrahlen auf ihrer Haut.

Lynne schnappte nach Luft und lachte. Sie wusste nicht wieso, aber sie lachte einfach. Sie sah die Klippen hoch, die sich immer weiter von ihr entfernten, während sie hinausgetrieben wurde, und sie konnte nicht aufhören zu lachen.

»Lynne!« Plötzlich war Reed neben ihr, und ehe sie sichs versah, hatte er ihr Gesicht in beiden Händen und küsste sie.

Das Wasser schwappte erneut über ihren Kopf, drang in ihren Mund, salzig, fischig und algig, aber das war egal, denn es schmeckte nach Kindheit, nach Frieden und Unbeschwertheit. Sie erwiderte Reeds Kuss, und plötzlich wusste sie, dass alles wieder gut werden würde. Es war, als reinigte das Meer sie von der Vergangenheit, und als sie wieder auftauchten, packte Alis sie beide je an einem Arm.

»Wenn ihr so weitermacht, treiben wir noch bis England. Los jetzt.«

Sie wies mit dem Kinn zurück zur Küste und schwamm los.

Lynne und Reed sahen sich an.

»Besser?«, fragte er und ließ dabei offen, was genau er meinte. Ihren Panikanfall vom Friedhof, ihre Angst vor dem Sprung oder ganz allgemein ihr Leben – denn, egal, auf was er anspielte, für alles galt dieselbe Antwort: »Ja.«

Epilog
Ein neuer Sommer

Lynne legte die Blumen aufs Grab nieder und lächelte. Diese Woche waren es rosa Rosen. Sie glaubte, April hätte die Farbe gefallen – mochten sie nicht so gut wie alle Mädchen? Es waren bereits ein paar Kerzen entzündet, das Grab war heutzutage gut besucht. Früher waren nur ihre Eltern hergekommen, als die Einzigen, die von ihr wussten, aber mittlerweile kamen auch Alis und Rhys regelmäßig zum Friedhof. Es war so, wie es sein sollte. Endlich. So viele Jahre hatte Lynne ihre kleine Tochter ins Vergessen gerückt, aber nun war sie ein Teil des Lebens, ein Teil ihrer aller Leben. Sie war nicht mehr nur gestorben, sondern sie hatte, wie kurz es auch war, gelebt. Und es fühlte sich tausendmal besser an – als hätte sie endlich ihren Frieden gefunden.

»Komm, wir müssen uns beeilen.« Reed schlang seinen Arm um ihre Schultern, küsste sie auf den Scheitel und zog sie mit sich. Der Moment der Ruhe war vorbei, jetzt wusste sie wieder, weshalb sie so aufgeregt war. Über ein Jahr hatte sie auf diesen Moment hingearbeitet, und endlich war er da.

»Okay.« Sie lächelte zu Reed hoch. »Die Presse und kranke Kinder warten zu lassen ist nie eine gute Idee. Noch nicht einmal die Polizei hat Verständnis dafür.«

Reed lachte und nahm ihre Hand. »Heute hast du keinen

arroganten Rugbyspieler mit Monsterkarre, der dich von oben bis unten mit Schlamm bespritzt.«

Lynne wies hoch in den strahlend blauen Julihimmel und seufzte. »Die Tage des Schlamms sind lange vorbei.«

Sie fuhren auf schnellstem Weg zurück zur Pferdefarm, auf der ihr Bruder Rhys und seine Frau Sianna in Reeds altem Elternhaus lebten. Auch Alis und Evan hatten bereits mit den Bauarbeiten für ihr eigenes Heim auf diesem Land begonnen. Lynne und Reed waren oft dort, um zu helfen, saßen auf der Baustelle beisammen und genossen einfach nur das Leben, das vertraute Zusammensein mit der Familie. Dort hatten sie sich auch das Jawort gegeben, inmitten von Werkzeug, Schubkarren, Rührmaschinen, Säcken voller Beton und einem halbfertigen Rohbau. Es war perfekt gewesen.

Aber nicht nur Alis' und Evans Haus war neu auf dem Anwesen. Eine der Weiden war zu einem Rugbyfeld umgewandelt worden, und statt der alten, ungenutzten Scheune stand dort nun ein kleines Gästehaus. Wie erwartet waren Alis und Rhys begeistert gewesen von der Idee, die Farm nicht nur für Reitbegeisterte zu nutzen, sondern mehr daraus zu machen. Und Reed hatte sich mindestens genauso leidenschaftlich in das Projekt gestürzt wie Lynne – vielleicht sogar noch etwas mehr, bedachte man, dass er dabei war, eine Sportakademie für Kinder aus schwierigen Verhältnissen zu gründen. Dadurch hatte er sich fast schon zu ihrem Konkurrenten entwickelt, wenn es darum ging, Spenden einzuholen. Aber sie halfen sich gegenseitig und hatten beide dasselbe Ziel: Kindern ein paar schöne Momente zu bescheren.

Reed lenkte den Wagen durchs schmiedeeiserne Tor die Allee aus Weißdornbäumen entlang direkt zum ehemaligen

Haus seiner Eltern. Der prunkvolle Eingangsbereich leuchtete strahlend weiß zwischen den mit Efeu überwachsenen Hausmauern heraus. Rhys hatte eine der Wände durch Glaselemente ersetzt und einen kleinen Wintergarten gebaut, was es nun ganz zu seinem machte, das alte und das neue, miteinander verbunden. Die Parkplätze davor waren fast alle voll, und auf der gegenüberliegenden Wiese zu den Ställen und Reitplätzen tummelte sich bereits die Presse unter einem Partyzelt, wo letzten Sommer Rhys' Hochzeit gefeiert worden war.

»Bereit?«

Lynne atmete tief durch und sah zu den vielen Kameras und Mikrofonen hinüber. Das erste Wunschwochenende war dabei zu beginnen, und die Kinder waren bereits da. Ava navigierte sie gerade zu den vorbereiteten Empfangssnacks, während Rhys, Gavin und Evan ein paar Koffer zum Gästehaus schleppten.

Es waren Kinder, die an chronischen Krankheiten litten, die immer wieder ins Krankenhaus mussten und für die ein normales Leben nur eingeschränkt möglich war. Aber sie waren kräftig genug, um dieses Wochenende mitzumachen, in ein paar Tagen wollte Lynne dann noch die kleinen Patienten besuchen, die es nicht hierher geschafft hatten, da sie ans Bett gebunden waren.

»Ich bin bereit.« Lynne kletterte aus dem Wagen, und sofort wandte die Presse sich ihnen zu – besonders Reed, um den es nach seinem Austritt aus dem Profisport großen Wirbel gegeben hatte. Aber Lynne sah nicht die vielen Journalisten, sondern einen der Ehrengäste. Ein blondes Mädchen lief auf sie zu, ohne Sauerstoff und mit einem strahlenden Lächeln im Gesicht!

»Lynne, Lynne!« Lachend blieb Winnie vor ihr stehen und deutete zurück zu ihrer Mutter und Oliver, die Hand in Hand näher kamen. Ein Traumpaar, wie Lynne fand. In den letzten Monaten hatte sie Gelegenheit gehabt, die beiden besser kennenzulernen, nicht nur, weil Jen so oft in Avas Boutique anzutreffen war und sich zu einem strahlenden Stern am Modehimmel entwickelte. Vor allem wegen Winnie, mit der Reed nach wie vor trainierte und die in ihrer neuen kleinen Familie aufblühte. »Mum hat alle neuen Outfits fertiggenäht, wie versprochen, sie liegen im Haus, und ich habe geholfen.«

Lynne beugte sich hinunter und legte eine Hand auf ihre Schulter. »Ich wusste, ich kann auf dich zählen. Und wie lief das wichtige Telefonat?«

Winnie stemmte eine Hand in die Seite und grinste frech. »Das war kein Problem.« Sie wies an ihr vorbei, und als Lynne sich umdrehte, sah sie Kevin Adams, den Geschäftsführer des Sportartikelherstellers auf sie zukommen.

Mit einem tadelnden Kopfschütteln, aber einem Lächeln im Gesicht blieb er vor ihr stehen. »Sehen Sie nicht so überrascht aus, mich zu sehen, Mrs Rivers, Sie wussten doch, dass ich komme, wenn Ihre kleine Mitarbeiterin mich höchstpersönlich einlädt.« Er zwinkerte Winnie zu. »Vielleicht solltest du dir überlegen, für mich zu arbeiten.«

»Suchen Sie sich Ihren eigenen Goldschatz.« Unvermittelt trat Rosemarie zu ihrer kleinen Gruppe, einen rosa Rüschen-und-Glitzer-Fächer schwingend, den sie ganz bestimmt von Winnie hatte. Es war schon erstaunlich, wie Winnie sich beim Rugby, ohne zu zögern, von oben bis unten mit Schlamm besudelte und blaue Flecken wegsteckte, dann aber wieder ein richtiges Mädchen war.

Jen lachte und legte ihre Hand auf Winnies Schulter. »Vielleicht habe ich auch noch ein Wörtchen bei der Zukunftsplanung meiner Tochter mitzureden?«

»Ihre Zukunft liegt sowieso im Dragon's Lair«, ließ sich Oliver vernehmen, der die Arme verschränkte und streng in die Runde sah.

Winnie verdrehte theatralisch die Augen. »Eigentlich werde ich Rugbystar, aber bitte …«

Alle lachten, und Reed trat mit einem Tablett voller Sektgläser an sie heran – kein Champagner, Lynne wollte kein Geld für nutzlosen Luxus ausgeben und lieber alles den Kindern zugutekommen lassen. Auch Ava und Gavin kamen zu ihnen, nachdem die Kinder den Garten erst mal erkundeten und die Presse sich über die Snacks hermachte. Genauso Alis und Evan und Rhys und Sianna. Die ganze Familie vereint.

Kevin Adams und alle anderen nahmen sich ein Glas, während Lynne sich mit Orangensaft begnügte.

»Hey, Lynne, was ist mit dir? Wir müssen doch anstoßen«, protestierte Gavin, und sofort waren alle Blicke auf sie gerichtet.

Lynne biss sich auf die Unterlippe, um ein Grinsen zu unterdrücken. Reed stellte das Tablett ab und schlang einen Arm um ihre Taille. »Ich fürchte, ihr müsst mit mir vorliebnehmen, um anzustoßen. Lynne trinkt die nächsten Monate keinen Alkohol.« Er legte seine Hand auf ihren noch flachen Bauch, und alles um sie herum schien zu explodieren. Fragen, Glückwünsche, Freudenrufe prasselten nur so auf sie ein, sie fand sich in Umarmungen wieder und konnte ihr Glück kaum fassen. Sie lehnte ihren Kopf gegen Reeds Brust und ließ ihren Blick über den Hof schweifen, auf dem Reed eine so unglückliche Kindheit verlebt hatte. Heute liefen Kinder lachend umher, Erwachsene unterhielten sich, alles war bunt und leuchtete. Und im April wäre es dann noch ein Kind mehr.

Danksagung

Es war so eine Freude dieses Buch zu schreiben, und ich bin unglaublich dankbar, dass ich Reeds und Lynnes Geschichte erzählen durfte. Die beiden gingen mir schon in »Ein Gefühl wie warmer Sommerregen« sehr nahe, und ich hatte großen Spaß daran, dieses Mal ganz auf sie einzugehen.

Auf das Ergebnis bin ich wirklich stolz, besonders weil meine Lektorin Maria Runge noch so viel herausgeholt hat. Sie stellte immer die richtigen Fragen, gab mir einen Schubs in die richtige Richtung und ist mitverantwortlich dafür, dass ich nun genau die Geschichte habe, die ich mir vorgestellt hatte. Tausend Dank!

Auch meine Freundin Anna hat dabei mitgewirkt, sei es durch kritisches Hinterfragen oder einen Motivationsschub, sie weiß immer genau, was ich brauche. Auch dir danke ich von Herzen.

Das Schreiben und die Familie unter einen Hut zu bringen ist nicht immer einfach, aber ich habe Glück mit meinen beiden wunderbaren Kindern, die so viel Verständnis auf bringen, wenn Mama wieder einmal am Computer sitzt. Marissa und Robin, ihr seid wirklich die besten Kinder, die sich eine Mutter wünschen kann.

Danke auch meinem Mann, der mich immer unterstützt, wenn Abgabetermine die Zeit knapp werden lassen, und danke an den Rest meiner Familie, die mir stets mit offenem Ohr zur Seite steht.

Danke auch an meine Agentur, ohne die ich nie so weit gekommen wäre!

Ein ganz besonderes Dankeschön geht auch an meine Leser, die es erst ermöglichen, dass ich meinen Traumberuf ausüben darf, und die mir mit ihren wunderschönen Nachrichten jeden noch so stressigen Tag versüßen.

Autorin

Ella Simon wuchs in einer Kleinstadt in der Steiermark auf. Nach der Matura an der Handelsakademie arbeitete sie als Studentenbetreuerin in einem internationalen College für Tourismus, ehe sie eine Familie gründete und ihre Leidenschaft, das Schreiben, zum Beruf machte. Ihre Liebe zu Wales arbeitete sie bereits in ihre historischen Romane ein, die sie mit großem Erfolg unter ihrem Klarnamen Sabrina Qunaj veröffentlicht.

Außerdem von Ella Simon bei Goldmann lieferbar:

Ein Gefühl wie warmer Sommerregen. Roman
(Auch als E-Book erhältlich)

GOLDMANN
Lesen erleben